KSI 한국학술정보[주]

정도전 저 | 정병철 편저

IV

KSI 한국학술정보[주]

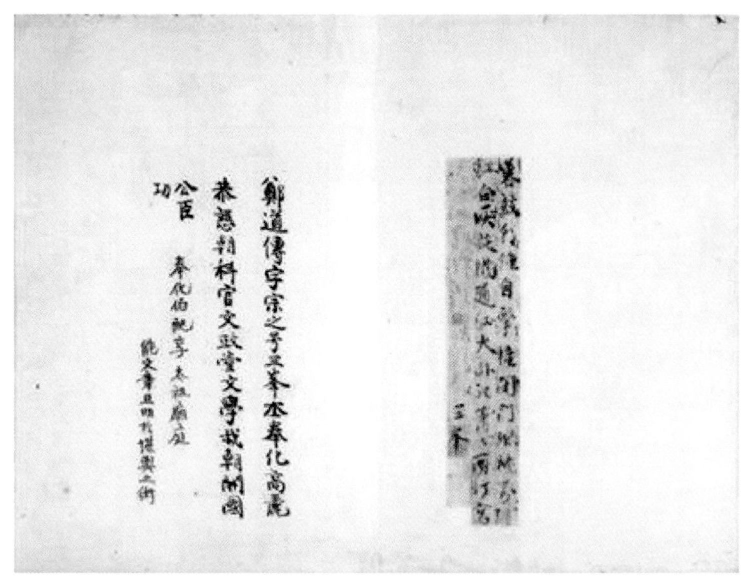

친필1 칠언절구 《名賢簡牘》 慶南大學校 博物館 소장 / 본문 I 155p

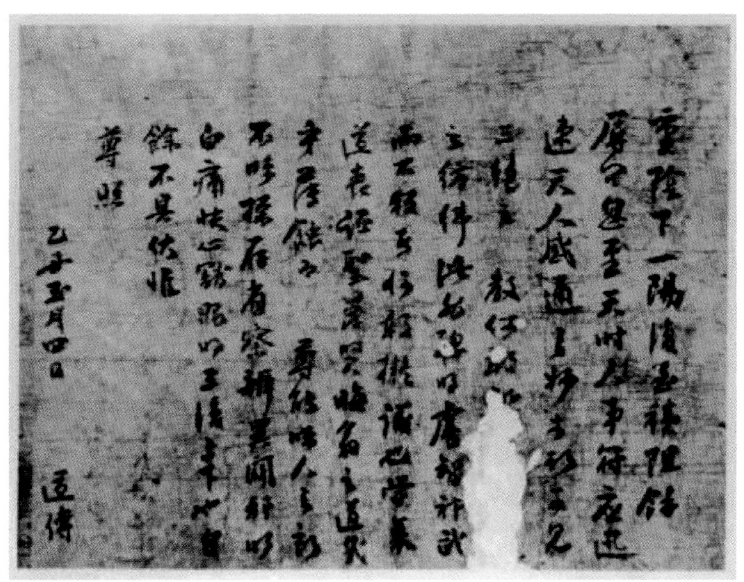

친필2 서간문 《槿域書彙 上》 서울大學校 博物館 소장 / 본문 I 239p

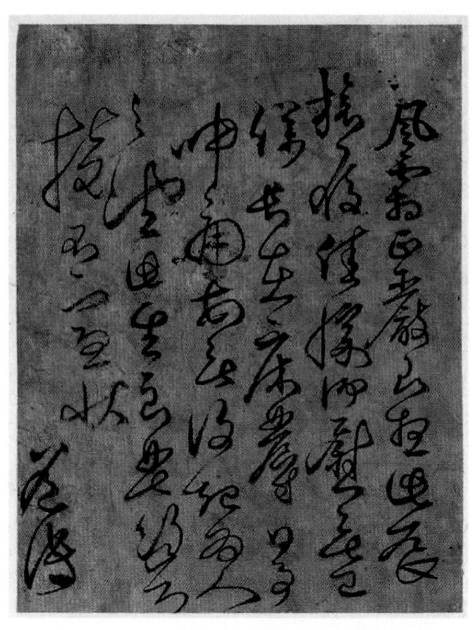

친필3 서간문 ≪槿墨≫ 成均館大學校 博物館 소장 / 본문 311p

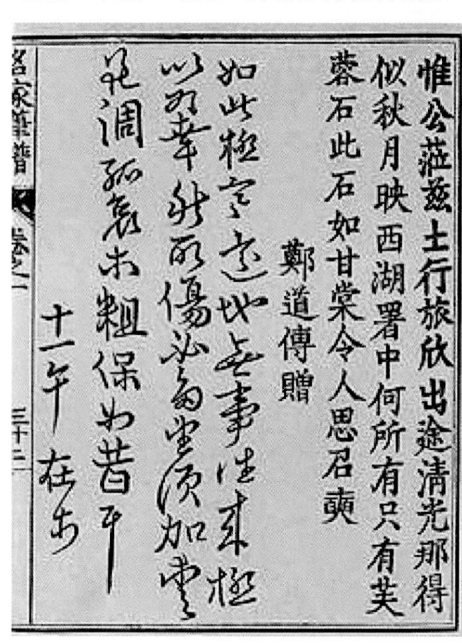

名家筆譜 卷之一 三十二

惟公蒞茲土行旅欣出塗清光那得
似秋月映西湖署中何所有只有芙
蓉石此石如甘棠令人思召奭
鄭道傳贈

친필4 오언율시 ≪名家筆譜≫ 大邱大學校 소장 / 본문312p

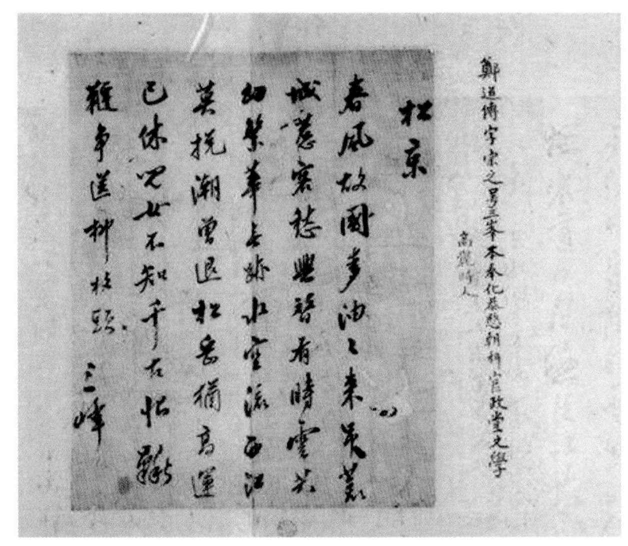

친필5 오언율시 松京 ≪데라우찌고문≫ 慶南大學校 博物館 소장 /본문 I 319p

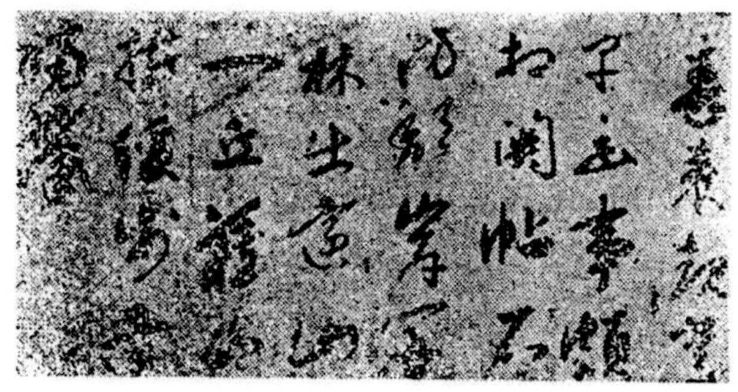

친필6 오언율시 杜甫의 早起 중 ≪敎育出版 百科事典≫

春來起常早춘래기상조	봄이 왔으니 일찍 일어나
幽事頗相關유사파상관	미루었던 일들 두루두루 살펴야 하리.
帖石防頹岸첩석방퇴안	무너진 기슭 바위 돌로 둘러쌓고
開林出遠山개림출원산	숲을 열어젖히니 멀리 산이 보인다.
一丘藏曲折일구장곡절	오롯한 구릉 구불구불 굽이를 따라
緩步有蹟攀완보유제반	천천히 올라 언덕을 산책하노라.

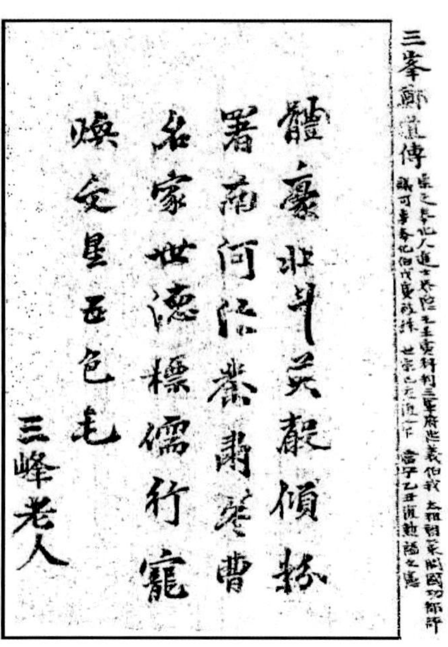

친필7 칠언율시 일부 ≪麗末朝鮮初古書帳≫國會圖書館 소장

□□□□□□□。
□□□□□□□。
□□□□□□□。
□□□□□體豪。

北斗英聲傾粉署북두영성경분서　　북두의 명성은 분서의 으뜸이고,
南河治業肅冬曹남하치업숙동조　　남하의 치업은 공조를 이끌었네.
名家世德標儒行명가세덕표유행　　명가 대대의 덕은 유행을 표하고,
寵煥文星五色毛총환문성오색모　　찬란한 문재는 오색 깃털이로다.

* 粉署 : 胡粉으로 희게 칠한 관청으로 工部의 통칭하기도 하며 또, 粉星이라고도 하며, 尙書　省의 별칭으로도 씀.
* 儒行 : 유학자(선비)의 품행, 유학에 기반을 둔 행위.
* 冬曹 : 工曹
* 文星 : 하늘 위에서 文才를 주관하는 별(文昌星) 이름으로 전하여 문재 있는 사람을 지칭하기도 한다.
* 五色毛 : 오색이 찬란한 봉황의 깃털[鳳毛]을 말한 것으로, 전하여 걸출한 인재에 비유한다.

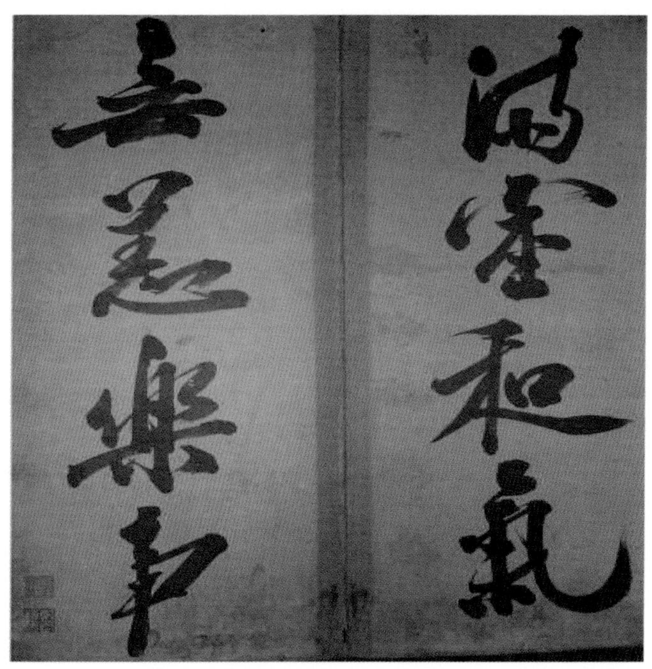

친필8 휘호 滿堂和氣 無恙樂事 ≪데라우찌고문≫ 慶南大學校 博物館 소장

화기가 집안에 가득하면 근심이 없고 즐거운 일만 있다

친필9 편액 冥府殿 ≪奉元寺 소장≫

이 명부전 편액은 조선 태조비 神德王后의 명복을 빌기 위한 殿閣 현판이다

친필10　병풍　孔子二箴 ≪중국연변대 소장≫

其心箴曰 **마음**(눈으로 보는것)**을 경계하여 말하기를**

心兮本虛심혜본허	마음은 본래 비어 있으니
應物無迹응물무적	물질에 응해도 자취가 없다.
操之有要조지유요	조존하는 것이 중요함이 있으니
視爲之則시위지칙	눈으로 보는 것이 준칙이 되느니라.
蔽交兮前폐교혜전	눈 앞에서 물욕이 교폐되면
其中遷矣기중천의	그 중심이 곧 옮겨지느니라.
制之於分제지어분	억제할 줄 알고 분수를 지키면
以安其內이안기내	그 안에 편안함이 있다.
克己復禮극기복례	나를 이겨 예로 돌아오면
久而誠矣구이성의	오래도록 공경해질 것이다.

其聽箴曰 **귀로 듣는 것을 경계하여 말하기를**

人有秉彝인유병이	변하지 않는 도는 사람에 있고
本乎天性본호천성	천성을 바탕으로 한다
知誘物化지유물화	물질에 유혹 되면
遂亡其正수망기정	그 바름을 잃게 된다
卓彼先覺탁피선각	뛰어난 선각자는
知止有制지지유제	자제함이 있어 끝을 알았고
閑邪存誠한사존성	사악함을 막고 공경함을 지녔기에
非禮勿聽비례물청	예가 아니거든 듣지 말라 하셨다

책머리에

이 책은 三峯 鄭道傳(1337?~1398) 선생의 文集이다. 선생은 여말선초 亂世를 살면서 정치·경제·사회·교육·문화·국방·의학 등 다방면에 걸쳐 不朽의 業績을 쌓았다. 그의 업적은 單純한 동기와 理念에서 출발한 것이 아니라, 정치·경제·사상을 아우르는 포괄적인 變化와 革命을 주도하여 朝鮮建國에 이바지하였다.

선생은 현실과 妥協하여 얼마든지 保身과 榮華를 누릴 수 있었지만, 현실에 안주하지 않고 公共의 槪念에서 仁을 통한, 實踐的 이념을 바탕으로 良心과 道德이 통하는 선진 民本國家를 건설하고자 하였다. 英雄豪傑이 그렇듯이 그도 역시 끝내 天壽를 누리지 못하고, 이방원일파의 襲擊을 받아 非命에 쓰러지고 말았다. 그래서 후세 史家들은 그를 비운의 革命家라고 한다. 그러나 그가 正立한 文物典章은 조선왕조가 500여 년 동안 性理學的 민본국가로 이어질 수 있는 土臺가 되었다.

불초가 선생에 대하여 알고 있었던 知識은, 선대로부터 내려오는 傳說 같은 내용과 정규 教科課程에서 배운 것으로서, 그저 漠然한 내용이었다. 약 15년 전 지방에 사시는 先考께서 「鄭道傳先生研究」라는 책을 구입하여 小子에게 주었다. 이때 비로소 筆者는 나의 뿌리에 대하여 관심을 갖게 되었고 어렵게 「三峯集」을 구입하여 읽었다. 이로써 선생을 이해하면서 날이 갈수록 깊이 빠져들게 되었고, 이후 高麗史와 朝鮮王朝實錄을 비롯한 수많은 碩學들의 論文과 著述을 접하면서 때로는 도서관에 며칠씩 머물기도 하였다.

선생께서 난세에 疲斃한 나라와 백성을 구제하기 위하여 渾身을 다 바쳐 정열적으로 임하심을 보고 한없이 우러러 尊敬心이 발로되었고, 말로가 쓸쓸하고 政敵들의 酷評과 억울한 陋名에 눈물 흘렸다. 아들 僖節公 諱 津字 조부께서 자손을 잇기 위한 犧牲과 屈辱 감내 또한 가슴이 저민다. 그리고 증손 良敬公 諱 文字炯字 조부의 平生은 선생의 억울한 陋名을 相殺하기 위한 삶이었다. 온갖 逼迫과 蔑視에도 굴하지 않고 굳건히 일어나, 방방곡곡 散在한 詩文을 여가마다 收集하여 1465년 1차 重刊하고, 21년 후 1486년 再刊하였으며, 1487년 다시 續刊한 것을 보면 증조부에 대한 尊敬과 自負心 그리고 矜持가 어떠하였는가를 미루어 짐작할 수 있다. 또 강지수사는 두 분 조부께서 後孫들에게 거는 期待와 當付가 실로 컸었다. 하지만 어찌 만분의 일이라도 子孫의 道理를 다할 수 있겠는가? 다만 현재까지 收集된 시문들을 한데 엮어 털끝만큼이라도 恩惠에 보답고자 할 따름이다.

『景濂亭題詠 · 訪原州元耘谷天錫 · 書簡文 2篇 · 失題시문 5편 · 白巖山淨土寺橋樓記 · 彌智山舍那寺圓證國師石鐘銘 · 惕若齋銘 · 哭遁村 · 王爲公曰禁欲能僞朝添設職記述可有對曰 · 頒教文(開國教旨) · 시조 懷古歌 · 入官補吏法 · 謝恩表文 · 撰進御諱表德說 · 請要國號奏文 · 松京 · 夢金尺, 受寶籙, 納氏曲, 窮獸奔曲, 正東方曲 등 樂章을 지어 올리는 전문 · 鷄龍山 · 軍制改訂上書 · 매일 將相들을 불러 軍國의 일을 議論하기를 청하다 · 朝鮮經國典을 지어 올리는 箋 · 毋岳遷都에 대한 반대 상소 · 告由文(新都 役事를 皇天后土 神에게 알리는 글) · 新都歌 · 天變으로 因하여 宰相들에게 求言하는 教書 · 國政刷新教書 · 鄉藥濟生集成方序 · 哭松隱 · 東北面 관할 州府郡縣의 조직을 整備完了하였음을 아뢰다 · 書信과 옷과 술을 내려서 慰勞해 준 것에 대한 感謝 답장을 올리다.』 등 시문과 고려사와 조선왕조실록의 上疏文 · 啓 · 書 · 箋 · 教書 등 舊篇에 漏落된 34편을 添入하였다. 그리고 失傳되어 題目만 전하는 『學者指南圖 · 八陣三十六變徒譜 · 太乙七十二局圖 · 診脈圖訣 · 詳明太一諸算法 · 積慶園中興碑文 · 五行陣出奇圖 · 講武圖 · 陣圖 · 四時蒐狩圖 · 歷代府兵侍衛之題編修 · 高麗國史 · 監司要約 · 贈孟希道天字韻 · 遊眞觀寺 · 東池詠蓮 · 勅慰盛旨跋語 · 國初群英眞蹟』 등은 별도로 補充 설명하였다. 아울러 모든

시문을 著作年代를 상고하여 선후가 錯亂됨이 없도록 精選하여 연대별로 재편에 정성을 기울였다. 다소 未洽한 점이 있을 것이나 諸族賢學들의 忠告와 질타 속에 사실에 近接한 문집으로 거듭날 수 있을 것으로 생각한다.

바람이 있다면 선생 死後 一身에 가해진 抑鬱한 陋名이 벗어지고 종묘 開國功臣錄에 뚜렷이 登載되는 것, 出生과 관련한 禹·車門의 그릇된 기록의 再分析, 李穡과 李鍾學 부자·李崇仁·禹洪壽 형제의 죽음과 關聯한 陋名에 대한 再解釋이 있기를 素望해 본다. 최근 일부 史學徒의 해석은 못내 痛嘆으로 남아 가슴 아리다. 이 책을 통하여 선생께서 나라와 百姓을 사랑하는 뜨거운 열정이, 이 땅에 태어난 모든 사람들 가슴 가슴마다 깊이 새겨져, 나라와 이웃사랑으로 昇華되길 바라며, 또한 선생과 같은 위대한 국가 指導者가 나타나 塗炭에 빠진, 이 나라 백성을 救濟하여 주길 祈願하며 선생의 靈前에 바친다.

끝으로 이 책을 세상에 꼭 내보내야할 책으로 흔쾌히 출판하여 주신 한국학술정보(주) 채종준 사장님의 好意에 깊이 감사드리며, 난해한 原稿임에도 불구하고 톡톡 튀어 나올 것같이 살아있는 글로, 정성스럽게 다듬어 주신 出版事業部 강태우 팀장님을 비롯한 編輯部 이지연님, 박미현님, 안선영님께 감사드린다. 묵향이 솔솔 피어날듯 고풍스럽고 품위 있게 표지를 디자인 해주신 양은정 팀장님의 勞苦도 잊을 수 없다. 처음 企劃에서 많은 助言과 資料를 아낌없이 제공해 주시고, 고비마다 격려와 용기를 주신 鄭泰漢, 鄭東燮 족친에게 감사드린다. 지금껏 숫한 어려움 속에서도 내색하지 않고 늘 옆에서 따듯한 사랑으로 감싸준 아내 金貞美씨에게 미안함과 고마움을 전한다.

2009년 9월

月溪一隅에서 20代孫 鄭柄喆 謹拜

일러두기

1. 이 책의 대본은 서울대학교 규장각 소장의 태백산본이다.
2. 증보삼봉집Ⅳ는 맨 앞에 시문, 조선경국전 상하, 경제문감 상하, 경제문감별집 상하, 경제의론, 불씨잡변 등 저작연대 순으로 편집하였다.
3. 구편에 누락된 방원주원운곡 · 백암산정토사교류기 · 미지산사나사원증국사석종명 · 서간문 두 편 · 향약제생집성방서 · 회고가 · 신도가 · 송경 · 계룡산 · 제영경렴정 · 척약제명 · 곡송은 · 곡둔촌 · 명현간독에 실린 시 등 시문 13편과 고려사와 조선왕조실록의 상소문과 계를 첨입하였다. 아울러 저작 연대를 상고하여 선후가 착란(錯亂)됨이 없도록 정선하였다.
4. 이 책의 초본은 독곡(獨谷) 성석린(成石璘)이 정선(精選)하였고, 양촌(陽村) 권근(權近)이 비점(批點)한 것이다. 중간본은 증손 정문형(鄭文炯)이 증입(增入)한 합록으로 비점은 없다. 비점은 道傳처럼 윗점처리 하였다.
5. 단행본은 편집자의 편의에 따라 각 항목(項目)과 세목(細目)으로 분류하고 일련(一連) 번호를 넣었다.
6. 원문의 소자쌍행으로 된 안은 按)이라 표시 하고 내용은 8포인트 크기로 병행하였다. 또 권근의 안에 별도 바탕체 9포인트로 구분하였다.
7. 주석은 간단한 것은 ( )나 〔 〕 안에 8포인트 크기로 간주(間註)하고, 그 밖의 것은 각주(脚註)하였다.
8. 맞춤법과 띄어 쓰기는 한글 맞춤법 통일안을 따르는 것을 원칙으로 하

였다.

9. 한자는 이해를 돕기 위하여 한글 뒤에 ( )속에 병행 수록하였다.

10. 이 책에는 다음과 같이 부호를 사용 하였다.

1) ( ) : 음과 뜻이 같은 한자를 묶는다.

2) 〔 〕 : 음은 다르나 뜻이 같은 한자를 묶는다.

3) < >: 보충역을 묶는다.

4) " " : 대호 등의 인용문을 묶는다.

5) ' ' : 재인용이나 강조 부분을 묶는다.

6) 「 」: ' '안의 재인용, 또는 책명을 묶는다.

7) ≪ ≫각주에서 출전을 밝힌다.

8) *) : 제목에서 각주를 표시한다.

9) ※) : 미상의 주석을 표시한다.

三峯集序

文在天地間。與斯道相消長。道行於上。文著於禮樂政教之間。道明於下。文寓於簡編筆削之內。故典謨誓命之文刪定贊修之書。其載道一也。周衰道隱。百家並起。各以其術鳴而文始病。漢之司馬遷・楊雄之徒。其言猶未醇雅。及佛氏入中國。斯文益病。魏晉以降。榛塞無聞。至唐韓子。崇仁義。闢異端。以起八代之衰。宋興程朱之書出。然後道學復明。人知吾道之大。異端之非。開示後學。昭晰萬世。吁盛矣哉。吾東方雖在海外。爰自箕子八條之教。俗尚廉恥。文物之懿。人材之作。侔擬中夏。自是以來。世崇文理。設科取士。一遵華制。熏陶化成。垂數百年。卿士大夫彬彬文學之徒。吾家文正公溥 始以朱子四書。立 按立當作建。避麗祖諱。白刊行。勸進後學。其甥益齋李文忠公師事親炙。以倡義理之學。爲世儒宗。稼亭・樵隱李仁復 諸公從而興起。澹庵白公文寶 闢異端尤力焉。吾座主牧隱先生早承家訓。得齒辟廱。以極正大精微之學。旣還。儒士皆宗之。若圃隱鄭公・陶隱李公・三峯鄭公・潘陽朴公　尙衷・茂松尹公紹宗。皆其升堂者也。三峯與圃隱・陶隱尤相親善。講論切磋。益有所得。常以訓後進闢異端爲己任。其講詩書。能以近言形容至理。學者一聞卽曉其義。其闢異端。能通其書。先說其詳。乃斥其非。聽者皆服。是以。執經從遊者塡隘門巷。嘗從學而登顯仕者比肩而立。雖武夫俗士。聞其講說。亹亹不厭。浮屠之徒亦有從而化者焉。至於禮樂制度陰陽兵曆。靡不精曉。祖八陣而成三十六變之譜。約太乙而作七十二局之圖。能簡而盡。世之名將術士皆善之。然此皆先生之餘事也。先生節義甚高。學術最精。嘗以直言忤宰相。流南方者十年。而其志不變。功利之徒。異端之輩。群欺衆詆。而其守益堅。先生可謂信道篤而不惑者也。先生著述。有學者指南圖若干篇。義理之精。瞭然在目。能盡前賢所未發。雜題若干卷。本於身心性命之德。明於父子君臣之倫。大而天地日月。微而鳥獸草木。理無不到。言無不精。王國辭命之文。典雅得體。古律之作。襲魏晉追盛唐。而理趣出乎雅頌。質而理。溫而淡。誠無愧乎古人。樂府小序。刪繁亂削淫僻。唯感發性情之正是錄。嗚呼。先生之文皆有補於名教。非空言比也。是其與道竝流後世而不朽無疑矣。雖生下國。不得施其文於皇朝盛世之典。嘗奉使朝于京師。浮遼海過齊魯。詩文之作。皆爲中國文士所嘉賞。是能以文鳴於一方。頌揚東漸之化。俾東人歌於萬世。與聖代治道之盛。同垂罔極。亦無疑也。近雖不才。幸得與從遊之列。以聞餘論。又幸不鄙而命之序。故敢引於卷端。

奉翊大夫 成均大司成 進賢館提學 知製教 權近。序。

按) 양촌 권근이 위의 관직에 재직한 기간은 洪武18年(乙丑, 1385) 12月~洪武20年(丁卯, 1387) 7月이다. ≪陽村年譜≫

三峯集後序

嘗觀古之英雄豪傑有建功於世者。多不能保其終。是或滿損盈虧。有以自招。亦或關於運數。有不能自脫者。然建大功者必享大福。苟不及其身。必於其後。有施必獲。固天道也。三峯先生天資磊落魁偉。實王佐之才。前朝之季。國祚將終。東方糜沸。民墜塗炭。我太祖悶時之艱。東征西討。芟夷大難。先生手搏日轂。廓淸區宇。以拯我東方億兆蒼生。及開國之初。凡大規模。皆先生所贊定。當時英雄豪傑。竝起雲從。而無與先生比者。雖終有蹉跌。功過亦足相掩矣。其亦關於運數如古豪傑之不能脫者歟。吾同年慶尙觀察使鄭君。於先生曾孫也。嘗痛先生不得終享。凡所以繼先業而蓋前愆。無所不用其極。今又撰集先生詩文雜著。將繡諸梓。馳書命序。先生之於詩文。固緖餘耳。然其詩之高澹雄偉。文之通暢辯博。亦可因以窺其學問胸次之萬一矣。況先儒如牧隱圃隱陽村諸公皆所推服乎。鄭君早捷科第。歷敭雲路。今自諫議出按慶尙。諫議卑階。慶尙大道。君尙鬢靑而腰金攬轡。榮亦至矣。豈非先生之餘慶將享于君耶。天道施獲之理可驗。而國家報勳之意於是可見矣。然所謂繼業蓋愆者。將止是而已乎。君益勉之。先生諱道傳。字宗之。君諱文炯。字野叟。

成化元年乙酉 孟秋 有日。

輸忠協策 靖難同德 佐翼功臣 大匡輔國崇祿大夫 領議政府事 領藝文 春秋館事 世子師 高靈府院君 申叔舟。謹序。

三峯集凡例

一. 是集始刊於洪武丁丑。重刊於成化丁未。公之曾孫觀察使文炯跋其卷尾曰。舊有板本。散落不完。在文炯時已如此。今經屢百載。宜其不傳也。當宁辛亥。命內閣購公遺集將梓行。編袠殘缺。殆不可讀。攷其凡例則詩以雜詠・錦南雜詠・奉使錄分類。文以雜題・錦南雜題爲目。然敍次多錯。類例不明。故別立標題。詩以五七言。文以疏箋書等目爲例。各以類從。竝攷年紀。先後無紊。其不可攷者闕之。舊本類例。不可全削。故詩文篇題下。書以下幾首某編。以存本來面目。文鑑以下俱是完書。故不爲移動一字。但刪其疊錄。如佛氏乞食辨。疊錄於雜題中。故刪正。

一. 詩篇題下小序。有公自識。有後人追識。自識者題下別行低一字大書。追識者卽其題下夾註書。

一. 詩集原刻。是成獨谷石璘精選。而權陽村近批點者。重刻是鄭文炯增入合錄而無批者也。今亦依原刻批點。而精選中無批者。就各篇題頭批以標之。間有後人評釋而略採其一二。餘不盡錄。

一. 內閣抄本。乃是全書。而河浩甫字銘及陣法等篇。佚於抄本。得之後孫。分類收錄。其佗詩文之散出於諸書者。蒐摭如干篇。別爲拾遺。附於陣法篇下。淨土寺記, 勑慰跋語, 積慶園中興碑, 學者指南圖之屬。文佚目存者。列錄於編末。而竝書佚字。古人文集有是例。故今從之。

一. 抄本章段脫缺字句訛謬。刊本亦頗不完。最難攷正。其脫缺之可考者塡補。不可考者依舊本計行數空之。經國典中數處有之。而原刻脫缺不塡者。訛謬之無疑者釐改。字句互異者書某本作某字。集中諱避之字 如元字避高皇帝諱。代以原之類。皆仍之。

一. 舊本詩文。無論勝國本朝。凡於所尊敬處。皆極行書之。一行或不滿二三字。有乖簡編之體段。故事係勝國者皆連書。關本朝者皆隔一字。

一. 詩文中字句事實人物當攷者。略加註釋。以按字別之。

一. 公之事實。載於麗史本傳。而頗疏略。且不及本朝。故考史乘諸書。敍其年紀。輯其事蹟。屬於附錄。而章段末必條註其書目。其散見於稗乘雜錄者亦多。而語涉雌黃者。竝不收載。

一. 前後教告文字。載於史乘本集者。靡不採摭。敍次成編。至於諸賢序文。或弁于卷首。或附各篇之下。又輯詩文之屬於公者。無論中朝我東。彙成別錄。目以敍述。竝置諸卷末。

一. 抄本總八編。而板數多寡不均。故從經濟文鑑例分詩編及經國典以下諸編。各爲上下卷。竝拾遺附錄合爲十四編。詳于總目。

一. 知密直事成原揆等。典法判書洪仲原。祭鄭尙書云敬文載集中。當刪而姑附于末。

차 례

- 三峯詩文稿 終 -

≪心問天答≫1375年 12月

≪錦南雜題≫1375年 5月~1377年 7月

- 金南雜題 終 -

≪錦南雜詠≫1375年 5月~1377年 7月

- 金南雜題 終 -

≪奉使雜錄≫1384年 7月～1385年 4月

- 奉使雜錄 終 -

≪奉使雜題≫1384年 7月～1386年 4月

- 奉使雜題 終 -

≪重奉使雜錄≫1390年 6月 13日～11月 23日

- 重奉使雜題 終 -

- 終 -

三峯詩文稿

五言古詩[01] 關山月 癸卯春 1363 봄

公受忠州司錄之命 赴居開京 時國使入原 無一人還者 民間皆言原以忠宣王孼子代恭愍爲王矣 後果然 按)忠宣孼子 卽德興君塔思帖木兒

一片關山月。長天萬里來。塞風吹不盡、冷影故徘徊、蘇武何時返、
李陵亦未廻。蕭疏白旄節、寂寞望鄕臺、豈無南飛雁、音信何遼哉、
見月三歎息、搔首有餘哀、

七言絶句[01] 亂後還松京 按)恭愍壬寅 紅賊平 此詩癸卯間作 1363 봄

天水門前柳色青。眼明驚見舊都城。僕童不識中興事。猶說年前喪亂行。

五言古詩[02] 古意 甲辰夏 1364 여름

公以典校注簿 居開京時作

蒼松生道傍、未免斤斧傷、尙將堅貞質、助此熔火光、安得無恙在、
直幹凌雲長。時來豎廊廟。屹立充棟樑。夫誰知此意。移種最高岡。

又

我有太古琴、非絲亦非桐、愁來方一彈、冷然滿座風、
物固各有遇、時也獨不同、豐城兩神劍、經年在匣中、
有氣干牛斗、一朝遇雷公、伯牙今何在、知音四海空、

五言古詩[03] 蔘谷 1364

谷暖土色赤、石秀泉水淸、托根旣得所。枝葉自長成。
斲山動雲影、煮石聽松聲、氣味與之合。於焉養道精。

七言絶句[02]　**出 城**　甲辰春 1364 봄

出城南望路悠悠。正是東風二月頭。誰向都門種楊柳。年年飛絮使人愁。

鄭世雲種柳於東門外 後以摠兵官平紅寇 爲三原帥所害

五言律詩[01]　**村居卽事**　1366

茅茨數間屋。幽絶自無塵。晝永看書懶、風淸岸幘頻、

青山時入戶。明月夜爲隣。偶此息煩慮、原非避世人、

行狀[01]　**高麗國 奉翊大夫 檢校密直提學 寶文閣提學 上護軍 榮祿大夫 刑部尙書 鄭先生 行狀**　1366

本貫	安東府	奉化縣
考	檢校軍器監	均
祖	祕書郎同正	英粲
曾祖	戶長	公美

先生姓鄭。諱云敬。字□□。早喪母。養於姨母家。年一本無年字甫十餘。自奮于學。入榮州鄕校。升福州牧鄕校。初至。諸生易之。及課每捷魁。州牧皆器重之。從舅氏翰林安狀原名奮　母之兄　來開京。學問日進。遊十二徒。有名諸生中。大爲翰林劉公名東美・門下贊成事謹齋安公所稱賞。稼亭李公與爲忘年交。聞東方山水之勝。約先生 觀焉。先生欣然。不遠千里。徒步從之。至寧海府。因留而一本無而字讀書凡數年。又與故諫議大夫尹公名安之讀書三角山。一覽輒記。通大義卽止。丙寅　□月。中司馬試。至順元年十月。宋天逢榜登同進士。二年正月。除尙州牧司錄。有誣龍宮監務贓罪者。按廉命先生按之。至龍宮見監務。不問而還曰。吏之貪汙。雖曰惡德。非才足以弄法。威足以畏人者。不能濟。今監務老耄不能任。人何畏而行賂乎。使一本 使上有按廉二字 果知其誣。歎曰。近來官吏皆以苛察爲能。

司錄。誠長者也。州人有宦者得幸天子。奉使來入州。欲加先生以非禮。先生卽棄官去。吏士號哭于道。宦者慙懼。夜追至龍宮郡。血顙謝請還。三年四月。入典校爲校勘。四年三月。注簿。閏八月。郎階 一本作皆兼都評議錄事。時院使張海奉御香使。國家命先生爲接件錄事。使愛江陵妓與之偕。先生入啓事。妓與使共席坐自若。先生叱下之。使慍怒。已而慰諭。先生醜之辭還。五年九月。遷三司都事。六年十月。除通禮門祗候。至正原年六月。典儀注簿。階皆承奉郎。二年八月。加德直郎弘福都監判官。三年□月。出知密城郡事。時宰相趙永暉以密人有負債者。託御香使安祐。移文本郡徵之。先生寢其事不行。密候吏見使馳入金海府。以不及郊一本無郊字迎答府使。奔還。與長吏入白金海府使無故見辱。今不從命。辱且不測。先生不聽。一邑危之。使入郡禮畢。問前有移牒如何。先生曰。密人苟有負債者。趙自徵之。非相公所宜問。使怒令左右圍之。先生正色曰。今郊迎舞蹈。奉迎天子之命。何以罪我。相公不布德音以惠遠民。敢爲是與。使詘而止。及代。先生以公幹在外。不入郡卽去。密人以月俸所當入贐行。夫人不受。四年九月。遷福州牧判官。戶長權援嘗同遊鄕校。下車之夕。持酒肴求謁。先生召與坐飮酒。謂曰。今與若飮酒。不忘舊也。明日有犯法。判官不汝貸也。州僧正於甕川驛路爲賊所害。性命僅存。驛吏見之。問其故。僧正曰。予齎布若干疋。入某人家見糞田役人飮酒。到某處見人耘田。去許多步。有人自後厲聲曰。我耘田者。呼與語。不應何也。未及對。卽擊之。奪布而去。吏扶入人家。未幾死。吏執耘田者告于牧。耘田者服罪獄成。時先生自外還曰。殺僧正者恐非此人。牧使曰。已服矣。先生曰。愚民不忍鞫問之苦。恐怖失辭耳。牧使曰。公明處此。吾不知也。先生問糞田主曰。吾聞汝饗役人之日。僧正出。有言及僧正布者。毋隱。糞田主白。有一人在座曰僧正布。可充酒價。於是。拘其人及其妻以來。置其人外。先鞫其妻曰。吾聞某月日。而夫歸汝布若干疋。渠謂從何得之。妻白某月日。夫以布歸曰。借布者還之。問其人。借一本借下有布字者誰歟。其人辭屈伏罪。牧使邑人驚問之。先生曰。大抵盜賊。祕其蹤迹。唯懼人知。其曰我耘田者。詐也。五年□月。入爲三司判官。六年十月。拜奉善大夫書雲副正。是年冬。充賀正使書狀官朝燕京。時奇氏寵專宮掖。中貴多東人。持酒饌來饋。頗倨傲。先生正色曰。今日之饋。爲舊主也。中貴愕然曰。敎我矣。子大秀才也。七年三月。成均司藝。十二月。加奉常典校副令，直寶文閣知製敎。八年二月。出按楊廣道。九年十月。按交州道。風采所臨。州郡肅然。其按楊廣也。稼亭請掃先塋歸韓州。先生造謁焉。笑語如布衣時。先生醉臥。顧稼亭曰。吾等可謂達矣。稼亭曰。予位四宰。然猶有居上者在。子僅得按廉秩四品。敢言達乎。先生曰。盍思東遊時乎。稼亭大笑。十年四月。典儀副令。十一年正月。典法摠郞。獄無冤滯。

按)麗史本傳曰 轉典法摠郎 恭愍卽位 以云敬與佐郎徐浩 守法不爲權貴所撓 召入內殿賜酒 尙書玄慶言曰 兩宮寢殿 地禁甚嚴 今外人出入無制 宮殿司門 宦寺之職 今使忽赤守之 視事之時 陛衛宜謹 今左右如市 奏事未了 已洩於外 掌刑之官 不可昵近 今鄭云敬・徐浩 賜酒寢殿 皆戾古制 王然之

十二年九月。又出爲全州牧使。借奉順大夫判典校寺事。時春夏之交旱甚。上官日大雨。吏民悅。前此有僧娶妻居家。一日出外。被傷死山路。其妻狀訴于牧。無證久不決。先生上官。其妻又來訴。卽鞫其妻有所私者。妻曰。無之。但隣有無妻男。嘗戲妾曰老僧死則事諧矣。於是。卽拘其男及其一本無其字母以來。置男外。鞫其母曰。某月日。而子爲在家歟。出外歟。母曰。是日男自外而來曰。予困矣。與友人飮酒醉。卽問其男所與飮酒者爲誰。其男辭屈。果殺僧者也。時有一本無時有二字御香使盧某暴橫甚。所至陵辱守令。疾馳入州。罪以不及郊迎。先生引禮不屈。卽日棄去。父老號哭。使亦愧服。留之不得。後累有朝命。竟不赴。丙申七月。召爲中散大夫兵部侍郞。掌武班銓選。注擬平允。九月。奉西海道察訪兼軍須之命。時當兵興之初。糧餉爲急。先生輸粟數十萬。一本萬下有斛字 期月事集。國家督諸道。引西海爲辭。至正十七年二月。加中大夫祕書監寶文閣直學士。四月。存撫江陵兼朔方道採訪使。朔方州郡。久沒女眞。疆域未分。兵革遽起。人民流散。先生辨疆域。制民產。不失土宜。民以爲便。父老數百人狀薦于朝。至今稱之。七月。除大中大夫。十八年二月。以本職知刑部事。訟事有自都評議使下。先生謂宰相曰。式序百官。能者進之。不能者退之。宰相事也。至於法守。各有司存。事事皆由廟堂。是侵官也。訟者輻湊。先生聽之。初若不經意者。及兩造俱訟。剖析精當。勝屈皆稱其平。玄陵嘉之。十九年三月。超授榮祿大夫形部尙書。二十年冬。玄陵南巡。先生追至忠州上謁。玄陵大悅。引見慰勉之。二十三年七月。除奉翊大夫 檢校密直提學 寶文閣提學 上護軍 從其便也。二十五年冬。謝病歸榮州。二十六年正月二十三日乙巳。病卒于家。壽六十二。附葬于先墓之域。在榮州治東十里。是年冬十二月十八日。夫人禹氏卒。按圃隱奉使稿序曰 奔父喪榮州 居二年 繼有母喪 凡五年 兩說必有一誤 附之。榮州士族散員淵之女也。先生平日。不事家産。於世利淡泊如也。客至必置酒。夫人不計有無。隨宜饌具。以順親賢友善之意焉。男三人。曰道傳。壬寅科進士。今爲宣德郎通禮門祗候。按公乙巳爲通禮門祗候 而此曰今爲通禮門祗候 可疑 曰道存·道復。皆讀書。女一人。適士人黃有定。成均司藝瑾之子也。孫二人。津·澹一本作泳皆幼。男道傳謹狀。

墓表[01] 廉義之墓 1366

有原至正二十六年。高麗檢校密直提學鄭先生。卒于榮州之私第。其年正月乙巳。葬榮州按鄭尙書卒於丙午正月二十三日乙巳 而此曰其年正月乙巳 葬榮州 兩說必有一誤 治東十里。附先塋也。友人星山宋密直·福州權檢校相與議曰。生則字以表其德。沒則諡以著其節。古也。然爵不應諡。則朋友諡之。若陶淵明之稱靖節。徐仲車之稱節孝是也。先友鄭先生。早擢顯科。揚歷華秩。可謂達矣。而家無宿貲。妻子未免飢寒。處之淡如也。其廉矣乎。於朋友少有患難。以身任救恤之責。非其義。雖有公卿之勢。視之蔑如也。其儀哉。於是題其墓曰廉義先生。

五言古詩[04] **登三峯憶京都故舊** 1369 여름

公自丙午年 繼有兩親之喪 居榮州終制 己酉 還三峯舊居

端居興遠思、陟彼三峯頭、松山西北望、峨峨玄雲浮、
故人在其下、日夕相追遊、飛鳥入雲去、我思終悠悠、
采芝不盈匊、寘彼道之周、一往諒非難、胡爲此淹留、
城闕豈不樂、亦愛巖壑幽、浩歌攀桂枝。卒歲以優游。

五言古詩[05] **遠遊歌** 1369

時 恭愍王爲魯國公主起影殿 土木大興 公託周・秦得失諷之

置酒賓滿堂、起舞歌遠遊、遠遊亦何方、九州復九州、
朝枻洞庭波、暮泊易水流。四顧騁遐矚、想像雍熙秋、
翼翼唐虞都、崇崇夏殷丘、歲月曾幾何、邈矣不可求、
登車復行邁。翩翩逝宗周。峨峨靈臺高、靄靄祥雲浮、
鳳凰鳴高岡、關雎在河洲、綿綿千載後、綽有無疆休、
繼世何莫述、王風日以渝、祖龍呀其口。一擧呑諸侯。
阿房與天齊。兀盡蜀山頭。禍在魚狐間、一朝輸項劉、
孰非出民力、得失如薰蕕、徘徊感今昔。日晏旋我輈。

按) 後人評曰 此言靈臺 阿房俱用民力 而興亡相懸

滿堂賓未散、擧酒相獻酬、高歌未終曲、雙涕爲君流、

按) 後人評曰 終至於流涕而道之 諷之深切

五言古詩[06] **次古人步月詩韻** 效其體 1369 가을

美人不勝清、喚取藕絲裳、緩緩步明月、皎皎同素光、
皓齒歌白雪。郎君眇遐方。颯然秋風至。調古爲淸商。
凄涼人似玉、冷淡月如霜、老大還對月。無乃鬢髮蒼。

七言絶句[03] **訪李佐郎崇仁** 庚戌夏 1370

公居三峯 聞國家命儒臣聚成均館 講明經學 赴開京

獨騎款段似騎驢。醉睡垂鞭任所如。馬欲駐時仍睡覺、毁垣柴戶是君廬、

七言絶句[04] **雨中訪友** 1370

門掩人家笑語稀、靑靑楊柳雨交飛、披蓑偶爾尋柴戶、還似漁村煙暮歸、

七言絶句[05] **觀物齋** 1370

俯仰乾坤一道人、此心如水淡無塵、高齋坐斷蒲團上、閒日中庭草自春、

七言絶句[06] **還三峯 若齋** 金九容 **送至普賢院** 1370 여름

是夏 公還三峯舊居

聯鞍共詠出都門。朝市山林一路分。佗日相思何處是、松山秋月華山雲、

附**祭鄭尙書**云敬**文** 1370. 8. 6.

維歲次庚戌八月朔丁巳越六日壬戌。慶尙道都巡問鎭邊使榮祿大夫知密直司事成原揆。謹遣僚佐左邊指諭前別將金某。致奠于先友榮祿大夫刑部尙書鄭氏之靈。伏以長幼不同。曾拍肩而執袂。幽明雖隔。尙記舊而傷心。先生之風。後進所慕。才孚於德。貌如其心。不恃力而行。不依形而立。依吾仁兮晉楚失其當。恃吾德兮王公喪其尊。立身揚名。眞孝子也。出類拔萃。豈惟民哉。幸與伯氏以同年。故視小子其若弟。惟公按轡中原之日。寔我分符寧邑之時。西海逢采訪之行。朔方忝交承之分。不徒遊宦。相共醉醒。命矣斯人。天何不慭。濫爲原帥。來鎭南維。豈圖先生。未醒化枕。特令僚佐。略奠菲儀。諒我寸誠。庶歆一酌。嗚呼哀哉。伏惟尙。饗。

安東大都護府使 前奉翊大夫 典法判書 洪仲原 祭于先友同登豹榜四十一春

按) 洪仲原至順庚午登第。與提學公同年故云。

含杯樂聖。葛天之民。

風雲反覆。知音幾人。

孤墳宿草。一酹傷神。

按)提學公卒於至正丙午 而兩祭文皆在洪武庚戌可疑

五言古詩[07] **庚戌中秋之夕 李順卿存吾 自扶餘過于三峯 與之翫月 別後却寄** 1370

平生愛明月、明月不長圓、對月思故人、故人天一垠、
今夕是何夕、月與人共適、皎皎月如霜。溫溫人似玉、
月落人未眠、人歸月又生、人固有會散、月亦有虧盈、
人與月相違、佳期相參差、一月月一圓、對月長相思、

五言古詩[08] **石灘** 1371

按) 正言李存吾上書論辛旽 貶監長沙務 後居扶餘之石灘 構亭灘上 優游嘯詠 以終其身 公作此詩

石面立削鐵、灘流奔長虹、灘頭橫漁艇、灘上起茅宮、
高人抱清疾。歸來臥其中。朝遊欣浩蕩、浩蕩一本作蕩磨 夕睡驚明滅、
天炎挹孤爽、潦盡流皓月、春水碧於藍、何如飄朔雪、
燕坐玩奇變、按)後人評曰 指上六句 朝暮四時之光景 逝者無停時、
獨有雙白鷗、飛來長在玆、按)後人評曰 忘機 故能使鷗鷺來狎
嗟我不如鳥、未去空相思、

說[01] **李浩然名字後說** 1371

按) 李原齡避辛旽之禍 竊負其父唐 晝伏夜行 隱于永川 旽誅始還 改名與字 李崇仁作名字說

問曰。李君原齡更名集。字浩然。何也。李君蓋嘗困於憂患。豈徵其平日

而有所改歟。予曰。否。不然也。李君義士也。凡事苟自外至者。擧不能動其中。況改平日哉。李君憂患。我知之。當逆旽用事時。君之鄕人。有爲旽門下舊本脫下字者。君不義其所爲。大忤其意。將害之。君避之南方。携老扶幼。野處草食。風霜雨雪之所侵。盜賊虎狼蟲蛇之患。飢寒凍餓。憂勞窮厄。凡所謂人所苦者。方叢于一身。而君之志不小衰。是其中必有所養者存。故於憂患之來。其安之以義也若泰山之重。人不見其動轉。其去之以勇也若鴻毛之於燎原之火。泯然無迹。其愈困而愈堅其志也如精金良玉。雖有烘爐之鑠。沙石之攻。而其精剛溫潤之質。愈益見也。非中有所養者。能然乎。由是言之。李君之更名字。蓋將識其養之素。而守之固以加勉之也。謂是爲困於憂患。徵其平日而改之云者。非知李君者也。客曰。聞命矣。其所養者與養之之方何如。今李君集其名。字浩然。是本於孟子之言也。近星山李氏爲李君名字序甚詳且明。奚容贅焉。然不可孤問意。强一言之。夫所謂浩然者。乃天地之正氣也。凡物之盈於兩間者。皆得是氣以爲之體。故在鬼神爲幽顯。在日月星辰爲照臨。軋之爲雷霆。潤之爲雨露。爲山岳河海之流峙。爲鳥獸草木之所以蕃。其爲體也至大而至剛。包宇宙而無外。入毫芒而無內。其行也無息。其用也無所不周。而人則又得其最精者以生。故其在人。耳目之聰明。口鼻之呼吸。手之執足之奔。皆是氣之所爲。本自浩然。無所欠缺。與天地相流通。此則李君之所養者。而其養之也又非私意苟且而爲也。舍之不可也。助之不可也。必有事焉。集義而已矣。噫。是氣流行之盛。雖金石不可遏。入水而水不濡。入火而火不熱。觸之者碎。當之者震裂而莫能禦。況吾旣得最精者以生。而又養其最精者於吾身之中。以爲之主。則向所謂人所苦者。皆外物之生於是氣之餘者。又安能反害於吾之最精者哉。此吾斷然以爲李君中有所養。而無所改於憂患而無疑者也。客唯唯而退。書以贈李君。爲名字後序。一本作說

五言古詩[09] **贈陽谷易師** 1371 봄

道人結茅屋。在彼山之陽。白日照其上。草木姸春光。
沖然寂無營。燕坐談羲經。君看七日復。朋來無疾傷。
萬物雖未形、天心正分明、縱橫變化殊、盡向一中生、
此理亮昭晰、自古非窅冥、吾當往問之。爲我一丁寧。

按) 後人評曰 問之 乃所以告之

五言古詩[10] **秋 夜** 辛亥秋七月 1371 가을

公聞辛旽被誅 赴開京時王以誅旽親告太廟 凡禮數樂節命公議之 以前祗候除太常博士 仍掌銓選凡五年

以我山野人、未償丘壑心、營營塵土間、倦矣不能任、
嚮晦方就休、宴坐到夜深。忽有淸商聲。廻薄牕北林。
初疑笙鶴來、又訝虯龍吟、起視竟無有、灝氣襲衣衿、
少焉山月上。庭柯布疏陰。恍然沈痾痊。沖澹生胸襟、
因之懷舊山。彈我牀上琴。秋風吹南去、託此寄遺音、

又

今日非昨日、明朝復何時、陰陽無停機、四時相推移、
百年能幾何。徒令我心悲。哀哉名利人、至老猶未知、
貴者自驕固。卑者多詭隨。榮華逐電光、身後有餘譏、
彼美君子士、中心無磷緇、高高雲月情、皎皎氷雪姿、
庶將垂不朽、千載以爲期、感此發長謠。秋風颯凄其。

五言古詩[11] **庭前菊** 1371 가을

庭前有芳菊。掩翳衆草中。當春各爭姸、誰復念孤叢、
忽焉霜霰秋。蕭颯多悲風。百物盡凋瘵。佳色獨蔥蔥。
采采不忍摘。徘徊感予衷。常恐風 一本作雨 雪至。與彼還相同。

五言古詩[12] **感興 三首** 1371

久客尙絺綌、北風凄以涼、團團寒露至、蘭枯謝幽芳、
悠悠關山遠。行行道路長。何以卒歲晚、歲晚多繁霜、

又[2]

冽彼山中泉、在山淸且漣、堤防一朝決。就下何沛然。
去山日以遠、衆流會其間、無復向時淸。逝者何當還。
我來臨水上。不忍聽潺湲。

又[3]

鳳凰何飄飄。高逝不可望。飢食靑琅玕、渴飮天池潢、
俯視塵世窄、嗷嗷鷄鶩場、所以久不下。徘徊千仞岡。

五言古詩[13] **送安定入京** 1371

我家三峯下。寄此林泉幽。蓬蓽生光輝。之子肯來遊。
盤餐愧菲薄。此意仍綢繆。相與歌大雅。亦足忘吾憂。
暑雨阻季夏。節候丁新秋。感時思高堂。凌晨戒征輈。
呼兒强扶病。送子登崇丘。珍重一杯酒。爲我暫遲留。

七言絶句[07] **遣興** 1373

十年碌碌伴兒嬉。夜臥時時每自嗤。欲向蘇門長嘯去。淸風天外滿衣吹。

五言律詩[02] **次寧州康中正韻** 1371

按) 寧州 天安郡號 恭愍癸丑 康好文守是郡

論齒君爲長。相交我最親。江山十載別。書劍一身貧。
政簡民安業。詩淸世共珍。遙知鈴閣閉。晝永岸烏巾。

五言聿詩[06] **哭金克平** 按)用前韻 1371

年來紛會散。屈指數交親。末路誰爲困、中郞最獨貧、
靑雲有知己、白屋作潛珍、今日聞長往。無端淚滿巾。

五言聿詩[04] **次韻送金秘監** 九容 **歸驪興** 1374

客有曠達者。秋風湖海歸。離亭寒草合、村樹暝煙微、
綵服庭闈近。故鄕魚稻肥。遙知李太守、樓月共淸輝、

五言律詩[05] **寄斷俗文長老** 1374

山深千萬疊。何處著高僧。石徑封蒼蘚、溪雲暗綠藤、
禪心松外月、端坐佛前燈、應笑儒冠誤。歸歟苦未能。

五言聿詩[06] **次權可遠詩韻 送李翰林** 行 **歸覲** 1374

按) 李行 號騎牛子 官大提學

時節當搖落、親朋苦別離、孤鴻牽遠興、匹馬向東歸、
魚稻供鄕味。江山綴小詩。遙知獻壽酒。喜氣滿庭闈。

又

贈君詩語苦、臨別不堪吟、書劍遠遊客、乾坤歲暮心。
路長黃葉下。鄉近白雲深。獨立離亭畔、秋天易夕陰、

五言律詩[07] **次民望韻送朴生** 按)民望 廉廷秀字 號萱庭 1374

以我未歸客。送君還故鄉。詩成添舊草、錢盡但空囊、
野飯新炊軟。村醪夜酌香。風霜行漸逼、中路莫彷徨、

五言律詩[08] **挽尹典書** 1374

文焰高萬丈。斂之一木空。士林憔悴去。吾道寂寥中。
有子猶不死。得官未全窮。靑門來哭處。丹旐拂悲風。

七言絶句[08] **送李浩然赴鎭邊幕** 按)合浦鎭 今昌原 1374

十萬貔貅氣勢獰。從容談笑一書生。遙知樽罷高臺臥。蒼海無風月正明。

五言律詩[09] **遊 山 寺** 1375 五月

霧重成微雨。山寒五月天。林深數間屋。僧住十餘年。
北壁玉燈火。西方金色僊。整襟相對越。自覺思超然。

五言古詩[14] **感 興** 乙卯夏 1375

公以成均司藝作是詩 遂論時政得失 宰相惡之 貶全羅道會津縣

膏車邁行役、登彼太行山、黃流奔其下、顧瞻三亳間、
茫茫皆異國、雙墳對巍然、且問何代人、龍逢與比干、

不忍宗國墜。忠義裂心肝。手排閶闔門、抗辭犯主顔、
自古有一死。偸生非所安。寥寥千載下、英烈横秋天、

題跋[01] **李牧隱送子虛詩序卷後題** 按)子虛 朴宜中字 號貞齋 1375

道傳奉閱牧隱先生送子虛詩序。至其稱子虛曰。縝密精切。一毫不盡。欿然如不得。未嘗不一日三復曰。維天之命。於穆不已。是其道體之妙。充塞天地。貫徹古今。其所以流行發見者。無一息之間斷。而在於人。則方寸之間。虛靈不昧。莫非此道之體。與天地周流而無間。惟是氣質有偏。物欲爲蔽。此心之靈。不能無操捨收放之時。而道之本於吾心。見諸日用之間者。於是乎有晦明絶續之幾也。是以。君子之心。兢兢業業。惟恐一毫之未盡。而窒天命之流行。無一動之敢慢。所以協天行也。無一息之敢怠。所以順天時也。學者而求至於此。豈有他哉。亦存一毫不盡。欿然如不得之心耳。充是心而廣之。則其戒懼乎不覩不聞之前。致謹乎隱微幽獨之際者。自不容已。日用之間。眞有以見天理之流行果無一毫之不盡。而心亦無所欿然。廣大寬平。自有不可形容之樂矣。抑嘗竊念是道也。雖非窈冥怳惚之物。而其所以爲微妙者。不可以泛濫求也。雖在平常日用之間。而其所以遠大者。亦不可以卑近得也。唯其高明卓絶之士。潛深篤至之資。然後可與有爲而亦有所達矣。是吾道之興喪。在於人才。而天下之才。自古以爲難。天也。非人之所能爲也。牧隱先生主盟吾道。以興起斯文爲己任。有憂於此。其亦久矣。今稱達可則曰豪爽卓越。子虛則曰縝密精切。蓋亦樂得英才。深喜之之辭也。古人於斯文之興喪。未嘗不推之於天。而以得人爲難。今二子之遇先生。天也。先生之得二子。亦天也。先生曰。斯文之興。子虛旣與其始。當與子虛終之。是天也。吾數人者。聽命於天而已。此其所喜者甚至。而所期者亦遠矣。二子勉矣哉。

七言絶句[23] **無 題** 1377

暮鼓朝鐘自擊撞。閉門孤枕對殘釭。白天施撥通紅火。臥聽蕭蕭雨打窓。

鄭道傳 字宗之 號三峯 本奉化 高麗朝科 政堂文學 我朝 開國功臣 奉化伯 太祖廟庭 能文章 且明於堪輿土衡≪名賢簡牘≫慶南大學校 所藏

記[03] **白巖山淨土寺橋樓記** 1377 칠월

洪武丁巳(1377)二月二十三日。訪。淸叟澄公。淨土寺。無說長老。適至出迎。南橋外相登與溪橋坐定。無說顧謂。予曰。昔嘗。北遊燕都。南浮江浙。西至四川天下之。所謂名山巨刹。盖所飽見而其經營佛事。相繼下墜以爲山門賴者。必得名僧居之然後。宜苟非其。人道不虛。行其是之謂歟伋。東還歷訪。諸山人境相稱如。往時所見者。不能多得。惟是在長城郡。北三十里名曰白巖。或曰巖石皆白色。故以爲名石壁。峭嶮峯巒重複其淸淑奇偉之。狀實一方之勝當。新羅時有異僧始創寺以居名曰。白巖至宋景。平間易 淨土禪寺。其徒 禪師中延。繼此更作。殿堂。門廡。丈室。寶寮。凡八十餘 楹延之徒。以甲乙傳次一麟主。其寺不墜其初及我。王師。覺儼尊者。年甫八歲。從麟公。捉居後。投松廣圓悟國師。參究。玄旨法器。大成始居月南寺。席旣而奉旨遷。松廣居二十餘年其道大與至。庚寅十月望進封 主師以法贊。王化者。二朝迺謂此寺可以。弘楊弗敎爲祝。釐之所。又不忘麟公之志悉撤舊而。更新之其費皆。出囊鉢之貲。門人又多助之者。及成置大藏一部幷常住。財穀執用什器。莫不備焉尊者。三韓名家而淸叟爲親姪。一國宗師學者歸之如雲而淸叟執侍爲。久以思以。義無有居。淸叟右者。於是囑以是寺以主。後事。淸叟果能繫述在寺。未幾百廢具擧若佛菩薩。天人之像。經唄。鍾磬之宜。帑庾之入比舊增倍皆。謂尊者附托得人也。越庚戌夏。雨甚溪水盛漲樓爲。狂湍所激崩壞。淸叟復鳩材瓦剋日成之。礱削中度丹雘得宜。不儉不侈每暇。日登樓。四顧山若益奇水若。益淸水斯樓之作。非偶然也。吾與子幸會樓上親寓目焉。其可無言而去乎請記。予惟樓館有記。尙矣不過 序其山川之勝。風景之美。以爲遊觀之助而已。然歲時雖遷謝而。山川不改。風景不殊。苟登其地有目者所。共見不言加也。惟名人韻士。高風義烈。宜托斯文。以噉不朽。況寺院之。係官籍者。住特定奪無時。莫適其主以故陵夷至於頹敗者。或有之而其。徒自其得人。授受傳久。無幣如淨土寺者。不旣可尙已乎。道傳書生也。未知其學爲。何如哉然。無說言寺。之顚末甚詳因記。其語俾後之登斯樓者。毋徒取。山水風景之勝知所。以繼前人之功耳是日。

前奉善大夫 成均司藝 藝文應教 知製敎 奉化 鄭道傳 記 ≪朝鮮寺利史料≫

七言古詩[02] 題公州錦江樓 丁巳七月 1377 七月

公自貶所從便 還三峯舊居 二十四日宿是樓作

君不見
賈傳投書湘水流、翰林醉賦黃鶴樓、生前轗軻無足憂、逸意凜凜橫千秋、
又不見
病夫三年滯炎州。歸來又到錦江頭。但見江水去悠悠、那知歲月亦不留、
此身已與秋雲浮、功名富貴復何求、感今思古一長吁。歌聲激烈風颼颼。
忽有飛來雙白鷗、

七言絶句[24] 渡錦江 1377 칠월

扁舟一葉在中流。北去南來集渡頭。日暮路長爭競涉。無人回首見沙鷗。

賦[01] 陽村賦 1377

按)權近麗季 坐事流于忠州 居陽村因爲號 李穡陽村記 亦取此賦之義

於穆惟陽。有開必先。莫高匪天。象緯斯懸。莫深匪地。潛于重淵。萬物林林。無適不然。時焉春夏。生意發榮。人惟君子。秉心剛明。一念之微。惻然其萌。四海之廣。熙熙者氓。細入毫芒。包乎有形。混兮無間。

闢兮無窮。前無其始。後無其終。孰主張是。道爲之宗。孰得其妙。陽村權公。博觀萬殊。約至一中。謹而守之。齋戒吾身。不遠而復。其端綿綿。擴而充之。泉達火燃。一日天下。而不由人。體之如何。惟乾乾兮。

五言律詩20 **聞金若齋在安東以詩寄之** 按)丁巳冬公往原州 1377 겨울

滄海指會津三年別。平原原州別號一笑同。風塵將歲晩、天地盡途窮。
苦句難成讀、深情默自通、襄陽有山簡。共醉習池中。

按) 後人評曰 醴泉郡亦號襄陽 安東傍郡也 當時必有親友爲其守 地名偶同 故借用山簡事

七言律詩06 **訪同年原州元耘谷** 天錫 1377. 12. 17.

同年元君在原州。行路不平山谷深。客子遠來已下馬。朔風蕭蕭西日沈。
一笑欣然有幽意。尊酒亦復論是心。我唱高歌君且舞。榮辱自我已難諶。

自說) 十二月十七日榜同年元耘谷贈詩賦次韻以謝 ≪耘谷行錄卷≫

七言律詩07 **原城同金若齋見按廉使河公崙 牧使偰公長壽賦之** 丁巳冬
按)原城今原州 1377 겨울

別離三載始相逢。往事悠悠似夢中。毀譽是非身尙在。悲歡出處道還同、
按)時公歸自會津謫所 後人評曰此二句詞意融渾 咀嚼有餘味 洗盡前古騷人遷謫中酸苦之語
風塵未息書生病。歲月如流志士窮。忍向尊前歌此曲。明朝分手又西東。

五言律詩21 **順興府使座上賦詩** 1378 겨울

路長山有雪。村暝水生煙、乘興尋安道、吟詩似浩然、
別離三載外。談笑一尊前。此曲難堪聽、蒼茫歲暮天、

五言律詩[22] **交州道按廉使河公**崙**復命如京原州倅使君**長壽**邀予同餞不赴以詩代之** 1378 按)戊午後往來榮堤時作

河侯淸似玉。瀟灑一儒僊。意氣朝天去。風流自此傳。
官橋藍作水。驛路柳飛綿。相送定何處。煩君誦此篇。

五言古詩[26] **順興南亭 送河大司成 崙還京** 1378

按)戊午後 往來榮堤時作

送君還王京、贈君雲端月、莫言雲端遙、直照杯中物、
願君飮此杯。我心月同潔。群飛劇昏陰。淸光中道蝕。
不有同心人、埋沒竟誰惜、臨分更珍重、見月幸相憶、

五言律詩[23] **順興南亭 別河大司成還京** 1378

異縣分離處。長亭日暮時。浮雲行共遠。遊子向何之。
語苦詩難就。尊空坐屢移。秋天易凄凜。好去慰相思。

五言律詩[24] **寄金副令寓居忠州山寺** 1378

俱是淸寒者。同爲羇旅人。著書山寺靜。行役路歧塵。
一室無餘物。三年尙病身。尊前當握手。相憶莫霑巾。

五言律詩[25] **若齋旅寓** 1379 봄

有客來南邑。僑居傍古城。殘山茅店小。斜日紙牕明。
杯酌黃金嫩。盤餐白粲精。嘉魚隣舍惠。好客主人情。

五言律詩[26] **安東鄕校 閱金堂後詩卷 書其末** 1379 겨울

雨雪歲將晩。風塵浩未收。故人京國遠、久客異鄕遊、
相對忽靑眼。悲歌堪白頭。袖中詩幾首、聊得慰淹留、

七言絶句[25] **題映湖樓** 按)樓在安東 庚申後 往來榮堤時作 1380 가을

飛龍在天弄明珠。遙落永嘉湖上樓。夜賞不須勤秉燭。神光萬丈射汀洲。
按)恭愍王自福州還 書賜映湖樓金榜 揭于樓　舊本作江

五言律詩[27] **避 寇** 按)庚申自榮州避倭寇 1380 가을

避寇離吾土。携家走異鄕。荊榛行自蔽。桑梓耿難忘。
世險憐一本作隣兒少。家貧仗友良。乾坤空自闊。獨立興蒼茫。

五言聿詩[28] **山 中 二首** 按)自榮州 避寇 還三峯舊居 1380 가을

山中新病起、稚子道衰容、學圃親鋤藥、移家手種松、
暮鐘何處寺。野火隔林舂。領得幽居味、年來萬事慵。

又

弊業三峯下。歸來松桂秋。家貧妨養疾。心靜足忘憂。
護竹開迂徑。憐山起小樓。隣僧來問字。盡日爲相留。
按)後人評曰用揚雄事

五言律詩[29] **秋 霖** 1380 가을

秋霖人自絶。柴戶不曾開。籬落堆紅葉、庭除長綠苔、
鳥寒相竝宿、雁濕遠非來、寂寞悲吾道、惟應泥酒杯、

五言古詩[27] **題秋興亭** 1380 가을

自說) 亭在龍山江。李崇仁記。云金奉翊刱是亭。金祕監。扁以秋興。

金侯有雅尙。歸來山水鄕。登高構危亭。日夕此徜徉。
仰視峯巒奇。俯看江流長。禾黍被原野。松菊滿道傍。
落日淡西浦。素月生東岡。藜杖極孤賞。衫袖領新涼。
秋風無限興。浩然不可量。我家三峯下。兩地遙相望。
何當歸去來。一笑共深觴。

五言古詩[28] **送金先生落第南歸 次阮嗣宗感懷韻** 時公在開京 1380

有客歌鹿鳴、曲盡尙遺音、擧世厭淡泊、雅聲竟淪沈、
嗟予微且辱。無以慰滯淫。聊將短歌行。送子歸故林。
去去崇令名、莫負歲寒心、

五言古詩[29] **效孟參謀** 二首 1380

臥壑千年木、枯枝不復春、苔蘚纏其皮。嶙峋如龍鱗。豈無樑棟用。
萬牛空逡巡。我來適見之。苦淚爲霑巾。棄置勿重歎、材大難容人、

又[2]

有客抱瑤琴。悄悄莫肯彈。一彈非所惜、直恐知音難、
志在山水外、子期終惘然、感深不成聲、急撥還斷絃、

七言古詩[03] **落馬唫呈圃隱 陶隱 浩亭三位大人** 1380

朝來騎馬出都城。都城之路如砥平。逢人不揖亦不語。垂鞭放轡隨意行。
肩如山聳頭鶴側、哦詩不覺時有聲、天公似戲疏且懶、忽然健倒傷我形、

兒童攔街拍手笑。歸臥十日猶未寧。門無車馬雀可羅。況得坐値公與卿。
爲因砭灸息干謁。僕童有暇及薪荊、君不見于塞上翁、得失從來禍福幷、

七言古詩[63] **次諸公韻** 1380

圃隱先生道德宗。照人文彩最風流。遁老意氣傾群公。兩鬢華髮吹颼颼。
葵軒淸標奪玉潔。陶齋文焰凌雲浮。又有桐隱是長者。忠民至今猶歌謳。
去年今夜山寺會。談笑縱謔同忘憂。可憐欲之在萬里。三峯幸得出林丘。
歲月幾何聚散多。莫負諸公招我遊。

按) 圃隱(鄭夢周), 遁老(李集), 葵軒(權鑄), 陶齋(李崇仁), 桐隱(李在)弘)

五言律詩[30] **村 居** 1380 가을

村居儘幽絶。未見外人來。病葉霜前落。黃花雨後開。
看書從散帙。有酒自傾杯。不是忘機事、冥心久已灰、

賦[02] **墨竹賦** 1380 가을

陶泓管城子。一日過於無何氏之宅。主人倒屣而出。迎之几席。相與商確古今。評題品物。吐氣霏乎雲煙。發言鏗乎金石。於是管城子揖陶泓而作。裸身免冠。以首濡墨。踊躍跳躍。灑于高堂之壁。乍俯乍仰。或往或復。變態百出。駭人之目。坐客皆顧瞻錯愕之不暇。尙安得髣髴其萬一也哉。觀其如風馬奔逸。躅地拏空。電逝免脫。滅沒無蹤。如巨艦駕浪。健席高張。瞬息百里。超忽渺茫。何其異哉。莫知其狀也。至若揮擢奮迅。如疾雷之不及掩聰。非郢人斲鼻端之泥。運斤而生風者歟。如矛戟相向。森然其鋒。非赴敵之兵鞠走而急攻者歟。不然。蜿蜿如龍蛇屈伸。其草聖之三昧。得於劍舞之有神者歟。言未訖。雲煙冥迷。風霜淅瀝。直幹抽簪。逆根埋玉。解籜披披。戰葉摵摵。猗然月下之姿。蒼然煙中之色。嗚呼嘻

噫。玆非所謂墨君者歟。佳賓滿座。相顧大噱。向者之疑。渙然氷釋。

賦[03] **梅川賦** 按) 梅川 晉州村名. 浩甫 河有宗字. 河有宗所居 1380 겨울

歲在庚申。時維季冬。天氣凜冽。枯木號風。三峯子躡屐出門。四顧蒼茫。渺天地兮窮陰。忽鼻端兮淸香。觸之而不見。尋之而無方。怳未知爲何物。悵予心兮若忘。于時夜雪新霽。素月流光。渡川流之淸淺。散予策兮彷徨。粲然得之于川之傍。欲誰何兮無言。羌意眞兮色莊。縞裙兮練袂。羽衣兮霓裳。雪肌兮綽約。玉貌兮輕盈。飄飄然若泛銀河而歷廣寒。挹群僊於上淸也。有一少年。若嬉若噱曰。惟群物各以類從。僊凡異處。淸濁不同。蓋物之至潔者雪也。氣之至淸者月也。上下無間。湛然一色。此造物者之所以厚予嗜。而予之所以自適也。顧人世兮安在。隔風日兮幾塵。人間之熱。不足以爲吾病兮。世俗之累。不足以撓吾眞也。子何自而來乎。三峯子不覺聳動毛髮。灑然拭目而視之。乃與浩甫遊於梅川。

五言律詩[31] **立春日 次陶隱詩韻** 1382 입춘

東郊猶臘雪、又是一年初、菜得嘗新味。符將換舊書。
壯心隨日減、狂態與時疏、聊用題詩句。幽懷向子攄。

五言絶句[01] **詠 梅** 十三首 1382 봄

渺渺江南夢、飄飄嶺外魂、相思空佇立、又是月黃昏、

又[2]

泠泠孤桐絲。一本作絃 裊裊水沈煙。皎皎故人面、忽到夜牕前、

又[3]

窮陰塞兩間、何處覓春光、可憐枯瘦甚、亦足卻氷霜、

又[4]

著屐踏殘雪。行此江之濱。忽然逢粲者。聊可慰幽人。

又[5]

一曲溪流淺、三更月影殘、客來吹玉篴、獨立不勝寒、

又[6]

嶺外疊峯巒、巖邊足氷雪、玉魂落遐荒、相看兩愁絶、

又[7]

久別一相見。草草著緇衣。按)此詠墨梅也 但知風味在。莫問容顏非。

又[8]

遠使何時發。初從萬里廻。春風也情思、吹入手中來、

貞白子問於玉潔先生曰。詩可學乎。曰。不可。學詩如學禪。自有古人公案。先生因甚道詩不可學曰。待汝學禪了。方向與汝道。曰。學則不問。請問不可。曰。言之則觸。不言則背。觸也落這邊。背也落那邊。不觸不背。中中而入。方許你覷得本分風光。曰。弟子根機下劣。時緣未到。今聞先生之言。與蚊䖟𪖙鐵牛相似。請先生不惜方便。下一轉語。以終惠焉。先生默然良久。微吟上八絶。貞白子聽之。竦然有箇省會處。卽呈偈曰。

又[9]

縷玉製衣裳。啜氷養性靈。年年帶霜雪、不識韶 一本作昭 光榮、

按) 後人評曰此遯世間之意

又[10]

夜靜雪初霽、淡月橫半天、腸斷江南客、哦詩獨不眠、

先生曰。汝得吾皮肉。

又[11]

婆娑廣寒夜、冷淡楚澤秋、一般清氣味、獨自占風流、

又[12]

明牕橫棐几。不許素塵侵。燕坐讀周易、端的見天心、

先生曰。汝得吾骨髓。貞白子欣然而樂曰。不亦善乎。問一得三。聞詩聞禮。又聞君子之心切於老婆也。

又[13]

西湖人不見。天地徒爲春。曠然千載下。冥會精與神。

先生曰。白也可與言詩矣。其告也往也。其知也來也。先生自是不復言詩。如有請者。曰貞白子在。

五言絶句[02] **詠 柳** 七首 1382 봄

含煙偏裊裊、帶雨更依依、無限江南樹。東風特地吹。

又[2]

傍村初暗淡、臨水轉分明、向曉雨初霽。鶯兒忽一聲。

又[3]

牢落高樓畔、荒涼古驛邊、不堪斜日暮、更乃帶殘蟬、

又[4]

東門送客處、正値春風時、此恨何時盡、年年多別離。一作離以長新枝

又[5]

久客未歸去、斜陽獨倚樓、一聲何處篴、吹折碧江頭、

又[6]

飄飄如欲近。故故似相隨。輕薄還無定、難憑贈所思、

又[7]

皆言舞腰細。復道翠眉長。若教能一笑、應解斷人腸、

七言絶句[26] **訪古軒和尚途中** 1382 봄

荒坡不盡路無窮。雪滿山深落日風。始聽鐘聲知有寺。房櫳隱約碧雲中。

七言絶句[27] **村居友送銀魚 書懷謝呈** 1382 봄

映湖樓下有銀魚。千里來傳故舊書。金章紫綬徒爲爾。清夢時時遶草廬。

七言絶句[28] **送等菴上人歸斷俗** 按)斷俗寺名 在晉州智異山 1382 봄

等菴上人無住着。秋風北來春又歸。臨分不用苦惆悵。予亦從今當拂衣。

七言絶句[29] **夜 坐** 1382 오월

小屋如舟月似波。淸風一陣滿烏紗。都城五月江湖興。露坐中庭放浩歌。

七言絶句[30] **贈柏庭遊方** 1382

流水浮雲任所之。淸風明月獨相隨。遠遊畢竟終何得、早早歸來慰我思、

按) 鄭圃隱題此詩卷曰 三峯於人少許可 有眼分明辨眞假 爲師拳拳乃如斯 柏庭必非虛走者

七言絶句[31] **寄贈柏庭禪** 1382 유월

三冬秀色連空翠。六月清風滿地寒。此是柏庭奇絶處。登攀何日好相看。

七言絶句[32] **水原途中 望金摠郎家** 1382

半嶺疏松夕照明。孤村深樹斷煙生。茅茨處處多相似。爲問君家止復行。

七言絶句[33] **途 中** 1382

曉入城門向夕還。蒼茫星月動前山。家童不睡遙相望。松下苔扉猶未關。

七言絶句[34] **文中子** 1382

紛紛天下事兵爭。尙爲時君策太平。講道汾陰從白首、一時諸子盡名卿、

七言絶句[35] **挽權寧海** 1382 가을

鑑湖秋水倍澄淸。夜夜湖山月正明。疑是先生舊顔色。臨流對月獨傷情。

五言律詩[32] **移 家** 壬戌 1382

公講書于三峯齋 四方學者多從之 時鄕人之爲宰相者 惡之撤齋屋 公率諸生往依富平府使鄭義居府之南村 故宰相王某欲以其地爲別業 又撤去齋屋 公又移金浦

五年三卜宅。今歲又移居。野闊團茅小、山長古木疏、
耕人相問姓、故友絶來書、天地能容我、飄飄任所如、

五言聿詩[33] **雪** 1382 겨울

季冬初見雪。著瓦曉痕新。淺草纔藏葉、中庭得掩塵、
隨風飄易散。遇垤乍相因。農務知何似。東皐近立春。

五言聿詩[34] **宿原堂寺** 時公還金浦 1382 겨울

古寺何年構。殘會寄此生。石峯危欲墜、樵徑細難行、
松雪晴猶落。苔扉晝尙傾。禪牕報初日、山下午雞鳴、

題跋[03] **題蘭坡四詠軸末** 按)蘭坡 淸川伯李居仁自號 1382

予在松京。日詣先生之室。左右無他物。惟琴書在床。傍置小盆。植松竹梅蘭於其中。翫而樂之。予惟世俗之於松竹於梅蘭。但見其蒼蒼而已。粲粲猗猗而已。亦知其妙有會於此心者乎。方其霜雪霾天。火雲爍空。鬱彼松竹。挺然獨秀。陽德所鍾也。氷崖石裂。衆卉掃地。梅萼始敷。盈盈馥馥。春意之盎然也。至若露曉月夕。有香泠然。觸于鼻端。是則蘭之爲物。稟陽氣之多。而其馨香之德。可比於君子者也。蓋陽者原之通。天地之生意也。草木雖微。生意發育。與此心生生之理。周流無間。先生之樂。其有得於此乎。先生之於草木。愛之篤而養之勤如此。況人與我同類而至貴者乎。況志同氣合。如雲之從龍者乎。今玆觀察于慶尙也。推是心而廣之。將使斯民遂其有生之樂。熙熙然如草木之得時雨也。無疑矣。

題跋[04] **蘭坡四詠後說跋** 1382

道傳 嘗爲蘭坡。詠松竹曰。方其霜雪霾天。火雲爍空。鬱彼松竹。挺然獨秀。自以爲句語句語舊本作語句頗工。後聞挺字乃蘭坡家諱。按)蘭坡大人文簡公名挺 思欲改之而難其字。問諸獨谷。獨谷微吟古人竹詩曰。屹然風霜表。色照乾坤寒。予卽於言下領其意。以屹易挺。雅健一本作捷可誦。於是表其得於獨谷者。俾世之獨學而自以爲是者有以洗其陋而祛其惑。因以自勉焉。

理學[01] **學者指南圖** 失傳 1382

七言律詩[08] **早 行** 1382 겨울

月落參橫欲曙天。飛霜如雪凘氷堅。行穿林莽疏還密。望盡雲峯斷復連。
擾擾身前多謬計。悠悠馬上帶殘眠。一年四過楊川水。不待陳蹤却惘然。

五言律詩[35] **原 日** 1383

今日是原日。新年非舊年。崇朝風送雪。向午雨連天。
氛祲靈臺望。災祥古老傳。群公勤燮理。端合醉陶然。

五言聿詩[36] **詠雪 次遁村詩韻** 1383 2월

縱橫隨處滿。輕薄被風移。縞色梅邊眩、寒聲竹外知、
聰明書可讀。廚冷玉難炊。乘興欲相訪、何煩勞夢思、

五言聿詩[37] **雨** 1383 초봄

雨聲偏好處、茅屋午眠中、亂灑侵寒浦、斜飛逐細風、
柳低含晩翠、花重濕鮮紅、田父笑相對。家家望歲功。

五言聿詩[38] **春 風** 1383 봄

春風如遠客。一歲一相逢。澹蕩原無定。悠揚似有蹤。
暗添花艶嫩。輕拂柳絲重。獨惜吟詩客、還非昔日容、

五言聿詩[39] **新 亭** 1383 늦봄

新亭臨曠野。野外抱長川。鳥叫最深樹、人眠正午天、

峯巒屛自擁。畦畛繡相連。幽興向來極、呼兒鑿石泉、

五言聿詩[40]　**雲** 1383 여름

浮雲多變態。舒卷也飄然。間繞遙岑上、纖籠淡月邊、
迢迢風共遠、漠漠雨相連、亦解尋逋客。朝來入洞天。

七言絶句[36]　**驪 江** 輿地勝覽 1383

江山雪月客登樓。把酒吟詩作勝遊。水落貢船推不下。萬夫疏鑿使君憂。

七言絶句[37]　**過古東州** 二首 癸亥秋 公從東北面都指揮使 今我太祖赴咸州幕
按) 東州 鐵原古號 1383 시월

遠隨戎旆過東州。畫角聲高欲暮秋、往事奢華無處問、冷煙衰草鎖荒丘、

又[2]

曠野天低草木秋。長江如帶繞城流。將軍此地摧强虜。仗節重來尙黑頭。
按) 恭愍癸丑春 納哈出入寇 我太祖 大破賊于咸興坪

七言絶句[38]　**鐵 嶺** 1383 가을

鐵嶺山高似劍鋩、海天東望正茫茫、秋風特地吹雙鬢、驅馬今朝到朔方、

七言絶句[39]　**過鐵關門** 1383 가을

雲煙一道滄溟近。風氣千年地理分。自笑區區經國志、從戎又過鐵關門、

贈三峯 癸亥秋　鄭夢周

鄭生東去路悠悠。鐵嶺關高畫角秋。入幕賓中誰第一。月明人倚庾公樓。

編輯者) 윗 시는 1383년 가을 웅지를 품고 이성계를 찾아 함주 군막으로 떠날 때, 공을 흔쾌히 반겨 주리라는 뜻에서 포은이 격려차 지어 준 것이다.

七言絶句[40] **題咸營松樹** 從我太祖東北面作 1384 삼월

蒼茫歲月一株松。生長青山幾萬重。好在佗年相見否。人間俯仰便陳蹤。

七言絶句[41] **題咸興館** 甲子春 1384 삼월

三月三日發咸州。柳色搖黃草欲抽。正値關東好時節。宦遊還是等閒遊。

七言絶句[42] **過文川** 1384 봄

文州城外草青青。垂柳陰中百鳥鳴。不識淸明寒食過。日斜猶自向西行。

七言絶句[43] **自 詠** 五首 甲子 公自 咸州幕 還金浦 1384 봄

窮經直欲致吾君。童習寧知歎白紛。盛代狂言竟無用、南荒一斥久離群、

又[2]

致君無術澤民難、擬向汾陰講典墳、十載風塵多戰伐、青衿零落散如雲、
按) 後人評曰 有挽回世道之意 一本作煙

又[3]

自知儒術拙身謀。兵略方師孫與吳。歲月如流功未立、素塵牀上廢陰符、

又[4]

書劍區區兩未成、問歸田舍事躬耕、不堪旱溢年來甚。爭奈門前責地征。

又[5]

今古都無百歲身、休將得失費精神、只消不朽斯文在、後日當生姓鄭人。

七言絶句[44] **挽金氏夫人** 1384

良人逝去未經年。哭徹穹蒼淚滴泉。已向地中相見了。哀哀兒子竟誰憐。

七言絶句[45] **又赴咸州幕都連浦途中** 甲子夏 按)浦在咸興府南 1384 여름

湖光天影共蒼茫、一片孤城帶夕陽、忍向此時聞舊曲、咸州原是國中央、

七言律詩[09] **次安邊樓韻** 1384

按)安邊駕鶴樓有李侍中子松題詩 故公詩有上相登臨之語 甲子夏公赴咸州時

上相登臨駕鶴樓。眼明詩句壁間留。江山信美非吾土。歲月無情逐水流。
遙望星辰高北極。遠遊鞍馬記前秋。一身萬里倦行役。徙倚欄干得暫休。

兵書[01] **八陣三十六辨圖譜** 失傳 1384

曆書[01] **太乙七十二局圖** 失傳 1384

五言律詩[41] **入成均館** 時公以前司藝爲教官 乙丑 1384 여름

十年重到此。門外尙盤桓、猶是舊司藝、今爲新教官、
齋居閉風雨。廟貌肖衣冠。獨愛後凋樹。中庭過歲寒。

七言絶句[52] **題僧牧菴卷中** 乙丑春 1385 봄

芳草長堤春雨微。牧牛終日却忘歸。請君須辦耕田力、莫使無爲空自肥、

五言古詩[32] **竹所** 乙丑 公還在開京時 按)竹所 韓尙質軒號 1385

高人竹爲所、竹與人共淸。婆娑月夕影、淅瀝風朝聲、
渠心獨自許、苦節乃可貞、對此成益友。聊以寄此生。

五言古詩[33] **題臥雲山人詩卷** 1385

幽人謝塵事。高臥白雲中。雲來本無心。雲去忽無蹤。日夕自怡悅。
氣味與之同。我來逢玉雪。得以挹高風。可思不可見。雲深山萬重。

表文[01] **請辛禑賜謚表** 乙丑五月 麗史辛禑傳 下同 1385 오월

賜謚。實勸忠之方。顯親。爲致孝之本。玆陳危懇。庸黷聰聞。竊念臣父先臣顓。當聖上之勃興。先諸藩而歸附。欽遵正朔。謹守封疆。不弔昊天。奄辭昭代。若稽示終之典。敢請節惠之名。伏望陛下垂日月之明。廓乾坤之度。特頒殊寵。以慰貞魂。則臣謹當效先臣之精誠。祈一人之壽考。

表文[02] **請辛禑承襲表** 1385 오월

建侯。所以綏遠。襲爵。所以紹先。此帝王之常規。而人子之至願。竊念臣禑爰從弱齒。遽喪嚴顔。念歲月之云徂。撫霜露以增感。第以藩宣之難曠。玆用呼籲之益勤。伏望陛下大度包荒。同仁無外。優垂景命。被及微躬。則臣謹當保民庶於一方。祝聖人之萬壽。

按)公到南陽 謝上表曰 使還之日 卽授臣知製敎 殿下請承襲 俾臣草表文 天子嘉之曰 表辭誠切 高皇帝賜謚制亦曰 表辭懇切

箋[01] **到南陽謝上箋** 乙丑 1385

道傳。蒙恩。除南陽府使。已於今月十七日。到任上訖。祇承綸命。出守海鄕。愧感交騈。罔知所措。竊念以臣之微。本無寸長。蒙先王之知。擢

從臣之列。當逆眊伏罪。告謝太室。俾臣考校鐘律。肄習祭儀。比及卒事。禮無愆違。先王稱之曰能。禮曹學官。命臣兼之。仍尙符寶。視草誥院。恩至渥也。及先王棄群臣。臣於是時。以禮儀郞。職掌禮務。承命廟堂。糾合百官。以定大業。殿下初卽位。庶政俱新。除臣成均司藝。藝文應教。知製教。蒙恩召入書筵。講大學書。至穆穆文王。於緝熙敬止。其於爲人君止於仁。爲人臣止於敬。爲人父止於慈。爲人子止於孝。與國人交止於信。懇懇辨論。以致丁寧。殿下納之。臣感知遇之恩。言無避諱。觸忤時宰。斥去南荒。間關炎瘴。濱於死者。幾至三年。例徙于鄕。又過四年。許於京外。從所便宜。是則殿下賜臣以再生。甘自分於閑散。爲盛代之逸民。歲在甲子。殿下命門下評理鄭夢周賀天壽聖節。臣爲書狀官。奉表朝京師。前此二三行李。皆被拘留。存亡未知。在廷之臣。憚莫肯行。臣從鄭評理。受命卽行。達于金陵。不失其期。朝聘始通。拘留者歸。是在殿下事大以誠。群臣奉承之勤也。臣何力之有焉。使還之日。卽授臣成均祭酒・知製教。殿下請承襲則俾臣草表文。迎詔誥則俾臣習儀注。天子嘉之曰。表辭誠切。使臣稱之曰。禮儀可觀。方今文理盛開。儒臣林立。顧臣何人。獨有是榮。此又殿下賜臣以不朽也。惟典校寺。本祕書省圖書所在。讎校任重。謂臣有學爲令。於是書生之榮。其亦極矣。顧惟臣營生謀拙。食貧口衆。故求外寄。以盡餘年。豈期求退而資益高。辭榮而寵自至。玆蓋伏遇主上殿下。以忠信體群下。諒臣志之無他也。臣敢不益勵駑鈍。宣上德意。撫綏疲瘵之餘民。仰酬洪造之萬一。

啓[01] **到南陽上密直司啓** 乙丑 1385

道傳啓。蒙恩授前件差遣。已於今月十七日。赴任上訖。獨把一麾。出宰百里。徒費廩養。無補承宣。顧惟小鄕。濱於大海。島寇無時而竊發。居民屢至於騷然。苟非通敏之才。難得撫禦之道。如道傳者。學無適用。知不逮人。合問舍而歸田。乃分符而授節。玆蓋恭遇內相閤下。龍喉出納。

洪業贊襄。以爲人無智愚。皆有可用。取長舍短。竝採兼收。至使疏庸。亦蒙甄錄。道傳謹修謝上箋。隨啓投進。伏望昵侍清燕。從容聞達。幸甚幸甚謹啓。

五言古詩[34] **送遼東使桑公** 辛禑 乙丑 按)桑公名麟 來索元季流民 1385

聖朝重方隅。幕府開遼陽。主將信英俊。賓客多才良。
有美桑公子。壯年懷慨慷。復此持使節。能慰遠人望。
如何遽告歸。秖令我心傷。蕭蕭木葉下。悠悠關路長。
西風吹征袂。寒日照離觴。臨分更握手。珍重莫相忘。

五言古詩[35] **送行人段公還朝** 乙丑秋 按) 段公名祐 以詔書使還京 1385

秋風吹玉露。河漢夜有光。行人將發夕、道路悠且長、
男兒志遠大、一別何足傷、感激承嘉惠、涕淚霑衣裳、
昂昂鸞鶴姿、肯處鷄鶩場、恨無雙飛翼、寥廓同翺翔、

五言古詩[36] **送行人雒公還朝** 按)雒公名英。乙丑十月 以謚冊使還京 1385

蕩蕩白玉京、遙遙滄海湄、相去雖云阻、風雲際一時、
今夕是何夕。接君瓊樹枝。得聞天子聖。皇風日清夷。
所以眷東顧。霈然覃恩私。宣命甫已畢。駕言還其歸。
執手野踟躕、不忍與君違、君違行且遠。我心傷以悲。
去去躬自勖、霄漢高翔飛、上應明時需、下慰長相思、

七言絶句[32] **題隱溪上人霜竹軒詩卷** 1385 가을

一曲溪流繞屋鳴。數枝疏竹對霜横。須知生意終難遏。又有源源活水淸。

五言律詩[33] **伏蒙國子典簿周先生[倬]惠筆 謹賦五言八句爲謝**

乙丑秋 1385 가을

名自吳興重。先生得一枝。臨池傳妙訣、落紙有新詩、
夢見才猶進。分來喜可知。此心何日忘。長向手中持。

戲和宗之見示詩韻 周倬

遠頒天府籍。職近上林枝。最愛生花筆。堪憐伐木詩。
斯文猶邂逅。交契遂相知。將意殷勤處。霜毫爲捧持。

五言古詩[37] **送國子典簿周先生 倬 還京** 1385 시월

按) 乙丑十月 周倬以謚冊使還京

惟天眷一德。明明闢皇闈。烈烈宅有截。煌煌樹宏規。所以聲教被。
不分華與夷。虞庠周先生。載詠菁莪詩。及此持使節。赫赫漢官儀。
咳唾落珠玉。顧眄生光輝。誰謂小邦陋。亦得遭盛時。寵錫正終始。
擧國承恩私。顧予何爲者。獲荷君子知。敢言應同聲。聊賦我所思。

五言古詩[38] **題全典客字說卷中** 按)全典客名五倫 1385

惟天降以衷。民固秉其彝。大倫乃有五。順也非强爲。
世人多昧此。全者或幾希。曰若華協勛。都兪皐與夔。
齊栗致烝乂。欽哉虞嬪釐。是爲人倫至。而作萬世師。
吾黨有君子。全家呼白眉。以此著名字。至處心所期。
請自孝悌始。孟氏豈我欺。

七言絶句[53] **送偰副令按江陵** 1385

文星昨夜動光芒。玉節遙臨碧海傍。提學先生遺愛在。送君今日更霑裳。

按) 公之大人提學公。恭愍丁酉存撫江陵 多遺愛

五言律詩[44] **送鄭正郎之任古阜** 1385

昔我謫滄海。夫君在玉京。歸來十年阻。漂渺一麾行。

日夕吹炎瘴。東南鬪甲兵。臨歧相送罷。回首若爲情。

五言聿詩[45] **送鄭副令** 洪 **出按慶尙** 1385

萬古雞林碧。風流代有人。星軺辭白日。玉節映青春。

交契通家舊。離愁此地新。龜山桑梓邑。爲我訪遺民。

按) 龜山 榮川山名 卽公墳鄕

五言聿詩[46] **題古巖道人詩卷** 1385

自說) 故先生崔兵部之弟也。予遊先生門受業時。巖尙讀書。先生卒。與巖別二十餘年。見於陶隱齋。乃祝髮爲浮屠也。感歎久之。因書其詩卷焉。

伯氏斯文秀。微言共爾聞。別來經歲紀。那料入空門。

慕古巖爲號。居今世不群。此行何日返。有便問溫存。

書簡[04] **書簡文** 1385. 11. 4.

重陰下。一陽復至積阻餘。辱問忽至。天時人事。符應迅速。天人感通之妙。於斯可見。三絶之教。何敢□□□□之。彷佛。此非聰明叡智神武。而不殺者。何敢擬議也。學衰道喪。誣聖蔑賢。晦翁之道。幾乎薄蝕。而尊能味人之所不味 操存省察。辨異闢邪。明白痛快。心豁眼明。三讀上下也。自餘不具。伏惟。尊照。

乙丑至月 四日 道傳。 ≪槿域書彙第一冊≫ 서울大學校 博物館

序07 **送楊廣按廉庾正郎詩序** 1385

予丁家憂。因居榮州。南方學者。多從之遊。今楊廣道按廉副使庾公亦在焉。於儕輩年最少。與之語道理古今事。默然心解。至論政事吏理。一一領略。退充然若有得。予固目異之。謂諸生曰。此子他日必爲有用之才矣。後棄科學業。從事文墨。朝廷以公有通敏才。拜監察糾正。平壤乃西北都會之所。軍民務劇。尹公一本無公字以重臣出。公爲判官。佐之幕府。稱其能。入典法爲正郎。獄無冤滯。又督陰竹屯田。歲入倍前。仍察訪一道兼軍須。姦猾畏服。府庫充盈。若公者。可謂才矣。嘗論儒吏之說。道德蘊之於身心。斯謂之儒。教化施之於政事。斯謂之吏。然其所蘊者。卽所施之本。而所施者。自其所蘊者而推之。儒與吏爲一人。道德與教化。非二理也。自世道之降。道德變爲詞章。教化易爲法律。而儒吏於是乎判矣。此斥彼爲俗。彼訾此爲腐。世之言道德教化者。皆爲無用之長物。其間或有以儒術。緣飾吏理者。亦不過自濟其私而已。予學且陋。然從予遊者。若祕判安公 按楊廣・大護軍李公 按慶尙・中書成公・司農金公 按交州。卓有成績。及今版圖庾公。亦以重選。按楊廣。皆儒之效。吏之循也。語曰。學而優則仕。仕而優則學。是仕與學相須也。二・三子若因其才質之美。勉進不已。他日成就。固未易量也。且將使斯世知眞儒循吏之在此而不在彼矣。前待制尹公。性狷直少許可。於庾公素相善。且有姻。故作詩送其行曰。念昔吾家正獻公。觀風楊廣至原中。外孫玄壻今持節。舊宅春光思不窮。大司成權奉翊已下二十八人。分韻賦詩。謂道傳有舊。屬以序。

序08 **送宋判官赴任漢陽詩序** 按)宋判官名因 號杏亭 1385

嗚呼。爲臣忠爲子孝二者。人道之大端。而立身之大節也。所居之位不

同。時與事常相違而不相値。忠以孝不得兼盡。爲人臣子者。或有所憾焉。漢陽府判官宋侯。事父母盡孝道。始居全羅道寶城。海寇深入作耗。宋侯奉兩親避其難。間關草莽。恐不免。遠徙楊廣道果州。賃田宅以居。課僮僕農耕供甘旨。郡縣感孝誠。多所餽遺。及父卒。自初喪至葬祭。皆以禮。哀動隣里。喪母亦如之。于時國家擧式序之典。尤重守令。命下臺省。各擧所知。上宋侯名。慈祥廉幹宜近民。不謀而同。於是奪哀加階奉善大夫知旌善郡事。宋侯上書辭以違遠墳墓。不得親朔望之祭。請終喪。語甚哀切。朝議孝子。志不可奪。守令亦難其人。漢陽去果州。不數十里。聽訟之暇。往修朔望。庶兩得也。卽改漢陽府判官。拘制降階通直郎。吏督上道。不得已之官。噫。人之於仕進。一資半級。在所必計。宋侯以親故。舍高取卑賢夫。孝則固已。忠其在此行乎。諸公嘉宋侯之志。咸賦詩以贈。朋友之意也。予鄕人也。敢自幸。於是作序。

題跋[05] **題漁村記後** 按)漁村 孔俯號 1385

可遠權先生爲孔伯共一本作恭下同作記。宛然畫出一漁村。伯共以朝士號漁村。志其樂也。伯共不惟樂之於心。而又發之於聲。每酒酣。歌漁父詞。非宮商。非律呂。而高下相應。節奏諧協。蓋出於自然者也。夫樂漁村者伯共也。樂伯共之樂者可遠也。道傳聽伯共漁父詞。讀可遠漁村記。有悠然而會於心者。謂予能樂二子之樂。亦可也。嗟乎。俯仰此身。滄海一粟。當與二子浮雲乎斯世。虛舟乎江湖。竟不知樂之者誰也。嗚呼微哉。三峯鄭道傳宗之。書于江月亭。

祭文[03] **祭文信公文** 代人作 乙丑 1385

按)文信公 卽柳淑 公之座主 代淑之子密直副使實作此文

嗚呼。有昊天之德而不能報。有窮天之憾而不能釋。按)恭愍戊申 柳淑論辛旽杖流旽縊殺于靈光郡 不肖孤所以痛心而泣血也。而又行高於一世而不能紀。功在於王室而不能白。則不肖孤尤得罪於名教也。惟我先考。當玄陵潛邸之日。間關萬里。身負羈紲。及王定位。東還于國。入掌樞機。昵侍帷幄。從容參贊。多所裨益。變故相仍。禍亂屢作。不避危險。苦心焦力。以濟艱難。此功在王室者也。間言一入。抽身而出。泥塗其軒冕。弊屣其爵祿。欣然若將終身。無纖芥之形於辭色。至於死生之際。確乎有不可奪之節。其行可謂高於一世矣。自先考之逝。日月倏忽。至十有八年之久。而誌墓之石始刻。不肖孤稽緩之罪。不以是而免也。而先考之行之功。幾泯而復存。豈非幸之萬一哉。卜于吉日。埋此碑石。先考有知。歆我明酌。

七言絶句[54] **雪中訪友** 韓尙質 1385 겨울

雪中騎馬訪韓生。直到門前尙未晴。返路也乘餘興去。風流何似剡溪行。

七言絶句[55] **梅雪軒圖** 1385 겨울

故山渺渺豫章陰。大地風寒雪正深。燕坐軒牕讀周易。枝頭一白見天心。

五言絶句[03] **無 題** 鄭氏家傳 1385

問水一官淸。論文千載事。唯有古人書。手編已就次。

七言絶句[56] **李判書第次權大司成韻** 1386 봄

睡起昏昏眼不開。扶頭正怯更臨杯。主人爲解餘酲在。復道槽牀已上醅。

七言絶句[57] **春雪訪崔兵部** 1386 봄

街頭楊柳欲春風。無奈朝來雪滿空。走向君家急呼酒。衰顔憔悴尙能紅。

七言絶句[58] **獲奉鈍齋先生四詠** 1386

自說) 有以見正大高明之學 恬澹閒適之情 不勝景歎 依韻和之。 按) 鈍齋 金光轍號

何人親見伏羲來。陶冶原化酒一杯。已向靜中觀物了。天根月窟一時開。

右詠造化

又[2]

早起追隨肥馬來。富家門裏飫殘杯。請君看取路傍子。時復逡巡白眼開。

右戒奔競

又[3]

簫鼓紛紛競往來。椒馨滿案酒盈杯。共言淫祀終無福。得見何時大道開。

右飭淫祀

又[4]

相國朝朝退食來。每逢佳客勸深杯。小生得忝膺門接。盡日從容談笑開。

右敍幽適

序[09] **圃隱奉使稿序** 丙寅 1386 유월

道傳十六七。習聲律爲對偶語。一日。驪江閔子復 按)子復 閔安仁字 謂道傳曰。吾見鄭先生達可。曰。詞章末藝耳。有所謂身心之學。其說具大學·中庸二書。今與李順卿携二書。往于三角山僧舍講究之。子知之乎。予旣聞之。求二書以讀。雖未有得。頗自喜。屬國家設賓興科。先生來自三角山。連冠三場。名聲藉藉。予亟往謁。則與語如平生。遂賜之敎。日聞所未聞。後奔父喪。榮州居二年。繼有母喪。凡五年。按)提學公行狀曰 至正丙午正月 提學公卒 是年十二月 夫人禹氏卒 此云奔父喪居二年 繼有母喪 凡五年 兩處必有一誤 先生送孟子一部。朔望之暇。日究一紙或半紙。且信且疑。思欲取正於先生。喪畢還松京。牧隱先生以宰相領成均。倡性命之說。斥浮華之習。擧先生及李子安·朴子虛·朴誠之之當作夫·金敬之 充學官。講論經

學。先生於大學之提綱。中庸之會極。得明道傳道之旨。於論孟之精微。得操存涵養之要。體驗擴充之方。至於易。知先天後天。相爲體用。於書。知精一執中。爲帝王傳授心法。詩則本於民彝物則之訓。春秋則辨其道誼功利之分。吾東方五百年。臻斯理者幾何人哉。諸生各執其業。人人異說。隨問講析。分毫不差。牧隱先生喜而稱之曰。達可豪爽卓越。橫說豎說。無非的當。道傳間往聽之。不意孤陋所得。往往默契焉。獲被諸公薦。側於學官之列。出入與俱。自是從遊之久。觀感之深。雖曰知先生甚悉。非僭也。先生之學。日以長進。詩亦隨之。當其少時。志氣方銳。直視無前。故其言肆以達。更踐旣久。收斂有加。其爲侍從也。獻納論思。潤色王化。故其言典以則。其見逐南荒也。處優患之中。安義命之分。故其言和易平淡。無怨悱過甚之辭。其奉使日本也。涉鯨濤之險。在萬里外國。正其顏色。修其辭令。揚于國美。使殊俗景慕。故其言明白正大。無局迫沮挫之氣。皇明有天下。四海同文。先生三奉使至京師。蓋其所見益廣。所造益深。而所發益以高遠。渡渤海登蓬萊閣。望遼野之廣邈。觀海濤之洶湧。興懷敍言。不能自已。於是有渡海宿登州公館詩。蓬萊驛示韓書狀尙質詩。道龍山邐迤逾淮河。登舟沿范光湖。絶大江至龍潭。皆有題詠。如客夜聞鶯等詩。覽時物之變。感行役之遠。潼陽驛壁鷹態圖歌。凜凜有生意。憶宗誠・宗本圃隱二子　則極慈祥之念。憶陶隱・三峯・遁村 則篤友愛之情。望北固山悼金若齋。則不以存亡易其心。厚之道也。弔韓信。主晦翁以明其非罪。詠漂母以金易名。不爲無報。過卽墨。責樂毅先負惠王。微顯闡幽之義也。其皇都舊本作朝誤四首。入京出京二絶。鋪張 聖天子字小懷遠之仁。功臣將相富貴尊安之榮。與夫城郭宮室之巨麗。人物之繁華。無不備載。採詩者以此陳於太史氏。其爲 皇明之雅。無疑矣。其佗酬唱題詠。又皆高妙。難可殫記。道傳於洪武十八年。從先生賀天壽聖節。今誦其詩。卽其事。想其地。宛然在目。詩可以觀。不其信歟。噫。先生之學。有功於後世。先生之詩。有關於世教如此。寧不爲吾道重也。此予所以不揆鄙拙。樂爲之道。因以及得於先生者。託不朽焉。洪武十九年六月下澣。序。

五言古詩[39] **夢陶隱自言 常渡海 裝任爲水所濡 蓋有憔悴之色焉** 1386

故人在萬里、夜夢或見之、草草勞苦色、瑣瑣羈旅姿、
雖謂別離久、苑似平生時、淮海足波浪。道途多嶮崎、
君今無羽翼、何以忽在茲。夢覺倍悽惻。不覺雙淚滋。

序[10] **送華嚴宗師友雲詩序** 按)友雲 卽珠公號 封齊生君 1386

華嚴宗師友雲。乃侍中竹軒金倫號金公之子。而侍中息齋金敬直號公。其兄也。幼投華嚴宗祝髮。學賢首教。觀旣通。過鴨綠江。由遼瀋北入于燕都。遂南遊江浙至吳會。往返幾萬里。所至尊宿許之。儕輩推之。拈示之偈。留贈敍別之什。盈於囊橐。其聞善財之風。而興起者歟。及東還。與其弟曹溪岑公俱有名。大爲玄陵知遇。歷住名刹。旣老。退休于鷄林之檀菴。優游於山水間者五・六年。國家强起之。住于大公山之符仁寺。實巨刹也。未幾邀至松京法王寺。爲華嚴宗師。扶樹宗風。開悟後學。僅一朞辭去甚切。國家不得已從之。韓山牧隱先生首爲歌詩。贈其行。諸公繼而和之者多矣。其門人義砧。以先生之命。來徵序文。道傳不敏。烏能言哉。惟金氏本三韓大族。以詩書禮樂。爲家庭之訓。公之所養有素矣。夫華嚴融法。相爲一體。達理事無二致。公之學大矣。遊歷諸方。廣覽山川。多閱人物。公之得於觀感者深矣。挾是三者。焉往而不自得。而公委然其順。頹然其歸。泊然而無所求於世。其行高矣。宜乎公退而人進之。公去而人思之。此諸公所以歌詩之意也。而道傳亦敢以是爲序焉。

銘[03] **彌智山舍那寺圓證國師石鐘銘** 1386 시월

高麗國師。利雄尊者。示寂小雪山。門人火五。得舍利甚多。楊根郡父老請。知郡事姜候萬岭。伐石爲鐘臧。舍利二十枚置舍那寺。凡用粟三十

碩。布三百疋。始於癸亥秋九月戊申。終於冬十二月庚申。門人達心實主。其事焉夫。楊根郡本。益和縣師之母家也。郡之西有大江。曰漢發源太白山。北流六百里入海。郡之東曰。彌智山屹然據乎。楊廣交州之境。其山水淸淑。址氣孕靈。産秀爲環。異奇特之人。其必有得於是者歟。師生楊根郡大元里。游學中國。師臨濟十八代孫。石屋淸珙禪師之法。則師於臨濟爲十九代之孫也。石屋贈法衣禪杖以表相契。東還玄陵禮以爲王師。尋加國師封。母鄭氏。三韓國大夫人陞。益和縣爲楊根郡。郡遴選。朝臣來撫郡人所。以重師而推本。其所由生也。若李候希桂。姜候萬岭皆有古。良吏之風。利興弊革。民得休息。師之賜也。師有再造是郡之德。郡人慕之雖久不忘。以其所以事。師者事舍利。其亦發於本心之。不能已然也。銘之不亦宜乎銘曰。

龍門崒嵂。漢水漣漪。克生異人。王國是師。
臨濟之傳。式克肖之。縣陞爲郡。民安以嬉。
惟師之德。郡人之思。承事舍利。如師在玆。
有礱石鐘。勤我銘詩。留鎭山門。傳示後來。

洪武十九年 十月 日 門人 達心 立石

中顯大夫 成均館祭酒 知題教 鄭道傳 撰 ≪楊平郡 玉川面 龍泉里 舍那寺≫

序[11] 若齋遺稿序 甲子後 1386

道傳。一日得亡友若齋遺稿若干卷。泣且讀。因濡翰書其端曰。此東國詩人金敬之所作也。書未訖。

客詰之曰。金先生學術行義。豈但詩人而止歟。先生生世族。幼而聰敏。旣就學。與圃隱鄭公・陶隱李公・及故正言李順卿。義愛尤篤。朝夕講論。切磋不少怠。吾東方義理之學。蓋由數公倡之也。國家崇重正學。更張舊制。增廣生員。宰相韓山李公。主盟師席。拔薦名儒爲學官。而先生以佗官兼直講。諸生執經受業。列于席前。雖告休沐。從而質問者。相繼于家。多所進益。先生學術之正爲如何。當甲寅乙卯之歲。國家多故。時相用事。先生上書。力言得失。不報竄竹州。例徙居母鄉驪興郡。自號驪江漁父。扁其所居堂曰六友。按)六友 謂江山風花雪月 以樂江山四時之景凡七年。國家尙其風義。召拜諫官。尋長于成均。言責官守。兩無所愧。又以先生。有專對才。行禮遼東都司。適有朝命。不許私交。置先生雲南。行至四川之瀘州。得病卒于旅次。

按)辛禑甲子 義州千戶曹桂龍至遼東 都指揮梅義等紿曰 我於爾國事 每盡心行之 爾國何不致謝耶 禑以九容爲行禮使 奉書幣往遼東 義與摠兵潘敬等曰 人臣無私交 何得乃爾 遂執歸京師 帝命流大理衛 行至瀘州永寧縣病卒

先生自始行至病卒。間關萬里。備嘗艱難。略無顧慮自惜之意。臨絶曰。吾在家死兒女手。誰肯知者。今在萬里外。死於王事。至使中國人。知吾姓名。可謂得死所矣。無一言及家事。先生行義之高。又爲如何。

道傳攬涕而言曰。子之言誠是也。敬之學術行義。備諸史牒。播於人口。奚待予言哉。詩道之難言久矣。自雅頌廢。騷人之怨誹興。昭明之選行。而其弊失於纖弱。至唐聲律聲律 舊本作律聲 作。詩體遂大變。李太白・杜子美尤所謂卓然者也。宋興。眞儒輩出。其經學道德。追復三代。至於聲詩。唐律是襲。則不可以近體而忽之也。然世之言詩者。或得其聲而遺其味。或有其意而無其辭。果能發於性情。興物比類。不戾詩人之旨者幾希。在中國且然。況在邊遠乎。敬之外祖及菴閔公思平 善詞學。尤長於唐律。與益齋・愚谷諸公相唱和。敬之朝夕侍側。目濡耳染。觀感開發而自得尤多。道傳嘗見敬之之作詩。其思之也漠然無所營。其得之也充然若自得。其下筆也翩翩然如雲行鳥逝。其爲詩也淸新流麗。殊類其爲人。敬之之於詩道。可謂成矣。客曰然。卒書以爲序。

銘[04] 若齋銘 1386

此心之微。出入無卿。惟敬斯存。孰知其方。操之大汀。
瞌睡昏昏。一念或放。惟絲之棼。必有事焉。終日乾乾。

七言絶句[59] **哭遁村** 1387

屈指誰知我。傷心欲問天。若齋會萬里。遁老又重泉。
慷慨驚人語。淸新絶俗篇。卽今俱已矣。鳥得不潸然。

編輯者) 月汀漫筆 尹根壽 此以三峯所作 又 陶隱集 李崇仁所作

七言律詩[16] **平昌郡** 輿地勝覽 1387

中原書記今何方。古縣蕭條舊山角。地到門前容兩車。天低嶺上僅三尺。
秋深禾穗散沙田。歲久松根緣石壁。行路難於蜀道難。還家樂勝錦城樂。

七言絶句[60] **春日卽事** 1388 봄

春到園林淑景明。遊絲飛絮弄新晴。鳥啼聲裏無人到。寂寂雙扉晝自傾。

七言絶句[61] **次黃驪詩韻** 1388 늦은봄

按) 此詩 又見權陽村集 疑非公所作 而姑著于此

尺五城南天氣新。暖風遲日最宜人。欣欣草木皆相得。沂上于今欲暮春。

五言律詩[47] **送崔副使擢第還鄕** 1388

鄕居近蓬島。人物似神僊。綠野懸車久。金門射策先。
錦衣仍綵服。壽酒且賓筵。崔鄭通家契。臨歧贈一篇。

五言聿詩[48] **送黃摠郎按楊廣道** 1388

身行天下半。名重海東偏。仗節向何去。登車增慨然。
嗟予學已廢。老矣病難痊。藥料幷書卷。煩君一一傳。

五言聿詩[49] **送李摠郎按慶尙道** 1388

李侯當代傑。登此范滂車。五道嶺南最。千年羅代餘。
地靈饒藥物。板刻富文書。儒士本多病。題封寄草廬。

五言聿詩[50] **送李佐郎按交州道** 1388

郎官美如玉。山水亦淸奇。鄕校文風盛。坤珍藥草宜。
老夫思理病。小子學吟詩。若也蒙分惠。幽居喜可知。

七言律詩[17] **挽李密直** 彰路 1388

憶曾受業益齋門。獨立當時亦有聞、積善盡知餘慶在、老成雖遠典刑存、
金尊美酒春長滿、玉子紋楸日又曛。 按)後人評曰 李必以棋酒自娛者
最恨難將仙掌露。一杯救得病文園。 按)後人評曰 司馬相如爲文園令 有消渴疾 李必病渴

序[17] **陶隱文集序** 戊辰十月 1388

日月星辰。天之文也。山川草木。地之文也。詩書禮樂。人之文也。然天以氣。地以形。而人則以道。故曰文者。載道之器。言人文也得其道。詩書禮樂之敎。明於天下。順三光之行。理萬物之宜。文之盛至此極矣。士生天地間。鍾其秀氣。發爲文章。或揚于天子之庭。或仕于諸侯之國。如尹吉甫在周。賦穆如之雅。史克在魯。亦能陳無邪之頌。至於春秋列國大夫。朝聘往來。能賦稱詩。感物喩志。若晉之叔向。鄭之子産。亦可尙已。及漢盛時。董仲舒・賈誼之徒出。對策獻書。明天人之蘊。論治安之要。而枚乘・相如。遊於諸侯。咸能振英摛藻。吟詠性情。以懿文德。吾東方雖在海外。世慕華風。文學之儒。前後相望。在高句麗曰。乙支文德。在新羅曰。崔致遠。入本朝曰。金侍中富軾・李學士奎報。其尤者

也。近世大儒。有若雞林益齋李公。始以古文之學倡焉。韓山稼亭李公·京山樵隱李公。從而和之。今牧隱李先生。早承家庭之訓。北學中原。得師友淵源之正。窮性命道德之說。旣東還。延引諸生。見而興起者。烏川鄭公達可·京山李公子安·潘陽朴公尙衷·密陽朴公子虛·永嘉金公敬之·權公可遠·茂松尹公紹宗。雖以予之不肖。亦獲側於數君子之列。子安氏精深明快。度越諸子。其聞先生之說。默識心通。不煩再請。至其所獨得。超出人意表。博極群書。一覽輒記。所著述詩文若干篇。本於詩之興比。書之典謨。其和順之積。英華之發。又皆自禮樂中來。非深於道者。能之乎。皇明受命。帝有天下。修德偃武。文軌畢同。其制禮作樂。化成人文以經緯天地。此其時也。王國事大之文。大抵出子安氏。天子嘉之曰。表辭誠切。今玆修歲時之事。渡遼瀋經一本作遷齊魯。涉黃河奔放。入天子之朝。其所得於觀感者。爲如何哉。嗚呼。季札適魯觀周樂。尙能知其德之盛。子安氏此行。適當制作之盛際。將有以發其所觀感者。記功述德。爲明雅頌。以追于尹吉甫無愧矣。子安氏歸也。持以示予。則當題曰觀光集云。

醫學書[01] **診脈圖訣** 失傳 1388

曆書[01] **詳明太一諸算法** 失傳 1388

七言絶句[63] **次尹大司成詩韻** 二首 效其體 1389 봄

拙學誠難箋國風。只吟柳綠與花紅。百年天地知音少。却恐終隨朽壤同。

又

龍起雲從虎嘯風。萬民皆覩日昇紅。兩間充塞皆生意。自是薰蕕器不同。

七言絶句[64] **李判書席上 同圃隱賦詩** 1389 봄

庭院深沈樹色微。駁雲漏日雨霏霏。一聲瑤瑟美人唱。酒滿金尊客未歸。

七言絶句[65] **書應奉司壁** 按)麗朝置文書應奉司 爲事大設也 卽我朝承文院 1389 봄

內溝流水漾漣漪。柳線無風直下垂。白鳥一雙相對立、滿園纖草雨晴時、

七言絶句[66] **入 直** 1389

雪壓宮墻面面重。煙光暝色暗相籠、直廬靜坐銀屛擁。南寺時聞第一鐘、

七言絶句[67] **次鄭狀元摠 城南卽事韻** 1389 춘삼월

日日城南芳草新、壟頭無復舊時人、每逢寒食思歸去、淹滯京華又一春、

七言絶句[68] **鄭摠郎作詩有落花之歎次韻反之** 1389 삼월

花開花落自春風、老去衰顔不復紅、美酒三杯詩一首。藹然佳興四時同。

五言律詩[51] **挽判門下曹相國舅姑** 1389

結髮爲夫婦。相將八十秋。九泉雙劍化。萬事一時休。
共殯都門外。同歸古壟頭。乘龍是上相。身外更何憂。

五言聿詩[52] **挽尹密直** 可觀 1389

按)恭愍時 尹可觀與洪倫等昵侍王左右 令通益妃 可觀以死固拒 王大怒棒之 廢爲庶人 後爲慶尙道副元帥 禦倭寇 置船卒 開屯田 多遺愛 公詩所謂皓日照丹心 南州惠愛深 蓋指此也

芳年直紫禁。皓日照丹心。古府樞機密。南州惠愛深。
山頹安所仰。天遠固難諶。忍看埋玉樹。苦淚倍霑襟。

五言聿詩[53] **哭崔判書** 1389

中年方宦達。一夕忽長辭。謾哭巨卿友。曾無伯道兒。
銘旌風自引。蕙帳月空垂。送罷都門曉。堂堂何所之。

五言聿詩[54] **哭權侍中** 按)權侍中名皐號誠齋 1389

望高元老行。位接侍中班。蟬冕淸風遠。華堂白日閒。
儀刑餘几杖。寂寞向丘山。來送□□曉 按)舊本淸風二字疊入必誤相逢盡慘顔。

記[04] **求仁樓記** 1389

世之極遊觀之榮者。必窮山水之幽深。涉原野之曠漠。疲精神勞筋骨。然後得之。亦不過快目前之景。恣一時之玩而已。樂極而罷。俯仰之間。惘然成陳跡。猶如昨夢之無有。其或得之畿甸之間。如裴晉公之綠野堂。謝太傅之別墅。誠亦難矣。或在晩年懸車之後。或在國步危急之秋。後之好事者。不能不爲之浩歎也。惟吾尹公。逢國家閒暇之時。以妙年入中樞參機密。卜地得城東南隅。構草屋以居。有山蓊然包乎其外。有泉冷然出乎其中。又起新樓于屋之東。日邀賓客。觴詠樓上。蓋不離將相之位。而翛然有幽人出塵之想。不出戶庭之間。而悠然得山水遊觀之樂。所謂仁遠乎哉。我欲仁。斯仁至矣者。寧不信歟。孔子又曰仁者樂山。請以求仁名是樓。若夫仁道之大。與其求之之方。當在自勉焉。他日對子。必刮目矣。

記[05] **君子亭記** 1389

吾黨有達官者。其風儀挺然而秀發。志操卓爾而不群。君子人也。一日。開新亭于松樹之下。邀諸公而觴之。請予亭名。予指松而語之曰。彼其蒼然其髯。偃然其形。則君子之德容也。窮冬沍寒。風饕雪虐。衆卉摧折。

而亭亭後凋。盛夏炎熱。石鑠金流。生物憔悴。而鬱鬱不變。是則君子固守其節。不爲貧賤之所能移。威武之所能屈也。請名是亭曰君子可乎。大抵古人之於草木。愛之各以其性之所近。靈均慷慨之士。故取蘭之香潔。靖節恬退之士。故取菊之隱逸。以是觀公之所愛。則其中之所存。蓋可知矣。抑登是亭者。果有磊磊落落。不苟合於時世者乎。確然自持。不受變於流俗者乎。則此亭之樂。豈公之所獨有。當與諸公共之矣。諸公曰諾。於是乎書。

記06 高麗國新作都評議使司廳記 己巳 1389

洪武二十二年十二月丙午。殿下命臣道傳曰。都評議使。實予相臣。左右我寡躬者也。當政之始而使司廳適成。爾宜記其顚末。明示後世。臣道傳拜手稽首而言曰。國家置門下府掌理典。三司掌錢穀。密直掌軍旅。各司其職。有大事則會三府以議之。謂之都評議使司。因事置罷。蓋周禮官聯之遺意也。近來使司專總衆職。常置不罷。其職任禮秩。固已重於百僚矣。而無定署。至是新作署宇。門下贊成事臣禹仁烈・評理臣偰長壽・臣金南得・政堂文學臣金湊・同知密直司事臣柳和・簽書密直司事臣李恬・慈惠府尹臣兪光祐。實董其役焉。凡削材塼瓦。皆役雇直之徒。而督勤工繕。經營於旬月之間。民不知勞。其巍然而據于中者曰使司廳。翼然而拱于左右者曰首領官廳。首領官。卽古卿士之職也。承以廊廡。繚以垣墻。以至廚庖府藏。無不周完矣。殿下始以門下侍中臣沈德符・守門下侍中臣李國諱爲判事。三司則判事臣王安德以下。門下則贊成事臣鄭夢周以下爲同判事。密直則判事臣金舊本作全士安以下爲使。正其名稱。使司之任益重矣。唐以他官帶同平章事者，得爲宰相。卽其制也。臣道傳亦濫以庸疏。同判使司。而命臣以記文。臣不敏。何足以言哉。語曰。能近取譬。臣請卽此廳而言之。堂宇譬則君也。樑棟譬則相也。基譬則民也。基當基當 舊本作堂基 堅厚。樑棟當安峙。然後堂宇得以固緻矣。樑棟。上以承其宇。下以藉其基。猶宰相奉君父而撫民庶也。書曰臣。爲上爲德。爲下爲民。此之謂也。入此廳者。視其宇。思所以奉吾君。視其基。思所以厚吾民。視其樑棟。思所以稱吾職可也。古之善相天子者。有若咎・夔・房・杜。其在列國。有若叔向・公孫僑。皆名相也。雖有天子列國之殊。所以順天時遂民生。奉君上理庶官。則其職一也。咎・夔不可尙已。房以謀。杜以斷。叔向以直。公孫僑以惠。蓋非謀事不集。非斷事不成。非直民不服。非惠民不懷。若數子者。亦善其職矣。然猶有所未盡也。必若先儒眞西山之論相業。曰格君曰正己曰知人曰處事。然後可也。夫格君者。亦自正而已。身旣正矣。須有知人之明。處事之方。乃可濟也。幸今國祚中興。明良相遇。上以誠待下。下以誠事上。此東方一盛際也。爲相臣者宜各自勉。以副登庸之意。則使司之設。其庶幾矣。於是乎記。

上言 **王謂公曰 今欲罷僞朝添設職 其述可有 對曰** 1390. 1. 20

王。御經筵。謂道傳曰。今欲罷僞朝添設職。其術何由。對曰。古之用人之法。有四。曰文學。曰武科。曰吏科。曰門蔭。以此四科擧之。當則用之。否則舍之。其誰有怨。又問秩高者。處之何如。對曰。昔宋時。爲散官。設大丹館・福源宮。或授提調。或授提擧。今亦効此。別置宮城宿衛府。而位密直奉翊者。爲提調宮城宿衛事。三四品。提擧宮城宿衛事。然則。政得其宜。體統嚴矣。又問居外者。處之何如。對曰。在京城者。處之如此。則在外者。爭來赴衛王室矣。然後。以秩高下。或爲提調。或爲提擧。王。從之。置宮城宿衛府。道傳又言。唐用人之法。條目有五。一曰。敎養成其才德。二曰。選擧取其秀出。三曰。銓注當其職任。四曰。考課戳其功過。五曰。黜陟示其懲勸。條目中。又各有條目。博學經史。通曉律令。肄習射御。三者。敎養之條目也。文學・才幹・武藝・門蔭四者。選擧之條目也。有德望識量者。爲相。有智略威勇者。爲將。敢言不諱者。爲臺。明察平恕者。爲刑官。通習筭數者。主錢穀。巧思精敏者。

主工匠。此六者銓注之條目也。公耳忘私。勤其職任。爲公。瘠公肥私。曠官廢職。爲過。此二者。考課之條目也。進職秩。加俸祿。爲陟。削官職。竄貶。爲黜。此二者。黜陟之條目也。本朝用人之法。大毁。欲敎養則師道不明。欲選擧則以私蔽公。欲銓注則賢愚雜進。欲考課則請謁煩盛。欲黜陟則賄賂公行。五者皆廢。何從得人乎。近分遣五道黜陟使。是不揣其本。而齊其末也。

五言古詩[40] **題壽慶堂圖** 庚午 重奉使錄 1390 봄

按)壽慶堂 遼東館夫孫氏自扁 黃州人 戍遼東

黃岡渺萬里。攬之盈握中。丘壑宛如昔。草木吹春風。
雙親在堂上。遊子戍遼東。晨昏展新圖。髣髴接音容。
孝誠苟云至。竟與天地通。宣招當不遠。且莫心忡忡。

五言古詩[41] **走筆送高少尹** 1390

耽羅在海上。風氣接蓬瀛。右族有高氏。實惟天所生。人物似神仙。
輝光動列星。世世濟厥美。朝版登姓名。少尹乃其後。楚楚抽華英。
慨然慕儒術。北學來開京。士林服高義。廟堂嘉衷誠。一起超四秩。
金紫擁光榮。異數膺寵錫。杖節還其行。秋風吹官道。落日照驛程。
駟騎去如飛。翩翩紗帽輕。擧杯相送罷。悵望難爲情。

七言古詩[06] **題孔伯共漁父詞卷中** 按)孔伯共。名俯號漁村。善隷書。 1390

有翁有翁身朝衣。半酣高歌漁父詞。一曲起我江海思。二曲坐我蒼苔磯。
三曲泛泛迷所之。白沙灘上伴鷗鷺。紅蓼洲邊同鷺鷥。雲煙茫茫雪霏霏。
水面鏡淨風漣漪。綠蓑青篛冒雨披。短棹輕槳載月歸。興來閒捻一笛吹。
往往和以滄浪辭。數聲激烈動江湄。怳然四顧忽若遺。高歌未終翁在玆。

碑文[01] **積慶園中興碑文** 失傳 1390 겨울

七言律詩[19] **次韻題日本茂上人詩卷** 庚午 1390

公使還居開京時 按)時日本僧永茂來住石房寺

一葉扁舟萬里行。石房二載住開城。人來問法揚眉見。客至敲門合掌迎。
念起心源還自寂、道高骨格不勝淸、五臺何處尋師去、認聽鐘聲半夜鳴。

按)永茂 欲遊五臺山

五言古詩[43] **夜與可遠子能讀陶詩 賦而效之** 按)可遠 權近字 1390

良朋共隣曲。門巷相接連。晨征寒露濡、夜會燈火然、
相與玩奇文。理至或忘言。日月復如玆。此樂矢不諼。

疏[01] **上恭讓王疏** 辛未四月 1391 사월

按)恭讓王求言教曰。弭災之道。莫如修德。爲政之要。惟在求言。昔宋景一言之善。致熒惑三舍之退。天人之際。感應斯速。予以眇躬。荷祖宗之靈。託臣民之上。憂勤夙夜。期底豐平。而智能不逮。學問不明。其於政教。動昧施爲。若涉大川。罔知攸濟。今者日官上言乾文示儆。客星孛于紫微。火曜入于輿鬼。變異甚鉅。兢惕益深。將涼德未修而不孚於帝心歟。政令有闕而不協於輿望歟。刑賞之道有乖於正歟。任用之人或徇於私歟。下情未盡達。而冤抑有所未伸歟。民弊未盡除。而財用有所妄費歟。茂異之才未擧者誰歟。讒佞之徒未斥者誰歟。如斯之弊。豈予一人所能徧察。肆開讜直之路。以消壅蔽之風。芻蕘之言。亦有可採。矧卿大夫百執事之臣。共天位食天祿者哉。玆欲共新於治化。庶以仰答於天心。於戲。賞罰明而禮樂興。陰陽和而風雨時。吏稱其職。民樂其生。其要安在。知而不言。不可謂之仁。言而不盡。不可謂之直。惟爾大小臣僚。竝上實封。寡躬過誤。時政得失。民間利病。毋有所諱。其言可用。予卽有賞。言而不中。亦不加罪。事見麗史。

政堂文學臣鄭道傳。伏讀教書。上以謹天文之變。下以求臣庶之言。而以八事自責。臣讀之再三。不勝感歎。殿下以天之譴告。引而歸之於己。開廣言路。冀聞過失。雖古哲王。未之或過也。臣待罪宰相。無所匡輔。以貽君父之憂。至煩教諭之丁寧。臣實赧焉。嘗謂君爲元首。臣爲股肱。比之人身。實一體也。故君倡則臣和。臣言則君聽。或曰可。或曰不可。期

於致治而已。然則天之譴告。由臣所致也。古者有災異。三公策免。爲大臣者亦避位而讓一本作禳之。請免臣職。以弭災異。然念古之大臣。當請退之時。必有陳戒之辭。況今獲奉敎書。安敢不效一得之愚。仰備採擇之萬一。伏讀敎書曰。涼德未修而不孚於帝心歟。政令有闕而未協於輿望歟。臣愚以爲德者得也。得於心也。政者正也。正其身也。然所謂德者。有得於稟賦之初者。有得於修爲之後者。殿下大度寬洪。天性慈仁。得於稟賦之初者然也。殿下平日未嘗讀書以考聖賢之成法。未嘗處事以知當世之通務。安敢保德之必修。政之無闕也。漢成帝臨朝淵默。有人君之度。無補漢室之亡。梁武帝臨死刑。涕泣不食。有慈仁之聞。不救江南之亂。徒有天質之美。而無德政之修故也。伏望殿下毋以稟賦之善自恃。而以修爲之未至者爲戒。則德修而政擧矣。伏讀敎書曰。任用之人或徇於私歟。賞罰之道有戾於王歟。臣愚以爲任用之人出於公私。在殿下自知之耳。臣何足知之。然除目旣下。外人目而議之曰。某也故舊也。某也外戚也。外議如此。臣恐徇於私者。雜之也。賞者。勸有功也。刑者。懲有罪也。賞曰天命。刑曰天討。言天以賞刑之柄。付之人君。爲人君者。代天而行之耳。賞刑雖曰出於人君。固非人君所得私而出入之也。殿下卽位以來。蒙賞受刑之人。有事同而施異者。金佇之言

按)先是遷辛禑于驪興 大護軍金佇 崔瑩甥也 與前副令鄭得厚潛往見之 禑泣曰 得一力士 害李侍中 吾事可濟 仍授一劍 使郭忠輔擧事 忠輔佯諾而告我太祖 囚佇鞫之 佇曰 邊安烈·李琳·禹玄寶·禹仁烈·王安德·禹洪壽 共謀迎驪興王爲內應

一也。有置于極刑者。有加擢用者。

按)謂誅邊安烈 擢王安德判三司事金宗衍在獄致逃 按金宗衍事 見附錄事實

一也。其監守官吏。一誅一用。

按)時宗衍在逃不獲 以防禁不嚴 斬當直令史 因巡撫李士穎于巡軍 卒乃釋而用之

其在一本有兩在字逃謀亂一也。同謀容接一本作隱之人。或生或死。按)生者禹玄寶等。死者尹有麟·崔公哲等也。臣愚不知刑誅而死者。爲有罪耶。則擢用而生者獨。何幸歟。擢用而生者。爲無罪耶。則刑誅而死者。獨何辜歟。禑·昌竊我王氏之位。實祖宗之罪人。而爲王氏之子孫。臣庶所共讎也。其族

姻黨與。不加刑誅。則屛諸四裔。而後快於人神之心。昔武才人。以高宗之后。奪其子中宗之位。五王。擧義退武氏。復立中宗。武氏母也。中宗子也。以母之親。奪子之位。胡氏尙譏五王不能斷大義。誅其罪而滅其宗。況禑・昌之於王氏。無武氏之親。有武氏之罪。則族姻及其黨與。奚啻武氏之宗也。頃者。臺諫上言。逐之於外。按)恭讓己巳 諫官論李穡等罪 流之於外 縱不能明示天誅。庶幾小雪祖宗臣庶之憤也。曾未數月。俱承寵召。聚會京城。出入無禁。今雖以諫官之言。放其數人。殿下黽勉從之。有遲留顧惜之意。不知此擧。果何義也。諸將回軍。議立王氏。此上天悔禍。舊本作過 祖宗陰相。王氏復興之機也。有沮其議。卒立子昌。使王氏不復興者。指李穡 有謀迎辛禑。永絶王氏者。其爲亂賊之黨。王法所不容也。殿下旣全其生。置之遠方可也。今皆召還于家。慰而安之。按)恭讓庚午 有禹玄寶李穡等任便居住 若以其罪爲誣也。其沮王氏而立僞昌者。諸將之所共知也。親自招服。明有辭證。其迎辛禑而絶王氏者。金佇・鄭得厚。言之於前。李琳・李貴生招一本作相承於後。辭證甚明。此而謂之誣也。天下安有亂臣賊子之可討者也。大抵人之所爲。不合於公議。則必有合於私情。殿下此擧。以爲合於公議。則禑・昌之黨。皆祖宗之罪人也。以爲合於私情。則留禑・昌之黨。以遺後日之患。如尹彝・李初之請親王動天下兵。亦何便於人情哉。若曰。有罪者赦之。恩莫大焉。佗日必得其力矣。人心自安。而禍亂自止矣。臣愚以爲刑法。所以禁亂也。人君所恃以存安者也。刑法一搖。禁亂之具先毁。力未得而禍先至。心未安而亂不止矣。請以中宗三思之事明之。武氏之黨最用事者三思。中宗以母之親姪。誅討不加。待遇甚厚。自今觀之。五王旣立。武氏之子爲帝。故三思得免其机上之肉。則五王不惟有功於中宗。於三思。亦有天地再造之恩也。彼三思曾不是思。自疑其罪。爲世所不與。日夜譖五王曰。權重恃功。以惑中宗之心。中宗以三思愛己而親之。以五王爲權重而忌之。五王日疏。三思日密。卒之五王戮而中宗弑。使中宗謬計。不過曰不能保全功臣而已。豈知親見弑於三思之手乎。以親則母之姪也。以恩則活其生也。不得其力而得其禍。讒人之難保也如此。讒人之謀。其初不過自保其身而已。爲惡不止。則馴致其道。至於亡人之身。滅人家國。以底自敗而後已。如三思者。豈有古今之殊也。天人之際。間不容髮。吉凶災祥。各以類應。今內則百官受職。庶民安業。外則上國和通。島夷讐服。亂何由生。讒人交構於下。則虞憂之象著於上。客星孛于紫微。臣恐三思之在於側也。火曜入于輿鬼。臣恐終有三思之禍也。臣等雖遭五王之害。無足恤也。爲王氏已成之業惜之也。若曰。保無此事。言之者妄也。彼中宗之心。豈不爲保也。卒貽後人之笑。臣恐後人之笑今。猶今之笑古也。董子曰。天心仁愛人君。先出災異。以譴告之。欲其恐懼修省之也。伏望殿下。當用人刑人之際。不論其親疏貴賤。一視其功罪之有無。處之各當其可。使不相陵。則任用公而賞罰正。人事得而天道順矣。伏讀教書曰。民弊未除。而財用妄費歟。下情未達。而冤抑未伸歟。茂異之才。未舉者。誰歟。讒佞之徒。未斥者誰歟。臣聞。三司會計佛神之用。居多焉。財用之妄費者。莫斯若也。然佛神之害。自古難辨也。爲其徒者曰。此好事也。善事也。歸我者。國可富也。民可壽也。爲人君者。聞是說而樂之。殫其財力。諂事佛神。人有言之者。則以爲我事佛而彼非之。我善而彼惡也。我道而彼魔也。我之事佛神。爲富國也。爲壽民也。非爲我也。持是說以固其心。而人之言。莫得以入也。殿下卽位以來。道場高峙於宮禁。法席常設於佛宇。道殿之醮無時。巫堂之祀煩瀆。此殿下以爲善事而不知其實非善事。以爲富國而不知國實瘠。以爲壽民而不知民實窮。雖有言之者。擧皆不納。不自以爲咈諫。是臣所謂爲善福壽之說。先入之也。昔梁武帝。屈萬乘之尊。三舍身爲寺家奴。殫江南之財力。大起佛塔。其心豈以爲非利。而苟爲之也。匹夫作亂。身遭覇辱。子孫不保。而國家隨之。佛氏所謂修善得福者。果安在哉。此猶異代也。玄陵崇尙佛教。親執弟子之禮於髡禿之人。宮中之百高座。演福之文殊會。無歲無之。雲菴之金碧。輝映山谷。影殿之棟宇。聳于霄漢。財殫力竭。力竭舊本作竭力 怨讟並興。而皆不恤。事佛可謂至矣。卒不獲福。豈非明鑑乎。周末。神降于有莘。太史過曰。國家將興。聽於人。國家將亡。聽於神。周果以亡。由是言之。事佛事神。無利而有害可知矣。伏望殿下。申命有司。除祀典所載外。凡中外淫怪諂瀆之擧。一皆禁斷。則財用節而無所妄費矣。殿下卽位以來。人或犯罪。有不問者。有放免者。疑若無冤抑之未伸者也。然赦者。姦人之幸。良善之賊也。則其數赦。乃冤抑之所在也。近者臺諫以宗社大計。上書論執。皆遭放逐。臣恐冤抑之未伸。茂才之未擧者。此其時也。至於讒佞之人。蹤迹詭祕。言語隱密。難可得而料也。大抵君有過則明爭之。人有罪則面折之。落落不合。矯矯獨立。不畏他人之議者。正士也。祕其蹤迹。惟懼人知。在衆不言。獨對浸潤者。讒佞之人也。殿下於外而士大夫。內而小臣宦寺。試以臣言觀之。讒佞之情。可得矣。人雖至愚。皆知自愛。至於妻子之計。孰無是心。昔漢成帝時。日有食之。言者皆以爲外戚用事之象。成帝疑之。問於張禹。禹以身老而子孫微弱。恐得禍於外戚。不明言其故。卒使王莽移漢鼎。谷永輩直攻成帝。略無忌憚。至於王氏之用事。畏避不言。漢室卒以亡。亦爲妻子計。而不暇及漢室也。按麗史本傳 孰無是心下 有昔漢成帝以下九十四字 佚於本集 今添入 臣雖狂妄。不至病風。敢不自恤乎。臣以一身。孤立於群怨之中。非不知言出而禍至。然殿下以不諱問。臣敢不以切直對。此臣所以寧得禍而不恤。切言而不諱者也。伏望殿下留神採擇。以白臣忘身徇公之意。萬死無憾。

書[05] 上都堂書 辛未 1391 오월

宰相之職。百責所萃也。故石介甫曰。上則調和陰陽。下則撫安黎庶。爵賞刑罰之所由關。政化教令之所自出。愚以爲宰相之任。莫重於此四者。而尤莫重於賞刑也。所謂調和陰陽者。非謂無其事。而陰陽自調自和也。賞而當其功。則爲善者勸。刑而當其罪。則爲惡者懲矣。竊謂刑之大者。莫甚於簒逆。其沮王氏。而立子昌。迎辛禑而絶王氏者。簒逆之尤。亂賊之魁也。苟免天誅。今已數年矣。又飾其容色。盛其徒從。出入中外。略無忌憚。而其子弟甥姪。布列要職。莫敢誰何。則今居宰相之任。守賞刑之柄者。無所辭其責矣。宜當具論罪狀。啓于殿下。與國人。告于大廟。數其罪而討之然後。在天之靈。慰矣。臣民之憤。雪矣。天地之經。立矣。宰相之責。塞矣。若曰。人之罪惡。非我所知也。生殺廢置之權。人主所司也。宰相何與焉。則董狐。豈以趙盾。不討弑君之賊。加惡名乎。春秋之時。晉趙穿弑君。直史董狐書曰。趙盾弑其君。盾曰。弑君者。非我也。史曰。子爲正卿。亡不越境。返不討賊。弑君者非子而何。孔子曰。董狐 良史也。趙盾 良大夫也。爲法受惡。夫盾以正卿。不討弑君之賊。受弑逆之名而不辭。然後討賊之義嚴。而亂賊之黨。無所容於天地之間矣。故曰爲人君父而不通於春秋之義。必蒙首惡之名。爲人臣子而不通於春秋之義。必陷於簒弑之罪。此之謂也。愚雖不才。得從宰相之後。與聞國政。敢不以良史之議。自懼乎。若曰。所謂罪人。有儒宗焉。有連婚王室者焉。其法有難議者也。則昔林衍。廢元王立母弟淐。衍先定其謀。而後告侍中李藏用。藏用不知所爲。但曰唯唯而已。後元王反正。以藏用位居上相。不能寢其謀禁其亂。廢爲庶人。今李穡之爲儒宗。孰與藏用。其首倡邪謀。沮王氏而立子昌者。孰與藏用。但唯林衍之謀而已。胡氏曰。昔文姜與弑魯桓。哀姜與弑二君。聖人例以孫書。若其去而不返。以深絶之。所以著恩輕而義重也。夫弑桓者。襄公也。弑二君者。慶父也。文姜・哀姜。疑若無罪焉。聖人以二夫人與聞乎故。深絶而痛誅之如此。夫嗣君。夫人所出也。不以子母之私恩。廢君臣之大義。況其下者乎。或曰。穡之言曰禑雖旽子。玄陵稱爲己子。封江寧大君。又受 天子誥命。其爲君成矣。又旣已爲臣矣。而逐之大不可也。此其說不亦是乎。則曰王位。太祖之位也。社稷。太祖之社稷也。玄陵固不得而私之也。昔燕子噲。與燕子之。或曰。燕可伐歟。孟子曰不可。子噲不得與人燕。子之不得受燕於子噲。聖賢之心。以爲土地人民。受之先君者也。時君不得私與人也。又周惠王以愛易世子。齊桓公率諸侯。會王世子于首止。以定其位。當是時。嫡庶之分雖殊。其爲惠王之子一也。且以天王之尊。不得私與其愛子。以諸侯之卑。率諸侯之衆。上抗天子之命。聖人義之。未聞世子拒父命。桓公抗君命。誠以天下之義大也。玄陵豈以太祖之位之民。而私與逆吨之子乎。又 天子誥命。一時權臣以。爲玄陵之子。欺而得之也。後 天子有命曰。高麗君位絶嗣。雖假王氏。以異姓爲之。亦非三韓世守之良謀。又曰。果有賢智陪臣。定君臣之位。則前命之誤。天子亦知而申之矣。安敢以誥命藉口乎。其爲臣之說。抑有辨焉。綱目前書審食其爲帝太傅。周勃・陳平爲丞相。後書漢大臣等。誅子弘。迎代王恒。卽皇帝位。其書曰帝曰丞相者。非爲臣之辭乎。曰大臣曰誅子弘者。非討賊之辭乎。不獨此耳。武才人。稱帝已久。狄仁傑薦張柬之爲宰相。柬之廢武才人。迎立中宗。其薦爲宰相者。豈非爲臣也。廢武才人者。亦討其爲賊也。百世之下。稱周・陳安劉。張柬之復唐之功。未聞罪數公。爲臣而廢舊主也。穡與玄寶。雖仁義未足。皆讀書通古之士。豈不聞此說乎。其執迷不悟。倡爲邪說。以惑衆聽。於此可見。先王之法。造言惑衆者。在所當誅。況敢倡邪說。以濟亂賊之罪者乎。或曰。其謀迎辛禑者。正子昌在位之時。雖無辛禑之迎。王氏安得復興乎。其曰。迎辛禑而絶王氏。以罪加之之辭也。當是時。忠臣義士。奉 天子之命。議黜異姓。以復王氏。僞辛之黨。先得禮部咨。知 天子之有命。忠臣之有議。謂子昌幼弱。謀立其父。以齊其私。此非謀迎辛禑。而絶王氏乎。或曰。穡與玄寶。於行爲前輩。有斯文之雅。故舊之情。子力攻之如此。無乃薄乎。昔蘇軾於朱文公。爲前輩。文公以軾。敢爲異論。滅禮樂壞名教。深訶力詆。無少假借。乃曰非敢攻訶古人。成湯曰。予畏上帝。不敢不正。予亦畏上帝。故不敢不論。夫軾之罪。止於立異論滅禮法耳。以朱子之仁恕。攻之。至以成湯誅桀之辭。竝稱之。況黨異姓而沮王氏者。祖宗之罪人。而名教之賊魁也。豈以前輩之故。而貸之也。況彼之言曰。戊辰年廢立之時。斯文有異議。所謂異議者。議立王氏也。又倡言於衆曰。諸將議立王氏。吾父沮之。吾父之功大矣。此言流聞於禑・昌之耳者深矣。使禑・昌得志。斯文與諸將。果得保其首領乎。其自處之薄。爲何如也。自以立王氏爲異議。

沮王氏爲己功。今以立僞辛按)舊本 辛下有禑字 而從本傳刪正 爲異議。沮王氏爲重罪。不亦可乎。或曰。子已上箋辭免。獻書殿下。論執罪人。又告廟堂。無乃已甚乎。必若是言。昔齊陳恒。弑其君。孔子沐浴而朝曰。陳恒弑其君。請討之。又告三子曰。陳恒弑其君。請討之。弑君者　在齊。疑若無與於魯也。孔子時已告老。疑若無與於魯之政也。旣已請於君。疑若不必告於三子也。且以聖人。宏大謙容。入而請於君。出而告於三子。必欲討其罪人。而後已。誠以弑逆之賊。人人之所得誅。而天下之惡一也。且在魯而不忍在齊之賊。況在一國而忍一國之賊乎。從大夫之後。而不忍隣國之政。況在功臣之列。而忍王室之賊乎。春秋書。衛人殺州吁。胡氏曰。人衆辭其殺州吁。石碏謀之。使右宰醜涖也。變文稱人。是人皆有討賊之心。亦人人之所得誅也。故曰衆辭也。且亂臣賊子。人人所得誅也。而宰相。不行誅討之擧可乎。況石碏。以州吁之故。幷殺其子厚。君子曰。石碏純臣也。大義滅親。以此言之。亂賊之人。不論親疏。貴賤皆在誅絶也。或曰。陳恒・州吁。身行弑逆者也。穡與玄寶。未嘗弑也。比而同之。不亦過乎。又安知誣其罪而誤蒙也。則不有胡氏之說乎。弑君立君。宗廟猶未亡也。移其宗廟。改其國姓。是滅之也。豈不重於弑也。今黨異姓。而廢王氏之宗社者。實胡氏所謂移其宗廟。而滅同姓也。其罪亦不止於弑也。又古之大臣。人有告其罪者。囚服請罪。如漢霍光。以武帝顧命大臣。擁立昭帝。功德至大。人有上書告其罪者。不敢入禁中。而待罪於外。以此觀之。苟有告罪者。則當涕泣切請。躬對有司。辨明其罪然後。其心安焉。豈有誘妻子上書。假托疾病。就醫於外。不與明辨乎。是則自知有罪。辭屈難辨必矣。春秋討賊之法。雖其蹤迹未著。尙探其意而誅之。況蹤迹已著如此者乎。昔高宗封武才人爲后。褚遂良・許敬宗。同爲宰相。遂良力言不可。卒至戮死。敬宗順高宗之旨曰。此陛下之家事耳。非宰相所得知也。高宗用敬宗之言。卒立武后。敬宗終享富貴。五王同議及正。同受戮死。無一異焉。自今觀之。敬宗之計得。而遂良與五王爲失矣。然敬宗一時之富貴。欻爾若飄風過耳。泯然無迹。遂良五王之英聲義烈。輝映簡策。貫宇宙而同存。愚雖鄙拙。恥敬宗而慕遂良。傳曰。始與之同謀。終與之同死。旣不以愚拙棄之。得參反正之議。安敢畏姦黨之禍。默然無言。以苟免乎。伏望法春秋討賊之法。以孔子・石碏之心爲心。則宗社幸甚。

箋[02] 辭右軍摠制使箋 辛未春 高麗史本傳 1391 오월

臣之得謗。難可悉陳。請以殿下之所明知者言之。殿下以臣充三軍都統制府右軍摠制使。臣面請曰。諸將用軍士爲私屬。其來尙矣。一日革之。舊家世族。無其役而食其田久矣。一日名屬軍籍。役加於身。臣恐大小歸怨於臣也。殿下曰。將帥之革。憲司言之。三軍之設。斷自予心。卿何與焉。保無此謗也。臣復曰。臣若得謗。必達於聰聞。則殿下亦知臣無其事而得其謗。皆此類也。而臣之他謗亦明。豈非幸之中者乎。臣受命後。果有謗之者曰。道傳回自中原。而三軍之府遽設。此以五軍都督之法而爲之也。舊家世族。自此皆服賤役矣。萬口一談。牢不可破。戶口成籍。堂臣言之。殿下可之。其事出於臣在中原之時也。刷盲人巫師之子。充樂工典儀寺。奉殿下之命而行之者也。無籍冒名之徒。怨戶籍之不便於己者曰。道傳之所爲也。盲人巫師以此議爲出於臣而詛之。革私田之議。臣初以爲皆屬公家。厚國用而足兵食。祿士夫而廩軍役。俾上下無匱乏之憂。臣之志也。而志竟不行。尋請殿下免提調官久矣。而分田不均之怨。皆歸於臣。然此小事也。殿下之所明知。臣不得辨焉。況事之大而怨之深者。雖非臣之所知。臣何自而免也。臣死於崔源之遣。則內以正先君之終。上以不欺於天子矣。死於不肯署名之事。則足以明僞辛非玄陵之後矣。死於胡使之却。則上以脫君父之惡名。下以免一國臣民與弑之罪矣。臣身雖死。有不死者存。豈非榮乎。若夫陷於讒謗之口。則上以遺君父不能保全功臣之累。下以招不能明哲保身之議。臣甚懼焉。願殿下解臣見職。以保餘生。

五言古詩[44] **送高將軍奉使還鄉** 1391

停杯問之子。飄飄安所適。客路秋將晚。風氣何凜冽。
行役非所憚、無乃衣裳薄、海上有神山。縹緲雲煙隔。
戀戀朝暮情、堂親鬢如鶴、宦遊非所樂。親老亦堪惜。
所以戒征軿。凌晨發東郭。國家重遠人。仍將使者節。
身上著錦衣。尊前舞綵服。盡孝當在忠、去去毋滯跡、
何以贈君行、殷勤勸深爵、

五言律詩[55] **次人送別詩韻** 辛未 冬 公貶于奉化 再貶于羅州 1391 시월

北望行行遠。南來步步遲。如何在流落、復此見分離、
世事隨時變。人情逐物移。相逢如問我、多病廢吟詩、

書簡文[06] **書 簡** 1392 봄

風霜正嚴。即想此辰。旅履佳勝。仰慰無已。僕長在床蓐。
日事呻通。頓無復起。爲人之望。此生良苦。 餘心撓不宣狀。道傳。

≪槿墨≫ 成均館大學校 博物館

五言律詩[56] **無 題** 1392 봄

惟公涖玆土。行旅欣出途。清光那得似。秋月映西湖。
署中何所有。只有芙蓉石。此石如甘棠。今人思召奭。

≪名家筆譜≫ 大邱大學校

七言絶句[71] **山居春日即事** 壬申春 公自羅州還榮州 1392 봄

一樹梨花照眼明。數聲啼鳥弄新晴。幽人獨坐心無事。閒看庭除草自生、

七言律詩[20] **光州節制樓板上次韻** 按)壬申春 公謫光州時 1392 사월

使君來此暫遲留。遺愛南方數十州。謝眺高吟山色好。庾公淸興月波流。京都縹緲白雲北。城郭岧嶢蒼海頭。謫客登臨無限意。簫聲寥亮起危樓。

教旨文[01] **頒教文**(開國教旨) 1392. 7. 28. ≪太祖實錄≫

教 中外大小臣僚。閑良。耆老。軍民。

王若曰。 天生蒸民。 立之君長。養之以相生。治之以相安。故君道有得失。而人心有向背。天命之去就係焉。此理之常也。洪武二十五年七月十六日乙未。都評議使司及。大小臣僚合辭勸。進曰: "王氏自恭愍王無嗣薨逝。辛禑乘間竊位。有罪辭退。子昌襲位。國祚再絶矣。幸賴將帥之力。以定昌府院君權署國事。而乃昏迷不法。衆叛親離。不能保有宗社。所謂天之所廢。誰能興之者也。社稷必歸於有德。大位不可以久虛。以功以德。中外歸心。宜正位號。以定民志。" 予以涼德。惟不克負荷是懼。讓至再三。僉曰: "人心如此, 天意可知。衆不可拒。天不可違。" 執之彌固。予俯循輿情。勉卽王位。國號仍舊爲高麗; 儀章法制。一依前朝故事。爰當更始之初。宜布寬大之恩。凡便民事件。條列于後。於戲。予惟寡昧。罔知時措之方。尙賴贊襄。以致惟新之治。咨爾有衆。體予至懷。

一. 天子七廟。諸侯五廟。左廟右社。古之制也。其在前朝。昭穆之序。堂寢之制。不合於經。又在城外。社稷雖在於右。其制有戾於古。仰禮曹詳究擬議, 以爲定制。

一. 以王氏之後瑀。給畿內麻田郡。封歸義君。以奉王氏之祀, 其餘子孫。許於外方從便居住。其妻子僮僕。完聚如舊。所在官司。務加矜恤。毋致失所。

一. 文武兩科。不可偏廢。內而國學。外而鄕校。增置生徒。敦加講勸, 養育人才。其科擧之法。本以爲國取人。其稱座主門生。以公擧爲私恩。

甚非立法之意。今後內而成均正錄所。外而各道按廉使。擇其在學經明行修者。開具年貫三代及所通經書。登于成均館長貳所。試講所通經書。自四書五經≪通鑑≫已上通者。以其通經多少。見理精粗。第其高下爲第一場; 入格者。送于禮曹。禮曹試表章古賦爲中場; 試策問爲終場。通三場相考入格者三十三人。送于吏曹。量才擢用。監試革去。其講武之法。主掌訓鍊觀, 以時講習武經七書及射御之藝。以其通經多少。藝能精粗。第其高下。入格者三十三人。依文科例。給出身牌。以名送于兵曹。以備擢用。

一. 冠婚喪祭。國之大法。仰禮曹詳究經典。參酌古今。定爲著令。以厚人倫。以正風俗。

一. 守令。近民之職。不可不重。其令都評議使司。臺諫。六曹各擧所知。　　務得公廉材幹者。以任其任。滿三十箇月政績殊著者。擢用。所擧非人。罪及擧主。

一. 忠臣、孝子、義夫、節婦, 關係風俗, 在所獎勸。令所在官司, 詢訪申聞, 優加擢用, 旌表門閭。

一. 鰥寡孤獨。王政所先。宜加存恤。所在官司。賑其飢乏。復其賦役。

一. 外吏上京從役。如其人。幕士。注選軍之設。自有其任。法久弊生。役如奴隷。怨讟實多。自今一皆罷去。

一. 錢穀經費。有國之常法。義成。德泉等諸倉庫。宮司。仰三司會計出納之數。憲司監察如豐儲。廣興倉例。

一. 驛館之設。所以傳命。近來使命煩多。以致凋弊。誠可憫焉。今後除差遣公行廩給外。私幹往來者。勿論尊卑。悉停供給。違者。主客皆論罪。

一. 騎船軍。委身危險。盡力扞禦。在所矜恤。其令所在官司蠲免賦役。加定助戶。輪番遞騎。其魚鹽之利。聽其自取。毋得公榷。

一. 戶布之設。只爲蠲免雜貢。前朝之季。旣納戶布。又收雜貢。民瘼不小。今後戶布。一皆蠲免。其各道燔煮之鹽。仰按廉使下鹽場官。與民貿易。以充國用。

一. 國屯田有弊於民。除陰竹屯田外。一皆罷去。

一. 前朝之季。律無定制。刑曹。巡軍。街衢各執所見。刑不得中。自今刑曹。掌刑法。聽訟。鞫詰。巡軍掌巡綽。捕盜。禁亂。其刑曹所決。雖犯笞罪。必取謝貼罷職。累及子孫。非先王立法之意。自今京外刑決官。凡公私罪犯, 必該『大明律』。追奪宣勑者。乃收謝貼; 該資產沒官者。乃沒家產。其附過還職。收贖解任等事。一依律文科斷。毋蹈前弊; 街衢革去。

一. 田法。一依前朝之制。如有損益者。主掌官擬議申聞施行。

一. 慶尙道載船貢物。有弊於民。亦宜蠲免。

一. 有司上言: "禹玄寶·李穡。偰長壽等五十六人。在前朝之季。結黨謀亂。首生厲階。宜置於法。以戒後來。" 予尙憫之。俾保首領。其禹玄寶。李穡·偰長壽等·收其職貼。廢爲庶人。徙諸海上。終身不齒; 禹洪壽·姜淮伯·李崇仁·趙瑚·金震陽·李擴·李種學·禹洪得等。收其職貼。決杖一百。流于遐方; 崔乙義·朴興澤·金履·李來·金畝·李種善·禹洪康·徐甄·禹洪命·金瞻·許膺·柳珦·李作·李申·安魯生·權弘·崔咸·李敢·崔關·李士頴·柳沂·李詹·禹洪富·康餘·金允壽等, 收其職牒, 決杖七十。流于遐方; 金南得·姜蓍·李乙珍·柳廷顯·鄭寓·鄭過·鄭蹈·姜仁甫·安俊·李堂·李室等, 收其職牒, 放置遐方; 成石璘·李允紘·柳惠孫·安瑗·姜淮中·申允弼·成石瑢·全五倫·鄭熙等。各於本鄕安置。其餘凡有犯罪者。除一罪常宥不原外二罪已下。自洪武二十五年七月二十八日昧爽已前。已發覺未發覺。咸宥除之。敎書。鄭道傳所製。

時調[01] **懷古歌** 1392

仙人橋 나린 물이 紫霞洞에 흘너 드러,
半千年 王業이 물소ᄅᆡ ᄲᅮᆫ이로다.
아희야 故國興亡을 무러 무슴ᄒᆞ리요.

≪青丘詠言≫≪樂學軌範≫

兵書[02] **五行陣出奇圖** 佚傳 1392 칠월

兵書[03] **講武圖** 佚傳 1392 칠월

兵書[04] **陳 圖** 失傳 1392

法[01] **入官補吏法 制定** 1392 팔월

表文[01] **謝恩表文** 1392. 10. 25.

遣門下侍郎贊成事鄭道傳, 赴京謝恩, 獻馬六十匹。表曰:
陪臣趙胖回自京師, 齎奉到禮部咨付。欽奉聖旨, 誥諭切至, 臣與一國臣民不勝感激者。聖訓丁寧, 睿恩汪濊, 撫躬知感, 擧國與榮。竊惟覆載之間, 固有廢興之理。小邦自恭愍王無嗣, 王氏之亡已久, 生民之禍日增。禑旣構釁於攻遼, 瑤亦踵謀於猾夏。惟孽黨之見黜, 實聖德之所加, 亦由衆心之難期, 斯豈臣力之可及, 何圖宸鑑灼知事情? 當賤介之言旋, 荷德音之忽至。佩服無已, 糜粉難酬。玆蓋伏遇皇帝陛下端拱九重, 明見萬里, 體≪羲易≫包荒之道, 推≪禮經≫柔遠之仁, 遂令瑣末之資, 以愼封疆之守。臣謹當終始惟一, 益殫事上之誠, 億萬斯年, 恒貢祝釐之懇。≪太祖實錄≫

箋[03] **撰進御諱表德說** 1392 시월

臣言。今月十日。伏蒙都承旨臣閔汝翼傳奉王旨。令臣撰到表德投進。臣聞唐帝以堯爲名。其號曰放勳。虞舜之重華。夏禹之文命。皆其號也。至周文盛。有名則有字。天子諸侯皆字之曰某甫。卿大夫以下亦然。由是觀之。幼則名之。冠則字之。所以別長幼而責成人之道也。恭惟殿下卽位之初。更名某。告于天子則天子受之。告于宗廟則宗廟饗之。名之所在。實必從之。今人謂字曰表德。德其實也。盛德如天之日。非小臣所能摸擬。然靑天白日。有目者所共覩。臣敢竭愚慮。請以 君晉 爲獻。臣謹按。從日從一。日出之始也。晉。明升之義。天日之升。其明廣照而陰翳消釋。萬象昭然。卽人君初政之淸明。而群邪屛息。萬法俱新也。天日旣升。其明漸進。卽人君始自踐阼。傳于千萬世也。詩曰如日之升。是也。伏望殿下體周雅之格言。動法於日。循是名而致是實。不勝幸甚。≪太祖實錄≫

奏文[01] **請要國號奏文** 1392. 11. 29.

遣藝文館學士。韓尙質如京師。以朝鮮·和寧。請更國號。奏曰: "陪臣趙琳回自京師。欽齎到禮部咨。欽奉聖旨節該: '高麗果能順天道合人心。以(安)〔綏〕東夷之民。不生邊釁。則使命往來。實彼國之福也。文書到日。國更何號。星馳來報。' 欽此竊念小邦王氏之裔瑤。昏迷不道。自底於亡。一國臣民。推戴臣權監國事。驚惶戰栗。措躬無地間。欽蒙聖慈許臣權知國事。仍問國號。臣與國人感喜尤切。臣竊思惟。有國立號。誠非小臣所敢擅便。謹將朝鮮。和寧等號, 聞達天聰。伏望取自聖裁。"
初上欲遣使。難其人。尙質自請曰: "臣雖乏專對之才。敢不敬承上命。以効寸忠。" 上說。≪太祖實錄≫

七言律詩[21] **松 京** 1392 ≪데라우찌 기증 古文 慶南大博物館≫

春風故國麥油油。來弔荒城惹客愁。興替有時雲共幻。繁華無跡水空流。西江莫挽潮會退。松岳猶高運已休。兒女不知千高限。鞦韆爭送柳枝頭。

七言律詩[22] **安州江上 次李散騎韻** 癸酉春 1393 봄

使華將發東方明。馹騎如飛道路平。北去山川飄朔雪。東來花柳弄春晴。
安州江上一杯酒。遼海天邊萬里程。自笑浮生能幾許。九年三度此中行。

詞[01] **江之水詞** 癸酉 1393 봄

朝鮮門下侍郎三峯先生所作也。先生奉使金陵。往返萬數千餘里。跋涉阻深。辛勤來歸。與同行盧同知·趙副樞及開城尹李公·平壤尹趙公。泛舟于大同江。先生酒半酣。觀覽山川之勝。風景之美。慨然興感。於是賦江之水詞以自見其志焉。

按)此小序 疑卽漢山君趙仁沃所識 後奉使雜錄

江之水兮悠悠、泛蘭舟兮橫中流、高管嗷嘈兮歌聲發、賓宴譽兮獻酬、
或躍兮錦鯉、飛來兮白鷗、煙沈沈兮極浦、草萋萋兮芳洲、
覽時物以自娛兮、蹇忘歸兮夷猶、景忽忽乎西馳兮、水沄沄兮逝不留、
曾歡樂之未幾兮、隱予心兮懷憂、嗟哉盛年再至兮、老將及兮夫焉求、
軒冕兮儻來、富貴兮雲浮、惟君子所重子義兮。名萬古與千秋。
擧一杯以相屬兮、庶有企兮前修、

次 韻 曾孫文炯

按) 公使還日 作江之水詞 鏤揭大同江樓 公之曾孫文炯按節箕甸時 次韻仍竝揭

江之水兮悠悠。亘萬古兮長流。我祖兮有辭調高。千載兮無人酬。
古今兮明月。浩蕩兮江鷗。麟馬去兮雲窟。鸚鵡歸兮芳洲。
想天孫兮旣遠。撫往事兮夷猶。江山兮如昨。悲逝波兮不留。
始感時兮興歎。終重義兮忘憂。孰非善而可樂。孰非義而可求。
彼死生之往來兮。羌若休而若浮。惟文章道義之不泯兮。垂令譽兮幾秋。
誦斯語於後世兮。期世世而增修。

五言古詩45 **得座字 謹題左侍中卷末** 按)左侍中卽趙浚 1393 팔월

公才固天挺。道德崇鄒軻。昂昂志氣高。藉藉名聲大。
起射金門策。當期一箭破。謂謂李侍中。主此宗工座。
藻鑑清似水。果得興王佐。開國拜上相。華筵首稱賀。
賦成誦德篇。珠玉隨咳唾。甚愧吾語拙。陽春終寡和。

五言古詩44 **次韻拜獻右侍中上洛伯座下** 按)上洛伯卽金士衡 1393

恭惟侍中公。氣和心膽雄。奮義決大策。鷹揚揔兵戎。
一朝膺大拜。禮秩何其崇。小子忝夙契。遠自兩尊翁。

按) 兩尊翁 謂鄭尙書云敬 金密直蔵

幸哉逢嘉會。得與開國功。攀附青雲路。追趨丹鳳宮。
時時奉論議。有如聞黃鐘。信知江海量。不與行潦同。
所期保貞操。白首好過從。上以奉君親。下以明寸衷。

箋文04 **撰進樂章 夢金尺·受寶籙·納氏曲·窮獸奔曲·靖東方曲 上箋** 1393. 7. 26.

門下侍郞贊成事鄭道傳上箋曰 : 臣觀歷代以來, 受命之君。凡有功德。必形之樂歌。以焜燿當時。而垂示後來, 故曰一代之興。必有一代之制作。恭惟主上殿下。神武資其略。勇智錫於天。深仁厚德。結於民心者。已久矣。則受命必出於生人之望。所以不崇朝而正大義。然祥鳳之於衆禽。靈芝之於凡草。其生必異。當聖人之作。靈異之瑞。所應先感。亦理之必然者也。如武王伐紂曰: "朕夢協朕卜。襲于休祥。" 光武赤伏符之類。載諸典冊。 不可誣也。我主上殿下。在潛邸。夢神人以金尺授之。若曰: "以此均齊家國。" 又有人得異書以獻之曰: "秘之勿妄示人。" 後十數年。其言果驗, 是皆天以今日之事。預告之也。殿下以寬弘之量。容受衆言。凡閭巷之間。微細之民。一有不得其所者。必知之。知之。必加優恤。猶恐人之不言。開言路也廣矣; 待功臣以誠。賜以信書。刊諸金石。保功臣也至矣。前朝之季。政廢法壞。經界不正。民受其害。禮樂不興。官失其守。殿下一皆正而定之。以天道則如彼。以人道則如此, 較功度德。無與爲比。是宜播之聲詩。被之絃歌。傳之罔極。俾聞者知聖德之萬一焉。臣雖不敏。遭遇盛代, 得與開國功臣之末。幸以文筆兼太史之職。不勝感激踊躍之至。謹記受命之瑞。爲政之美。撰樂詞三篇繕寫。隨箋以獻。

上賜道傳綵帛 令樂工肄習。道傳又敍其武功 作樂詞以獻。≪太祖實錄≫

樂章[01] **文德曲** 幷序 癸酉七月下同 1393 칠월

自說)殿下初卽位。立經陳紀。與民更始。可頌者多矣。擧其大者。作開言路保功臣。正經界定禮樂。其詞曰。

法宮有儼深九重。一日萬機紛其叢。君王要得民情通。大開言路達四聰。
開言路臣所見。我后之德與舜同。
聖人受命乘飛龍。多士競起如雲從。協謀效力成厥功。誓以山河保始終。
保功臣臣所見。我后之德垂無窮。
經界毁矣久不修。强幷弱削相怠然。我后正之期甫周。倉廩充富民息休。
正經界臣所見。烝哉樂豈享千秋。
爲政之要在禮樂。近自閨門達邦國。我后定之垂典則。秩然以序和以懌。
定禮樂臣所見。功成治定配無極。

樂章[02] **夢金尺** 幷序 1393

自說) 殿下在潛邸。夢神人奉金尺自天而來告曰。慶侍中 復興有淸德。且耄矣。崔三司 瑩有直名。然戇也。謂殿下資兼文武。有德有識。民望屬焉。乃以金尺授之。

惟皇鑑之孔明兮。吉夢協于金尺。淸者耄矣兮直其戇。
緊有德焉是適。帝用度吾心兮。俾均齊乎家國。貞哉厥符兮。
受命之祥。傳子及孫兮。彌于千億。

樂章[03] **受寶籙** 幷序 1393 칠월

自說) 殿下在潛邸。有人得異書於智異山石壁中以獻。後十數年。其言果驗。

彼高矣山。石與天齊。于以剖之。得之異書。桓桓木子。乘時而作。

誰其輔之。走肖其德。非衣君子。來自金城。三奠三邑。贊而成之。

奠于神都。傳祚八百。我龍受之。曰惟寶籙。

按)石壁中書曰。木子乘猪下。復正三韓境。祕書曰。木子將軍劍。走肖大夫筆。非衣君子智。復正三韓格。走肖謂趙浚。非衣謂裵克廉。又曰。三奠三邑。應起三韓。謂公及鄭道傳, 鄭摠　鄭熙啓也。又曰。朝鮮卜世八百。卜年八千。

樂章[04] **納氏曲** 癸丑春 1393 칠월

自說) 納哈出寇我東北鄙 我太祖以銳師擊走之

納氏恃雄强。入寇東北方。縱傲夸以力。鋒銳不可當。

我后倍勇奇。挺身衝心胸。一射斃偏裨。再射及魁戎。

裹瘡不暇救。追奔星火馳。猿聲固可畏。鶴唳亦可疑。

卓矣莫敢當。東北永無虞。功成在此擧。垂之千萬秋。

樂章[05] **窮獸奔** 庚申秋。 1393 칠월

自說) 我太祖邀擊倭寇于智異山大破之。自是不敢登陸作耗。民賴以安。

有窮者獸。奔于巉巇。我師覆之。左右離披。或殲或獲。或走或匿。

死者粉糜。生者褫魄。不崇一朝。廓以清明。奏凱而還。東民以寧。

樂章[06] **靖東方曲** 戊辰春。 1393 칠월

自說) 禑大擧攻遼。我太祖以右軍將。諭諸將以義回軍。

緊東方阻海陲。彼狡童竊天機。爲東王德盛多里利。

肆狂謀興戎師。禍之極靖者誰。爲東王德盛多里利。

天尙德回義旗。罪其黜逆其夷。爲東王德盛多里利。

皇乃懌覃天施。軍以國俾我知。爲東王德盛多里利。

於民社有攸歸。千萬歲傳無期。爲東王德盛多里利。

樂章[07] **致 語** 夢金尺 受寶籙通用 1393 칠월

進時口號

奉貞符之靈異。美盛德之形容。冀借優容。式孚宴譽。

退時口號

樂旣奏於九成。壽庸獻於萬歲。未及歡娛之極。

遽懷儆戒之心。拜辭而歸。式燕以處。

夢金尺中腔詞

聖人有作。萬物皆覩。靈瑞繽紛。諸福畢至。

長言不足。式歌且舞。於樂於論。君王萬壽。

五言古詩[47] **病中懷三峯舊居** 1393

嗟我抱沈痾。居常畏炎天。況復車馬塵。衣冠苦拘纏。

所以氣煩鬱。五月猶未痊。懷哉三峯雲。故人在其巓。

爲我泛瑤琴。亂以歸來篇。淸風振林莽。遺響何泠然。

問我久行役。何時當來還。山靈未移文。巖壑聊佇延。

我感故人意。危涕流潺湲。君臣義甚重。病矣猶勉旃。

天門九重深。欲叫空盤桓。三峯渺何處。極目但雲煙。

兵書[06] **四時蒐狩圖** 失傳 1393. 8. 20.

七言絶句[81] **陪御駕遊長湍作** 癸酉秋 1393 가을

秋水澄澄碧似天。君王暇日御樓船。篙師莫唱長湍曲。此是朝鮮第二年。

五言律詩[61] **鷄 龍 山** 1393

客遊南國徧。鷄岳眼偏明。躍馬驚鞭勢。回龍顧祖形。
蔥蔥佳氣積。鬱鬱瑞雲生。戊己開亨運。何難致太平。

《隱峯全書卷五 安邦俊 1773年, 赴 鷄龍山 聞於鄕中老 三峯所作》

書[07] **撰進軍制改正書** 1394. 2. 29. 《太祖實錄》

判義興三軍府事鄭道傳等上書曰:

自古爲國者。文以致治。武以(勘)〔戡〕亂。文武兩職。如人兩臂。不可偏廢。故本朝旣有百司庶府。又有諸衛各領。所以備文武之職也。然府兵之制。大抵承前朝之舊。前朝盛時。唯府兵外。無他軍號。北有大遼。東有女眞。日本。侵掠於外。又有草賊往往竊發於中。小則中郞將以下。大則遣上將軍。將軍禦之。至於不得已而後發郡縣兵。外攻內守。傳至四百餘年。當時府兵之盛。可知。無事則肄習兵法。有事出軍則必爲五陣。當時兵法之習。亦可知也。自忠烈王事元以來。每因中朝宦寺婦女奉使者之請。官爵汎濫。皆以所托之人除衛職。恃勢驕蹇。莫肯宿衛。由是府衛始毁。始置忽只忠勇等愛馬。姑備宿衛。及僞朝法制大毁。凡受府衛之職者。徒食天祿。不事其事。遂至失國。此殿下之所親見。今殿下受天景命。赫然有爲。宜革舊弊。重國勢弭天災。以致維新之治。然人見聞習熟。積弊難改。王者受命。必變服色易徽號。所以一視聽。革弊而鼎新也。是以宋太宗以美名。改易禁軍舊號。作新士氣。今我殿下。將東班官名職號。一皆更定。循名責實。百官趨事赴功。獨於府衛稱號仍舊。弊亦如前。臣等職掌三軍。不可不慮。謹將府衛合行事件。條具于後。

一. 義興親軍左衛改義興侍衛司。右衛改忠佐侍衛司。鷹揚衛改雄武侍衛司。金吾衛改神武侍衛司。每一司各置中左右前後五領。屬中軍。左右衛改龍驤巡衛司。神虎衛改龍騎巡衛司。興威衛改龍武巡衛司。每一司亦各置五領。屬左軍。備巡衛改虎賁巡衛司。千牛衛改虎翼巡衛司。監門衛改虎勇巡衛司。每一司亦各置五領。屬右軍。右侍衛巡衛等十司。每一司印信一顆鑄給。都尉使掌之。

一. 上將軍改都尉使。大將軍改都尉僉事。都護諸衛將軍改中軍司馬・左軍司馬・右軍司馬。將軍改司馬, 中郎將改司直, 郎將改副司直, 別將改司正, 散員改副司正, 尉改隊長, 正改隊副。都府外改中軍, 司直一・副司直一・司正二・副司正三・隊長二十・隊副二十・左軍司直一・副司直一・司正二・副司正三・隊長二十・隊副二十。右軍上同。每一司都尉使一・都尉僉事二。每一領司馬一・司直三・副司直五・司正五・副司正七・隊長二十・隊副四十。每一道節制使・宗室省宰。副節制使・中樞。兵馬鈐轄使・嘉善・掌州郡兵一百。兵馬團練使・正從三品・掌州郡兵一百。以至團練判官・掌兵有差。中軍屬京畿左右道・東北面・左軍屬江陵・交州・慶尙・全羅道・右軍屬楊廣・西海道・西北面。

一. 今將侍衛・分屬侍衛巡衛等諸司・蓋法漢朝南北軍之遺制也。漢南軍掌宮門侍衛・北軍掌京城巡檢・此內外相制・長治久安・禍亂不生・已然明驗。今將義興・忠佐・雄武・神武爲侍衛司屬中軍・以寅申巳亥・上・大將軍各率其領將軍以下・闕門輪番・以効漢南軍之制; 龍驤・龍騎・龍武及虎賁・虎勇・虎翼爲巡衛司屬左右軍・上・大將軍使其領將軍以下・於梁直更・巡四門把截・輪番上直巡綽・以効漢北軍之制。其當番各司上將軍以下義興三軍府・以時知委, 毋致違忤。凡入直・不許無故出入・違者, 罪之。

一. 司楯・司衣・司幕・司彛・司饔・右件愛馬・乃前朝之季添設・宜在革去・而各有差備・似難卒革。然都目爲頭者・受諸領之職・以本番事務無閑・不得隨領・因此以致侍衛虛踈。今將各領削除祿官之數・於司楯第一番・置司直一・副司直一・司正二・副司正二・給事三・副給事三・其餘三番及各愛馬・皆用此例・以都目爲頭員・將次第遷轉去官。如此則有其事者食其祿·食其祿者事其事·名實相稱·不相侵亂·庶乎平矣。

一. 前朝之季·乳臭子弟及內僚工商雜隸·充衛領之職·猥微冗雜·不堪其任·或托權勢·不事其事·廩祿徒費·侍衛虛踈。今承其弊·不早革之·非初服貽謀之善也。宜令本府及兵曹諸衛領見任者·監身試藝·其壯有才者·復其職; 幼弱者·老病者·無才者·雜類者·托故不仕者·一皆削之·更將親軍衛屬原從侍衛員人·訓鍊觀習兵法員人·太乙習算員人·各令所屬官保擧· 如前監身試聞差備。

一. 凡充衛領之職者及分屬衛領各成衆愛馬·皆置名籍。又當侍衛巡綽之番·某司幾員人·某愛馬幾員人·明書于籍。有籍而不宿衛者·無籍而入者·以時糾治。除當番宿衛巡綽外。預習兵陣之法。能者賞之。不能者罰之。

一. 軍事以嚴爲主。其不從判旨。凡於府衛之法。有所犯者。令義興三軍府問備。重者啓聞。下法司科斷; 其姦頑不革。沮毁成法。惑亂衆聽者。置之邊方。以充軍役。

一. 將兵者位卑。則順從上命。易於役使。安守其分。今朝廷雖有都督·指揮·千戶。 而掌兵者百戶也; 前朝雖有中樞·兵曹·上·大將軍, 而掌兵者將軍也。此長治久安之策也。本朝府兵之制。已有此意。使將軍掌五員十將六十尉正。其大將軍以上。無與焉。各道州郡之兵。亦命兵馬使以下掌之。節制使以時糾察兵馬使之勤慢。則體統相維。兵雖聚。而無不戢之患。上從之。

請[01] 每早朝召諸將相共議軍國之事上言 1394. 4. 22.

判三司事鄭道傳上言:

"昔在成周。人心忠厚。然武王有疾。而周公以謂其勿穆卜。身欲代死。蓋恐新造之邦。人心搖動也。今殿下不出聽政。臣庶以爲疾病彌留。願殿下

每早朝。必坐正殿。召諸將相。共議軍國之事。” 上嘉納之。≪太祖實錄≫

七言古詩[07] **置書籍鋪詩** 幷序 1394

自說) 夫爲士者。雖有向學之心。苟不得書。亦將如之何哉。而吾東方書籍罕少。學者皆以讀書不廣爲恨。予亦病此久矣。切欲置書籍鋪鑄字。凡經史子書諸家詩文。以至醫方兵律。無不印出。俾有志於學者。皆得讀書。以免失時之歎。惟諸公皆以興起斯文爲己任。幸共鑑焉。

且問何物益人智。若非美質由文章。所恨東方典籍少。讀書無人滿十箱。
老來雖得未見書。讀了掩卷便遺忘。誓心願置書籍鋪。廣惠後學垂無疆。
君看夷裔害倫理。其書滿架充棟樑。彼盛此衰何足歎。自是吾曹志不强。
諸公請助書籍費。致令斯道更輝光。

序[13] **送靖安君赴京師詩序** 甲戌 1394 유월

恭惟 殿下畏天事大。克謹侯度。罔或有違。天子嘉之。命親男以朝。而靖安君寔行。乃以六月乙亥。殿下率群臣。拜表于壽昌宮。儀仗分左右。樂部導前。送至于宣義門外。都人父老塡溢街巷。瞻望咨嗟。皆曰。吾 君一遣子。而萬民賴以安。盍歌之。俾後子孫無忘也。相與歌曰。天子之明兮。吾 君之誠兮。之子之行兮。爲斯民開太平兮。門下侍郎成石璘。繼其歌而賦之。侍中平壤伯已下。諸大夫皆和焉。分韻成詩 凡二十八篇。以序文屬道傳。辭不敏不獲。曰 靖安君天性聰敏。學問夙成。今玆內承 君父之命。上覲 天子之朝。立玉墀方寸地。以近穆穆之光。敷奏詳明。獲奉吾君錫命而還。在家爲孝子。在國爲忠臣。是則 靖安君之所自期。而諸大夫亦以是望之也。若其時當炎暑。雨滂相仍。跋涉山川。行役間關。皆有慼於中者。而靖安君不以是介于懷。吁賢矣哉。

表[01] **本朝辨明誘遼東邊將女直等事表略** 甲戌 國朝寶鑑攷事撮要 1394

至若行禮於遼東。是亦景仰於上國。當使价往來之際。有賓主交接之儀。在禮則然。於誘何敢。其有女直隸于東寧。旣自作軍而當差。安肯遣人而說誘。但遼東都司起取脫歡不花之時。其管下人民或有不卽隨行者。由彼安土。非臣勒留。無所供於我邦。各自守其舊業。

記[07] **青石洞宴飮記** 1394 유월

六月甲申。天使黃公等還京師。侍中平壤伯·侍中上洛伯與諸公。送至于金郊驛。日中而返。時當炎暑。火雲甚熾。堂吏張幕于青石洞溪邊。爲避暑也。諸公據胡床坐。水流其下。風自四至。身夷神曠。脫然若沈痾去體。高管嗷舊本作激嘈。流觴再匝。諸公相與熙然而樂。未幾平壤伯遽曰。樂則樂矣。無已過乎。道傳曰。宰相之職勞矣。衆責萃其身。百慮縈一本作營其心。以致氣鬱志滯。雖明且智。未免或有所遺失也。故裨諶謀鄭國之政。必至於野。蓋於閒靜之中而得之也。然則宣其堙鬱之氣。道其滯塞之志。其必有助之者乎。諸公曰。子之言是也。然平壤伯偶因送客至此。一見諸公之樂。遽戒其過。是又不可不識也。於是乎書。

贊 **三峯先生眞贊** 權近 1394

溫厚之色。嚴重之容。瞻之如仰高山。卽之如坐春風。觀其睟面而盎背者。可以知和順之積中也。此言其容貌

光焰萬丈。氣吐長虹。方其窮而其志不挫。及其達而其德益崇。是其胸次浩然而自得者。必有因其集義以充之者也。此言其氣像

好善之篤。處事之通。寬弘若河海之廣。信果若蓍龜之公。則其局量規模之大。又非迂僻固滯者之所可得而同也。此言其材器

若夫性理之學。經濟之功。闢異端以明吾道之正。仗大義以佐興運之隆。文垂不朽。化洽無窮。眞社稷之重臣。而後學之所宗也。此言其學問事業文章

慶淑宅主眞贊 權近 按)慶淑宅主 卽公夫人崔氏隰之女 1394

事君子順而義。教兒孫慈而厲。待親族惠而周。撫婢僕嚴而恕。
是雖出於天質之美。其亦有得於以德而相與者乎。

題跋[06] **題眞贊後** 1394

右眞贊二篇。陽村權可遠所作也。不揚之貌。奚足以辱先生之筆哉。而其言有過當者。予甚愧焉。然從遊旣久。則相觀亦深矣。其有不可誣者乎。崔氏眞贊。乃畫外傳神也。於是誌之以示子孫耳。

箋[06] **撰進朝鮮經國典箋** 甲戌 1394. 5. 30. ≪太祖實錄≫

奮義佐命開國功臣。輔國崇祿大夫。判三司事。同判都評議使司事兼判尙瑞司事。修文殿大學士。知經筵藝文春秋館事。判義興三軍府事。世子貳師。奉化伯臣鄭道傳。臣言。伏承都承旨臣尙敬爲臣具啓。令臣投進所撰朝鮮經國典奉教投進者。秉籙膺圖。肇啓鴻休之運。立經陳紀。以詒燕翼之謀。倣成周六官之名。建朝鮮一代之典。恭惟主上殿下體天之德。保位以仁。定國號以繫民心。立儲副以隆邦本。世系著積累之慶。教書頒寬大之恩。謂治道責成於相臣。而貞賦實歸於公用。制禮作樂。以和神人。講武修兵。以正邦國。刑則詰姦而禁暴。工則謹度而課程。可見創業垂統之艱難。俾爲持盈守成之悠久。宜載汗簡。以藏名山。臣以庸疏。獲叨遭遇。庶將著作之末技。仰答生成之至恩。盛德豐功。固難備述。大綱小紀。悉皆鋪張。謹繕寫朝鮮經國典。隨箋以獻。伏望聖慈幸當燕閒。時賜觀覽。雖未助於緝熙之學。少有取於施設之宜。臣無任激切屛營之至。頓首頓首謹言。

兵書[07] 撰歷代府兵侍衛之制編修 1394. 6. 24. ≪太祖實錄≫

判三司事鄭道傳撰歷代府兵侍衛之制。論府衛之弊與今府兵沿革事宜。爲圖以獻。失傳

疏[01] 毋岳遷都反對疏 1394. 8. 12. ≪太祖實錄≫

上命諸宰相。各上書議遷都之地。判三司事鄭道傳曰:

一. 此地居國之中。漕運所通。所恨介於一洞之間。內而宮寢。外而朝市宗社之位。無所容焉。非王者居重御輕之所也。

一. 臣不學陰陽術數之說。而今者衆多之論。皆不出陰陽術數之外。臣固不知所言。孟子曰: "幼而學之。壯而欲行之。" 請以平日所學言之。武王定鼎于郟鄏。卽關中也。卜年八百。傳祚三十。至十一代孫平王。乃周興四百四十九年。遷于洛陽。而秦人都于西周舊地; 周至三十代赧王乃亡。秦人代之。由是觀之。所謂三十代八百年周家之數。無係於地也。漢高祖與項羽同伐秦。韓生勸羽留都關中。羽見宮室焚燒·人民屠殺。不樂。有人以術數說羽曰: "隔壁搖鈴。喜聽其聲。不見其形。曰是祖宗山川。思欲見之。" 羽信之。東還彭城; 漢高用劉敬之言。卽日西都關中。羽乃滅亡。漢德配天。自是宇文周·楊^隋相繼都關中。唐亦因之。德與漢配。由是言之。人有治亂。地無盛衰。可知矣。

一. 中國之爲天子多矣。所都之地, 西則關中。如臣所言; 東則金陵。而晋·宋·齊·梁·陳。以次都之; 中則洛陽。梁·唐·晋·漢·周繼都此地, 宋又因之。而大宋之德。不下漢·唐; 北則燕京。而大遼·大金·大元皆都之。且以天下之大。歷代所都。不過數四處。其當一代之興。豈無明術者乎。誠以帝王都會之地, 自有定處。非可以術數計度得之也。

一. 東方三韓舊都。東有雞林, 南有完山。北有平壤。中有松京。然雞林·完山。僻處一隅。豈可使王業偏安於此乎。平壤逼近北方。臣恐非所宜都

也。

一. 殿下初卽位。承前朝毁廢之餘。生民未蘇。邦本未固。是宜鎭靜。休養民力。仰察天時。俯察人事。相地之宜。待時而動。則庶乎萬全。朝鮮之業。垂於無窮。而臣之子孫。亦與有永矣。

一. 今之言地氣盛衰者。非其心自有覺處。皆傳聞古人之說也。臣之所言。亦皆古人已驗之說也。豈在術數者爲可信。而在儒者爲不可信乎。伏望殿下留意量度。參之以人事。人事盡, 然後稽之卜筮。動罔不吉。

祭文02 告由新都役事皇天后土之神 1394. 12. 3. ≪太祖實錄≫

上齋宿。命判三司事鄭道傳, 祭于皇天后土之神。以告興役之事。其文曰:
朝鮮國王臣[上諱]率門下左政丞趙浚·右政丞金士衡·判三司事鄭道傳等。一心齋沐。敢明告于皇天后土。伏以乾覆坤載。遂萬物之生成; 革古鼎新。作四方之都會。竊念臣[上諱] 猥以庸愚之質。獲荷陰騭之休。値高麗將亡之時。受朝鮮維新之命。顧以付畀之甚重。常懷危懼而未寧。永圖厥終。不得其要。日官告曰: "松都之地。氣久而向衰; 華山之陽。形勝而協吉。宜就是處。庸建新都。" 臣[上諱] 詢諸臣僚。請于宗廟。乃以十月二十五日。遷于漢陽。有司又告曰: "寢廟。所以奉祖考而安其神; 宮室。所以莅臣民而聽其政。皆非獲已。在所當營。" 爰命有司。於今月初四日起役。恐大役之方興。致斯民之攸困。仰惟皇鑑。俯亮臣心。雨暘以時。功役效力。于以作大邑。于以奠厥居。上配天命於無窮。下庇民生於有永。則臣[上諱]謹當對越奔走。將禋祀而益虔。戒勑時幾, 修政事而不懈。與諸臣庶。共享太平。

又遣參贊門下府事金立堅。告于山川之神。其文曰:
王若曰。咨爾白岳·木覓之神·諸山之神·漢江·楊津之神·諸水之神。蓋聞古之定都者。必封山以爲鎭。表水以爲紀。故名山大川之在境內者。載諸常祀之典。所以祈神佑而答靈貺也。顧惟不穀。迫於臣民推戴之心。

卽朝鮮國王位。兢業圖理。于今三年。迺者。用日官之言。定都漢陽。將營于宗廟·宮室。已定日矣。尙慮大役之興。民力不無所傷。雨暘燠寒。或失其時。有妨工作。玆率門下左政丞趙浚·右政丞金士衡·判三司事鄭道傳等。齋沐一心。以今月初三日。遣參贊門下府事金立堅。用禮幣奠物。告爾諸神。今玆興作。非欲求一己之安。其自是祀神。人民以迓天命於無窮。惟爾有神。諒予至懷。俾陰陽不愆。疾疫不興。變故不作。以底成大役而定大業。則予不穀。亦不敢自暇自逸。洎于後世。以修時祀。神亦永有所享食矣。故玆敎示。

時調[01] **新都歌** 1394 ≪花源樂譜, 靑丘永言≫

녜는 양쥬(楊州) ㅣ ᄀᆞ올히여,
디위예 신도형승(新都形勝)이샷다.
ᄀᆡ국셩왕(開國聖王)이 셩ᄃᆡ(聖代)를 니르어샷다.
잣다온뎌 당금ㅅ경(當今景) 잣다온뎌,
셩슈만년(聖壽萬年)ᄒᆞ샤 만민(萬民)이 함락(咸樂)이샷다.
아흐 다롱디리,
알ᄑᆞᆫ 한강슈(漢江水)여 뒤ᄒᆞᆫ 삼각산(三角山)이여,
덕즁(德重)ᄒᆞ신 강산(江山) ᄌᆞ으매 만셰(萬歲)를 누리쇼서.

史書[01] **高麗國史** 失傳 1395. 1. 25.

高麗國史序 鄭摠

古者列國。各有士官。掌記時事。昭示美惡。以爲後世之勸戒。若晉之乘。楚之檮杌。魯之春秋是也巳。高麗氏。自始祖以來。歷代皆有實錄。然其書出於兵火之餘。多所遺失。至恭愍王朝。侍中致仕李齊賢。撰史略。止扵(於)肅王。興安君李仁復。韓山君李穡。撰金鏡錄。止扵靖王。而皆失於疎略。其他則未有成書也。惟我 國王殿下 卽位之初。命判三司事臣鄭道傳及臣摠等。撰高麗國史。臣等承命祗懼。私竊以爲質本庸陋。才之三長。而書又不全。雖欲講明而折衷之。烏可易哉。然此理之在人心。無古今之異。苟因其幸存而未盡亡者。揆諸義理引以伸之。觸類而長之。則其是非得失。槩可見矣。是以。不量菲溥。輒效編摩。謹按自元王以上。事多僭擬。以其稱宗者書王。稱節日者書生。詔則書教。 朕則書予。所以正名也。朝會祭祀。常事也。而有故則書。親祭則書。所以謹禮也。書宰相除拜。所以重其任也。書說科取士。所以重求賢也。臺諫伏閤。其事雖闕必書。所以著忠臣也。上國之使。往來雖煩必書。所以尊天王也。灾異水旱。雖小書必書。所以天謹譴也。遊畋宴樂。雖數必書。所以戒逸豫也。恭惟 國王殿下以睿智之資。高明之學。講劘典墳(墳)。動法古先哲王。而是書也出於遺失踈略之中。其君臣之賢否。政教之得失。禮樂之沿革。風俗之美惡。雖未能備載而悉書之。然詩曰。殷鑑不遠。在夏后之世。蓋以其耳目之所逮也。若機政之暇。賜以覽觀。則於善惡取捨之端。爲政治民之道。庶幾有補矣。≪東門選≫

撰進高麗國史上親覽教書 1395. 1. 25.

判三司事鄭道傳・政堂文學鄭摠等撰前朝≪高麗國史≫自太祖至恭讓君三十七卷以進。上親覽, 教鄭道傳曰:

蓋聞王者代德而有國。必命文臣, 修史以成書。非惟備一代之典章。抑亦重萬世之勸戒。若稽王氏之世。襲稱高麗之名。能合三韓。以爲一統。歷歲之久。將五百年; 傳世之多。踰三十代。興衰治亂之迹。善惡得失之端。記錄(悉)〔甚〕繁。殘缺亦甚。苟非付於良史。焉得成其全書。惟卿學窮經史之微, 識貫古今之變。議論之正。皆本乎聖賢之言; 臧否之明。必辨其忠邪之趣。佐我開國。有成厥功。嘉猷可以補政教之施, 雄筆可以托制作之任。溫溫儒者之氣象。嶷嶷大臣之風儀。肆予當卽位之初。知卿有適用之學。俾居輔相之列。又兼國史之官。果能於燮理之餘。得遂其編摩之効。表年以首其事。因略以致其詳。有變有常。去就實關於大體。或褒或貶。是非不繆於曩賢。事該其本末而不至於繁。文貴乎簡質而不至於俚。不待游・夏之贊。蔚有班・馬之風。披閱已還。嘉嘆無已。宜致匪頒之寵，　以旌撰錄之勤。於戲。虞史作≪堯典≫之文。旣已施其直筆。殷鑑在夏后之世。所當戒於前車。今賜卿白金一錠・廐馬一匹・綵段一匹・絹一匹。 至可領也。

教鄭摠曰:

前世興衰之迹。必待後人而成書　　後王勸戒之端。具載經史而可鑑。粤惟王氏。奄有高麗。合三韓而爲一家。自五季而事中國。世代旣久。記錄甚繁。且因喪亂之屢更。頗有殘缺而未備。況記者非一手。疏密詳略之不同; 或言之亦多端。曲直邪正之難辨。如或成一代之實錄。必須待三長之全才。惟卿氣醇以淸。學邃而富。言辭簡質而必信。文章典雅而可傳。皮裏『春秋』能謹嚴而有守胸中權度。自精切而不差。當予開國之時。賴卿協謀之力。爰升出政之府。俾兼秉筆之官。旣致力於贊襄。亦專心於撰述。以公羊三世之事。法司馬編年之規。勒成全書。垂示來世。議論無愧於『唐鑑』鄙吝不生於『漢書』有變有常。筆削之精著矣; 可法可戒。善惡之効昭然。予心曰嘉。賞典是厚。於戲。雖華不繁。雖質不俚。可謂有良史之才; 與治必興。與亂必亡。盍亦觀前代之事。今賜卿廐馬一匹・白銀五十兩・段子一匹・綵絹一匹。至可領也。≪太祖實錄 權近≫

經典01　**監司要約** 失傳 1395

記08　**二樂亭記** 乙亥 1395

殿下定都之明年。分命親臣。 治州郡。蓋以軍民爲重也。宗盟門下左政丞平壤伯・門下右政丞上洛伯與諸同盟餞之于新都之南。登所謂二樂亭。行者念及王事之靡盬。其經營四方之志爲如何。居者勉之以使命之重。其丁寧相贈之意又如何。而眷戀惜別之情。江山臨眺之興。交相感矣。則其敍言也有不能自已者。於是。屬予爲文記之。予曰。二樂亭乃義安伯別墅也。有峯屹然立于漢江之中。構亭其上。以爲遊觀之所。諸山端重。如仁者以靜自守。江水通注。如智者動而不括。宜君子之所當樂也。至若雲煙掩曖於原野之外。鷗鳥上下於沙洲之際。樹木陰翳。淸風自至。景物之美至矣。伯以王室介弟。寄興山水間。亦賢矣哉。雖然。諸公當草創之時。庶事未遑。憂勞盡瘁。且不暇於樂矣。昔范文正公登岳陽樓歎曰。先天下之憂而憂。後天下之樂而樂。我思古人。實獲我心。予亦以爲待諸公戮力王室。底定生民。功成謝事。然後尊俎杖屨。翺翔於此亭之上。恣心志之娛樂。極江山之形勝。更爲諸公賦之。

七言絶句[82] **新宮涼廳侍宴作** 新宮 卽漢陽景福宮也 1395. 3. 20.

禁院春深花正繁。爲招耆舊置金尊。天工忽放知時雨。便覺渾身雨露恩。

教書[01] **因天變諸宰相求言教書** 1395. 4. 24.

命判三司事鄭道傳, 製教書曰:
時當正陽之月。有此陰沴之災。變故非常。予甚懼焉。且人事有得失之異。天之災祥。各以類應。故古先哲王。每遇天災。必求人事。或側身修道。或博採群言。蓋反其本也。寡躬代天職治天物。然不能獨治。乃與宰相共之。其時政得失・生民休戚。陳之無隱。庶幾遷善改過。以消天變焉。≪太祖實錄≫

教書[02] **國政刷新教書** 1395. 10. 5.

上服冕服。親祼酌獻。世子亞獻。右政丞金士衡終獻。禮畢。還大次。受中外朝賀。乘平兜輦至市街。成均博士率諸生。進歌謠三篇。其一曰『天監』美受命也; 其二曰『華山』美定都也; 其三曰『新廟』 美立廟親祀也。至雲從街。典樂署女樂。進歌謠呈才。上三次駐輦觀之。至午門帳次。頒降敎書:

王若曰。予以杳躬。荷祖宗積累之德。賴臣民推戴之力。肇造丕基。奄有東國。奠厥新邑于漢之陽。歲乙亥九月。太廟成。奉安皇高祖考穆王·皇高祖妣孝妃·皇曾祖考翼王·皇曾祖妣貞妃·皇祖考度王·皇祖妣敬妃·皇考桓王·皇妃懿妃四代神主。越十月乙未。飭躬齋戒。親執犧牲珪幣。聿嚴蒸祭。式禮莫愆。載惟宗祏。國之大本也。而寢廟有赫; 蒸嘗。國之大事也。而祀事孔明。皆由先世。肇基王迹。以至寡人。化家爲國。覩此盛典。予甚自慶。宜施寬大之恩。以布惟新之令。可宥境內。自洪武二十八年十月初五日昧爽已前。常赦所不原外二罪以下。已發覺未發覺·已結正未結正。咸宥除之。於戱。衎我烈祖。遹觀福祿之臻; 嘉與群生。同躋仁壽之域。所有合行事宜。條列于後。

一. 培養國脈。在於養禮俗。前朝之季。政敎陵夷。禮制大壞。士習民風。俱爲不美。以至於亡。自今爲士大夫者。飭乃身勤乃職; 爲民庶者。守乃分供乃役。毋僥倖以苟得。毋放僻以自逸。以成禮義之俗。

一. 民惟邦本。在所優恤。近因遷都。力役悉煩。然宗廟所以安祖宗盡孝敬。宮闕所以聽國政示尊嚴。城郭所以捍內外而備非常。皆非得已。予豈樂用民力哉。其餘土木興作。一皆停罷。毋復困吾民力。其有赴役死亡者。所在官司。恤復其家。

一. 卽位之初。每降敎條。驗民田荒熟。量減租賦。已有定制。然至今年。旣有水潦風霜之災。又因軍役。民多失業。其被災尤甚者。驗免租賦。前朝之時。州縣逋租。竝許免徵。其民間稱貸公私之物。貸者旣歿。徵及其族者。一皆禁斷。

一. 州郡之兵。番上宿衛。所以重根本而均勞逸也。然老弱困行役之勞。單丁無資糧之助。予甚憫焉。今後各道侍衛軍士。選遣强壯及奴婢雙丁者。

其老弱單丁。毋得竝遣。

一. 每降敎條。諭以便民事宜。監司守令。視爲文具。不卽擧行。澤不下究。予甚慮焉。在內司憲府。在外觀察使。將每年頒降條畫。隨卽擧行。毋至廢墜。

一. 農桑。王政之本; 學校。風化之源也。卽位以來。屢下敎書。示以勸農桑興學校之意。而守令不務擧行。監司不加考劾。皆無實效。予甚慮焉。自今內而司憲府。外而觀察使。以時考課。無致陵夷。以副寡人愛民重道之意。

讀訖, 上乘輿還宮。女樂至殿庭。顯妃垂簾觀樂。越三日丁酉。加與祭執事官各一級。賜兩府以上廐馬各一匹。宴群臣於新宮。上謂執事曰: "卿等恪勤乃事。衎我祖宗。予甚喜焉。" 賜馬左政丞趙浚·判三司事鄭道傳曰: "卿等雖不與事。然宗廟之禮。皆卿等所定。" 加賜道傳金飾角帶一腰曰: "今聞雅樂。知卿功不細矣。" ≪太祖實錄≫

記[09] 景福宮 1395. 10. 7.

臣按宮闕。人君所以聽政之地。四方之所瞻視。臣民之所咸造。故壯其制度。示之尊嚴。美其名稱。使之觀感。漢唐以來。宮殿之號。或沿或革。然其所以示尊嚴而興觀感則。其義一也。殿下卽位之三年。定都于漢陽。先建 宗廟。次營宮室。越明年十月乙未。親服袞冕。享 先王先后于新廟。宴群臣于新宮。蓋廣神惠而綏後祿也。酒三行。命臣道傳曰。今定都享廟而新宮告成。嘉與群臣宴享于此。汝宜早建宮殿之名。與國匹休於無疆。臣受命。謹拜手稽首。誦周雅旣醉以酒。旣飽以德。君子萬年。介爾景福。請名新宮曰景福。庶見 殿下及與子孫享萬年太平之業。而四方臣民亦永有所觀感焉。然春秋。重民力謹土功。豈可使爲人君者。徒勤民以自奉哉。燕居廣廈。則思所以庇寒士。涼生涼生舊本作生涼殿閣。一本作閤 則思所以分淸陰。然後庶無負於萬民之奉矣。故併及之。

康寧殿

臣按洪範九五福。三曰康寧。蓋人君正心修德。以建皇極則能享五福。康寧乃五福之一。擧其中以該其餘也。然所謂正心修德。在衆人共見之處。亦有勉强而爲之者。在燕安獨處之時。則易失於安佚。而儆戒之志。每至於怠矣。而心有所未正。德有所未修。皇極不建而五福虧矣。昔者衛武公自戒之詩曰。視爾友君子。輯柔爾顔。不遐有愆。相在爾室。尙不愧于屋漏。武公之戒謹如此。故享年過九十。其建皇極而享五福。明驗已然。蓋其用功。當自燕安幽獨之處始也。願殿下法武公之詩。戒安佚而存敬畏。以享皇極之福。聖子神孫。繼繼承承傳于千萬世矣。於是稱燕寢曰康寧。

延生殿・慶成殿

天地之於萬物。生之春。成之以秋。聖人之於萬民。生之以仁。制之以義。故聖人代天理物。其政令施爲。一本乎天地之運也。東小寢曰延生。西小慶曰寢成。以見殿下法天地之生成。以明其政令也。

思政殿

天下之理。思則得之。不思則失之。蓋人君以一身據崇高之位。萬人之衆。有智愚賢不肖之混。萬事之繁。有是非利害之雜。爲人君者。苟不深思而細察之。則何以別事之當否而區處之。人之賢否而進退之。自古人君。孰不欲尊榮而惡危殆哉。親近匪人。爲謀不臧。以至禍敗者。良由不思耳。詩曰。豈不爾思。室是遠而一本作爾孔子曰。未之思也。夫何遠之有。書曰。思曰睿。睿作聖。思之於人。其用至矣。而是殿也每朝視事於此。萬幾荐臻荐臻 一本作輻輳 皆稟殿下。降勅指揮。尤不可不之思也。臣請名之曰思政殿。

勤政殿・勤政門

天下之事。勤則治。不勤則廢。必然之理也。小事尙然。況政事之大者乎。書曰。儆戒無虞。罔失法度。又曰。無敎逸欲有邦。兢兢業業。一日二日。萬幾。無曠庶官。天工人其代之。舜禹之所以勤也。又曰。自朝至于日中昃。不遑暇食。用咸和萬民。文王之所以勤也。人君之不可不勤也如此。然安養旣久。則驕逸易生。又有諂諛之人從而道之曰。不可以天下國家之故。疲吾精而損吾壽也。又曰。旣居崇高之位。何獨猥自卑屈而勞苦爲哉。於是。或以女樂。或以遊畋。或以玩好。或以土木。凡所一本所下有以字荒淫之事。無不道之。人君以爲是乃愛我一本無我字厚。不自知其入於怠荒。漢唐之君所以不三代若者此也。然則人君其可一日而不勤乎。然徒知人君之動。而不知所以爲勤。則其勤也流於煩碎苛察。不足觀矣。先儒曰。朝以聽政。晝以訪問。夕以修令。夜以安身。此人君之勤也。又曰。勤於求賢。逸於任賢。臣請以是爲獻。

隆文樓・隆武樓

文以致治。武以戡亂。二者如人之有臂。不可偏廢也。蓋禮樂文物。燦然可觀。戎兵武備。整然畢具。至於用人。文章道德之士。果敢勇力之夫。布列中外。是皆隆文隆武之至。庶見 殿下文武竝用。以臻長久之治焉。

正門

天子諸侯。其勢雖殊。然其南面出治則皆本乎正。蓋其理一也。若稽古典。天子之門曰端門。端者正也。今稱午門曰正門。命令政敎。必由是門而出。審之旣允而後出。則讒說不得行。而矯僞無所托矣。敷奏復逆。必由是門而入。審之旣允而後入。則邪僻無自進。而功緖有所稽矣。闔之以絶異言奇邪之民。開之以來四方之賢。此皆正之大者也。

讚[01] 趙政丞 浚眞贊 二首 1395

於惟我后。迺有重臣。重臣伊誰。趙公惟賢。志存經濟。拯世之屯。
手扶日轂。昇于中天。功在王室。澤被生民。雖古名相。莫能或先。
惟公之心。惟公之眞。與國匹休。於千萬年。

又[2]

其望之也。巖然嶽峙。澄然淵渟。其卽之也。溫然玉潤。藹然春陽。
孰其狀之。炳煥丹靑。功高開國。位冠端揆。其事君也。堅確之節。
夷險不貳。其愛民也。生育之心。霈乎厥施。見惡如病。嗜善如飢。
自處以正。人不忍欺。我讚非佞。多士是儀。

五言絶句[83] 題復齋詩卷 按)復齋 鄭摠之號 1395

有時馳汗漫。倏忽入重淵。操舍在俄頃。憑君更勉旃。

五言律詩[62] 邀諸道觀察使于三峯齋 尙州牧使亦在席上 乙亥 1395

君王憂外寄。分命皆豪英。杖節重風采。鳴琴興頌聲。
何以宣上德。要當安民生。擧杯祝遠大。更奈離別情。

詩[01] 贈孟希道天字韻 失傳 1396 봄

편집자) 병자년(1396) 봄에 맹희도가 隱居하여 사는 溫水[온양] 마을에 태조와 大臣들이 가게 되었다. 맹희도가 반갑게 일행을 맞이한 다음 태조의 聖德을 讚揚하여 唐律詩 한 편을 지어 올리고, 이에 扈從한 여러 學士들 중에 三峯이 먼저 天 자를 뽑아 시를 짓고, 諸公들에게 각각 韻자를 뽑아 시를 짓도록 하였다고 한다. 長篇을 짓기도 하고 혹은 短篇을 짓기도 하였는데 마치 봄 구름이 피어나는 듯, 여러 개의 옥을 옷을 꿰어 놓은듯하여 맹 선생의 높은 風致를 노래하였다고 한다. 그러나 공의 시는 失傳되어 내용을 알 수 없다. ≪陽村集≫ 贈孟希道詩集序

策題[01] 會試策 1396

問。自古言善治之道者。必有成法以爲持守之具。其所以養國脈淑人心。傳祚累世者。皆由於此。不可不愼也。若稽有虞。秩宗典禮。士師明刑。成周宗伯掌禮。司寇掌刑。以致雍熙隆平之治。其詳可得而言歟。其命官也同。其列職也等。禮與刑果無輕重歟。至漢叔孫通制禮。蕭何定律。亦何所本歟。緜蕞之儀。識者譏之。畫一之法。得淸靜寧壹之效。唐太宗制貞觀禮書。布之中外。又廳任德不任刑之說。有貞觀太平之盛。是漢之治。由於刑法。而唐之治。本於德禮也。先儒曰。漢之大綱正。唐之大綱不正者。何歟。所謂德禮者。非大綱乎。恭惟 主上殿下以聰明之德。勇智之資。應天順人。肇造丕基。不以勢位爲高。而常懷雍雍肅肅之敬。慈祥惻怛之念。謹禮恤刑之本。於是乎立矣。爰命攸司。考古今禮典之文而損益之。譯朝廷頒降之律而開曉之。禮可謂定而刑可謂明矣。然其喪祭之制。果合於先王之舊。而無淫祀浮屠之雜歟。其制軍也。果得蓄將敎兵之法。而武備不至於弛歟。謂宴享得鹿鳴和樂之意。婚姻得附遠厚別之義。而無習俗之陋可乎。貪墨非不戢也。暴亂非不禁也。而作姦犯科者或有之。其故何歟。豈有司不體吾 君之意。視禮刑爲文具。而奉行之未至歟。抑承前朝紊亂之餘。弊習已甚而未易革歟。伊欲俾斯禮秩秩乎其文。繩繩乎其典。上自宗 廟朝廷。下至閭巷鄕井。粲然有文以相接。懽然有恩以相愛。俾斯刑井井乎其可辨也。鑿鑿乎其可行也。上不避乎貴勢。下不陵乎柔弱。期至於無刑。同歸于至治。其道何繇。諸生以明體適用之學。待有司之問久矣。其悉著于篇。

策題[02] 殿試策 1396

王若曰。惟予寡昧。荷祖宗積累之德。膺臣民推戴之心。獲登寶位。任大責重。罔知攸濟。良用惕然。仰惟前代是憲。期致小康。稽之於書。曰文王自朝至于日中昃。不遑暇食。用咸和萬民。又曰。文王罔攸兼于庶言庶獄。則宜若無所事事矣。其日不遑者何歟。自古爲人君者。莫不以勤勞得之。逸豫失之。然徒知其勤。而不知所以爲勤。其弊也失於苛察而無補於治矣。然則人君之所當勤者。抑何事歟。予每當聽政。惟恐一事之或廢。然萬幾至繁。何以辨其當否。而處之無失歟。孜孜訪問。惟恐民情之鬱於下。何以使聰明益廣而無所蔽歟。至於修令。惟恐反汗而不行。何以合於公理而使民懷服歟。子大夫講明經學。博古通今。其必有能言是者矣。毋泛毋略。悉心以對。予將採擇而用之矣。

七言絶句[84] **遊眞觀寺** 失傳 1397

편집자) 이 시는 칠언절구로서 진관사에 머물면서 過・多・客・蘿의 운을 따서 시를 지었는데, 양촌이 이 시를 보고 공의 시운을 따라 차하였다. 비록 시는 실전되었지만 참고로 양촌의 시를 옮긴다.

次三峯遊眞觀寺韻 陽村 權近

石逕草深微雨過。林亭地僻好風多。山靈應笑驅馳客。未脫朝衣掛薜蘿。

七言絶句[85] **東池詠蓮** 失傳 1397

편집자) 이 시는 칠언절구로서 연못에 핀 연꽃을 보고 池・時・遲의 운을 따서 지었는데, 이 역시 양촌이 공의 시운을 따라 차운하였다. 아래 시 4수 중 맨 위 시가 공의 작품이고, 그 외 3수는 양촌을 비롯한 함께한 분들의 작품이 아닐까 생각해 본다. 그러나 진위를 고증할 수 없어 참고로 아래 옮긴다.

次三峯東池詠蓮詩韻 四首 陽村 權近

翠蓋田田冒一池。紅衣濯濯雨晴時。經過固合耽佳句。莫怪吾行每自遲。

賞蓮常欲共臨池。況復年皆少壯時。有約不須嫌晝短。也宜明月夜遲遲。

亭亭萬朶滿平地。紅綠相輝映一時。謾道風來香荏苒。恐敎吹洛顚風遲。

夜來狂雨雜顚風。池上紅衣掃地空。欲把青荷成一醉。誰沽美酒滿郫筒。

七言律詩[23] **鐵原東軒** 1397선달

按)丁丑十二月 公爲東北面都巡撫使 赴孔州時

今到昌原說孔州。山川遼遠使人愁。百年身世浮如夢。一片襟懷冷似秋。國破雲煙猶慘慘。城空歲月自悠悠。爲緣王事悤悤去。投紱佗時會再遊。

按)昌原 鐵原別號·孔州 慶源舊號

題跋[07] **勅慰盛旨跋語** 失傳 1397

帖[01] **國初群英眞蹟** 失傳 1397

啓[01] **東北面官內組織整備完了啓** 1398. 2. 3 ≪太祖實錄≫

東北面都宣撫巡察使鄭道傳分定州府郡縣之名。遣從事崔兢以聞。安邊以北·靑州以南。 稱永興道。端州以北·孔州以南。稱吉州道。令東北面都巡問察理使統治之。又置端州以北州府郡縣及各站路官吏。吉州道。察理使一。令史十二·兩班子弟。知印六·兩班子弟。使令百姓二十。吉州牧。官使一。令史十二。使令二十五。日守兩班十五。州司長史二。副長史四·五品以下。司吏六·兩班。徒隷十五百姓。左右翼。各千戶一。百戶六。統主十二。端州。知事一。令史十。使令二十。日守兩班十。郡司長史二。副長史三。司吏四。徒隷十。左右翼。各千戶一。百戶四。統主八。鏡城郡。知事一。令史六。使令十五。日守兩班八。郡司長史二。副長史二。司吏二。徒隷八。左右翼。各千戶一。百戶四。統主八。慶源府。使一。令史以下。同端州。靑州府使一。令史以下同端州。甲州。知事一。令史以下。同鏡城。各站。司吏二。日守兩班五。館夫五。急走人五。馬夫十五。洪原 ^ 新翼站改新恩站。平浦站仍舊名。靑州 ^ 多灘台站改五川站。所應居台站改居山站。端州 ^ 時時里站改施利站。波獨只站改碁園站。仇麻耳站改麻谷站。吉州 ^ 西之委站改臨溟站。藥水站仍舊名。明間站改明原站。鏡城郡 ^ 朱外站改朱村站。吾老村站改吾村站。在城站改龍城站。加夫台站改富家站。慶源府^時反站改時原站。翁口站改翁丘站。在城站改江陽站。豫州·原興合爲一郡。改號預原。知事一。咸州任內洪獻改洪原。縣令一。

太祖 李成桂 書簡 1398. 2. 4.

遣中樞院副使辛克恭 爲東北面都宣慰使 以書賜衣酒都宣撫巡察使鄭道傳

三峯行次開柝。相別日久, 思想殊深。欲遣辛中樞往問行役。崔兢適來。備知動止。稍自慰解。玆將糯衣一領。以備風露。領納爲幸。李參贊·李節制使處。俱寄糯衣各一領。幸說與眷戀之意。餘在辛中樞。春寒。若時自保。以旣邊功。不具。松軒居士書。≪太祖實錄≫

箋[07] 上糯衣宮醞書下賜謝恩箋 1398. 2. 29

東北面都宣撫巡察使鄭道傳奉箋謝恩:

書傳一札, 承聖訓之丁寧; 衣自九天。稱臣身之長短。又將宣醞。賜以朋樽, 感與愧幷。涙從言出。竊念臣性識庸暗。學問荒蕪。動遭毁謗之交騰。幾致性命之難保。幸蒙上聖之扶佑。獲全微喘之生存。爰從潛邸之時。以至開國之日。心勞力瘁。思欲效尺寸之忠; 智劣才疎。愧略無絲毫之補。今者。親承明命。祇謁先陵。城邑之基尙存。人民之業未復。徵丁夫以來集。兼晝夜以經營。非曰不日而成。可謂浹旬而畢。是乃本於孝思之至切。抑亦出於聖算之深長。念臣何功。得霑重眷。玆蓋伏遇主上殿下。推誠以御其下。錄善不遺其微。遂令睿恩。及於陋質。臣謹當爰咨爰度。宣惠澤於一方; 載寢載興。倍祈傾於萬壽。≪太祖實錄≫

序[14] 鄕藥濟生集成方序 1398 유월

醫藥以濟札瘥。仁政之一端也。昔神農氏使歧伯嘗草木。典醫療疾。周禮

有醫師掌醫之政。令聚藥以共醫事。厥後善醫者兪・扁・和・緩之徒。現於典記者多矣。然其書皆不傳。自唐以來其方世增。方愈多而術益疏。蓋古之上醫。唯用一物以攻一疾。後世之醫。多其物以幸有功。故唐之名醫許胤宗有獵不知免。廣絡原野之譏。眞善喩也。然則合衆藥而治一病。不若用一物之爲切中也。但難精於知病而用藥耳。吾東方遠中國。藥物之不產玆土者。人固患得之之難也。而國俗往往能以一草而療一病。其效甚驗。嘗有三和子鄕藥方。頗爲簡要。論者猶病其略。曩日今判門下權公仲和 命徐贊者尤加蒐輯。著簡易方。其書尙未盛行于世。恭惟我主上殿下仁聖之資。受命開國。博施濟衆之念。靡所不至。每慮窮民病莫得醫。深用惻然。左政丞平壤伯趙公浚, 右政丞上洛伯金公士衡上體聖心。請於中國置濟生院。給之奴婢。採取鄕藥。劑和廣施。以便於民。中樞金公希善 悉掌其事。諸道亦置醫學院。分遣敎授。施藥如之。俾其求賴。又患其方有所未備。乃與權公仲和 特命官藥局官更考諸方。又採東人經驗者。分門類編。名之曰鄕藥濟生集成方。附以牛馬醫方。而金中樞觀察江原。募工鋟梓。以廣其傳。皆易得之物。已驗之術也。苟精於此。則可能一病用一物。何待夫不產而難得者哉。且五方皆有性。十里不同風。平居之時。食飮嗜慾酸鹹寒暖之異宜。則對病之藥。亦應異劑。不必苟同於中國也。況遠土之物。求之未得而病已深。或用價而得之。陳腐蠹敗。其氣已泄。不若土物氣完而可貴也。故用鄕藥而治病。必力省而效速矣。此方之成。其惠斯民爲如何哉。傳曰。上醫醫國。方今明良相逢。肇開景運。以拯生民塗炭之苦。以建萬世盤石之基。夙夜孜孜。盡心於治。益圖所以活民生而壽國脈者。仁民之政。裕國之道。本末兼擧。大小畢備。以至醫藥療疾之事。亦拳拳焉。調護元氣。培養邦本如此其至。其醫國也大矣。仁被一時。澤流萬世者。豈易量也哉。洪武三十一年(蒼龍戊寅 1398 태조7) 夏 六月下澣。奉化伯 鄭道傳 序 ≪金烋 海東文獻錄 鄕藥濟生集成方 解題≫

七言絶句[86] **哭松隱** 1398

事君盡節有其身。功烈分明靃兩人。濟世安民歌萬壽。輔仁修德舞長春。
心將流水歸淸道。性得仁風歸宿塵。死沒幽情何寂寞。悠悠我思費精神。

編輯者註) 松隱 朴翊(1332~1398) 初名 朴天翊 高麗儒臣. 詩在 松隱集.

六言絶句[01] **進新都八景詩** 1398

畿甸山河

沃饒畿甸千里。表裏山河百二。德敎得兼形勢。歷年可卜千紀。

都城宮苑

城高鐵甕千尋。雲繞蓬萊五色。年年上苑鶯花。歲歲都人遊樂。

列署星拱

列署岧嶢相向。有如星拱北辰。月曉官街如水。鳴珂不動纖塵。

諸坊棋布

第宅淩雲屹立。閭閻撲地相連。朝朝暮暮煙火。一代繁華晏然。

東門敎場

鐘鼓轟轟動地。旌旗旆旆連空。萬馬周旋如一。驅之可以卽戎。

西江漕泊

四方輻湊西江。拖以龍驤萬斛。請看紅腐千倉。爲政在於足食。

南渡行人

南渡之水滔滔。行人四至鑣鑣。老者休少者負。謳歌前後相酬。

北郊牧馬

瞻彼北郊如砥。春來草茂泉甘。萬馬雲屯鵲厲。牧人隨意西南。

七言絶句[87] **自 嘲** 1398. 8. 26.

操存省察兩加功。不負聖賢黃卷中。三十年來勤苦業。松亭一醉竟成空。

心問天答

鄭 道 傳　著
鄭 柄 喆 編著

心問天答

理學[01] 心問 · 天答 1375 십이월

1. 心問

此篇。述心問天之辭。人心之理。卽上帝之所命。而其義理之公。或爲物欲所勝。而其善惡之報。亦有顚倒。善或得禍。而惡乃得福。福善禍淫之理。有所不明。故世之人。不知從善而去惡。唯務趨於功利而已。此人之所以不能無惑於天者也。故托於心之主宰。以問上帝而質之也。

乙卯季冬。幾望之夕。天淨月明。群動就息。

季冬。涸陰沍寒之極。而春陽欲生之時。幾望。月光漸滿。而其明復圓之日。以譬人欲昏蔽之中。而天理之復萌也。天淨月明。群動就息。以譬人欲淨盡。天理流行。方寸之間。瑩徹光明。而外物不能以動其中。

若有一物。朝于上淸。立于玉帝之庭。稱臣而告曰。臣受帝命。爲人之靈。

一物。指心而言。上淸。上帝之所居也。玉帝。卽上帝。貴而重之之稱也。稱臣者。心之自稱也。臣受帝命。爲人之靈者。心自言其受上帝所命之理。以爲人之主宰。而最靈於萬物也。此章。設言吾心主宰之靈。朝見上帝之庭。稱臣而問之也。然其曰朝者。豈別有一物爲帝。而又有一物朝之者哉。方寸之間。私欲淨盡。則吾心之理。卽在天之理。在天之理。卽吾心之理。脗合而無間者也。其曰朝者。設言以明之也。

人有耳目。欲色欲聲。動靜語默。手執足行。凡所以爲臣之病者。日與臣爭。

此章。言物欲害吾心之天理也。蓋凡有聲色貌相而盈於天地之間者。皆物也。日與人之身相接。而人之有目。莫不欲色。有耳莫不欲聲。至於四肢百骸。莫不欲安佚。故天理雖根於吾心固有之天。而其端甚微。人欲雖生於物我相形之後。而其發難制。是其日用云爲。順理爲難而從欲爲易。書曰。人心惟危。道心惟微。此之謂也。且人之此身。不能一日離物而獨立。小有不謹則凡外物之害此心者。投間抵隙。攻之甚衆矣。此天理之所以病也。

志吾之師。氣吾徒卒。皆不堅守。棄臣從敵。以臣之微。孤立單薄。

志者。心之所之也。吾亦心之自稱也。孟子曰。夫志。氣之帥也。氣。體之充也。註曰。志固心之所之。而氣之將帥。氣亦人之所以充滿於身。而爲志之卒徒也。心爲天君。以志統氣而制物欲。猶人君之命將帥。以率徒衆而禦敵人也。故曰志吾之帥。氣吾徒卒。然志苟不定。則物欲得以奪之。而理不能以勝私矣。故其志之爲帥與其氣之爲徒卒者。皆不能堅守其正。反棄吾心而從物欲。故吾之此心。雖曰一身之主。卒至孤立單弱而薄劣也。

誠敬爲甲胄。義勇爲矛戟。奉辭執言。且戰且服。順我者善。背我者惡。賢智者從。愚不肖逆。因敗成功。幾失後獲。

甲胄。所以衛身之具。矛戟。所以制敵之物。此承上章之末而言。以我一心之微。而當衆欲之攻。雖甚微弱而薄劣。苟能以誠敬爲甲胄而自守。則所以操存者固。而志不可奪矣。義勇爲矛戟而自衛。則所以裁制者嚴。而欲不得侵矣。內外交相養之道也。奉帝之命。使知理之不可違。聲彼之罪。使知欲之不可從。彊者戰而勝之。弱者降而服之。其順我命者。合乎理而爲善。其背我命者。悖乎義而爲惡。知善而率從者爲賢智。不知而背逆者爲愚不肖。彼雖不從。我則益勉。此心幾爲物欲之敵所敗。至於覆沒。然以此心之理。終不泯滅。故更自策礪。終有所獲。此勉强而行者。及其成功一也。

及至其報。事多反復。背者壽考。順者夭折。從者貧窮。逆者富達。故世之人。尤臣之爲。不從臣命。惟敵之隨。

報。謂善惡之應效也。人有所爲而天報之也。尤。咎責也。人爲善則天報之以福。爲惡則天報之以禍。猶人臣有戰功則君賞之以爵祿。敗績則君加之以刑戮。此理之常也。今心奉上帝之命。與物欲之敵相戰。敵不能勝。惟心之命順從則是爲有功於天也。宜富貴壽考。以受爲善之福。而反至貧窮夭折。敵旣勝之。背逆此心之命。宜貧賤夭折。以受爲惡之禍。而反富貴壽考。天之報應。反復乖戾如此。故人之所爲。寧從彼敵利害之誘。不從其主義理之命。人之所以不能無惑也。故下文呼天而問之也。

惟皇上帝。實主下民。始終何乖。與奪何偏。臣雖鄙愚。竊有惑焉。

皇。大也。尊之之辭。此呼上帝而告之曰。大哉上帝。實位乎上。以主下土之人。福善禍淫。是其理之常也。始者賦命之初。必與人以仁義禮智之性。是欲使人循是性而爲善也。至其終而報應之著則善惡之效。反復如此。是何始終所命之乖戾耶。彼背且逆而得壽考富達者。天何所愛而厚之。此順且從而得夭折貧窮者。天何所憎而薄之歟。是其一與一奪。又何偏而不公如是也歟。臣心雖甚鄙愚。而竊有惑於斯也。

2. 天答

此篇。述天答心之辭。天能以理賦予於人。而不能使人必於爲善。人之所爲。多失其道。以傷天地之和。故災祥有不得其理之正者。是豈天之常也哉。天卽理也。人動於氣者也。理本無爲而氣用事。無爲者靜。故其道遲而常。用事者動。故其應速而變。災祥之不正。皆氣之使然也。是其氣數之變。雖能勝其理之常者。然此特天之未定之時爾。氣有消長。而理則不變。及其久而天定。則理必得其常。而氣亦隨之以正。福善禍淫之理。豈或泯哉。

帝曰噫嘻。予命汝聽。予賦汝德。在物最靈。與吾並立。得三才名。

帝。上帝也。噫嘻。歎息也。予。上帝之自予也。汝。指心而言。德卽仁義禮智之性。天之所令而人之所得者也。三才。天地人也。○此章。設爲上帝答心之辭。歎息而言。予有所命。惟汝人心其聽之哉。予旣賦汝以健順五常之理。而汝得之以爲德。方寸之間。虛靈不昧。具衆理應萬事。而在萬物最爲靈矣。故能與我與地並立而得稱三才之名也。

又當日用之間。洋洋焉開道引迪。使爾不昧其所適。予所以德汝者非一。汝不是思。或自棄絶。

洋洋。流動充滿之意。爾。亦指心而言。此承上言人倫日用之間。莫非天命之流行發見。汝在父子則當親。在君臣則當敬。以至一事一物之微。一動一靜之際。莫不各有當行之理。流動充滿。無小欠缺。是孰使之然哉。皆上帝所以開道啓迪於斯民。使之趨善而避惡。以不昧於其所適從也。然則上帝之所以爲德于汝者。非可以一二計也。而爾曾不以是而致思。乃或背善從惡。以自棄絶之也。

風雨寒暑。吾氣也。日月吾目也。汝一有小失。吾之氣乖戾。吾之目掩食。汝之病我者亦極矣。何不自反。而遽吾責歟。

吾。亦上帝之自吾也。風雨寒暑。爲天之氣。日月。爲天之眼。而人者。天地之心也。故人之所爲。一有小失其正。則天之風雨寒暑必至於乖戾。日月必至於掩食。是人之所以病乎天地者亦可謂極矣。蓋天地萬物。本同一體。故人之心正。則天地之心亦正。人之氣順。則天地之氣亦順。是天地之有災祥。良由人事之有得失也。人事得則災祥順其常。人事失則災祥反其正。何不以是自反其身。以修汝之所當爲者。而乃遽然責望于天乎。

且以吾之大。能覆而不能載。能生而不能成。寒暑災祥。猶有憾於人情。吾如彼。何哉。汝守其正。以待吾定。

且夫天體至大。能無所不覆而不能載。能無所不生而不能成。天職覆地職載。天主生地主成。天地固有所不能盡也。當寒而暑。當暑而寒。降災降祥。不得其正者。此人情所以猶有憾於天地也。蓋天地之於萬物。無心而化成。能施其理之自然。而不能勝其氣之或然。如彼人之所爲。雖上天其如何哉。言天非有所容心以爲之也。汝但當固守其理之正。以待其天之定而已。所謂夭壽不貳。修身以竢之。是也。申包胥曰。人衆勝天。天定亦能勝人。天人之際。雖交相爲勝。然人之勝天。可暫而不可常。天之勝人。愈久而愈定也。故淫者必不能保其終。而善者必有慶於後矣。蓋一時之榮辱禍福。自外而至者。皆不足恤。惟當力於爲善。以不獲罪於天。可也。

序　權近

道之不明。異端害之也。吾儒尙賴先哲之訓。以知異端之蔽。而往往有不能固守其道者。亦怵於功利之私而已。故高不溺於空虛。則卑必流於汚賤。此道之所以常不明不行。而異端之徒亦指以爲卑近而斥之也。且其善惡報應之效。亦多參差不齊。故善者以怠。惡者以肆。而擧世之貿貿然淪胥於利害之中。而不知義理爲何物。釋氏之徒又得售其因緣之說而人愈惑焉。嗚呼。道之不明也久矣。欲人之無惑也難矣。三峯先生嘗有言曰。辨老佛邪遁之害。以開百世聾瞽之學。折時俗功利之說。以歸夫道誼之正。其心氣理三篇。論吾道異端之偏正殆無餘蘊。愚已訓釋其意矣。先生又嘗作心問天答二篇。發明天人善惡報應遲速之理。而勉人以守正。其言極爲精切。使怵於功利者觀之。可以祛其惑而藥其病矣。故又加訓釋以附三篇之後。夫闢異端然後可以明吾道。去功利然後可以行吾道。此先生之作所以關於世敎爲甚

－ 心問天答 終 －

錦南雜題

鄭道傳 著
鄭柄喆 編著

≪錦南雜題≫ 1375年 5月～1377年 7月

鄭三峯 錦南雜題序 丙辰 1376

連城之璧。不常出於崑岡。千里之足。不恒產於冀野。賦天之性以生者。莫貴乎爲人。而忠信材德之質。爲尤難也。況在荒服之遠乎。三峯鄭先生。予同年友也。越至正壬寅冬。吾洪文正公主棘圍。試選士精。先生中之。時先生年富氣銳。爲文章敏以奇。故時輩目異之。知其不小成而止也。後居親喪三年于鄉。杜門論討經籍。出入諸子。辨析異端。遠而天地河岳。切而爲性命義理。明焉而日月。幽焉而鬼神。與夫人倫日用之常。皇王世道之變。以至法令制度之損益。禮樂刑政之得失。靡不研精覃思。洞達其理。時惟我先王旁求儒雅。以闡文理。又於郊廟禋祀禮樂之典。尤致意焉。而難其人。謂先生其文學之博。可以明倫理育人才。其器識之明。又足以知禮樂之本而和神人。故於是授成均太常二博士。以至於爲司藝。其任用之專。亦榮矣哉。

去年夏。先生以忠直言國家事。見忤於執政者。流於湖之南。予于時屢造其室焉。先生賃一室。左右圖書。備寒暑以一裘葛。朝夕而疏食。談聖賢仁義道德之說。以明天理人欲之辨。南方學者多從之遊。講論之暇。自著詩若文若干篇。編爲成帙。以見其志。而目之曰錦南雜題。其文辭無愧乎古人。而其短長句章。亦臻雅野 一本作冶 之態。集衆家之長而成一家言。無一毫憂憤擯黜之語。而獨其忠信道義之發。沛然溢乎言語間。豈非眞知輕重大丈夫哉。大抵得之則喜。失之則慼。人之常也。先生則不然。其所以見黜者。莫非忠信之故。而其所以自處者無非義理之安。浮雲富貴。土芥功名。等視乎山林朝市。一節乎死生窮達。若將朝聞夕死。捨生取義之爲者。非信道篤而自知明者。其能之乎。傳所謂不見是而無悶。其先生之謂與。吁。吾東方壤地荒遠。而山水之美甲天下。氣鍾岳降。文武英材。

代不乏人。抑不知今天之生先生也。將使文章鳴于時耶。道學傳于人耶。抑將以高風峻節。矯頹世勵薄俗也耶。是三者皆可尙已。予以不工語。强綴其篇端者。獨愛夫忠信材德之產吾土也。而俾後君子之尙友者。知先生之爲人焉耳。同年友 機張李暻 仲有題。

書[01] 登羅州東樓 諭父老書 錦南雜題 乙卯 1375

道傳以言事忤宰相。放來會津縣。縣羅屬也。道過羅。登東樓。徘徊瞻眺。山川之勝。人物之富庶。抑南方一巨鎭也。羅爲州始自國初。且有功。我太祖一三韓。郡國次第平。惟時百濟。恃其險遠。人馬糧穀之强且富。不卽歸命。羅人明識逆順。率先內附。太祖之取百齊。以羅人之力。與有多焉。親駕是州。陞之爲牧。按)天復癸亥 麗祖攻錦城 錦人擧城歸附 仍改錦城爲羅州 陞牧在顯宗時 以長南諸州。蓋所以褒之也。惠王躬擐甲胄。以先後左右。功多子列。按)錦城之役 惠王從太祖討百濟 奮勇先登 功爲第一 大業以定。丕承厥位。保有民社。有創業之助。有持守之功。血食大廟。爲百世不遷之室。乃眷戀舊邦而廟享焉。按)惠王祠在興龍寺 州人祀之 顯王南巡至此。遂成興復之功。按)顯王庚戌 避契丹南巡至州 契丹師退 乃還都 陞爲牧 賜州八關禮。以比本京。噫。道傳二爲禮部郎。皆兼太常職掌。宗廟朝會之事。今得罪不測。落南而來。違遠京國。雖欲目一覩宗朝。與下執事之末。其可得乎。然予心則未嘗忘也。今在千里外州。獲聞祖功宗德之盛。登樓以望。山川如古。想見當時千乘萬騎。頓住於其中。又覩廟貌炳然臨照。得慰孤臣拳拳之懷。何其幸也。嗟夫羅人田。其田宅其宅。安生樂業。將五百年于玆。何莫非祖宗休養生息之恩。亦父老所知也。然是州濱海。極邊以遠。所患莫倭寇若也。沿海州郡。或虜或徙。騷然無人。不能守土地修貢賦。版籍所載。生齒所息。財賦所出。皆棄於草木之所蕃。狐兎之所穴。而其人之流散死亡。皆莫之恤倭故也。而羅介於其中。繁庶如平日。桑痲之富。禾稻被野。其民晝作夜息。怡怡熙熙。以樂其樂。以及行旅登樓。顧望山川原野。極遊覽之娛。人盛物阜。仰聖德而歌遺風。不知行役之勞。遷逐之感也。是州之在四隣殘破蕩析之中。劇寇侵略之內。而安然獨全。如萬丈之陂。以障橫流之衝。雖有奔蕩激射。極其怒勢。而其爲陂自若。民恃無恐。豈非祖宗之德。入人者深。非若他州之民。無恒產無恒心比也。豈非牧守得人。能宣德意。以結民心。使不散也。抑父老之敎有素。而民知向義也。吁可嘉矣。然近來倭寇尤橫。其勢日進不衰。父老。毋狃已往之無事。勵子弟修器械謹烽火。以保州若縣。不爲國家南顧之憂。道傳。雖負罪深。重自今至未死之日。而得優遊暇食。羅人之賜。不旣多乎。

序[01] **送湖長老詩序** 以下五首錦南雜題 1375

傳曰。人受天地之中以生。所謂命也。故有動作威儀之則。以定命也。然所謂威儀之則。豈可以聲音笑貌爲哉。亦曰。得之心而動之於四體焉耳。詩曰。抑抑威儀。維德之隅。予之誦此言久矣。而難其人。今見湖長老。其容貌端莊。行止安詳。而其言有度。豈吾所謂其人乎哉。長老。佛者也。其學有曰。作用是性者然乎。且人但會揚眉瞬目。搖手擧足而已乎。抑有如是之義理準則。存乎其中。不可得以離乎。人之作用。由是則者爲是。不由是則者爲非。則所謂性者有辨矣。予嘉長老之威儀有則。私竊以是爲問。長老其思之。如有得焉。歸以敎我。亦相直之道也。

祭文[01] **哭潘南先生文** 幷序 ○ 此下二首 錦南雜題 1375

按)辛禑乙卯 朴公尙衷與公 請却北元使 遂得罪杖流 道死

噫乎先生乎。先生之生也。人疑之。先生之死也。人益疑之。俗賢利口。其巧如簧。時尙詭隨。其柔如韋。先生不然。簡默無言。先生守正。不與時推移。小人以此疑先生爲訥爲魯。簡賢附勢。無人不是。利祿所在。擧世爭趨。先生不然。寧餓死溝壑。而吾不苟得。寧終身卑賤。而吾不妄求。此爲善雖在傭丐之微。好之如芝蘭。彼爲惡雖在趙孟之勢。疾之如仇讎。小人以此疑先生爲迂爲妄。當其死也。人皆畏死而重生。蒙恥冒辱。迭出哀鳴。先生不然。吾義之安於死也。寧觸虎狼之口。吾不負義以求活也。吾身可殺也。吾道不可屈也。小人以此疑先生之戇也。君子則曰。先生之有道也。可以尊主庇民。而不得行於世。先生之有學也。可以貫穿古今。而不得信於人。義色凜然。而群小以慍。忠言直切。而上不以聞。以此疑先生命之戾而時之屯也。先生之爲善也。可以福祿永終。而不得享其壽。可以遺慶後嗣。而不得保其身。以此疑先生之不幸也。予則以爲彼之疑皆非也。皆不知先生者也。道之行不行。時也。死生禍福。非在己 舊本作器 者也。先生於此。將何爲哉。行吾義而已矣。先生之生也吾信之。先生之死也吾益信之。先生不與貪鄙者同貴。不與姦佞者同生。則其死乃所以保其身。其不貴乃所以爲榮也。而又何疑乎。然則何哭乎。哭斯民之不被先生之澤也。哭吾道之無所託也。哭吾輩之無所取則也。非哭死也。爲生者哭也。哭曰。

嗚呼先生兮。已而已而。丁時不淑兮。人莫我知。閔時世之嶮巇兮。不忍默默以無言。曾微軀之幾何兮。横抑河海之狂奔。遭漂溺而莫救兮。竟隕其生。人以此議先生兮。卒得狂名。我苟得其所兮。中心孔寧。惟賢達之卓軌兮。亮愚昧之難明。吾輩負義以偸活兮。徒遑遑其疇依。嗟面目之有靦兮。內包羞而懷悲。嗚呼。九原如可作兮。惟吾先生之與歸。

祭文02 **謝魑魅文** 幷序 1375

會津多大山茂林。僻近於海。曠無人居。嵐蒸瘴池。易陰以雨。其山海陰虛之氣。草木土石之精。薰染融結。化而爲魑魅魍魎。非人非鬼。非幽非明。亦一物也。鄭先生獨坐一室。晝永無人。或時投策出門。負手遐觀。則山川糾紛。草木相接。天陰野暝。滿目蕭然。陰氣中人。支體沈困。於是還入其室。煩鬱憒眊。倦極就睡。低頭瞑目。若寐非寐。向之所謂魑魅魍魎之屬。相與揶揄 揶揄 一本作揄揶 嘍嚶。往來欻翕。有若喜者。有若悲者。有若笑者。以跳踉衝冒。偃仆蕩倚。先生厭其煩聒。又惡不祥。擧手驅去。去而復來。不勝其怒。高聲大叫。則忽然而覺。因 一本作固 以形消迹滅。廓爾無物。先生神悸氣恐。如有所喪。久而後定。凝神靜慮。肅氣細息。假寐而坐。復有其物。援明引類。累累而至。若前所爲。先生曰。爾陰物。與我不同類。曷爲而來。且爾曷爲而悲。曷爲而喜笑乎。語訖。若有進而言者曰。通都顯邑。第宅相望。冠蓋日遊。人之所居也。幽陰之墟。荒絶之野。魑魅之所滋也。子來卽我耳。非我卽子也。何以去我。子不量力。觸諱犯忌。見黜明時。玆非可笑歟。力學篤志。徑行直遂。終罹禍謫。無路自明。亦可悲已。伏陰處幽。世莫我知。而子之學。鉤深探賾。無微不窮。而得相從於荒陬裔壤之中。是則可喜也。且子不得齒於平人。見放在遠。遇子者目動。語子者心怵。皆搖手却立。掉臂背行。惟我等喜子之來。與之從遊。今以非類斥之。舍我其誰與爲友哉。先生於是愧其言。且厚其意。謝以文辭曰。

山之阿兮海之陬。天氣霪陰兮草木以幽。曠無人以獨居兮。舍爾吾誰與遊。朝出從兮夕共處。或歌以和兮春復秋。旣違時而棄世兮。曷又何求。蹮蹮草莽兮。聊與爾優遊。

序[02] 贈祖明上人詩序 1375

無說大師。病臥珍原山佳祥寺。一日倭寇突入其寺。蒼皇分散。或死或虜。而弟子祖明。負大師走。僅以身免。吾聞民生於三。事之如一。惟其所在。則致死焉。此儒者說也。浮屠人。出家與世。棄親如遺。其他宜若無以爲意也。而往往於師弟子間。恩義篤盡。其奔難赴急。反出仁人義士上。如祖明者。是則此心之中。義理本具。不可得以一本作而泯滅矣。彼或離親戚去人倫。往而不返者。亦獨何心歟。雖然。人心所同然者。自我發之。則彼之興感。固有所不能自已者矣。宜乎歌之者衆也。

序[03] **河相國春亭詩序** 按)河相國 名 乙沚 辛禑 乙卯 爲全羅道元帥 1375

相國河公以節帥全羅。旣至。令曰。爲患吾民。以遺國家憂。惟倭最急。便習水道。輕進易退。故制禦者難得其要。我知之矣。卽馬上誓師旅。引行鳴鐘鼓。樹旗幟。沿海上下。張皇兵威。賊人不測。稍自引去。然不敢以無事自暇。常野次于外。以臨衝要。以備不虞。時維六月。地極南邊。海霧吹炎。天雲爍熱。上蒸下濕。公慮賓校之病于暑也。一日。登高以望。長江注其下。群山包其外。繚以峯巒。錯以洲嶼。雲收霧散。瞻眺攸遠。炎熱以涼。蒸濕以爽。灑然若執熱而濯淸泠也。怳然如乘長風御灝氣。以超乎寥廓也。賓校胥樂。勸公構亭其地。公重違衆。乃役戍卒之無事事者。取材誅茅。不終日告成。客有請亭名者。公曰。吾嘗自號春亭。亭吾構也。其以是命之。客語人曰。異哉。公之名亭也。亭之成適當夏月。引淸風於天末。納爽氣於襟袖。肌膚輕快。神心夷曠。不知時之爲暑。而地之爲炎荒也。至若金風啓候。素月揚輝。叫征鴻於長洲。倚孤帆於極浦。陰雲不開。江天無際。漁蓑披雪。亦此亭之勝槩也。若其野芳山榮。鳥哢禽嚶。僅足於一時耳。四時於亭。其景如此。而公獨取其一。有以也夫。解之者曰。天有四時以成歲。人有四端以統性。四時之各偏其一。而春無所不在。猶四端各一其德。而仁無所不包也。故曰。春者春之生。夏者春之長。秋者春之成。冬者春之藏。仁者仁之愛。義者仁之制。禮者仁之敬。智者仁之知。於時爲春。於性爲仁。一理也。故其在天。則充塞流行。無一息之間斷。播之爲四時。棅之爲萬物。變化無窮。而生生不息。此春爲天地之仁也。其在人則公平樂易。無一毫私意忿疾之累。其積也和順。其發也英華。體之身而身安。推之家而父子親。以至處事應物。無一而不得其宜。此仁爲一身之春也。昔朱光庭。謂明道爲春風。其言不可誣也。春哉仁哉。淵乎其爲德之至也。非知道者。孰能與於斯。公之所以有意也。登是亭者。毋徒取遊觀之樂。當求君子體仁之意。尤當求天地生物之心。然後知亭之所以爲春。而能樂公之樂也。客曰。唯唯。於是咸係詩以詠。節序相推自四時。一亭佳興少人知。悠然獨得天機妙。坐對江山賦好詩。

記[01] 石亭記 以下二首錦南雜題 1375

申公昌父。介特人也。其守有確然不可奪者。嘗位於朝旣顯矣。終以剛直不屈。見忤權臣。卽引退歸田里。性愛石。出外遇石稍異者。輒致之家。大者車載之。其次馬馱之。又其次。使僕負之或腋之。凡力可以致者。無遺焉。方者銳者博者狹者。棄擲邐迤。縱橫交錯。有端重確實。淸秀瓌偉。如君子之德容者。奇奇怪怪。如山林煙霞之士者。諤諤翼翼。如忠臣正色立朝。論難利害者。其他巉岈突怒。如虎豹之拏者。跳踉騰倒。如群羊戲觸者。瑣瑣屑屑。交首接尾。如魚兒成隊者。若此之類。難可殫記。公合而名其亭曰石亭。日磅礴於其中。夏風扇淸。秋月澄耀。花草增姸。霜雪愈寒。皆石之助也。然人徒知公之樂乎石。而不知石之所以爲樂也。易曰。介于石。不終日。貞吉。公之守有確然不可奪者。不屈權勢。其介于石歟。卽引退歸田里。其不終日歟。以道自樂。無意外不測之禍。其貞吉歟。或者公之樂。其出於此乎。是可記已。

記[02] 消災洞記 1375

道傳賃居消災洞黃延家。洞卽羅屬部曲。居平之地。有寺曰消災。故以爲名。環洞皆山也。而其北東則重巒疊嶺。形勢相屬。西南諸峯。低小可以眺望。又其南。原野平衍。樹林煙火。茅茨十餘戶。乃會津縣也。其名山水曰錦城山。端重奇偉。以據乎東北。羅之鎭也。曰月出山。淸秀突兀。以阻乎東南。靈巖郡界也。曰錦江。由羅東南流。過會津縣南西入海。洞距海數十里。其山嵐海瘴之氣。中人肌膚。病作無時。然朝夕晦明。氣象萬千。亦可翫也。洞中無異草木。唯黃茅脩竹。間於松楠。人家門戶藩籬。往往以竹代木。其蕭灑清寒之狀。使遠人亦樂而安之也。居人淳朴無外慕。力田爲業。延其尤也。家善釀。延又喜飲。每酒熟。必先觴予。客至。未嘗不置酒。日久益恭。有金成吉者頗識字。其弟天能談笑。亦皆善飲。兄弟同居。有徐安吉者。老爲僧曰安心。高鼻長面。容儀詭怪怪同字。凡方言俚話。鄕井閭巷之事。無不記。有金千富者。曹松者。其飮亦成吉・延之流也。日從予遊。每得時土物。必持酒漿而來。盡歡乃去。予寒一裘暑一葛。早寢晏起。興居無拘。飲食惟意。與二・三學者。講論之餘。貪緣溪磵。登降巖谷。倦則休。樂則行。其遇佳處。徘徊瞻眺。嘯詠忘歸。或逢田父野老。班荊而坐。相勞問如故。一日登後岡以望。愛其西偏稍平夷。下臨廣野。遂命僕剔去榛翳。構屋二間。不翦茅。不削木。築土爲階。編荻爲籬。事簡而功約。而一本無而字洞人皆來助之。不數日告成。扁曰草舍。因居之。噫。杜子美在成都。構草堂以居。僅閱歲而已。而草堂之名傳千載。予之居草舍幾時。予去之後。草舍爲風雨所漂壞而已耶。野火所延爇。朽爲土壤而已耶。抑有聞於後歟。無歟。皆未之知也。但予以狂疏戇直。見棄於時。放謫在遠。洞人遇我甚厚如此。豈哀其窮而收之歟。抑長生遠地。不聞時議。不知予之有罪歟。要皆厚之至也。予且愧且感。因記其本末以致意焉。

說02 **無說山人克復樓記後說** 以下五首錦南雜題 1376

艅艎 按)艅艎 羅州廢屬縣 趙生璞。袖克復樓記來示予曰。此記乃無說山人所作。樓在湧珍寺。夫人之所貴乎樓觀者。以其登高望遠。遊心騁目。窮山川引風月。以資遊觀之樂而已。於學也無與焉。今玆樓以克復名。何取於樓哉。予曰否。不然也。人之憂樂。係之心而發之於所遇之境。彼其心有係於憂者。雖遇山川之勝。風月之美。適足以爲之傷感也。零陵之山。南方之最秀者也。而逐臣一本作者以爲囚。岳陽之樓。天下之壯觀也。而遷客以爲悲。苟失其本心則無往而不慼慼也。雖有樓觀。豈得而樂哉。若夫克去己私。以復天理。則其心豁然。與天地同其大。萬物同其和。浩浩蕩蕩。隨所遇而皆樂。故有以簞瓢陋巷而不改其樂者。顔子之克復也。要之。惟其仁而後能樂其樂也。其以克復名樓。得其本哉。

書02 上鄭達可書 1376 봄

異端日盛。吾道日衰。驅民於禽獸之域。陷民於塗炭之中。四海滔滔。未有紀極。嗚呼痛哉。伊誰正之。必也學術之正。德位之達。爲人所信服者。然後可以正之矣。且下民昏愚。不知取舍。苟有一時之達者。闢之則去之。倡之則和之。此蓋但知達者之爲所信服。而不知道之有邪正也。昔孟子。雖窮而在下。卒能闢楊墨尊孔氏。而天下從之。蓋以德達。而其德足以信服乎天下也。蕭衍。雖昏而無知。卒能興佛敎。易風俗。而天下從之。蓋以位達。而其位足以信服乎天下也。孔子曰。君子之德風。小人之德草。草上之風。必偃。其是之謂歟。自是以來。上無賢君。下無眞儒。世敎陵夷。邪說橫流。達而在上者。又從而倡之。嗚呼。其弊有不可勝言者矣。及宋之盛。眞儒迭興。挾遺經繼絶統。扶斯道闢異端。而學者靡然從之。斯亦以德達。而爲人所信服故也。惜乎。有德無位。不能大行於世。永絶邪說之根本也。然而中國學士。尙賴其說。莫不以扶斯道闢異端。爲己任。雖其弊之深也。不能遽絶。尙可望夫斯道之復振也。若東方則其弊尤甚。人皆好之篤而奉之謹。又號爲大儒者。反爲讚誦歌詠。助揚聲勢。鼓舞振動。彼下民之昏愚。惟從達者之好者。爲如何也。於是。先王之學。寂寥無聞。耳目所接。無非異端。襁褓孩兒。學語之始。卽誦其言。嬉戱之時。便設其儀。習與性成。恬不知非。邪與心熟。堅不可破。雖聰明之士。眩惑其空玄。暴悖之人。喜懼其禍福。莫不尊奉依歸。毁倫滅理。風俗頹敗。傾家破產。父子離散。其禽獸之歸。塗炭之苦。亦不可旣矣。幸茲秉彝。極天罔墜。雖在波頹之中。尙有一二明經之士。深知其害。竊議而私歎之。往往辨之於人。則或有所聽信而開悟之者。是理義之心。人皆有之矣。然下焉不尊。民卒不從。及與爲佛者辨之。則彼亦有是心。自知其非。屢至辭窮。然恥爲之屈。惟務自勝。援引公卿之尊奉。大儒之讚誦。以折辨者。乃曰。夫豈不義。而某公信之。以某公之位之德。而尊奉讚誦如此。汝反非之。汝能賢於某公歟。辨者若曰。位爲公卿。而於道有不學。號爲大儒。而於學有不正。但當質諸本心。辨其邪正而已。豈以某公之故。而遽以此爲是云爾。則爲有說矣。然此不惟獲以下訕上之罪。人反不信。以爲狂妄。譏笑毁謗。使無所容。辨者默然無言。彼爲佛者。意氣洋洋。自以爲吾說勝也。是知異端之邪。不可以口舌爭也。下民之惑。不可以義理曉也。惟其學術之正。德位之達。爲人所信服者。然後可以正矣。吾友達可。其人也。達可雖無其位。達可之學。學者素服其正也。達可之德。學者素服其達也。以予昏庸。不恤譏議。慨然有志於闢異端者。亦以達可爲之依歸也。天生達可。其斯道之福歟。近聞往來之言。達可看楞嚴。似佞佛者也。予曰。不看楞嚴。曷知其說之邪。達可看楞嚴。欲得其病而藥之。非好其道而欲精之也。旣而私自語曰。吾保達可。必不佞佛。然昌黎一與太顚言。後世遂以爲口實。達可爲人所信服。其所爲繫於斯道之廢興。不可不自重也。且下民昏愚。易惑難曉。達可幸思之。

說03 景濂亭銘後說 1376

謙夫卓先生 光茂 於光州別墅。鑿池種蓮。築土池中爲小島。構亭其上。日登以樂。益齋李文忠公命其亭曰景濂。蓋取濂溪愛蓮之義。欲其景慕之也。未見其物則思其人。思其人則必於其物致意焉。感之深而厚之至也。嘗謂古人之於花草。各有所愛。屈平之蘭。陶潛之菊。濂溪之於蓮是也。各以其中之所存。而寓之於物。其意微矣。然蘭有馨香之德。菊有隱逸之高。則二子之意可見。且濂溪之言曰。蓮。花之君子也。又曰。蓮之愛。同予者何人。夫以其所樂。與人共之。聖賢之用心也。而嘆時人之莫己知。以俟後來於無窮。苟知蓮之爲君子。則濂溪之樂。庶乎得矣。然因物而得聖賢之樂。亦豈易言哉。黃魯直曰。周茂叔胸中灑落。如光風霽月。程子曰。自見周茂叔。每令尋仲尼顔子樂處所樂何事。自是唫風詠月。以歸有吾與點也之意。道傳私竊以爲景濂有道。須要識得灑落氣象。有與點之意。然後可以言至。文忠公之銘曰。鉤簾危坐。風月無邊一句。截斷古人公案。安得一登其亭。與謙夫同參。

說[04] **答田父** 1376

寓舍卑側隘陋。心志鬱陶。一日出遊於野。見一田父。厖眉皓首。泥塗霑背。手鋤而耘。予立其側曰。父勞矣。田父久而後視之。置鋤田中。行原以上。兩手據膝而坐。頤予而進之。予以其老也。趨進拱立。田父問曰。子何如人也。子之服雖敝。長裾博袖。行止徐徐。其儒者歟。手足不胼胝。豐頰皤腹。其朝士歟。何故至於斯。吾老人。生於此老於此。荒絶之野。窮僻瘴癘之鄕。魑魅之與處。魚鰕之與居。朝士非得罪放逐者不至。子其負罪者歟。曰然。曰何罪也。豈以口腹之奉。妻子之養。車馬宮室之故。不顧不義。貪欲無厭以得罪歟。抑銳意仕進。無由自致。近權附勢。奔走於車塵馬足之間。仰哺於殘杯冷炙之餘。聳肩諂笑。苟容取悅。一資或得。衆皆含怒。一朝勢去。竟以此得罪歟。曰否。然則豈端言正色。外示謙一本作廉退。盜竊虛名。昏夜奔走。作飛鳥依人之態。乞哀求憐。曲邀橫結。釣取祿位。或有官守。或居言責。徒食其祿。不思其職。視國家之安危。生民之休戚。時政之得失。風俗之美惡。漠然不以爲意。如秦人視越人之肥瘠。以全軀保妻子之計。偸延歲月。如見忠義之士不顧身慮。以赴公家之急。守職敢言。直道取禍。則內忌其名。外幸其敗。誹謗侮笑。自以爲得計。然公論諠騰。天道顯明。詐窮罪覺以至此乎。曰否。然則豈爲將爲帥。廣樹黨與。前驅後擁。在平居無事之時。大言恐唱。希望寵錫。官祿爵賞。惟意所恣。志滿氣盛。輕侮朝士。及至見敵。虎皮雖蔚。

羊質易慄。不待交兵。望風先走。棄生靈於鋒刃。誤國家之大事。否則豈爲卿爲相。狼愎自用。不恤人言。佞己者悅之。附己者進之。直士抗言則怒。正士守道則排。竊君上之爵祿爲己私惠。弄國家之刑典爲己私用。惡稔而禍至。坐此得罪歟。曰否。然則吾子之罪。我知之矣。不量其力之不足而好大言。不知其時之不可而好直言。生乎今而慕乎古。處乎下而拂乎上。此豈得罪之由歟。昔賈誼好大。屈原好直。韓愈好古。關龍逢好拂上。此四子皆有道之士。或貶或死。不能自保。今子以一身犯數忌。僅得竄逐。以全首領。吾雖野人。可知國家之典寬也。子自今其戒之。庶乎免矣。予聞其言。知其爲有道之士。請曰。父隱君子也。願館而受業焉。父曰。予世農也。耕田輸公家之租。餘以養妻子。過此以往。非予之所知也。子去矣。毋亂我。遂不復言。予退而歎之。若父者。其沮溺之流乎。

說[05] **錦南野人** 1376

儒家者流談隱先生居錦南。一日錦南野人。有不聞儒名者。求見先生。謂從者曰。吾儕野人。鄙不遠識。然吾聞居乎上。治國政曰卿大夫。居乎下。治田曰農。治器械曰工。治貨賄曰商賈。獨不知有所謂儒者。一日。吾鄉人讙然相傳儒者至。儒者至。乃夫子也。不知夫子治何業而人謂之儒歟。從者曰。抑所治廣矣。其學之際天地也。觀陰陽之變五行之布。日月星辰之照臨。察山嶽河海之流峙。草木之榮悴。以達鬼神之情。幽明之故。其明倫理也。知君臣之有義。父子之有恩。夫婦之有別。長幼朋友之有序有信。以敬之親之經之序之信之。其達於古今也。自始有文字之初。以至今日世道之升降。俗尙之美惡。明君汙辟。邪臣忠輔。言語行事之否臧。禮樂刑政之沿革得失。賢人君子之出處去就。無不貫其趨向之正也。知性之本乎天命。四端五典萬事萬物之理。無不統其中而非空之謂也。知道之具於人生日用之常。包乎天地有形之大而非無之謂也。於是。辨佛老邪遁之害。以開百世聾瞽之惑。折時俗功利之說。以歸夫道誼之正。其君用之則上安而下庇。其子弟從之則德崇而業進。其窮而不遇於時。則修辭以傳諸後。其自信之篤也。寧見非於世俗。而不負聖人垂敎之意。寧窮餓其身。顚躓困厄。而不犯不義。以爲是心之羞愧。此儒者之業。而夫子之所欲治也。野人曰。侈哉言也。其無乃誇乎。吾聞諸吾鄕之老。曰無其實而有其名。鬼神惡之。雖有其實。自暴於外則爲人所怒。故以賢臨人則人不與。以智矜人則人不助。是以。君子愼之。子從夫子遊。而其言若是。夫子可知已。其不有鬼惡。必有人怒乎。嗚呼。而夫子殆矣。吾不願見。懼及也。奮袖而去。

說[06] **家難** 1376

自予得罪。竄逐南荒。毁謗蜂起。口舌譸張。禍且不測。室家憧惶。使謂予曰。卿於平日。讀書孜孜。朝饔暮飧。卿不得知。室如懸磬。甔石無資。幼稚盈堂。呼寒啼飢。予主中饋。取具隨時。謂卿篤學。立身揚名。爲妻子之仰賴。作門戶之光榮。竟觸憲網。名辱迹削。身竄炎方。呼吸瘴毒。兄弟顚踣。家門蕩析。爲世戮笑。至於此極。賢人君子。固如是乎。予以書復。子言誠然。我有朋友。情逾弟昆。見我之敗。散如浮雲。彼不我憂。以勢非恩。夫婦之道。一醮終身。子之責我。愛非惡焉。且婦事夫。猶臣事君。此理無妄。同得乎天。子憂其家。我憂其國。豈有他哉。各盡其職而已矣。若夫成敗利鈍。榮辱得失。天也。非人也。其何恤乎。

題跋[02] **讀東亭陶詩後序** 錦南雜題 1376

自晉至今千有餘年。世喜稱淵明爲人。予以爲論其世誦其詩。則其人可知。當南北分裂之際。干戈相尋。民無寧日。內亂將作。王室將傾。此義人志士有爲之時。而淵明則歸去田園而已。及觀其詩乞食・貧士怨詩・飮酒等篇。但不勝其憔悴無聊。姑託酒以遣耳。得稱於後世者如此。何歟。

杜子美曰。陶潛避世翁。未必能達道。觀其著詩集。頗赤恨枯槁。韓退之讀醉鄕記。以爲阮籍，陶潛。猶未能平其心。或爲事物是非相感發。於是有所託而逃焉者也。二子爲世名儒。善論人物。而其言如彼。則予之惑滋甚。今得東亭先生陶詩後序。曰憔悴於飢寒之苦。而有悠然之樂。沈冥於麴糱之昏。而有超然之節。伏以讀之。不覺歎息曰。噫。此所以爲淵明也。雖去千載之遠。如聞其謦欬而接見其容儀也。且其憔悴於飢寒之苦。沈冥於麴糱之昏者。迹也外也。有悠然之樂。超然之節者。心也內也。在外者易見。在內者難知。宜後學未能窺其藩籬也。向者韓·杜之言。特託而言之耳。先生曰。不然也。淵明生於衰叔之世。知其時之不可爲。高蹈遠引。養眞衡茅之下。塵視軒冕。銖看萬鍾。雖衣食不給。而悠然樂以忘其憂。及乎宗國旣滅。世代遷易。一時之輩相招仕進。若吾淵明則不然。拳拳本朝之心。如靑天白日。不事二姓。隱於詩酒之中。其高風峻節。凜乎秋霜之烈。不足此也。至於其詩。當憂則憂。當喜則喜。當飮酒則飮酒。其曰。夏日長抱飢。寒夜無被眠。則其飢寒之苦。爲如何哉。笑傲東軒下。聊復得此生。則其悠然之樂。又如何也。其曰。春秫作美酒。酒熟吾自斟。又曰。朝與仁義生。夕死復何求。豈非於沈冥之中而有超然之節乎。蓋淵明之樂。不出飢寒之外。而其節亦在沈冥之中也。何也。知淵明不義萬鍾之祿。甘於畎畝之中。則飢寒乃所以爲樂也。託於麴糱。終守其志。則沈冥乃所以爲節也。不可以內外異觀也。道傳曰。命之矣。退而書之。

傳[01] **鄭沈傳** 錦南雜題 1376

鄭沈。羅州人也。仕州爲戶長。善騎射。不事家人生產。洪武四年春。以全羅道按廉使命。奉濟州山川祝幣。航海而去。與倭賊相遇。衆寡不敵。舟中皆懼。議將迎降。沈獨以爲不可。決意與戰。射賊應弦而斃。賊不能逼。及矢竭。沈知事不濟。具袍笏正坐。賊驚謂曰。官人也。相戒莫敢害。沈自投水以死。而舟中人皆降賊。死者唯沈而已。其鄕人皆惜其死之不幸。而愚其果於自死也。鄭先生聞而悲之。爲之作傳。且曰。嗟乎。死生固大矣。然人往往有視死如歸者。爲義與名也。彼自重之士。當其義之可以死也。雖湯鑊在前。刀鋸在後。矢石注於上。白刃交於下。觸之而不辭。蹈之而不避。豈非義爲重死爲輕歟。果有能言之士述之於後。著在簡編。其英聲義烈。照耀人耳目。聳動人心志。其人雖死。有不死者存焉。故好名之士。甘心一死而不以爲悔。今夫沈之死也。國家不得知。又無能言之士爲之記述以垂於後。則沈之忠義。與水波而俱逝矣。吁可悲也。且以子路之賢。結纓之事。人以爲難。沈一鄕曲吏耳。而知降賊之不義。雖在急迫之時。能不失其正。具盛服待死。賊人見之。凜然莫敢犯。則其忠壯之氣。有以折服頑兇之心矣。賊旣不能害。勇於自裁。投之不測之淵。無一毫汙染。從容就義。慷慨殺身。雖古人不及也。此皆出於天質之美。又非好名之士有所爲而爲者比也。忠義之烈如此。而世無知者。雖在鄕黨。不過惜其死之愚耳。嗚呼。誠使人無死。則人道滅久矣。當寇敵脅降之時。忠臣非死。何以全其義。當彊暴侵逼之時。烈女非死。何以保其節。人遭難處之事。能不失其正者。幸有一死焉耳。以今言之。倭寇作患將三十年于玆。族姓士女。多被虜掠。甘爲僕妾而不辭。甚者爲之行諜指道。視其所爲。曾狗彘之不若。而不以爲愧。無他。畏死故也。其視沈之死。爲如何哉。且在平居之時。聞人行義。常自激昂策勵。思效其萬一。至於一朝親履其變。畏怯恐懼。奪於利害。偸生負義者皆是。況不知其死之爲義而以爲愚乎。況其死泯滅而不傳乎。嗚呼。操行之難而名姓翳然。又爲時俗所侮笑者。豈獨沈哉。此傳所以作也。

序[04] **賀河公生子詩序** 按)河公 乙沚之大人 丙辰 1376

全羅道原帥密直河公。赴鎭之明年春。其從事朴原賓。言於道傳曰。公之尊大人。年十八生公。公今位將相。而尊大人康强無恙。年七十六又生子。同邑故宰相河公河元正楫首爲歌詩以記。晉有文之士。皆歌之。子豈知乎。予惟盛德君子。有厚積於躬。不食其報。然後子孫繁衍昌大。賢智之士。出於其家。得君行道。康濟斯民。能以一門之福。爲邦家之福也。故古之稱願於人者。必言其子孫之盛。詩曰。孝子不匱。又曰。永錫祚胤。是皆厚之道也。公之尊大人。不慕榮名。斂身退歸。教訓子孫。化及鄉黨。其有厚積。而不食者歟。公讀書爲通儒。赴擧業。巍然魁多士。自筮仕以至于爲將相。出入中外。夷險一節。不失令聞。是雖本於家庭之訓。其亦天之所以報盛德者然歟。天於河氏。篤厚之心。拳拳不已。又晩生賢子。以示錫胤之無窮。吾知晉之文士。不一歌也。其位將相享富貴。天以是施之於前。豈獨嗇之於後歟。

銘01 **竹窓銘** 幷序 以下二首錦南雜題 1377

三峯隱者見彦暢父李先生問曰。子號竹窓。然乎。夫竹。其心虛其節直。其色經歲寒而不改。是以君子尙之。以勵其操。至於詩以興君子生質之美。學問自修之進。則其所托者深矣。古人之取於竹非一。敢問所安。先生曰未也。無甚高論。且竹。春宜鳥。其聲高亮。夏宜風。其氣淸爽。秋冬宜雪月。其容灑落。至於朝露夕煙。晝影夜響。凡所以接乎耳目者。無一點塵俗之累。予於是早起盥濯。坐竹窓淨几焚香。或讀書或彈琴。有時撥置萬慮。默然危坐。不如吾身之寄於竹窓也。噫。先生之樂不在竹。但得之心而寓之於竹耳。請以是銘之。有闢其窓。有鬱者竹。君子攸宇。其貞如玉。不物於物。維樂其樂。左圖右書。閱此朝夕。

銘02 **河浩甫字銘** 幷序 1377

梅川河公字浩甫。求其銘於三峯隱者。隱者曰。物之在天地間。何莫非是氣之所發見。然其至切而易見者莫如水。水之行也。流通而不息。其勢也滔滔汩汩。浩然而莫能禦。其至也必放乎海而後已。是孰使之然歟。易曰天一。生水。其生也最先。其去本也未遠。卽水之所以爲浩然者。乃氣之浩然也。公字浩甫。其取於水歟。取於氣歟。觀公所樂與所養。可知也。銘曰。

氣烏乎養。義也。水烏乎樂。智也。智圓而義方。斯其所以爲君子也歟。

序05 **送趙生赴擧序** 按)趙生名璞 號雨亭 1377

恭惟國家。設科取士。冀得眞儒。以臻至理。其所以求之者甚勤。而望之者甚重。果能挺出特立。以不負國家求望之意者。誰歟。往往經濟廟堂之上。折衝千里之外。以爲社稷生民之賴者。皆不由科目而出。彼號爲儒者。敝冠羸服。恐恐焉延縮觀望。僅足以圖保其身。雖在錐刀文墨之間。猶不能展布。況望其明目張膽。毅然立於朝。以爲理道之輕重哉。其無恥者。則飾言語逞末技。僥倖奔走。橫取利祿。又有在平居之時。高談闊論。無所不至。若付之以事。則茫然不知所爲者皆是。今明良相遇。思革此弊。罷黜其尤無良。至取科目之制而更張之。深敎中外。擧其賢者能者。而生一朝裒然而起。計偕以進。其意豈徒曰取富貴而止耳。蓋將以行其所學也。生能體國家之意。無蹈前失。使儒者之效。白於世。則道傳生爲太平之民。沒爲明時之鬼。雖廢死南荒。無恨也。生勉之哉。

序06 **贈典校金副令詩序** 1377

士之生斯世。其出處去就。何常當大用則大行。小用則小行。至於不用則不行。如此而已矣。然非實有諸己。眞知內外輕重之分者。不能也。吾友金君義卿。讀書爲儒。待時而動。當歲在癸巳。益齋李文忠・陽坡洪文正。按) 洪文正名彦博 卽公之座主 以舊德重望。專宗匠之席。柄擇士之權。士之蓄奇謀抱長識。深藏而不售者。莫不謳吟思效。踊躍自奮曰。此其時矣。

相與騈肩累足。雜進權衡之下。以爭輕重之試。而義卿與今韓山牧隱先生。談笑而起。鼓行直前。朋徒拱手。却立環視。則莫我敢當。於是排多士。進立前列。高擢丙科。何其奇也。以名能文學。入校書。專讎校之任。未幾。以忠讜鯁直聞。拜左正言知製敎。使盡言政事得失。至於用人當否。亦得論而進退之。幾於大用。然義卿之才之學。不宜止此。且其所謂大者。未試也。一朝以親老。引而南歸。朝昏定省。不離于側。固無意於用。而亦無意於行也。今相國河公。秉全羅原帥之節。至則曰方隅任重。軍民務殷。理法征謀。宜咨賢有識達者然後行事。請義卿。參帷幄。待以上賓。義卿感國士之遇。知無不言。算無遺策。三軍之號令整齊。一方之賦訟平允。戎有捷功。民以底寧。義卿曰。今玆有成。主人之賢也。相國曰。非我也。賓客之贊也。於是狀聞。拜奉善大夫。典校副令・寶文閣直提學。以旌其庸也。義卿斂其所以用之於朝者。以用之幕府而行。主人果有成功。其無所不可也。如是。昔在有唐。盧公邁・鄭公餘慶・趙公宗儒・顧公少連。俱以河南幕客。入朝爲宰相。時人榮之。至今綽有休聲。吾聞宰相以人事君。佗日相國之還朝也。論列遺材。薦進賢俊。則義卿之名居先矣。豈可使河南幕客。專美有唐哉。道傳雖廢缺矣。幸未死。將爲義卿拭目。見其大用而大行也。

－錦南雜題 終－

錦南雜詠

鄭 道 傳　著
鄭 柄 喆 編著

≪錦南雜詠≫1375年 5月～1377年 7月

七言律詩[01] **金直長彌 來示可遠詩 次韻** 1375

出處窮通事事休、謫來南國亦淸游、雲橫北極幾千里。瘴盡西風八月秋。
身世長浮還作客、江山如此獨登樓、故人詩句雙金重。一讀都忘萬斛愁。

五言古詩[05] **送盧判官** 以下八首 錦南雜詠 皆在貶所作

自說) 判官家本尙也 佐戎南方 幕府稱良 日月徂邁 新秋啓候 歸意浩然 邈不可留 歎慨彌襟 夜飮以別

秋風動高樹。客意已悲涼。況復當此時。之子歸故鄕。相對芽簷下、
燈火耿孤光、亦有佳人携、滿意傾壺觴、殷勤須盡醉、明發各茫茫、

五言古詩[16] **寫陶詩** 1375

茅簷虛且明。隨意寫陶詩。陶翁信高士。羲皇乃其儔。委順大化中、
無慮亦無爲、誰言千載遙。同得我心期。珍重尙友志、歲晩莫相違、

七言古詩[01] **中秋歌** 乙卯 錦南雜詠 1375 팔월

去年中秋翫月時。歌舞縱謔開華筵。高堂簾卷夜如晝、淸光凝座羅神仙、
醉中呼月作金盆。玉壺美酒詩百篇。今年遠謫會津縣。竹籬茅屋荒山前。
秋風颼颼動林莽。物象蕭條何悄然。是時對月倍悄悵。回首舊遊散如煙。
此身由來非異身、今年明月似前年、自是人情有異感、造物賦與原非偏、
爲問明月之所照。幾人歡樂幾人悲。明年見月又何處、歡歟悲歟未可知、
明月無言夜將半、獨立滄茫歌怨詩、

五言律詩[01] **中秋歌** 以下四首錦南雜詠 1375 팔월

世世仲秋月、今宵最可憐、一天風露寂、萬里海山連、
故國應同見、渾家想未眠、誰知相憶意、兩地各茫然、

五言律詩[11] **咸公樓上飮酒** 1375

去國身千里。逢君笑一場。樓高臨曠野。溪近領微涼。
逸興題詩句。狂歌倒酒觴。卽今登眺意。不覺在佗鄕。

五言聿詩[12] **信長老以古印社主命來惠白粲 臨別贈詩** 1375 가을

山村秋日暮、有客扣柴荊、袖裏華牋出。囊中白粲精。
殷勤故人意、漂泊異鄕行、一飯身堪殺。千金報亦輕。

七言絶句[09] **重 九** 以下八首錦南雜詠 1375 구월

故園歸路渺無窮。水繞山回復幾重。望欲遠時愁更遠。登高莫上最高峯。

五言古詩[17] **用李浩然集詩韻 示同年康子野 好文** 1375 가을

按)康好文號梅溪 時在光州

倚杖望松嶺、雲歸日將暝、宿鳥遠飛還、樵歌時一聽、
却歎飛蓬蹤。飄飄無所定。安得賦言歸。秋風滿三徑。

五言古詩[18] **聽子野琴用浩然韻示之** 1375

淸風入高樹、幽澗鳴深林、按)後人評曰 肽琴韻妙 誤疑在丘壑、不知傍有琴、
我愛康子野、與世任浮沈、所以淡泊聲、能慰羈旅心、

五言古詩[19] **奉次廉東亭詩韻** 東亭 廉左使興邦號 1375 가을

昔在朝市喧、苦憶田野寂、今來愜夙尚。肯歎罪罟密。禾黍正離離。
歲功將告畢。況復物產奇。行看薦橙橘、莫言非吾土、可以送餘日、
信命更何疑、寵利刀頭蜜、願公取吾言。吾言勿再出。

五言古詩[20] **奉寄東亭** 1376 정월

自說) 節當始和 天氣尙寒 慨然晤歎 寄言於懷

皇天分四節。寒暑各有時。原正旣已屆。立春亦不遲。寒威尙未收。
凜冽侵人肌。殊方滯久客、短綿紛敝衣、晨鷄不肯鳴。達夜空悽愢 。
峨峨光山顚、停雲長在玆、如何同落南、不得相追隨、道里能幾許。
每憶令人悲。公其自金玉。遠大以爲期。

五言古詩[21] **次韻寄鄭達可** 夢周 1376 봄

自說) 流落分離 日月逝矣 眷戀之懷 曷有其極 子野之來 言獲書札 奉讀于三 欣感交激 依韻賦之 辭止於達

夫何同心友、各在天一方、時時念至此、不覺令人傷、
鳳凰翔千仞。徘徊下朝陽。伊人昧出處。一動觸刑章。
芝蘭焚愈馨。良金淬愈光。共保堅貞操。永矢莫相忘。

五言古詩[22] **奉次東亭詩韻** 1376 봄

水流竟到海。雲浮長在山。斯人獨憔悴。作客度年年。故園渺何許。
歸路阻深淵。春事逝將及。誰破東皐田。可思不可去。棲棲蒼海間。
賃屋絶低小。朝暮熏炊煙。有時散紆鬱。步上東山巓。遙望茂珍城。
中有高人閒。目送飛鳥去。我思空悠然。按東亭時在光州茂珍城

五言古詩[23] **月夜奉懷東亭** 1376

半夜獨起立、長空澹自寂、一片海上月、萬里照茅屋、
冷影故依依、還如憐竄客、爲憶東亭翁。應共此幽獨。

五言古詩[24] **寄瑞峯寬上人** 1376

桑門有上首。餘事能文章。誰謂道里遠。跂予可相望。
夫何在網羅。未得翔其傍。題詩代良覿。髣髴接清光。

七言律詩[02] **草 舍** 按)草舍 在會津消災洞 1376

茅茨不翦亂交加。築土爲階面勢斜。棲鳥聖知來宿處、野人驚問是誰家、
青溪窈窕緣門過。碧樹玲瓏向戶遮。出見江山如絶域、閉門還似舊生涯、

五言絶句[01] **景濂亭題詠** 1376 봄

採菊淵明趣。愛蓮茂叔心。吟風前弄月。讀易後鳴琴。

≪出處: 光山世稿≫

七言絶句[11] **四月初一日** 1376 사월

山禽啼盡落花飛、客子未歸春已歸、忽有南風情思在。解吹庭草也依依。

七言絶句[12] **奉題東亭竹林** 1376

竹林深處着匡牀。六月南方一片涼。臥讀陶詩日將午。風吹清露滴衣裳。
按)東亭著陶詩後序

七言絶句[13] **中 秋** 1376

浮世光陰復幾何。年年佳節客中過。一身萬里鄕關遠。夜靜儈牕月似波。

七言絶句[14] **訪金居士野居** 1376 가을

秋陰漠漠四山空、落葉無聲滿地紅、立馬溪橋問歸路。不知身在畫圖中。

七言絶句[15] **訪金益之** 1376

墟煙暗淡樹高低。草沒人蹤路欲迷。行近君家猶未職、田翁背指小橋西、

七言絶句[16] **訪定林寺明上人** 1376

走馬尋僧亦快哉。蕩搖蘿蔓破莓苔、扣門剝啄嫌遲晚、急喚沙彌報客來、

七言絶句[17] **鷲峯寺樓上賦得一絶 奉寄卓先生** 1376 가을

按) 卓先生名光茂 號景濂亭 時在光州

客夢初驚一葉秋。偶乘微雨上高樓。居僧遙指先生宅。白石淸泉谷口幽。

五言律詩[13] **安南途中遇雪** 按)安南 全州別號 1376 겨울

日暮安南府。風寒雪滿衣。路歧行欲沒。村樹近還微。
來往三年過。乘除萬事非。何時行役了。蓑笠上漁磯。

五言古詩[25] **奉寄東亭** 1376 십이월

雨雪成歲暮。江山阻鄕關。飄飄在天末。落落違世間。

襄陽舊遊處。每恨難追攀。莫怪吾詩拙。聊代千里顏。

七言律詩[03] **日 暮** 以下三首 錦南雜詠 丁巳 1377

水色山光淡似煙、羈情日暮倍悽然、蓬蒿掩翳村墟合。籬落攲斜地勢偏。
遠燒無人延野外、傳烽何處照雲邊、但看暮暮環如此、不覺流光過二年、

七言律詩[04] **偶 題** 1377 봄

零落唯如方寸心。年來憂患又相尋。冬寒冽冽風霜苦。春暖昏昏瘴霧深。
山上豺狼長怒吼。海中寇賊便淩侵。思歸却是閒中事。一夜安眠直萬金。

五言律詩[14] **偶題玄生員書齋壁上 用唐人韻** 1377 봄

君家庭院好。松竹也成林。風氣向來別。溪山如許深。
曉痕渾似水。暝色易生陰。自是閉關者。猶歌梁甫吟。

七言律詩[05] **逢 春** 1377 봄

錦城山下又逢春。轉覺今年物象新。風入柳條吹作眼。雨催花意濕成津。
水邊草色迷還有。燒後蕪痕斷復因。可惜飄零南竄客。心如枯木沒精神。

七言絶句[18] **送李廉使** 士穎 **還京** 1377 봄

客裏三年慣別離。春風又作送行詩。魂夢不知羅網密。隨君直到漢江湄。

七言絶句[19] **端午日有感** 1377 오월

野父田翁勸酒頻。謂言今日是良辰。頹然醉臥茅簷下。還愧醒吟澤畔人。

五言律詩[15] **題羅州東樓** 丙辰 1377

二年炎瘴地。千里錦江城。去國身如寄。登樓眼暫明。
征雲向暮起。謫客此時情。風景長沙近。自慙非賈生。

五言律詩[16] **玄生員書齋** 按)用前韻 1377

對僧終日話。太半是泉林。歲久鄉音變。春來酒病深。
愛山開竹徑。步月立松陰。爲遣蒼茫興。聊將舊句唫。

七言絶句[20] **玄生員書齋** 1377

茅齋步月夜深深。領得先生一片心。回首世間無此樂。莫將閒事計升沈。

五言律詩[17] **登湧珍寺克復樓** 按)寺在羅州湧珍山 無說上人作樓記 1377

曾讀山人記。思登克復樓。試尋苔徑細。來入洞門幽。
古木千章秀。深溪八月秋。灑然滌煩慮。聊可此淹留。

五言聿詩[17] **送覺峯上人** 1377

萬里携孤錫。三年着一衣。碧山今日去。芳草幾時歸。
出定晨鳴磬。求詩晝叩扉。臨歧更携手。卽此是相違。

五言聿詩[19] **次湛上人詩韻 贈竹牕李寺丞** 按)李寺丞卽彦暢 1377

愧我謫居久。煩君特地來。茅齋終日坐。柴戶此時開。
作客還多難。爲儒且不才。挑燈一夜話。畢竟豁塵懷。

七言絶句[21] **奉題守賽齋** 1377

守蹇齋中守蹇翁。此身雖蹇道還通。焚香坐讀淵明集。千載悠然氣味同。

七言絶句[22] **雲公上人自佛護社來 誦予野詩 次韻寄佛護社主** 1377

相逢一笑轉成空。始信浮生似夢中。南望雲煙橫縹緲。碧山何處住禪筇。

－錦南雜詠 終－

奉使雜錄 · 雜題

鄭 道 傳　著
鄭 柄 喆 編著

≪奉使雜錄≫1384年 7月～1385年 4月

鄭宗之詩文錄跋 甲子秋 1384

三峯道者鄭宗之。立志甚高。其於學也。講明則同圃隱。著述則同陶隱。微言之析。古調之賡。一時巨擘皆縮手袖間而不敢爭。予觀此錄果然。然此不足論吾宗之。其居官也必盡其所當爲。其遇事也不知其有所避。古之君子如吾宗之蓋鮮。況今之人乎。予所慕也。予所慕也。一朝以所作詩文來請跋其尾。予病且懶。未卽塞責久矣。今之奉表江南也。將携以行。予略書宗之爲人。以告不知宗之者焉。有文章有節義。中原士大夫其敢少吾宗之乎。洪武甲子秋七月。韓山 牧隱 李穡 跋。

又

三峯鄭君宗之。以聰明之資。遵道尙德。士林咸慕焉。當論道。攘斥異端。高視特立。無所屈撓。其著述則泠然粹然。從容於性理之中。噫。有德者必有言。吾於宗之見之矣。東皐權仲和題。按)權仲和 麗朝贊成 本朝醴泉伯

七言絶句[45] **義州公館 夜坐憶陶隱** 按)甲子秋 朝京時 1384 가을

公館寥寥秋夜遲。兩人相對一燈微。遙知獨臥空齋裏。苦憶征夫幾日歸。

七言絶句[46] **中秋上莊驛** 1384 중추

四時今夜月獨好。萬里郵亭人未眠。忽被微雲蔽清景。佳期寂寞便經年。

五言律詩[42] **旅順口驛中秋** 奉使雜錄 ○ 甲子秋 1384 중추

月是經年見、人將萬里行、相隨客路遠、却勝別宵明、
碧海兼天闊、銀河共露淸、蓬牕坐來久、偏起故園情、

七言絶句[47] **金州館** 1384

風雨瀟疏天地秋。客中心緖倍悠悠。故山東望已千里。明日又過遼海頭。

七言絶句[48] **蓬萊閣** 按)閣在登州海上 秦始皇候神僊處 1384

風急扁舟一葉輕。八僊祠下是州城。按)祠在之罘城下
晩登高閣還南望。此去金陵復幾程。

七言絶句[79] **過高郵** 奉使雜錄 1384

數堞危城傍水斜。客來停棹爲咨嗟。可憐勝廣成何事、輸與劉郎作漢家、

五言古詩[30] **贈山東都司** 1384

四海同文日。三韓入貢秋。相逢盡英俊。高榻慰淹留。
鍾阜連天起。龍江繞郭流。謝公題詠處。眞箇帝王州。

七言律詩[11] **上遼東都司 · 經歷都事兩先生** 甲子秋 1384

按) 經歷都事 俱姓王而名未詳

澄澄秋水映紅蓮。玉潔陽和幕客賢。高臥帳中多勝筭。閒吟月下有新篇。
風流落帽孟司馬。慷慨登樓王仲宣。莫道小生無所用。從君直欲勒燕然。

七言律詩[12] 渤海舟中 次鄭評理 夢周 韻 1384

衆帆浦口一時張。回首蓬萊失渺茫。浪勢正高風更急。月華初上夜何涼。
可憐歸路尙千里。且問此生餘幾霜。島過嗚呼思往事。水光雲影摠堪傷。

五言古詩[31] 嗚呼島弔田橫 甲子秋 1385

奉使雜錄 公以典校副令 從聖節使鄭夢周入明

曉日出海赤。直照孤島中。夫子一片心。人正與此日同。

按)後人評曰 此四句沈雄磊落 想見田橫精氣上徹霄漢

相去曠千載、嗚呼感予衷、毛髮豎如竹、凜凜吹英風、

七言律詩[13] 范光湖 1385

水程終日曳官船。無數人家傍岸邊。過盡長亭仍曠野。望來疊浪接高天。
身衰袠裏長留藥。客久囊中易罄錢。些少功名何日了。白雲深處對山眠。

七言律詩[14] 平館席上 次國子學錄張先生溥 韻 乙丑秋 1385

國子先生養道精。文華殿裏荷恩榮。星河八月僊槎遠。洙泗千年聖學明。
玉節映將晴昊逈。烏紗吹着曉風輕。欲知睿澤霑遐邇。蒼海無波鏡面淸。

七言律詩[15] 宣仁館席上 次韻錄呈國子典簿周先生倬 1385

煌煌玉節照晴坡。過了長亭又渡河。秋氣正高紅樹遠、曉雲初卷碧山多、
星槎共泛張公子、銅柱應輕馬伏波、白雪從來難得和。愧將巴里向君歌。

七言律詩[16] **題仁州申使君林亭** 1385

古郡蕭條傍海山。來尋陶令共怡顔。爲攀涼樹穿林下。忽有幽花翳草間。吏退訟庭還寂寂。鳥臨書幌自關關。彈琴也是縈心事。獨坐新亭白日閒。

七言絶句[50] **旅順驛壁有畫婦 其面糢糊題曰 柳營狂客戲筆 其人亦死 感而有作** 1385

殘粧零落鬢鬟垂。脈脈無言欲起遲。似恨柳營狂客去。春風幾度暗相思。

鄭三峯詩文序 周倬

洪武十八年秋九月。僕奉旨使高麗國。留客館旬月。得與成均司成鄭宗之論接。宗之以淳篤之資。博問之學。早登科第。歷仕其國。卓冠群英。國王嘉其行。授領成均。爲學者師。宗之自初仕至成均。累歲所作詩辭若文。積爲卷凡若干篇首。持以見示。披閱數過。詩爲七言者淸新瀏亮。五言沈着簡古。命意立言。傑出時輩。其爲文。尤見其博於學問。議論弘達。非苟作者之所企及。雖然。宗之今之詩若文。多爲本國一人一事而發。吾尙期宗之上朝天庭。觀風雲際會之盛。識江山海宇之廣。接衣冠文物之威儀。見城郭兵甲之富庶。覩制禮作樂之大典。則宗之之襟度學問識趣。超越乎今之器局。上可以歌揚皇風聖澤於無窮。下可以訓國之俊秀。攷古論今。忠君事親。以盡用夏變夷之化。吾宗之之文章。當傳諸竹帛。垂百世而不泯也。豈特以一辭一章膾炙於一時之口語哉。惟宗之其勉旃。豫章周倬識。

題三峯詩集 丁卯 張溥

斯道在方策。初無古今殊。人才自天降。寧以遠近拘。況遭聖神世。文德日誕敷。鄭君三韓秀。掇科冠群儒。遇我旅瑣中。投我明月珠。出使記往歲。奉表朝天都。皇上御宸極。仗入千官趨。綴班鵷鷺篴。錫宴冠帶俱。宮花簪繡筵。御酒霑金壺。恩榮何以報。高歌頌唐虞。東歸典黌序。三年任師模。躬行勖群英。尙應明時需。

－奉使雜錄 終－

≪奉使雜題≫1384年 7月～1385年 4月

書[03] 上遼東諸位大人書 奉使雜題 甲子 1384

欽惟　聖天子乘運而起。受天明命。芟群雄。削僭僞。驅逐異類。出之塞外。革氈裘爲衣冠。化刑殺爲禮樂。以紹中國皇王之統。其功比之神禹治洪水。周公攘夷狄。不足侔也。而其先後奔走之臣。疏附禦侮之士。賢以德能以才。智者騁謀。勇者效力。相與贊成洪業。有若延安侯・靖寧侯・都督馬公・指揮葉公・梅公。按延安侯・靖寧侯 俱遼東都督 馬公未詳 葉公名旺 梅公名義 尤所謂卓然者也。今者分天子東顧之憂。秉旄杖鉞。專制方面。惠以綏之。威以畏之。遠人慕義而自至。夷虜逃遁而喙息。其功在社稷。澤被生民。雖古名將相蕭・曹・管・葛。未必過之也。我小邦僻居東海之隅。世講事大之禮。朝聘往來。史不絶書。及原失其政。皇明代德。我先王。審知天命人心之所在。率先諸國。奉表歸附。萬世子孫。願爲臣妾。天子嘉之。賜金印一顆。封王爲東藩臣。詔諭至切。賚與稠疊。恩至渥也。今門下鄭評理 夢周。奉表賀天壽聖節。奉翊李常侍天驥 奉箋賀千秋節。而道傳爲書狀官。乃以九月十八日。天子坐奉天殿。受群臣朝。閶闔天開。仗儀雲簇。樂奏於兩階之間。一箇書生。得與百辟卿士。周旋廣庭。躬覩穆穆之光。俯伏拜興。呼萬歲者三。何其幸也。是則　聖天子再造之恩。亦二三大臣。贊道之賜也。不勝大慶。拜手稽首獻詩。

於皇上天。篤生聖人。秉籙握樞。以主神民。薄海內外。是妾是臣。亦監有明。昭格無違。賚我良弼。保之佑之。百辟濟濟。邦家之基。延安・靖寧。馬・葉・梅公。承天子命。釐此大東。昭惠布威。克咸戎功。惟我小邦。僻居東偏。向風慕義。奉表及箋。朝聘貢獻。時罔或愆。邦君之職。上達下宣。天子之聖。邦君之賢。小子獻詩。敢用斐然。

序06 **贈任鎭撫詩序** 甲子 1385

按) 任鎭撫名誠 山東人 卽遼東護送將 辛禑己未 來索被虜人及逃軍

道之在天下者。未嘗一日而亡也。而所謂氣者。有淸濁盛衰之判。故世道有治亂。人材有聖愚。而道之託於人者。亦有晦明絶續之時也。宇宙以來。有虞・夏・商・周之世道。斯有夔・皐・稷・契・伊・傅・周・召之人材。道之所以行也。有漢唐之世道。斯有蕭・曹・房・杜之人材。道之所以僅存也。其他秦・晉及隋。或以詐謀。或以征誅。南北朝之割據。五季之分裂。亂之極也。世道人材。固未暇論也。及宋受命。五星集奎。世道復文明之運。人材出道德之宗。斯道之明。如日星之昭晢於中天。奈之何氣之淸者。不得不濁。盛者不得不衰。一朝異類入據中國者。百有餘年。亦宇宙間世道之一大變也。天心有待。眞主作興。奉辭伐罪。正位居體。以滌新天下之耳目。攄華夏憤。雪百王之恥。功至大也。德至盛也。其坐而論思。作而奔走。皆命世之德。王佐之才。今以遼東一路觀之。與小邦境壤相接。歲時行李。往來由之。今道傳。從宰相鄭評理。奉表賀天壽聖節。路過遼東。得謁摠兵官。其宏量偉器。亦今世之方叔・召虎也。退見賓客。借籌尊俎之間。草檄帷幄之中。以折衝千里之外。固多士之選。而鎭撫任先生。常在軍旅。不廢講學。尤邃於濂洛性命之學。其雅意澹泊。志行純潔。一代之高士也。由此觀之。有 明之人才世道。非漢・唐之人才世道。乃虞・夏・商・周之人才世道也。道之託於人者。晦之甚而復明。絶之久而復續。所謂在天下未嘗亡者。於此可見。今者蒙犯霜露。跋涉山川。遠送于鴨江之上。終日竝轡。笑語諧適。講論至切。不知道里之遠。行役之勞。受賜多矣。臨別序言。亦回路贈與處之義也。詩曰。

皇明撫中夏。聲敎曁四夷。多士如雲從。翼以六龍飛。翩翩任夫子。好學本天資。佐此遼東幕。畫策何其奇。顧我亦狂簡。一見許相知。不辭道里遠。來送鴨江湄。天寒朔風急。雪深黃草衰。疑疑馬上語。不知行役疲。我有一言贈。珍重莫相違。相與崇令名。遠大以爲期。

跋鄭宗之文稿後 戊辰

三韓鄭宗之氏由進士起家。仕其國爲胄子師。以文學爲職業。其友李公子安之朝正也。携其所著文若干篇。俾予識之。予聞五方之民。言語不通。嗜欲不同。而秉彝好德之懿。則無不同者。然歷古以來。聖賢道統之傳。迄今千數百載。原於洙泗而明於濂洛。遺經載籍之所存。中國之士世守之。所以敍天常植人紀。而五方之所取則者。莫不本諸遺經。而以立言名家者又莫非中國之所產也。然寄象鞮譯之俗。苟非漸被聲教。夙慕華風。而知所取則焉。求其問學之無疵。文辭之合作。蓋亦鮮矣。惟三韓之國。有箕子之遺教。而洪範九疇之說。載諸遺經者。莫不世傳之。是以問學文辭之源委端緖。與中國殆無以異。殊非他方所可儷也。觀於宗之之論著。一本乎理而無所偏蔽。夫豈易得哉。他日宗之觀光上國。而獲晤言於邂逅之頃。尙相與更僕而深論之。伻來辱遠敎淸貺。感荷何言。從審台候均介時祉。曷勝慰浣。不肖粗守苟安。毋足齒及。所需宗之文稿跋語。依命錄去。第恐貽笑作者耳。姑此奉復。惟鑑諒。不謹。九月望日。遜志載拜。

按)遜志姓高 官侍郞 河南府徐州人 居上莊驛 圃隱陶隱二國相先生閣下。後素。按)後素 疑高遜志自號

題鄭三峯金陵紀行詩文跋 乙丑

三峯鄭宗之朝金陵紀行詩文一帙。錫命使張，周二詩爲首尾。携以示老夫。讀之琅然。鋪張聖天子仁文義武。小邦志享禮朝如視掌。其酬唱題詠。又皆高古簡潔。足以慰老夫閉門臥遊之孤陋。三峯志尹志。志在天下。文章直其小才耳。非所以論三峯也。曉日出海赤。直照孤島中。夫子一片心。正與此日同。此雖論橫。乃所以自道也。老夫之見如此。宗之以爲如何。李穡跋。

－奉使雜題 終－

≪重奉使錄≫1390년 6월 13일~11월 23일

七言絶句69 **題平壤浮碧樓** 以下五首 重奉使錄 庚午夏 1390 유월
公以政堂文學 賀聖節入明

永明山下大江流。畫舸來尋浮碧樓。風篴正高天欲暮。煙波渺渺使人愁。

七言絶句70 **萊州城南驛館屛 有婦人琴碁書畫四圖 戲題其上** 1390 유월

芳園春到日初長。懶整雲鬟倚綉牀。彈罷一聲無限恨、不知誰賦鳳求凰、

又2

檻外花枝轉午陰。閒敲玉子逞芳心。輸來莫賭黃金百、一笑還應直百金、

又3

美人如玉罷粧梳。盡日凝眸讀底書。下女相看亦不語、無由得近遺瓊琚、

又4

可憐雲雨夢中人。又向瓊臺寄此身。思入丹青終不應。謾勞心力喚眞眞。
按)後人評曰 用趙顔事

七言律詩19 **萊州城南驛 次監生宋**尙忠**詩韻** 按)庚午朝天時 1390

行人臨發更徘徊。心緖悠悠未易裁。家遠夢魂歸不得。客遊笑口向誰開。
秋風颯至中宵冷。月色相隨萬里來。才罷一尊南北阻。雲林慘淡忽生哀。

五言古詩[42] **燕山高一篇 呈周參議** 庚午 1390

燕山高崢嶸。易水寒且淸。方隅古所重。維城隱長城。參議者誰子。
美哉周先生。匪躬常蹇蹇。布政何明明。殊俗自來威。民庶躋和平。
小生亦何幸。慶壽朝帝庭。歸來道燕山。重得接儀刑。館待甚綢繆。
慰此萬里行。斯文本同調。況契乎昔情。請公永終譽。臨歧更丁寧。

七言古詩[05] **題樵叟圖** 庚午夏 重奉使錄。 1390 여름

請叟當採樵、莫斫靑松枝、松樹高萬丈、枝梧大廈危、
請叟當採樵、荊棘在芟夷、荊棘芟夷盡、芝蘭何猗猗、

按)後人評曰。以採樵況宰相進君子退小人。

樵叟兮樵叟。山中不可久淹留。爲我往副明時求。

按)後人評曰。此亦招隱之意。

– 以上 重奉使錄 –

陣　法

鄭道傳　著
鄭柄喆 編著

陣法 1392

1. 總述

治兵以信。求勝以奇。信不可易。戰無常規。可握則握。可施則施。千變萬化。敵莫能知。

2. 正陣

動則爲奇。靜則爲陣。陣則陳列。戰則不盡。分苦均勞。輪轍無競。按兵前守。後隊乃進。臣道傳按。講武之道。有二焉。以金鼓旗麾。明進退坐作之節。所以一衆心也。以槍劍弓矢。習擊刺射御之便。所以一衆力也。衆心不一。無以整部伍。衆力不一。無以勝敵人。故先王每於四時之隙。因田獵以講武事。誠非得已也。今見行講武之法。詳於金鼓旗麾進退坐作之節。未及槍劍弓矢擊刺射御之習。非略之也。教之有序也。今後當講武之時。先作四表。以金鼓旗麾。習坐作進退之節。後復結五陣。更出迭入。槍劍弓矢。習擊刺射御之便。講武之道。庶乎得矣。

3. 結陣什伍之圖

兩人相去之間。空地可容三步。

五人爲伍。兩伍相去之間。空地可容一伍。

二五爲什。稱小牌。兩小牌相去之間。空地可容一小牌。

五什稱中牌。兩中牌相去之間。空地可容一中牌。

十什稱摠牌。兩摠牌相去之間。空地可容一摠牌。

陣用軍一千。則每一陣二摠牌。自二千至九千。以此推之。兩陣相去之間。空地可容一陣。

陣用軍一萬。則每一陣二十摠牌。自二萬至九萬。以此推之。什伍之法素定。則平時相與講習戰之法。識容貌審聲音。當戰時。晝則相視而相救。夜則聞聲而相救。
什伍相去疏密之法素定。則左右前後。更出迭入。揮刃發矢。無所拘礙。

4. 五行出陣歌

前衡中軸爲守兵。按列不動如陵岡。後衡居後爲正兵。先出致敵勇莫當。左翼右翼爲奇兵。旁出突擊如雷霆。守兵家計備敗走。雖散復合敗不亡。接戰以正勝以奇。臨時操縱無常形。

5. 旗麾歌

麾色有五旗亦五。指揮以麾應以旗。中黃後黑前則赤。左靑右白各隨宜。東西南北視麾指。擧則軍動伏止之。揮則騎步皆戰鬪。或徐或疾將所期。將不知此棄其兵。兵不知此亦失時。多多益辦非他事。細聽金鼓明旗麾。

6. 角警歌

角初五聲乃警衆。角後五聲復收兵。間以金鼓整部伍。進退之節仔細聽。

7. 奇正總讚

曰衡曰翼。爲正爲奇。受敵制勝。各隨其宜。何爲守兵。前衡中軸。以逸待勞。軍有歸宿。鬪亂不亂。雖絶成行。是謂家計。敗不至亡。

8. 金鼓旗麾總讚

兩軍相接。煙塵漲天。呼吸之間。機變倍千。左右進退。紛紛紜紜。令之莫及。叫之莫聞。毫釐或差。千里是違。何以整之。金鼓旗麾。進之以鼓。退之以金。麾指角警。萬夫一心。善陣不戰。善敗不亡。陣無常形。後賢詳之。

9. 論將帥

一. 賢將: 悅禮樂敦詩書。明信義有威惠。士卒樂附。賢能效力。

二. 智將: 明利害。察成敗。臨敵出奇。因時制變。

三. 勇將: 身先士卒。親冒矢石。出入敵兵。摧堅陷陣。

10. 撫士卒五惠

一. 恤飢寒: 親自體察。推衣與食。

二. 省勞苦: 分其任。同其事。

三. 救疾病: 親自瞻視。以施醫療。

四. 矜不成人: 歸老幼。返孤疾。

五. 哀死亡: 謹埋掩。行弔祭。

11. 用軍八數

一. 聚財: 軍需支用

二. 論工: 造機械

三. 制器: 兵甲堅利。旗麾精明。

四. 選士: 勇怯智愚

五. 政教: 號令嚴明。賞罰必信。

六. 服習: 明旗麾金鼓之節。習進退擊刺之宜。

七. 知勢: 地勢險易。主將工拙。士卒勇怯。師衆多寡。

八. 機數: 因時制宜。臨機設變。

12. 三闇

一. 視不信之人而求利。

二. 用不守之民而欲固。

三. 將不戰之卒而幸勝。

13. 三明

一. 知人情向背。二. 察敵兵去就。三. 審事機利害。

14. 五利

一. 步兵之利

丈五之溝。漸車之水。陵阜崎嶇。積石相接。此步兵之地。車騎五不當一。

二. 車騎之利

平原廣野。曼衍相屬。此車騎之地。步兵什不當一。

三. 弓弩之利

候視相及。川谷分限。此弓弩之地。刀楯三不當一。

四. 矛鋋之利

草木朦朧。枝葉蔚密。此矛鋋之地。長戟二不當一。

五. 刀楯之利

穹崇險隘。阻阨相按。此刀楯之地。弓弩二不當一。

15. 三用

一. 步卒: 危坂高陵。溪谷阻難。用步卒。

二. 車: 平原廣野。草淺地堅。用車。

三. 騎: 追奔逐北。乘虛獵散。往返百里。用騎。

16. 四法

一. 權謀

以正守。以奇勝。先計後戰。

二. 形勢

雷動飆擧。後發先至。離合向背。變化無常。以輕疾制敵者也。

三. 陰陽

知時日支干孤虛旺相之類。望雲變氣之屬。

四. 技巧

習手足。便器械。積機關。以立攻守之勝者也。

17. 料敵制勝四計

一. 不明敵人之攻。不能加兵。

二. 不明敵人之積。不能約誓。

三. 不明敵人之將。不能先軍。

四. 不明敵人之士。不能先陣。

18. 四擊

一. 以衆擊寡。

二. 以治擊亂。

三. 以富擊貧。

四. 以教卒鍊士。擊驅衆白徒。

19. 三料

一. 料食攻食。食存不攻。

二. 料備攻備。備存不攻。

三. 料衆攻衆。衆存不攻。

20. 三釋

一. 釋實攻虛。二. 釋堅攻耗。三. 釋難攻易。

21. 五亂

一. 法令不明。

二. 賞罰不信。

三. 聞鼓不進。

四. 聞金不止。

五. 在陣而嚚。

22. 四理

一. 居則有禮。動則有威。

二. 進不可當。退不可追。

三. 前却如節。左右應麾。

四. 雖絶成陣。雖散成行。

23. 十一必戰

一. 疾風大寒。早興夙遷。剖氷濟渡則戰。

二. 盛夏炎熱。興役無間。風驅飢渴則戰。

三. 務取於遠師。久無糧則戰。

四. 士衆怨怒。妖祥疑惑。上下不能止則戰。

五. 軍須旣竭。時多霖霪。欲掠無便則戰。

六. 師衆不多。土地不利。人馬疾瘦則戰。

七. 道遠日暮。士卒勞倦。飢未及食。解甲而食則戰。

八. 將薄吏輕。士卒無固則戰。

九. 三軍數驚。師徒無助則戰。

十. 陣而未定。舍而未畢則戰。

十一. 行坂涉險。半出半隱則戰。

24. 六必避

一. 土地廣大。人衆富盛則避。

二. 上愛其下。惠施流布則避。

三. 賞信刑察。發止得宜則避。

四. 行陣車列。任賢使能則避。

五. 師徒習敎。兵甲精銳則避。

六. 四隣有助。大國來援則避。

25. 攻守三道

一. 正道

坦坦之路。車連人接。出入由之。我攻彼守曰正道。

二. 奇道

大兵攻其南。銳兵出其北。大兵攻其西。銳兵出其東曰奇道。

三. 伏道

大山陵谷。中盤絕輪。潛師其間。卷旆息鼓。突出平川。

衝敵腹心曰伏道。

26. 四攻

一. 攻其未整

結陣未成。渡水未畢。出險未盡之類。

二. 攻其必救

根本之地。巢穴所在。

三. 火攻

或山或野。依草結營。城邑部落。人家相接。以火攻之。

四. 水攻

壅水決川灌水之類

27. 五守

一. 敵兵銳則守之。

二. 我援將至則守之。

三. 城堅備具則守之。

四. 欲老敵師則守之。

五. 欲觀敵變則守之。

— 陣法 終 —

後 奉使雜錄

鄭 道 傳 著
鄭 柄 喆 編著

≪後 奉使雜錄≫1392年 10月 25日~1393年 3月

七言絶句[72] **到平壤 二首** 按)壬申冬 公以門下侍郎贊成事 謝聖恩入明 1392

玉節煌煌遠有華。三行紅粉一聲歌。使君風采江山勝。酒滿金觴不飮何。

又[2]

道里悠悠歲又華。臨分更聽柳枝歌。年年此地多離別。爭奈紅顔老去何。

七言絶句[73] **詠 物** 以下六首 後奉使雜錄 1392

嬋妍玉質近人傍。一片丹霞染素裳。今日始知眞隱逸、自將貞白鬬氷霜、

七言絶句[74] **儀眞驛** 1392

細雨如煙水似天。儀眞湖裏泛官船。可憐鷗鷺渾相識。故故飛來近客邊。

七言絶句[75] **頭館站夜詠** 1392

朔風淅瀝吼枯枝。馬困無聲客臥遲、明日又從遼海去、驛亭何處是晨炊、

七言絶句[76] **閏十二月二十日 到廣陵 憶賀正使** 1392. 윤12. 20.

水色煙光鎖暮天、故人先上廣陵船、汀洲一樣蒹葭色、定宿沙鷗阿那邊、

五言律詩[56] **次黃州板上詩** 按)壬申冬朝京時 1392 겨울

征人易多感。景物亦關情。村樹浮煙氣。巖松帶晩晴。
路長緣曠野。山斷見孤城。王事何時了。拂衣歸舊耕。

五言聿詩[57] **旅順口 用前韻賦呈徐指揮** 按)徐指揮名顯 1392겨울

九年三到此。萬里一身行。驛路山光遠。蓬牕海色明。

遐方修歲貢。盛代致時淸。再下陳蕃榻。從容話舊情。

五言聿詩[58] **古亭驛** 1392 겨울

同雲濃似墨。飛雪白於綿。故國三千里。浮生一百年。

吟詩無好句。覓酒罄遺錢。客裏多情況。郵亭得暫眠。

五言聿詩[59] **登州待風** 1392 겨울

高閣臨靑峭。洪濤接遠空。沙痕問潮水。雲氣占天風。

客路春將半。鄕關日出東。何當好歸去。尊酒故人同。

七言絶句[77] **癸酉正朝 奉天殿口號** 1393. 1. 1.

春隨細雨度天津、太液池邊柳色新、滿帽宮花霑錫宴、金吾不問醉歸人、

按)是行也 帝遇之加禮 不爲防限 金吾不問醉歸人 蓋謂此也

七言絶句[78] **謝恩日 奉天門口號** 1393

五漏聲高閶闔開。金璫玉佩共徘徊。君王尙軫宵衣慮。中使頻催奏事來。

七言絶句[79] **淮陰驛立春** 1393 입춘

淮陰驛裏逢立春。客子盤中生菜新。今日故園誰辦酒。尊前應說遠遊人。

七言絶句[80] **寒 食** 1393 한식

寒食淸明客路中。一番煙雨一番風。故園芳草應初綠。萬里人徊遼海東。

－後 奉使雜錄 終－

心氣理篇

鄭道傳 著
鄭柄喆 編著

1. 心難氣 難上聲

此篇。主言釋氏修心之旨。以非老氏。故篇中多用釋氏之語。心者。合理與氣。以爲一身神明之舍。朱子所謂虛靈不昧。以具衆理而應萬事者也。愚以爲惟虛。故具衆理。惟靈。故應萬事。非具衆理則其虛也漠然空無而已矣。其靈也紛然流注而已矣。雖曰應萬事。而是非錯亂。豈足爲神明之舍哉。故言心而不言理。是知有其舍。而不知有其主也。

凡所有相。厥類紛總。惟我最靈。獨立其中。

凡所有相。用金剛經語。紛總。衆多之貌。我者。心自我也。靈卽所謂虛靈也。此兩句。卽惠能所謂有一物長靈。上拄天下拄地。瞿曇所謂天上天下。惟我獨尊之意。

○此爲心之自言。曰凡有聲色貌相盈於天地之間者。其類甚多。惟我最爲至靈。特然獨立於庶類紛總之中也。

我體寂然。如鑑之空。隨緣不變。應化無窮。

心之本體。寂然無眹。而其靈知不昧。譬則鏡性本空。而明無不照。蓋隨緣者。心之靈而鏡之明也。不變者。心之寂而鏡之空也。是以。應感萬變而無有窮盡。卽金剛經所謂應無所住。而生其心之意。蓋外邊雖有應變之跡。而內則漠然無有一念之動。此釋氏之學第一義也。

由爾四大。假合成形。有目欲色。有耳欲聲。善惡亦幻。緣影以生。戕我賊我。我不得寧。

爾。指氣而言。四大。亦用釋氏語。所謂地水火風也。圓覺云。我今此身。四大和合。又曰。六塵緣影。爲自心性。

○此承上章而言心體本自寂然而已。但由爾四大之氣假托凝合。以成有相之形。於是有目而欲見美色。有耳而欲聞善聲。鼻舌身意。亦各有欲。順則以之爲善。逆則以之爲惡。是皆幻出。非有眞實。乃攀緣外境之影。相續而生。凡此皆以戕賊我寂然之體。紛擾錯亂。使我不得而寧靜也。

絶相離體。無念忘情。照而寂寂。默而惺惺。爾雖欲動。豈翳吾明。

金剛經曰。凡所有相。皆是虛妄。惠能曰。一切善惡。都莫思量。其後分爲無念忘情息妄任性四宗。此言修心功夫。相言其形相。體言其理體。諸相非相。所當絶而去之。是體非體。所當離而棄之。我若常自寂然。無有一念之動。而常忘其起滅之情。則妄緣旣斷。眞空自現。雖感照而體常寂寂。雖靜默而內自惺惺。蓋照而寂寂則非亂想也。默而惺惺則非昏住也。能如是則四大之氣六塵之欲。雖欲投間抵隙。搖動於我。豈能掩翳以累我本體之明哉。此章言修心之要。約而盡之矣。

2. 氣難心

此篇。主言老氏養氣之法。以非釋氏。故篇中多用老氏語。氣者。天以陰陽五行化生萬物。而人得之以生者也。然氣。形而下者。必有形而上之理。然後有是氣。言氣而不言理。是知有其末而不知有其本也。

予居邃古。窈窈冥冥。天眞自然。無得而名。

予。氣自予也。邃古。上古也。老子曰。有物混成。先天地生。又曰。窈兮冥兮。其中有精。其精甚眞。又曰。天法道。道法自然。又曰。吾不知其名。字之曰道。老子之言。皆指氣而言者也。故此章本之。以言氣居天地萬物之先。窈冥恍惚。自然而眞。不可得而名言也。

萬物之始。資孰以生。我凝我聚。乃形乃精。我若無有。心何獨靈。

莊子曰。人之生。氣之聚也。此又本之。以言萬物之生。其始也是資何物以生成乎。其所資以有生者。非氣乎。惟氣妙合而凝聚。然後其形成而其精生。氣若不聚。則心雖至靈。亦將何所附着乎。

嗟爾有知。衆禍之萌。思所不及。慮所未成。計利較害。憂辱慕榮。氷寒火熱。晝夜營營。精日以搖。神不得寧。

嗟。嘆息也。爾。指心也。

○此章言心所以害氣之事。嘆息而言心之有知覺者。乃衆禍之所由萌也。思其所不可及。慮其所未得成。計其利而欲得之。較其害而欲避之。憂其辱而懼陷焉。慕其榮而僥倖焉。畏則如氷之寒。怒則如火之熱。千端萬緖。交戰於胸中。晝夜之間。營營不息。使其精神日以搖蕩。漸就消耗。而不得寧矣。

我不妄動。內斯靜專。如木斯槁。如灰不燃。無慮無爲。體道之全。爾知雖鑿。豈害吾天。

此言養氣之功。莊子曰。形固可使如槁木。心固可使如死灰。又曰。無思無慮。始知道。老子曰。道常無爲而無不爲。此章本此以立言也。

○承上章言心之利欲。雖甚紛拏。氣得其養而不妄動。以制於外。則其內亦有以靜定而專一。如木之槁。不復有春華之繁。如灰之死。不復有火燃之熾。心無所思慮。身無所營爲。以體其道沖漠純全之妙。則心之知覺。雖曰鑽鑿。豈能害我自然之天哉。此所謂道。指氣而言也。無慮無爲。體道之全八字。亦老氏之學最要旨也。

3. 理諭心氣

此篇。主言儒家義理之正。以曉諭二氏。使知其非也。理者。心之所稟之德而氣之所由生也。

於穆厥理。在天地先。氣由我生。心亦稟焉。

於。嘆美之辭。穆。淸之至也。此理純粹至善。本無所雜。故嘆而美之曰於穆。我者。理之自稱也。前言心氣。直稱我與予。而此標理字以嘆美之。然後稱我者。以見理爲公共之道。其尊無對。非如二氏各守所見之偏而自相彼我也。

○此言理爲心氣之本原。有是理然後有是氣。有是氣然後陽之輕淸者上而爲天。陰之重濁者下而爲地。四時於是而流行。萬物於是而化生。人於其間。全得天地之理。亦全得天地之氣。以貴於萬物而與天地參焉。天地之理在人而爲性。天地之氣在人而爲形。心則又兼得理氣而爲一身之主宰也。故理在天地之先。而氣由是生。心亦稟之以爲德也。

有心無我。利害之趨。有氣無我。血肉之軀。蠢然以動。禽獸同歸。其與異者。嗚呼幾希。

蠢然。無知貌。幾希。少也。朱子曰。知覺運動之蠢然者。人與物同。仁義禮智之粹然者。人與物異。

○此言人之所以異於禽獸者。以其有義理也。人而無義理則其所知覺者。不過情欲利害之私而已矣。其所運動者。亦蠢然徒生而已矣。雖曰爲人。去禽獸何遠哉。此儒者所以存心養氣。必以義理爲之主也。若夫釋老之學。以淸淨寂滅爲尙。雖彝倫之大。禮樂之懿。亦必欲屛除而滅絶之。是其胸中無欲。與趨於利害者。疑若不同矣。然不知主天理之公。以裁制人欲之私。故其日用云爲。每陷於利害而不自知也。且人之所欲無甚於生。所惡無甚於死。今以兩家之說觀之。釋氏必欲免死生。是畏死也。老氏必欲求長生。是貪生也。非利害而何哉。又其中無義理之主。則枵然無得。冥然不知。是軀殼所存。亦不過血肉而止耳。此四句雖泛指衆人而言。切中二家之實病。讀者詳之。

見彼匍匐。惻隱其情。儒者所以。不怕念生。

孟子曰。今人乍見孺子將入於井。皆有怵惕惻隱之心。又曰。惻隱之心。仁之端也。此言惻隱之情。本於吾心之固有。以明釋氏無念忘情之失。夫人得天地生物之心以生。所謂仁也。是理實具於吾心。故見孺子匍匐入井。其惻隱之心油然自生而不可遏。推此心以擴充之。則仁不可勝用。而四海之內可兼濟也。故儒者。不怕念慮之生。但循其天理發見之自然。豈如釋氏畏怕情念之起。而强制之歸於寂滅而已哉。

可死則死。義重於身。君子所以。殺己成仁。

論語曰。志士仁人。無求生以害仁。有殺身以成仁。此言重義輕生之事。以明老氏養氣貪生之失。蓋君子見得實理。則當其可死也。其身不忍一日安於生。是死生爲重乎。義理爲重乎。故儒者當救君親之難。有隕軀隕命以赴之者。非如老氏徒事修鍊以偸生也。

聖遠千載。學誣言厖。氣以爲道。心以爲宗。

厖。猶亂也。○此言異端之說所以得熾者。以聖人之世旣遠。而道學不明也。故老不知氣本乎理。而以氣爲道。釋不知理具於心。而以心爲宗。此二家自以爲無上高妙。而不知形而上者爲何物。卒指形而下者而爲言。陷於淺近迂僻之中而不自知也。

不義而壽。龜蛇矣哉。瞌然而坐。土木形骸。

瞌然。睡貌。上二句責老。下二句責釋。卽前章有心無我。有氣無我之意。然前章泛言在衆人者。此章專指二氏而言也。

我存爾心。瑩徹虛明。我養爾氣。浩然而生。

孟子曰。我善養吾浩然之氣。○此言聖學內外交養之功。以義理存心而涵養之。則無物欲之蔽。全體虛明。而大用不差矣。集義養氣而擴充之。則至大至剛之氣。浩然而自生。充塞天地矣。本末兼備。內外交養。此儒者之學。所以爲正。而非若二氏之偏也。

先聖有訓。道無二尊。心乎氣乎。敬受斯言。

胡氏引禮記天無二日。土無二王之語。以爲道無二致。欲道術之歸于一也。○此言上文所論。皆本聖賢之遺訓。而非我之私言。其道之尊。無與爲二。非心氣之可比也。故於其終。特呼心氣以警之。其拳拳開示之意。至深切矣。

心氣理序 權近

心氣理三篇者。三峯先生所作也。先生常以明道學闢異端爲己任。其言曰。人之生也。受天地之理以爲性。而其所以成形者氣也。合理與氣。能神明者。心也。儒主乎理而治心氣。本其一而養其二。老主乎氣。以養生爲道。釋主乎心。以不動爲宗。各守其一而遺其二者也。老欲無爲。不計事之是非而皆去之。恐勞其身以弊 一本作蔽 其氣也。氣苟得養則精神凝定。雖有所事。而不害吾之生。釋欲無念。不論念之善惡而皆遣之。恐勞其神以動其心也。心苟得定則體常空寂。雖有應變。而不擾吾之中。故其初也。皆有所不爲。而其終也皆無所不爲也。蓋當其有所不爲也。雖理之所當爲者。亦絶之。當其無所不爲也。雖理之所不當爲者。亦爲之。是二家之學。不陷於枯槁寂滅則必流於放肆縱恣。其賊仁害義。滅倫敗理。得罪於聖門大中之敎則一也。若吾儒道則不然。天命之性。渾然一理。而萬善咸備。君子於此。常存敬畏。而必加省察。萌於心者。原於理則擴而充之。生於欲則遏而絶之。動於氣者。自反而直則勇往爲之。不直則怯然而退。養其心以存義理。養其氣以配道義。凡所思慮。無非義理之當然。凡所動作。自無非僻之得干。其心之靈。管乎事物之理。其氣之大。塞乎天地之間。皆以義理爲之主。而心與氣每聽命焉耳。此儒者之道。具於人倫日用之常。行於天下萬世而無弊。先生常以語學者也。雖然。義理之在人。固爲甚大。而心乃吾身之主。氣亦吾身之所得以生者。不得不重之也。彼老釋竊明心養氣之說。誑誘愚俗。故人多樂聞而信從之。往往知道者雖力言以闢之。但斥其不合於吾道者而已。故聞者猶未知其孰爲得失也。唯先生先明二氏之旨而後折以吾道之正。故聞者莫不昭然若發矇。異端之徒亦有從而化之者矣。此先生之大有功於名敎者也。於是。又述其意。作此三篇。以示學者。其言心氣者。皆用二氏之語以明其旨。盡底其蘊奧而的言之。且其語意渾然。不見其有斥之之跡。故雖使其徒觀之。亦皆以爲精切而悅服之也。及以理形之。然後吾道異端之偏正。不待辨說而自明。彼雖欲有言。其將何以哉。此先生闢二氏。固非泛然論列者比。又非大厲聲色極口詆毁者之比也。抑或有人。徒見其不斥也。以爲三敎一致。故先生作此以明其道之同耳。則非知言者也。故愚不揆鄙拙。略爲註釋。又引其端。以所聞於先生者明之耳。洪武甲戌夏。陽村權近序。

－心氣理篇 終－

朝鮮經國典 上

鄭道傳 著
鄭柄喆 編著

1. 正寶位

易曰。聖人之大寶曰位。天地之大德曰生。何以守位。曰仁。天子享天下之奉。諸侯享境內之奉。皆富貴之至也。賢能效其智。豪傑效其力。民庶奔走。各服其役。惟人君之命是從焉。以其得乎位也。非大寶而何。天地之於萬物。一於生育而已。蓋其一原之氣。周流無間。而萬物之生。皆受是氣以生。洪纖高下。各形其形。各性其性。故曰天地以生物爲心。所謂生物之心。卽天地之大德也。人君之位。尊則尊矣。貴則貴矣。然天下至廣也。萬民至衆也。一有不得其心。則蓋有大可慮者存焉。下民至弱也。不可以力劫之也。至愚也。不可以智欺之也。得其心則服之。不得其心則去之。去就之間。不容毫髮焉。然所謂得其心者。非以私意苟且而爲之也。非以違道干譽而致之也。亦曰仁而已矣。人君以天地生物之心爲心。行不忍人之政。使天下四境之人。皆悅而仰之若父母。則長享安富尊榮之樂。而無危亡覆墜之患矣。守位以仁。不亦宜乎。恭惟　主上殿下。順天應人。驟正寶位。知仁爲心德之全。愛乃仁之所發。於是正其心以體乎仁。推其愛以及於人。仁之體立而仁之用行矣。嗚呼。保有其位。以延千萬世之傳。詎不信歟。

2. 國號

海東之國。不一其號。爲朝鮮者三。曰檀君曰箕子曰衛滿。若朴氏昔氏金氏相繼稱新羅。溫祚稱百濟於前。甄萱稱百濟於後。又高朱蒙稱高句麗。弓裔稱後高麗。王氏代弓裔。仍襲高麗之號。皆竊據一隅。不受中國之命。自立名號。互相侵奪。雖有所稱。何足取哉。惟箕子受周武之命。封朝鮮侯。今天子命曰惟朝鮮之稱美。且其來遠矣。可以本其名而祖之。體天牧民。永昌後嗣。蓋以武王之命箕子者。命殿下。名旣正矣。言旣順矣。箕子陳武王以洪範。推衍其義。作八條之敎。施之國中。政化盛行。風俗至美。朝鮮之名。聞於天下後世者如此。今旣襲朝鮮之美號。則箕子之善政亦在所當講焉。嗚呼。天子之德無愧於周武。殿下之德亦豈有愧於箕子哉。將見洪範之學。八條之敎。復行於今日也。孔子曰。吾其爲東周乎。豈欺我哉。

3. 定國本

儲副。天下國家之本也。古之先王。立必以長者。所以絶其爭也。必以賢者。所以尙其德也。無非公天下國家之心也。尙慮敎養未至。則德業未進。無以克荷負托之重。於是。擇耆儒宿德爲之師傅。端人正士爲之僚屬。朝夕講勸。無非正言正事。則其薰陶涵養者至矣。先王之於儲副。不徒定其位。從而敎之者如此。而或有招致技術之士。徒事詞章之學。其所習者反爲喪心之具。甚者惟讒諂面諛之徒是信。嬉遊逸豫之事是好。卒無以保其位者多矣。吁可惜哉。恭惟我 殿下卽位之初。首降德音。以正東宮之位。置書筵官。謂門下左侍中趙浚・判中樞院事南在・簽書中樞院事鄭揚。其學業皆可以備講勸之任。命爲師傅賓客。而臣亦以不敏。得忝貳師之職。雖其學問之疏略。不足以仰補原良之德。然其心則未嘗忘之也。今我東宮以岐嶷之資。溫文之性。夙興夜寐。每御書筵講論不怠。則日就月將。必至於光明之學。可冀也。其所以正儲位而隆邦本者。宜矣。

4. 世系

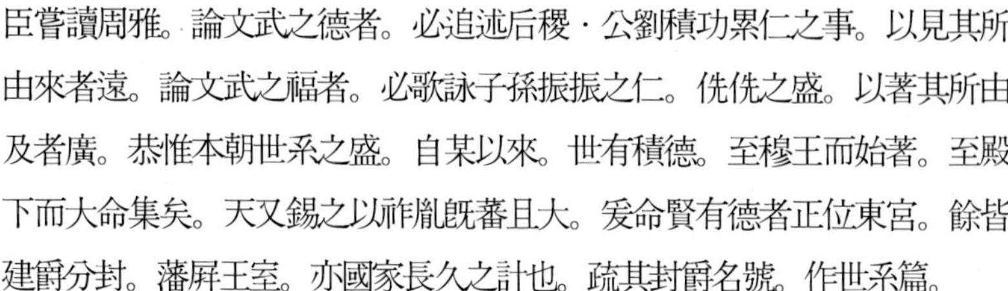

臣嘗讀周雅。論文武之德者。必追述后稷·公劉積功累仁之事。以見其所由來者遠。論文武之福者。必歌詠子孫振振之仁。侁侁之盛。以著其所由及者廣。恭惟本朝世系之盛。自某以來。世有積德。至穆王而始著。至殿下而大命集矣。天又錫之以祚胤旣蕃且大。爰命賢有德者正位東宮。餘皆建爵分封。藩屛王室。亦國家長久之計也。疏其封爵名號。作世系篇。

5. 教書

書曰。大哉王言。又曰。一哉王心。惟其心之一於內。故言之發於外者。不期而自大。觀其發言之大。則其存心之一。從可知矣。自典謨訓誥著於書。而精一執中之說。爲萬世聖學之淵源。信乎其大矣。漢唐以來。天子之言。或稱制詔。或稱誥勅。諸侯之言。稱教書。尊卑雖殊。其所以立言之義則一也。所謂制誥教書。有親自製者。有出於文臣之代言者。隨其政治之高下。有醇駁之不同。然而因是亦可見一時之云爲也。恭惟我殿下。自在潛邸時。好與儒士讀經史諸子。講明義理。論古今成敗之事甚悉甚熟。文章雖其餘事。而學問之至。蓋有自得者多矣。今當維新之日。立經陳紀。與民更始。屢降德音。以教中外。其書雖出於文臣之製進。其命意則一本於宸衷之斷。而討論潤色。得義理之當。又非秉筆者所能髣髴。是宜列著于篇。以備一代之典。

6. 治典

1. 摠序

治典。冢宰所掌也。司徒以下皆冢宰之屬。則教典以下。亦冢宰之職也。冢宰得其人。六典擧而百職修。故曰人主之職。在論一相。冢宰之謂也。上以承君父。下以統百官治萬民。厥職大矣。且人主之村。有昏明强弱之不同。順其美而匡其惡。獻其可而替其否。以納於大中之域。故曰相也。輔相之義也。百官異職。萬民異業。平之使不失其宜。均之使各得其所。故曰宰也。宰制之義也。至於宮闈之密。而嬪媵之進御。暬御之執役。輿馬服餙之玩。食飮之供。惟冢宰得知之。冢宰重臣也。人主之所禮貌也。而身親細微之事。不其冗乎。曰非也。嬪媵暬御。本以備使令也。不謹則有邪媚之惑。輿馬衣服飮食。本以奉身也。不節則有奢華侈用之費。故先王立法。擧以此屬之冢宰。而以爲之制節限量。其慮遠矣。夫以人主之尊。人臣仰而正之。難矣哉。以智力持之不可也。以口舌爭之不可也。惟積其誠而動之。正其已而格之耳。百官萬民之衆。而以一身治之。其亦難矣。提耳而敎之不可也。家喩而戶曉之不可也。惟知人之賢不肖而進退之。庶績興而百官治。審事之當否而區處之。物得其所而萬民安。宋大儒眞西山之論相業曰。正已格君。知人處事。旨哉。言也。臣愚以謂正已格君。乃治典之本。而知人處事。治典之所由行也。故於此幷論之。

2. 官制

人君。代天工治天民。不可以獨力爲之也。於是。設官分職。布于中外。博求賢能之士以共之。官制之所由作也。恭惟我殿下卽位之初。首命儒臣。講採歷代之典。參以前朝之舊。建立官府。制其名稱。蓋欲省繁汰冗。以從簡要。而當維新之日。草創更始。未遑及也。然前朝旣有軍器監。又有防禦都監。旣有繕工監。又有造成都監。今皆革去。所謂都監者。以其務歸之本監。循名而責實也。革內乘併之司僕。革內廚併之司膳。蓋欲省自已之奉也。設內侍府掖庭署。所以別流品也。推此類觀之。殿下改正官制之美意可得也。其內而輔相者曰門下府。主會計者曰三司。本兵者曰中樞院。掌文翰者曰藝文春秋館。主風紀者曰司憲府。六曹及百司庶府。各因其事而擧者。隨其職任之要而別論之。外而監司曰都觀察黜陟使。守令曰牧都護府使，知官縣令監務。蓋監司風紀之任。而守令近民之官。守令有賢否之異。而民之休戚繫焉。監司擧黜陟之典。而守令爲之勸懲焉。以侍從郎官更迭爲之。所以重其選也。故以此附於官制之末。

3. 宰相年表

宰相之職。臣於治典論之矣。然爲宰相者得其君。然後道行於上而惠及於下。身榮於前而名顯於後。而君臣之相遇。自古以爲難也。帝者之世。君臣俱聖。故相與都兪於堂陛之上而成雍熙之化。王者之世。君臣俱賢。故相與勤勞於政事之間而致隆平之治。霸者之世。其君不及其臣。然能任之專。故亦能成一時之功。若夫中材之主。相得其人則治。不得其人則亂。如唐之玄宗相宋璟・張九齡則致開原之太平。用李林甫・楊國忠則速天寶之禍亂。噫。臣之遇君誠難。而君之遇臣亦難矣。方今明良相遇。誠意交孚。相與共圖維新之政。千百年之一盛際也。於是作宰相年表。獨書侍中者。亦以見冢宰之兼衆職。而人主之職在擇一相。百執事以下不與也。

4. 入官

治天下國家之要。在於用人而已。古之用人者。養之有素。擇之甚精。所入之途狹而所居之任久。惟其養之素。故人材成。擇之精而所入之途狹。故僥倖冒進之心息。所居之任久。故賢能得以展其才而事功成。後世。上之人失其教養之道。而人才之成就。不出於天資之高下。而其進而用之也。或因君上之私恩。或因宰執之引進。或拔於行伍之中。或出於刀筆之吏。然此猶可言也。積貲資者挾賄賂以求之。飾子女者托婚姻以得之。何有於擇哉。而所入之途亦廣矣。非才雜進。希求無厭。貿貿棼棼。日志乎超陞。而爲君相者。亦不勝衆多爭進之心。奪彼而與此。朝拜而夕罷。徒以苟且姑息爲計。而日不給。居位之久不久。靡暇論也。雖有賢智之士。亦安得以展布其才。以成事功乎。比之萬丈之陂。日受衆水之入而不得容焉。則其勢必毁决堤防。汎濫四出而後已。而國家隨以亡。言之可爲寒心矣。惟科擧一事。庶幾周禮賓興之意矣。然試以詞章。則浮華無實之徒。得側於其間。試以經史。則迂僻固滯之士或有焉。隋唐以來之通患也。惟我主上殿下卽位之初。立經陳紀。動法古昔。而於用人之道。尤致意焉。謂人才不可以不養。於是內而

成均部學。外而州郡鄕校。各置教授生員。贍其廩食。三年一大比。試以經學。觀其經明行修之實。試以賦論對策。觀其文章經濟之才。此文科也。謂將相大臣皆有功德於民。而其子孫又承家庭之訓。知禮義之方。而皆可以從政。置門蔭。謂兵有國之常備。不可以不講。設訓鍊。觀以教韜略戰陣之法。謂簿書期會金穀營造之事。供給應對之節。不可以不習。置吏學譯。以奉使命通中國。醫以治疾病濟夭札。陰陽卜筮。所以決嫌疑定猶豫。於是。置譯學醫學陰陽卜筮之學。而各有其科焉。養之可謂至。而擇之可謂精矣。其不在七科者。不惟其人不得冒進。而有司亦執法以制之。所入之途狹矣。又定官制。自一品至九品。分正從爲十八級。每一級分二資。積十五箇月歷一資。積三十箇月遷一級。居其任不亦久乎。其才學道德。足以裨補國政。武勇韜略。足以統率三軍。君上以特旨用之者。不在資格之拘。然當卽位之初。庶事草創。勳勞親舊。有未盡除授者。軍旅方興。介冑之士。在所當先。成法未盡擧行。故臣於此著之。俾後來知有成法。而得所持守焉。

5. 補吏

吏。執官府之役者也。漢法通一經以上者。得補吏。卿相守令多於此焉出。唐補吏之法。雖不及漢。然試之而後補之。亦能理簿書期會之數。習供給進退之節。而官府治焉。前朝補吏之法有二途。所謂三都監, 三軍錄事, 都評議使司。知印宣差。皆以士人爲之。曰掾吏典吏書吏令吏司吏之屬。各隨其衙門之高下。以良家子弟充之。然無試補之法。聽其自擧。兵興以來。入官多門。自擧者亦少。官府求之如不得。其間猥屑庸陋不能操刀筆者或有焉。國家始命吏曹議試補之法。考其家世及通律文書筭者得補爲吏。法則善矣。其得人與否。在有司焉耳。

6. 軍官

古者。大國三卿。曰司徒。主民。曰司馬。主兵。曰司空。主地。無事則各守其職。有事則三卿皆出爲將。故曰大國三軍。軍將皆卿也。分而合之。離而屬之。先王之慮遠矣。蓋宰相無所不統。而軍機之重。必欲使廟堂知之。所以存體統也。長槍大劍。雖非搢紳之所能操。而決策制勝。亦待深於韜略者。然後乃能料也。國家損益唐府兵之法。立十衛。每一衛率五領。自上將軍以下至將軍。自中郎將以下至尉正。統之義興三軍府。令宰相判府事。判諸衛事。以重御輕。以小屬大。體統嚴矣。每道置節制使。其州郡之兵番上宿衛。亦內外相制之義。而屬之義興三軍府鎭撫所者。以內御外之義也。義興三軍府所統十衛五十領職秩次第。節制使以下鎭撫兵馬之號。詳著于篇。

7. 錢穀

錢穀。蓋有國之常備。而生民之司命也。然取之無其道。用之無其法。橫斂多而民生苦。糜費廣而國用竭。有國家者。不可不慮也。周公作周禮。司徒掌錢穀之入。而周知其數。冢宰掌其所出之命。而不至於妄費。是以。量其入而以爲出。三年有一年之蓄。通計三十年。有九年之蓄。雖有凶荒軍旅之變。不以爲病也。漢以大司農掌之。唐以度支使掌之。其賦斂漕運之數。供上祭祀宴享之費。軍旅之需。爲宰相者漫不得知。而以利權之重。付之一司一使。隨時營具。多方取辦。僅濟一時之用。如有不虞之變。未免空匱之窘。亦可笑也。國家以三司掌錢穀所入之數。而其出也。承都評議使司之命而行之。蓋有得於周官遺意者矣。其錢穀之所在。隨其任而書之。以見其經費之數焉。

8. 封贈承襲

人臣。有功在王室。澤被生民者。生則崇其爵祿。歿則加其位號。又推其恩。上及祖考。下延子孫。蓋所以報之重而厚之至也。殿下褒獎功臣。自門下侍中裴克廉以下五十有二人。以次論賞進爵。追贈三代。又令適長世襲其爵。及判三司事尹虎卒。特贈門下右侍中。載在盟府。可考而書也。

7. 賦典

1. 摠序

賦者。軍國所需之摠名也。分而言之。則用之於國曰錢穀。故治典論出納之節甚詳。取之於民曰賦。故於此論其所出之目。曰州郡曰版籍。賦之出也。曰經理。賦之制也。曰農桑。賦之本也。曰賦稅。賦之貢也。曰漕運。賦之輸也。曰鹽鐵。山場水梁。曰工商船稅。賦之助也。曰上供曰國用曰祿俸曰軍資曰義倉曰惠民典藥局。賦之用也。曰蠲免。賦之寬也。知賦之所出。則民生不可不厚而州郡不可不治也。版籍不可不詳也。知賦之所制則經理不可不正也。知賦之所輸則民力不可困。而漕運不可不講也。知賦之所本則農桑不可不重也。知賦之所助則課程不可不立也。知賦之所用則出納不可不節也。知賦之所寬則民財不可盡取也。然有土有人然後可以得其賦。有德然後可以保其賦。大學之傳曰。有德此有人。有人此有土。有土此有財。有財此有用。臣故以德爲賦典之本焉。

2. 州郡

京邑。四方之本也。股肱之郡。供賦役衛王室。京邑之輔也。遠而州郡星羅棋布。皆出其力以供公役。出其賦以供公用。無非王室之藩屛也。國家因前朝王氏之舊。而有所沿革。京畿分左右道。國之南曰楊廣道。其外曰慶尙全羅道。西爲西海道。東爲交州江陵道。按交州江陵道卽嶺東西地置監司曰都觀察黜陟使。東北爲東北面。西北爲西北面。置監司曰都巡問使。以宣敎化。以摠錢穀刑名兵馬之事。其州府郡縣。各置守令焉。可見其疆理之整齊。而王化之攸行也。

3. 版籍

國之貧富。在民之衆寡。賦役之均。在民數之周。故任民牧之職者。休養生息。以蕃其類。勞來安集。以保其居。民可庶也。籍其戶口。稽其登耗。民可數也。驗口計丁。科其差斂。賦役可均也。夫如是。事集於上而下不擾。國富而民安也。前朝之季。不知制民之產。休養失其道。而生齒不息。安集無其方。而或死於飢寒。戶口日就於耗損。其有見存者。不勝賦役之煩。折而入於豪富之家。托於權要之勢。或作工商。或逃浮圖。固已失其十五六。而其爲公私寺院之奴婢者。亦不在其數焉。幸而號爲編民者。又以家長之所容隱。姦吏之所占挾。一戶之口。不盡付籍。民數可得而周乎。賦役奚由而均乎。一有徵斂之事。期限刻迫。捶撻隨之。事未及集。民不勝其煩擾。國益貧而民益苦也。惟我殿下初卽位。命有司講求便民之方。敎于中外。籍其數。得戶幾口幾。可謂知爲政之本矣。然有司之才否不同。奉行或有未至者。其間豈無脫漏之數。而行之歲月之久則可周也。蓋君依於國。國依於民。民者。國之本而君之天。故周禮獻民數於王。王拜而受之。所以重其天也。爲人君者知此義。則其所以愛民者。不可不至矣。故臣著版籍之篇而併論之。

4. 經理

古者。田在於官而授之民。民之所耕者。皆其所授之田。天下之民。無不受田者。無不耕者。故貧富强弱。不甚相過。而其田之所出。皆入於公家。而國亦富。自田制之壞。豪强得以兼并。而富者田連阡陌。貧者無立錐之地。借耕富人之田。終歲勤苦。而食反不足。富者安坐不耕。役使傭佃之人。而食其太半之入。公家拱手環視。而莫得其利。民益苦而國益貧。於是限田均田之說興焉。是則不過姑息之計。然亦治民之田。授以耕之耳。唐永業, 口分之田。按)唐授田之制 一夫受田一頃 其八十畝爲口分 二十畝爲永業 亦計口授田。使自耕之。以其租爲公家之用。然識者譏其田制之未正也。前朝田制。有苗裔田・役分田・功蔭田・登科田按)高麗田制倣唐制 而苗裔田 分給前代國王後 役分田 不論實階 定以人品 功蔭田・賜功臣及投化人 登科田 登科人別賜 軍田閑人田。以食其田租之八。而民之所耕。則聽其自墾自占。而官不之治。力多者墾之廣。勢强者占之多。而無力而弱者。又從强有力者借之耕。分其所出之半。是耕之者 一。而食之者二。富者益富而貧者益貧。至無以自存。去而爲游手。轉而爲末業。甚而爲盜賊。嗚呼。其弊有不勝言者。及其法壞之益甚。勢力之家。互相兼并。一人所耕之田。其主或至於七八。而當輸租之時。人馬之供億。求請抑買之物。行脚之錢。漕運之價。固亦不啻倍蓰於其租之數。上下交征。起而鬪力以爭奪之。而禍亂隨以興。卒至亡國而後已。殿下在潛邸。親見其弊。慨然以革私田爲已任。蓋欲盡取境內之田屬之公家。計民授田。以復古者田制之正。而當時舊家世族。以其不便於已。交口謗怨。多方沮毁。而使斯民不得蒙至治之澤。可勝歎哉。然與二三大臣之同志者。講求前代之法。參酌今日之宜。打量境內之田。得田以結計者。幾分上供之田。國用軍資之田。文武役科之田。而閑良之居京城衛王室者。寡婦之守節者。鄕驛津渡之吏。以至庶民工匠苟執公役者。亦皆有田。其授民以田。雖不及於古人。而整齊田法。以爲一代之典。下視前朝之弊法。豈不萬萬哉。

5. 農桑

農桑。衣食之本。王政之所先。國家內而司農。外而勸農。使驗民之勤惰而勸懲之。風紀之司。察其職之稱否而黜陟之。殿下屢降德音。必以勸農桑爲首。敦其本而取其實也。將見衣食足而知廉恥。倉廩實而禮義興。太平之業。基於此矣。

6. 賦稅

孟子曰。無野人。莫養君子。無君子。莫治野人。古之聖人。立賦稅之法。非徒取民以自奉。民之相聚也。飮食衣服之欲攻乎外。男女之欲攻乎內。在醜則爭之。力敵則鬪之。以至於相殘。爲人上者。執法以治之。使爭者平鬪者和。而後民生安焉。然不可耕且爲也。則民之出乎什一。以養其上。其取直也大。而上之所以報其養者亦重矣。後之人。不知立法之義。乃曰民之供我者。乃其職分之當然也。聚斂掊克。猶恐不勝。而民亦效之。起而爭奪。禍亂生焉。蓋先王所以立其法者。天理也。後世所以作其弊者。人欲也。才臣計吏之治賦稅者。當思遏人欲而存天理可也。國家賦稅之法。租則一出於田。而所謂常徭雜貢者。隨其地之所出而納之官府。蓋唐租庸調之遺意也。殿下尙慮賦稅之重。有以困吾民。爰命攸司。改正田賦。詳定常徭。雜貢。庶幾得中正之道。然租則驗其田之開荒。所出之數可稽。其常徭雜貢者。但定其官府所納之數。不分言其有戶則出某物爲調。有身則出某物爲庸。吏因緣爲姦。濫徵橫斂。而民益困。豪富之家多方規避。而用反不足。殿下愛民定賦之意。不得下究。有司之責也。

幸當無事閒暇之時。講而行之可也。

7. 漕運

古者。天子諸侯。皆享畿內之賦。故漕運之所責入。遠不過五百里。近不過五十里。民力不至於困。秦漢以來。郡縣天下。而其所出之賦。輸之天子之都。道里至遠。運粟至多。而民力困。於是。以漕運爲急務。而講求其法甚詳。而民力之困猶是也。國家三邊濱海。內有大江。漕運由之。民力可省。自倭寇作耗。沿海州郡。舍水而陸。崖險谷隘。秋潦冬雪。人夫疲頓。牛馬顚踣。民甚苦之。殿下卽位。命有司修戰艦。增戍卒。水攻陸守。倭寇進不得掠。退無所獲。於是遠遁。而海運通。陸輸州郡。遠者不過四五百里而達于江。民力省而國用裕。然吏不得人。措置之方。小失其宜。則害隨以生。不可不察也。

8. 鹽法

鹽出於海。而民用之不可無者也。前朝自忠宣王立鹽法。使民納布受鹽。以資國用。及其法弊。布入於官。鹽不及已。民甚苦之。殿下卽位。首降德音。一革前朝弊法。每沿海州郡。置鹽場而官爲煮鹽。聽民將其所有之物。或布或米。無論精粗多寡。親就鹽所。稱時價之高低。計直受鹽。然後納價物焉。蓋與民同其利。非禁而榷之也。其鹽場所在與所出之數備書焉。以憑會計。

9. 山場水梁

古者。數罟不入洿池。草木零。落然後斧斤八山林。蓋因天地自然之利而撙節愛養之。此山場水梁之所由本也。前朝之時。山場水梁。皆爲豪强所占奪。公家不得其利焉。殿下卽位。革其弊法。收而爲公家之用。以山場屬繕工。取其材木以充營繕。以水梁屬司宰。取其魚鹽以供內外之膳及祭祀賓客之用。其山場水梁所在可考者。悉書之。

10. 金銀珠玉銅鐵

粟米布帛。民資以生。至於金銀珠玉。無補於民用。宜非爲政之所急。然宗廟至敬之所在。故器必飾以金玉。冠冕加於衆體之上。亦以珠玉飾之。況本國臣事天朝。其歲時慶節之所修。必以金銀將之。蓋金銀珠玉。在奉先事大之禮。不可無者也。至於銅鐵。以爨以耕。尤切於民用。又鑄爲兵具。軍國之須。莫重於此。前朝有金銀所。官爲採之。國家凡産鐵之處。每置鐵場。官集丁夫鑄冶之。民所鑄冶則不課焉。而採金銀之法。今皆廢矣。然金銀有見數。事大之日無窮。則其採之之法。亦不可不講也。臣於此取金銀所及鐵場。悉著于篇。以備參考焉。

11. 工商稅

先王制工商之稅。所以抑末作。而歸之本實。國家前此未有定制。民之遊惰者皆趨之。而南畝之民日益減。末作勝而本實耗。不可不慮也。臣故備擧工商課稅之法。著之於此。擧而行之。在朝廷焉。

12. 船稅

本朝濱海以國。魚鹽之利爲多。而公私漕運輻湊於東西之江。置司水監以掌之。而收其稅以助國用焉。其利亦厚矣。

13. 上供

人君。專土地之廣。人民之衆。其所出之賦。何莫非已分之所有。凡國之經費。何莫非已分之所用。故曰人君無私藏。此書曰上供曰國用。岐而言之。亦有說乎。飮膳衣服。所以供王之奉養也。匪頒。所以供王之賜與也。珍寶。所以供王之玩好也。是數者。今皆謂之上供。考之周禮。各置司存以掌其出入會計之數。尙慮人主侈心之生而費之無節。掌吏肆其姦欺而失於滲漏。於是。以冢宰摠而制之。雖似人主之私用。實通於有司之經理。至漢唐。始有天子私藏之名。與軍國之用不相通。然其財之所出。或稅山海澤藪之物産。或得州郡之私獻。或稱常賦之羨餘。未嘗取於經理之賦。而猶有統攝。不相侵紊。其遇凶荒軍旅之事。出其財而贍之。識者尙且非之曰。人君不能正其家人。近習之故而有私人。旣有私人。不能無私費。於是有私財。萬事之弊。莫非由此而出。其爲戒也至矣。前朝之制。置料物庫。掌饋食之粟。司膳掌饔餼膳羞之烹熟。司醞掌酒醴。內府掌布帛絲綿以供衣服。司設掌帳幕床褥以供鋪設。皆以朝士職之。憲司以時體察。稽其盈縮之數。可謂得周官之意矣。自忠烈以下。臣事原朝。世降公主。宮掖之費爲多。或朝燕京。留侍都下。其道路之費。盤纏之用。在所當辦。於是始置德泉義成庫之屬。然其田口貲資。或損內帑以鬻之。或出於王氏外家之世業。或出籍沒之家。不在經理之數。而遂爲人主之私藏也。殿下在潛邸。獻議欲盡革之。歸之國用。當國者持之甚力。故不克如志。然因是而革去者不啻十四五。及卽位。以五庫七宮。悉歸之公用。昔光武罷小府禁錢歸之大司農。以充公用。史臣美 之曰。能絶一己之私。以今方古。實無愧焉。第緣卽位之初。草創更始。庶事繁浩。用度甚廣。而其出納之際。有司拘於文法。或不能給。事機多失。於是斟酌損益。與卽位之敎不同者有焉。然權一時之宜耳。其成法則未嘗改也。臣於此。一以上供書之。從而著其說。俾後之人。知殿下節儉克私之美意焉。

14. 國用

國家置豐儲倉。凡祭祀賓客田役喪荒之用皆於此焉。出謂之國用。其出納會計之制。則都評議使司, 三司, 司憲府各以其職治之。今悉書其所入之數。著之篇者。欲其用之也量入爲出。庶乎不至於妄費也。

15. 軍資

子貢問爲政。孔子以足食足兵答之。國資兵以存。兵資食以生。孔明治兵過管, 樂。其伐魏也屯田渭上。以爲持久之計。項羽憑百戰百勝之資。而一朝糧餉不繼。戰敗身死爲天下笑。是知食者三軍之司命。不可一日而無者也。故古之爲國者。不惟治其兵。又當治其食。不惟治其食之所入。又當治其食之所生。夫食之所生。在地與人而已。國家介山海之間。其丘陵藪澤不耕之地十居八九。而人之遊手雖不能悉得其數。以居京城者計之。不下數十萬。去而爲浮圖者不下十萬。子弟之閒散。庶民之執公役。戍卒之在邊圉。以至工商巫覡之徒。才人禾尺之類。計亦不下十萬。不惟不耕。又從以食之。可謂生之者寡。而食之者衆矣。又因喪荒疾病。不得盡力於南畝。而歲時賓客祭祀之費。亦民之所不能已者。可謂爲之者舒而用之者疾矣。兵食奚由而足乎。爲今之計。莫若闢閒荒之地。汰遊手之民。盡歸之南畝。省民之耕穫而寬其力。制賓客祭祀之式而節其財。然後兵食可得而足也。國家置軍資監以儲兵食。然但治其所出入之數而已。臣故倂論其食之所自生。著之於篇。以爲足食之本焉。

16. 祿俸

人君之與賢者所共者。天職也。所治者。天民也。故厚之以天祿。使之免仰事俯育之累。而專力乎供職也。傳曰。忠信重祿。所以勸士也。國家頒祿之制。自一品至九品分爲十八科。三司給牌。廣興倉以其科而頒之。賢者之食天祿者。當思保天職可也。食焉而怠其事。猶不可。況無其事而食其祿。其可乎哉。故先王立法。君之於臣民。功者賜之。饑者周之。無常職而食常祿。以爲不恭。其法嚴矣。

17. 義倉

水旱疾疫。在天道流行之數。代或有之而飢饉至焉。爲民牧者。其可坐視而莫之救歟。國家內置義倉。以儲穀粟。又推其法。及之州府郡縣。各置義倉。每當農月。給貧民無種食者。至秋成止收其本。以備不虞。如遇凶荒之歲。盡發以賑。待歲豐登。亦收其本。以資長遠。饑而不損於民。豐而不傷於農。使穀粟常存。而民不至死。蓋法之最良者也。其出納之際。周其急而不繼其富。核其實而不耗其數。使良法不廢。亦在夫典守得人。申明而舉行之耳。

18. 惠民典藥局

國家以爲藥材非本土之所産。如有疾病。其孝子慈孫。傍求奔走。藥未之得而病已深。有不及救治之患。於是置惠民典藥局。官給藥價五升布六千疋。修備藥物。凡有疾病者。持斗米疋布至。則隨所求而得之。又營子利。十取其一。期至無窮。俾貧民免疾痛之苦。而濟夭札之厄。其好生之德大矣。不幸有官府之責取。權勢之抑買。而藥價耗損。貧民無以自活。豈非不仁之甚者也。典是局者。思盡其責。俾國家好生之德。克永厥終可也。

19. 蠲免

國以民爲本。民以食爲天。故輕徭薄賦。以裕其食。不幸被水旱霜蟲風雹之災。隨其傷損之多寡。蠲免賦役有差。蓋所以厚其本也。國家損分減免之法已自行之。著在甲令。有司宜當審而行之也。

8. 禮典

1. 摠序

恭惟主上殿下。上以應乎天。下以順乎人。作其卽位。稽古經邦。庶事萬類。以序以和。禮樂之興。惟其時矣。臣以爲禮之爲說雖多。其實不過曰序而已。朝廷主嚴。君尊而臣卑。君令而臣行。故朝覲會同。正大位而統百官。朝廷之序也。祭享主誠。人盡其誠。神格於上。故蒸嘗祼獻。事祖考而通神明。祭享之序也。宴享主和。賓獻而主酬。主侑而賓食。飮食宴樂。以睦宗戚而親臣隣。宴享之序也。至於符寶所以通信。輿服所以辨等。樂者。所以美功德。曆者。所以明氣候。經筵。所以勸進君德。學校。所以養成人才。設科目擧遺逸。所以廣求賢之路。求言進書。所以通上下之情。其遣使也。奉表天朝。以盡事大之誠敬。曰圖形紀功。所以重功臣而報之厚。曰謚。所以辨群臣之善惡而垂勸戒。曰旌表。所以勵節義。曰鄕飮酒。所以敎禮遜。曰冠婚喪祭。所以一風俗。此皆政事施爲之得其序也。故臣推本序之一言。而作禮典摠序焉。

2. 朝會

國家朝會。冬至正朝聖節。則率群臣向闕行禮及接詔受賜之儀。一依朝廷頒降儀注爲之。禮訖。坐正殿受群臣朝。誕節則行慶壽之禮。如冬至正朝之儀。謂之三大朝會。立春人日。則當直宰臣押班。謂之小朝會。及敎宥境內。則有敎書開讀之儀。行封爵追崇之事。則有發冊遣使之儀。凡所行幸則謂之陪奉。五日一聽政則謂之衙日。命相則謂之宣麻。攝行祭祀則謂之祝版親傳。各有其儀焉。恭惟主上端拱正殿。望之皇皇。仗儀森列。衣冠肅穆。告敎詞命之懿。進言陳誠之切。升降周旋。俯伏拜興。嚴而泰。和而莊。蔚然粲然。可尙可嘉。宜其勒成一代之典。昭示罔極焉。其使臣諸節。州郡守令迎命之禮及自相見禮。各以類附焉。

3. 宗廟

王者受命開國。必立宗廟以奉其先。蓋報本追遠。厚之道也。其有功德者。祖而宗之。以爲不遷之主。故書曰。七世之廟。可以觀德。殿下卽位。追崇皇考桓王以上四代。加以王爵。以立廟室。以安神主。其牲牢幣帛之數。簠簋 簠簋。一本作莆筥。籩豆之品。祼獻拜祝之節。講之甚熟。書之于策。禮曹以時請而行之。百司庶府。莫不奔走虔供其職。敬之至也。

4. 社稷

社者。土神也。稷者。穀神也。蓋人非土不立。非穀不生。故自天子至諸侯。有人民者。皆得置社稷。蓋爲民求福之祭也。國家立社稷。犧牲致其肥腯。器幣致其淨潔。獻以三終。樂以八成。皆有司存。以時擧行。重民之意大矣。

5. 耤田

農者。萬事之本也。耤者。勸農之本也。蓋宗廟之粢盛。軍國之財用。皆出於農。而民生以之而番庶。風俗以之而淳厚。故曰農者。萬事之本也。人君親耕耤田。以先於農。而下民皆曰。且以人君之尊。尙且身爲之耕。況以下民之賤。安坐而不耕。其可乎哉。於是。人人皆赴南畝而農事興矣。故曰耤者。勸農之本也。國家置耤田令丞。以掌耤耕祭祀之法。臣悉著之于篇。以見殿下重穀之意焉。

6. 風雲雷雨

風雲雷雨。滋五穀遂品彙。則其澤物也至矣。國家欽奉詔旨。立其壇于國之南。有司以時致祭焉。其事大之禮。敬神之義。一擧而盡矣。

7. 文廟

天下之通祀。惟文廟爲是。國家內自國都。外至州郡。皆建廟學。當春秋二仲上丁之日。祀之以禮載。惟聖教之在天下。如日月之行乎天。百王以之爲儀範。萬世以之爲師表。蓋有不可以言語形容者。而其根於人性之固有。而人心之所同然者。亦豈待臣之言哉。惟殿下豐其餼饍。潔其器皿。以致尊師重道之意。則可得而書也。

8. 諸神祀典

凡載祀典者。皆有功德於民。不可不報者也。其祀山川之神。以其興雲雨滋五穀。足民食者也。其祀古昔聖賢。以其得時行道。康濟斯民。立法垂訓。昭示後世。故皆載之祀典。以爲常祭。其不載祀典者。諂而非禮。淫而無福。在所當禁。

9. 燕享

君臣以嚴敬爲主。一於嚴敬。則勢相懸絶。情不相通。先王。於是制燕享之禮。親之曰賓主。尊之曰諸父諸舅。豐其飮食。致其慇懃。而望其教誨焉。周詩曰。鐘鼓旣設。一朝享之。又曰。人之好我。示我周行。此之謂也。國家置禮賓寺。以掌燕享。其酌獻之疏數。殽羞之豐儉。皆有定制。今悉著之。

10. 符瑞

古者。天子執圭。諸侯執五玉。雖有尊卑之殊。其所以合信。而爲國家之寶則一也。故通謂之瑞而世守之。本朝置尙瑞司。以掌符寶。下而百司庶府。外而使臣守令。皆有印章焉。

11. 輿服

尊卑之分。莫嚴於名器。名器之等。莫辨於輿服。故天子諸侯。以至臣庶。各有等第。所以一其視聽。定其心志也。國家冠服之制。以下缺

12. 樂

樂者。本於性情之正。而發於聲文之備。宗廟之樂。所以美祖考之盛德。朝廷之樂。所以極君臣之莊敬。以至鄕黨閨門。莫不因其事而作焉。故幽則祖考格。明則君臣和。推之鄕黨邦國。而化行俗美。樂之效深矣哉。國家有雅樂署。屬之奉常。宗廟之樂也。有唐樂有鄕樂。置典樂署掌之。用之於朝會。用之於燕享。又新製文德武功之曲。述殿下盛德神功。以形容創業之艱難。古今之文。備於此矣。所謂功成而樂作。觀樂而知德者。不其信歟。

13. 曆

曆者。所以明天道之運行。定日月之躔度。分節候之早晩。歲功以之而成。庶績以之而熙。故聖王重之。國家置書雲觀以掌其職。其推步筭計之術。則有授時曆有宣明曆。按授時。元世祖時曆。宣明。唐穆宗時曆。以時考驗。國家敬天勤民之意。可見矣。

14. 經筵

殿下卽位。首置經筵官。以備顧問。常曰。大學。爲人君立萬世之程。眞西山推廣其意作大學衍義。帝王爲治之序。爲學之本。蔑以加矣。每於聽政之暇。或親自觀覽。或使人講論。雖高宗之時敏。成王之日就。無足多讓。猗歟盛哉。

15. 學校

學校。教化之本也。于以明人倫。于以成人才。三代以上。其法大備。秦漢以下。雖不能純。然莫不以學校爲重。而一時政治之得失。係於學校之興廢。已然之迹。今皆可見矣。國家內置成均。以教公卿大夫之子弟及民之俊秀。置部學教授。以教童幼。又推其法。及於州府郡縣。皆有鄕學。置教授生徒。曰兵律曰書筐曰醫藥曰象譯。亦倣置教授。以時講勸。其教之也亦至矣。

16. 貢擧

科擧之法。尙矣。在周大司徒。以六德六行六藝。教萬民而賓興。其賢能曰選士。升之學曰俊士。升之司馬曰進士。論定而後官之。任官而後爵之。位定而後祿之。教之甚勤。考之甚精。用之甚重。故成周人才之盛。政治之美。非後世所能及也。在漢曰孝弟 · 力田 · 賢良 · 茂才。在魏晉曰九品中正。在隋唐曰秀才 · 進士。其目多矣。要以得人爲務。雖不及成周之盛。而一時之人才。皆出於此。前朝自光王始用雙冀之言行科擧法。掌選者稱知貢擧, 同知貢擧。試以詞賦。至恭愍王一遵原制。革去詞賦之陋。然所謂座主門生之習。行之甚久。不能遽除。識者歎之。殿下卽位。損益科擧之法。命成均館試以四書五經。蓋古明經之意也。命禮部試以賦論。古博學宏詞之意也。然後試以對策。古賢良方正直言極諫之意也。一擧而數代之制皆備。將見私門塞而公道開。浮華斥而眞儒出。致治之隆。

軼漢唐而追成周矣。嗚呼盛哉。其武科醫科陰陽科吏科通事科。各以類附見焉。

17. 擧遺逸

士之伏於下者。或抱道德而不求聞達。或懷才能而不見擢擧。苟非上之人。求之誠而訪之勤。無以致其至而得其用矣。故厚禮以徵之。高爵以待之。古先哲王之所以興至治也。殿下卽位之初。申命有司曰。其有經明行修。道德兼備。可爲師範者。識通時務。才合經濟。可施事功者。習於文辭。工於筆札。可當文翰之任者。精於律筭。達於吏治。可當臨民之事者。謀深韜略。勇冠三軍。可爲將帥者。習於射御。工於捧石。可當軍務者。天文地理卜筮醫藥或攻一藝者。備細訪問。敦遣于朝。可見殿下側席求賢之美意矣。

18. 求言進書

上之求於下者以言。下之進於上者以書。則決壅去蔽。上下之情通矣。何善之有遺。何冤之不伸哉。殿下卽位之初。命隨朝五品以上衙門。各陳便民條畫。擇其尤善者。著之教書。布告中外。自是雖在草野。進書言事者尙多有之。臣取其見聞之有徵者而書之。

19. 遣使

本國事大以禮。朝聘貢獻。歲時遣使。所以修侯度而述所職也。苟非學問之富。辭命之善。足以專對命而揚國美者。疇克當是選哉。殿下卽位以來。凡朝正聖節進表進箋使者。乃其人也。其姓名可考者。悉書之。

20. 功臣圖形賜碑

恭惟殿下英謨偉略。出於天性。深仁厚澤。結於人心。一朝作其卽位。爲神人之主。皆殿下之德之所致。群臣何功之有焉。殿下撝謙不伐。推奬與議之臣。以爲或奮義定策。或與聞協贊。或歸心翊戴。賜功臣號有差。立閣圖形。鐫碑記功。俾後子孫。接於目而感於心。遵守勿替。與國匹休。垂示之意遠矣。

21. 謚號

謚者。節以一惠。著平生之善惡。而示後世之勸懲焉。其有補於名敎也多矣。

22. 旌表

秉彝好德之良心。人皆有焉。然在上者不先倡之。下之人無所觀感而興起矣。故國家立法。其有忠於君。孝於親。全夫婦之道者。皆爲之旌而表之。礪行義而厚風俗也。臣故著篇名。苟有其事。續而書之可也。

23. 鄕飮酒

鄕飮酒之禮。先王所以敎人之意備矣。賓主揖讓而升。所以敎尊讓也。盥洗。所以敎致潔也。自始至終。每事必拜。所以敎致敬也。尊讓潔敬。然後相接。暴慢遠而禍亂息矣。主人謀賓介。所以辨賢愚也。先賓後介。所以明貴賤也。賢愚辨貴賤明。人知勸矣。故其飮酒也。樂而不至於流。嚴而不至於離。臣以爲不肅而敎成者。惟鄕飮酒爲然也。

24. 冠禮

司馬溫公曰。冠者。成人之道也。成人者。將責爲人子爲人弟爲人臣爲人少者之行也。將責四者之行於人。其禮可不重歟。近世人情。尤爲輕薄。生子猶飮乳。已加巾帽。有官者。或爲之制公服而弄之。過十歲猶總角者蓋鮮矣。彼責以四者之行。豈能知之。故往往自幼至長。愚騃如一。由不知成人之道故也。臣述格言。責成人。作冠禮篇。

25. 婚姻

禮記曰。男女有別然後父子親。父子親然後義生。義生然後禮作。禮作然後萬物安。男女者。人倫之本。而萬世之始也。故易首乾坤。書記釐降。詩述關雎。禮謹大婚。聖人之重之也如此。自三代以來。國之興廢。家之盛衰。皆由於此。而近來婚姻之家。不論男女德行之如何。苟以一時之貧富而取捨之。又其相求也。不暴則祕。媒此而聘彼。如商賈之售貨。無附遠厚別之意。或興獄訟。或被侵陵。又親迎禮廢。男歸女家。婦人無知。恃其父母之愛。未有不輕其夫者。驕妬之心。隨日以長。卒至反目。家道陵替。皆由始之不謹也。不有上之人制禮以齊之。何以一其風俗哉。臣稽聖經謹本始。作婚禮篇。

26. 喪制

子曰。惟送死可以當大事。夫死者。親之終而人道之大變也。故先王愼之。作喪制。達之天下。使天下之爲人子者世守之。哭泣擗踊。情之變也。殯而食粥。虞而食蔬食菜羹。祥而食菜菓。飮食之變也。袒括齊衰。服之變也。枕塊寢苫。外而不內。居之變也。人子愛親之情。至此極矣。然猶未也。虞而哭。朞而悲。祥而憂。忌而慕。愈久而愈不忘。蓋亦出於中心之誠。非勉而爲之也。近世以來。喪制大壞。例以浮圖之法治之。初喪未葬。珍羞盛饌之狼藉。鐘鼓之喧轟。男女之混雜。而主喪者惟應對供辦之不給是慮。何暇哀死而恤亡哉。是以。雖居百日之制。無慼容慘色。而笑語如平日。至親如此。況其下者乎。見聞習俗。恬不爲怪。蓋以人子之情。無古今之異。而習俗使之然也。其所謂追薦者。直爲人觀美耳。而卒至於傾家破産者亦有焉。在死者爲無益之費。而貽生者無窮之患。多見其妄也。不有在上者作法以防之。其弊有不可勝言者矣。殿下卽位。立經陳紀。動法古聖。其於禮典。尤致意焉。命有司講明修定。皆有成法。臣重人紀。愼大事。作喪制篇。

27. 家廟

伊川先生曰。冠婚喪祭。禮之大者也。今人都不理會。豺獺皆知報本。今士大夫多忽此。厚於奉養而薄於先祖。甚不可也。凡事死之禮。當厚於奉生者。人家能存得此等事數件。雖幼者可使漸知禮義。臣述格言。質神明。作祭禮篇。

朝鮮經國典 下

鄭道傳 著
鄭柄喆 編著

1. 政典

1. 摠序

六典皆政也。獨於兵典言政者。所以正人之不正也。而惟正己者。乃可以正人也。考之周禮大司馬之職。一則曰正邦國。二則曰正邦國。兵非聖人之得已。而必以正爲本。聖人重兵之意可見矣。立軍制明其分數。作軍器致其精利。敎習。所以便進退擊刺。整點。所以簡强弱勇怯。賞以勸其功。罰以懲其罪。嚴宿衛以重於內。謹屯戍以捍於外。課功役以程其力。加存恤以哀其亡。兵之用莫急於馬。兵之資莫先於食。至於傳命騶邏。皆兵家之不能無者。故馬政屯田驛傳祗從。各以類附焉。當平居無事之時。其講武事也必因田獵。此政典之敍也。

2. 軍制

周制。兵農一也。無事則爲比閭族黨州鄕。屬於司徒。有事則爲伍兩卒旅師軍。屬於司馬。然當其無事之時。每於農隙講武事。故當有事則皆可爲用也。無養兵之費。徵兵之擾。而緩急易以應變。周制之善也。管仲三分其國爲二十一鄕。作內政以寓軍令。雖不及周制之善。當時號爲節制之師。而遂霸天下。漢之南北軍。唐之府兵。其法雖若可取。而不能無得失之可議者焉。國家內則有府兵。有州郡番上宿衛之兵。外則有陸守之兵。有騎船之兵。其制皆可考也。臣先述歷代。而後及國家。作軍制篇。

3. 軍器

天生五材。金居其一。在時則爲秋主肅殺。在人則爲兵主殺戮。蓋天地之義用。而不可無者也。故周制置司兵之屬。辨其名物與其等。以待軍事。歷代皆置武庫。以備軍用。國家置軍器監。專掌工匠之事。外至州郡。造軍器有年例焉。其數可考者書。

4. 敎習

孔子曰。不敎民戰。是謂棄之。周禮春蒐夏苗秋獮冬狩。以講武事。無闕於時。明金鼓旗麾之節。習進退擊刺之宜。兵識將意。將識士情。可以進則與之偕進。可以退則與之偕退。守則固。戰則勝。此敎之有素也。自是以來。晉文之蒐于被廬。齊愍之技擊。魏惠之武卒。秦昭之銳士。雖有詐力之尙。而其用兵之術。非後世所能及也。戰國之司馬穰苴。唐之李靖。皆有兵法。惟諸葛武侯之用兵也。蓋於仁義之中。而有節制之意焉。故朱文公以爲善用兵也。臣祖其意。作五行陣·出奇圖。又增損司馬法。作講武圖以獻。殿下稱之曰善。命軍士肄之。臣取司馬蒐狩之法。晉·魏·齊·秦·穰苴·李靖等兵法。書之於先。欲其取法乎古也。以臣所獻出奇講武圖書之於後。欲其熟之於今也。古今之制備。而敎習之法明。則兵可用也。作敎習篇。

5. 整點

夫器之弊也。由於久不治。習之忘也。由於久不肄。故國家無事。則因循玩愒。武備壞墮。兵籍耗損。如有緩急。不能及支。古今之通患也。周禮大司馬。仲春辨鼓鐸鐲鐃之用。仲夏選車徒。仲秋辨旗物。仲冬大閱。自後宣王狩于東都。選車徒以成中興之業。整點之不可已也如此。國家內之禁衛之旅。外之州縣之兵。每於農隙。按其籍。辨其老幼强弱。每月課軍器監所作弓矢戈甲。驗其利鈍堅弊。可謂得整點之意矣。

6. 賞罰

夫戰。危事也。進有死亡之患。退有生存之理。而人情莫不畏死而好生。惟重賞可以忘其生。惟重罰可以趨其死。然賞罰不因於衆人之功罪。而出於一己之喜怒。則賞不勸而罰不懲矣。故曰高爵厚祿。所以待有功也。刀鋸鞭扑。所以加有罪也。然則掌軍者不可無賞罰。而賞罰不可不出於公也。故臣作賞罰篇。必以公爲說焉。

7. 宿衛

人君居處尊嚴。周廬陛戟。左右徼巡。番上更直。致其周且愼者。非欲自尊大也。蓋人君一身。宗廟社稷之所依歸。子孫臣庶之所仰賴。關係甚重。故君門九重。內嚴外肅。譏訶出入。不惟備非常而弭姦慝。亦使內謁之徒。不得雜進。以誤君聽而亂朝政。其所以爲長治久安之計得矣。其宿衛之士。周以士大夫。漢以子弟爲之。蓋與人主居常親近。見聞熟習。不可不謹。周書曰。左右前後。罔匪正人。出入起居。罔有不欽。此之謂也。然則曰嚴曰正。其立宿衛之義也歟。

8. 屯戍

四境雖遠。視之如一家。萬民雖衆。愛之如赤子。苟有不虞之變。則吾赤子先罹其害矣。於是設屯戍。以御其外而安其內。陸屯騎步。水置兵船。備器械。積資糧。謹烽候。皆所以備屯戍也。

9. 功役

人情。勞則善心生。逸則驕心作。故凡兵卒。雖不可使之勤勞。亦不可使之過逸。其軍中興作營繕。皆以役之。量其力之所及。課其功之所就。而俾三農專力於南畝。庶幾軍民各安其業矣。

10. 存恤

夫力者。下之所以事上。恩者。上之所以撫下。交相報也。其在軍旅。老幼者放歸之。飢寒者衣食之。疾病者醫療之。死亡者瘞埋之。恩之所施博矣。則爲士卒者。感恩之心出於至誠。莫不踊躍以效死力。臣故曰交相報也。

11. 馬政

馬之於人。其用重矣。負重致遠。人力有所不及。必惟馬焉是資。國君之貧富。軍旅之强弱繫焉。聖人設卦著象。取其至健而行地無疆。此馬之始見於經也。歷代以來。皆有馬政。以蕃以息。前朝置銀川貞州等牧監。每於海島。隨其水草之便皆有牧馬之所。蓋亦知軍國之重在於馬也。及其法弊。有牧監之名。無牧馬之實。亦可歎也。國家上則貢之天朝。下則用之軍旅。皆以馬。其講馬政。誠今日之急務也。臣歷觀往代畜馬之政。惟周人爲善爲之。立官制命。重其職也。每歲仲夏。撰車馬。周其數也。其詩曰。我馬旣同。齊其力也。閑之維則。敎之有其素也。或降于阿。或飮于池。養之順其性也。秉心塞淵。騋牝三千。推馬之蕃息。以本操心之誠實而淵深也。臣取大易之著象詩雅之格言。作馬政篇。

12. 屯田

屯田之法。以其兵卒之在屯戍者。且戰且耕。所以省漕運而贍軍食也。漢人之於金城。晉人之於壽春於襄陽於荊州。皆置屯田。內有蓄積之益。外有守禦之利。以之服夷狄。以之兼隣國。明效可驗。前朝置陰竹屯田。又於沿海州郡。皆有屯田。以資軍食。法久弊生。有其名而無其實。當其收也。爲戍卒者或自備而納之。或稱貸而益之。不堪其苦而逋逃者多矣。不惟軍食不繼。而兵額亦減。弊莫大焉。殿下卽位。用議者之言。革去沿海屯田。止置陰竹一所。民力可謂紓矣。臣愚以爲古者制田。百畝上農夫食九人。至下農夫食五人。屯田之耕。姑以下農爲率。則十夫之耕。可食五十人矣。等而上之。曰百曰千曰萬。其數可考也。蓋地利無古今遠近之異。所謂屯田者。豈行於古而不行於今。利於中原而不利於外國乎。第緣官不得人。或剋減種食。不與屯軍。或不親莅其役。耕播耘耔。不時不力。田卒汚萊。苗又不實。其弊在人而不在法。果如充國之計糧穀。度公田。浚溝渠。理隍陿。則大獲地利矣。如鄧艾盡地利。開河渠。積軍糧。羊祜減戍邏墾田八百頃。杜預激諸水浸原田。公私同利。衆庶賴之。則屯田之利可興矣。然則革屯田之弊。得屯田之利。其惟在於人法竝用乎。

13. 驛傳

郵傳之置。爲傳命也。軍機之緊急。使節之往來。非郵驛。何以速傳其命。而不失事機乎。國家於是。每加矜恤之恩。分路大中小爲三等。給田有差。其國之西北自金郊至洞仙。東南自靑郊至龍駒。密邇京邑。四方輻湊。迎送輸運之勞。倍於他驛。加給其田。所以重郵驛之傳命也。

14. 騶邏

京城有徼巡。謂之邏。所以嚴輦轂也。官府有祗從。謂之騶。所以優大臣也。皆以卒名之。非兵之兵也。故幷著之。

15. 畋獵

兵者凶事。不可空設。又非聖人之得已。不可不講。故周禮大司徒。春蒐夏苗秋獮冬狩。以講武事。然其弊或至於妨農害民。故皆於農隙習之。且畋獵近於逸遊。從禽嫌於自奉。於是聖人慮之作蒐狩之法。一則曰除禽獸之害民穀者。一則曰獻禽以供祭祀。無非爲宗社生靈計也。其意深哉。宣王因畋獵而選車徒。以成周家中興之業。太康畋于有洛之表。而親怨民離。以失其位。蓋其事一也。而其心有天理人欲之分。而治亂存亡。各以類應。所謂毫釐之差。千里之謬者也。後之人主。可不察其取捨之幾哉。

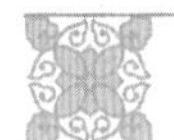

2. 憲典

1. 摠序

天地之於萬物。生之以春。肅之以秋。聖人之於萬民。愛之以仁。威之以刑。蓋其肅之也。所以復其原也。其威之也。所以竝其生也。秋在天地爲義氣。而刑爲秋官。其用一也。然天地之道。無心而化成。故運行而不差。聖人之法。待人而後行。故必致欽恤之仁。明愼之心。然後可行也。苟不得人。末流之弊。必至於殘忍之暴。慘刻之禍。非徒民受其害。終必怨歸於上。傷陰陽之和。召水旱之災。而國隨以危矣。故聖人之制刑也。非欲恃此以爲治。惟以輔治而已。辟以止辟。刑期無刑。苟吾治之已成。則刑可措而不用矣。故皐陶稱舜之德曰。好生之德。洽于民心。玆用不犯于有司。嗚呼大哉。今我殿下仁覆如天。明斷如神。好生之德。合乎上帝。凡有犯法。爲有司所論執者。苟有可疑。每加矜恤。務從寬典。多所原免。俾以自新。又慮愚民無知觸禁。爰命攸司將大明律譯以方言。使衆易曉。凡所斷決。皆用此律。所以上奉帝範。下重民命也。將見斯民知禁而不犯。刑措而不用矣。臣仰體聖心。敢以仁明之德。爲用刑之本。作憲典摠序。

2. 名例

事必正名然後成。名必有例然後定。此古制律者必以名例爲之先者也。名例。有所謂五刑。曰笞杖徒流死。此非古之肉刑。而大辟則同焉。隨其罪之輕重而異法也。有所謂五服。曰斬衰曰周年曰大小功緦麻。自父母上而至於高祖。下而至於玄孫。旁及族屬。由其親之有遠近而其服有重輕。無非所以聯親親之情也。服重則禮嚴。情親則恩厚。故制法者。悖禮則從重論。原情則從恕論。無非所以重人紀也。有所謂十惡。曰謀反謀大逆謀叛大不敬。所以重君臣之分也。曰惡逆不孝不睦。所以重親親之恩也。曰不道。所以重人命也。曰不義內亂。所以重官民師友之義。夫婦男女之別也。是十者皆人道之大倫。苟有犯者。謂之大惡。而王法所必誅者也。有所謂八議。曰議親議故議功議賢議能議勤議貴議賓。有以恩而論者。有以義而論者。故其法雖重。而情則從輕。忠厚之至也。其他名例雖多。皆以恩義情法。斟酌輕重而取其中焉。蓋用法之權衡也。

3. 職制

王者代天理物。必用群賢以任衆職。故百官庶府。無非天事。書曰。百僚師師。百工惟時撫于五辰。庶績其凝。此唐虞之治所以爲盛。然靜言庸違者居共工。方命圮族者任治水。則流放之刑。不得不擧。況後世乎。苟不明立刑禁以示罰懲。則瘝官病民。姦僞日滋。而禍亂之生。有不可勝言矣。故制官刑。儆有位。作職制。

4. 公式

上下之間。彼此之際。必因文字以達情。有符印以示信。自古有國家者。莫不有定式。所以一衆心防姦僞也。苟或違此。邦有常刑。作公式。

5. 戶役

書曰。民惟邦本。本固邦寧。故有國家者。必先以保民生爲急務。然民生之衆。變故甚繁。巧者生姦。愚者冒法。强衆爲暴。飢寒爲盜。誣上行私。罔有紀極。隳王度而致禍亂。長民者其可不慮而預爲之防乎。故必嚴令以威之。明刑以懲之。然後民有所畏而禍亂息矣。此雖不及德禮之效。

亦聖人不得已而爲防者也。夫民之所緣以爲姦者。其事雖多。上之所令以立法者。其大節有七。曰戶役。民力之所出。不明則有隱漏之患。曰田宅。民業之所本。不嚴則有兼幷之事。曰婚姻。人道之所重。不謹則有淫僻之行。曰倉庫。民食之所在。不備則有虛耗之弊。曰課程。曰錢債。曰市廛。皆民財之所關。不可以不察者也。故詳其法而嚴其禁。條目俱存。咸可書也。

6. 祭祀

國之大事。惟祀爲重。所以奉宗社而交神明也。必內存誠敬。外備儀文。然後可以感格於神明。苟一事之或慢。則不誠無物而報本追遠之道幾乎息矣。故謹其節文以致其恭肅。嚴其防禁以察其非違。所以懲不恪也。是則祭之與刑。雖非其類。而不得不相須以有成。此祭祀之禮旣載於禮典。而其律令又載於憲典者也。

7. 儀制

儀制。所以明等威辨上下。禮之大節也。然其因革損益。亦必隨時而有變焉。故曰一代之興。必有一代之制作。我東方禮儀之風。肇自箕子。而王氏之世。文章制度取法中華。而其土俗猶有未盡變者。事原以來。雜用胡禮。服飾無度。庶人僭擬。逮夫皇明有天下。詔曰。儀從本俗。法守舊章。故其弊習亦未遽除。惟我殿下歷試之日。嘗與搢紳之識治體者。合謀建議。表請衣冠。然後土俗之舊。胡服之弊。盡革無遺。及卽寶位。勵精圖治。制度沿革。咸適厥中。彬彬文物。無愧中華。以備一代之制作。以爲萬世之持守。其詳著于禮典鹵簿等篇。其爲子孫後世慮甚宏遠矣。如有製造非法。措置乖方。差爽失度。以紊常典者。臺憲從而糾擧之。故遵成憲。謹王度。作儀制篇。

8. 宮衛

人君之位。尊之至也。高之極也。尊故其任甚重而非輕。高故其勢甚危而難保。群下之所仰戴。其儀衛不可以不備也。姦宄之所窺覦。其周防不可以不密也。故內外必嚴其守衛。出入必謹其呵禁。周廬陛楯之制。創自古昔。我國家府兵之設。愛馬 按愛馬別監。麗朝官名。之置。與夫諸道侍衛之軍。皆因前朝之舊而有所沿革。扈從番直。旣周且愼。居重御輕。安不忘危之慮至矣。詳著政典。玆不贅陳。但違誤失度者。事干不敬。當從重典。擧常憲。懲不恪。作宮衛篇。

9. 軍政

昔在唐虞。皐陶爲士。以總兵刑之任。逮至成周。分爲夏秋兩官。然其用亦有不得不相須者焉。夫戰。危事也。死所也。人情孰不惡死而欲生。故當臨陣而對敵也。必先立嚴刑。以威怯退。然後人知怯死。必欲勇生。爭冒矢石而不辭矣。若夫違命不整。違期失律。皆足以覆軍而喪師。不可以不戒也。故必用重典。以一衆心。而後軍政可擧而武功成矣。故明號令。戢暴亂。作軍政篇。

10. 關津

古者。關津之吏。譏察出入。以備非常而已。後世從而征之。故孟子曰。古之爲關也。將以禦暴。今之爲關也。將以爲暴。又曰。文王之治岐也。關市譏而不征。又曰。關譏而不征。則天下之旅。皆悅而願出於其路矣。蓋惡後世之爲暴。而有志於先王之治也。今我國家關津所在。皆爲給田以食津吏。備船以濟行旅。而不征其稅。雖文王之政。蔑以加此。將見遠方之旅。悅而出其塗。如孟子之所論者矣。其臨津、碧瀾二渡。密邇京邑。特遣別監。以加譏察。亦所以尊京師重根本也。敢有私渡及留行者。各以律論。本仁政。詰姦細。作關津篇。

11. 廏牧

牧養畜産之法。在政典論之詳矣。軍國之用。所係甚重。牧養得其法。則畜産蕃息。不得其法。則損傷必甚。故當著令。使典守者知戒焉。作廏牧篇。

12. 郵驛

置郵。所以謹廚傳待使命。上以通朝聘。下以宣政令。有國家者所當爲急者也。前朝之季。政出多門。使命繁數。前後絡繹。以至私門之饋獻。私行之往返。皆由驛路。侵擾百端。吏不能堪。逋亡殆盡。殿下自戊辰仗義回軍之後。始總國政。悉革舊弊。選遣良士。以爲驛丞。招集流亡。使復其役。量其道路緊緩。人馬衆寡。給田有差。遏私獻之運輸。禁私行之供費。又簡使命。以息其勞。卽位以來。尤致存恤。加給其田。憫念郵民旣深且切。經國規模。亦甚宏遠。仁之至而義之盡也。郵驛之職。掌在政典者。所以定其制也。苟有不體聖意。非理作弊者。刑玆無赦。條目具存。故於此申論之。

13. 盜賊

人性皆善。羞惡之心。人皆有之。盜賊豈人之情哉。無恒産者。因無恒心。飢寒切身。不暇顧禮義。多迫於不得已而爲之耳。故長民者。能施仁政。民安其業。使之不奪其時。取之不傷其力。男有餘粟。女有餘布。上足以事父母。下足以育妻子。則民知禮義。俗尙廉恥。盜不待弭而自息矣。然民欲無厭。利心易熾。苟不明刑以制之。亦難禁也。故書曰。殺越人于貨。凡民罔不憝。本性善。懲姦寇。作盜賊篇。

14. 人命鬪驅

人之與人。是爲同類。猶吾同胞也。故當相親而不可以相殘。相殘而不禁。人類滅矣。故殺人者死。傷人者抵罪。漢法所以爲善。古今制律者。莫不以殺傷爲重。鬪驅次之。蓋辟以止辟。欲竝生也。嗚呼仁哉。作人命鬪驅篇。

15. 罵詈訴訟

人情乖離。必以惡言相加。騰於口舌曰罵詈。爭於官府曰訴訟。雖皆偸薄之至。而非無得失之可議。卑幼辱其尊。虛僞誣其實。尤爲偸薄。而不可以不理者也。然聽訟者先明其德。使民畏服。遏惡懲忿。無訟可聽。然後民德厚矣。故作罵詈訴訟篇。

16. 受贓詐僞

吏之受贓貪以敗官。人之爲詐姦以生亂。凡爲治者不可忽也。苟明義利之分。以勵廉恥之節。二者之患可以去矣。然其刑律亦不可廢。故作受贓詐僞篇。

17. 犯姦

君子之道。造端夫婦。王者之化。始自閨門。隱微之際。所係甚重。帷薄不修。男女無別。人道亂而王化泯矣。其何以爲國家哉。古昔聖王。爲禮以節其情欲。爲刑以制其淫邪。所以興至治而美風俗也。故婚姻之制。謹之於禮典。犯姦之令。嚴之於憲典。蓋出乎禮。必入乎刑。禮以正之。刑以懲之。聖人之重之也如此。後之爲紀法之宗者。其可忽諸。

18. 雜犯

雜犯。刑之細者。然因其事。而亦有不可以輕者焉。故爲設刑禁。使民知畏。不以其微而忽之。蓋慮愚民無知而輕犯。不欲罔民以刑之。其仁亦至矣。故作雜犯篇。

19. 捕亡斷獄

捕亡必嚴。斷獄必恕。嚴則犯者不得以脫漏。恕則刑者不至於枉屈。此皆法之良者也。然法非徒善。惟在得人。故書曰。欽哉欽哉。惟刑之恤哉。易曰。明愼折獄。聖人之戒深矣。是必有欽恤之仁。明愼之德。然後可以行其良法也。故臣於總序旣已言之。而於此又本之。作捕亡斷獄篇。

20. 營造

古者。役民歲不過三日。其不欲勞民如此。春秋凡城築新作。靡不書。謹之重。故書之復。聖人之意可見矣。然宗廟。所以奉祖先也。宮苑。所以尊瞻視也。城郭。所以設險也。若此之類。誠非聖人之得已。則其期限程督。亦不可稽也。

21. 河防

河防之設。有益於人者大矣。或開其新。或修其舊。隨其地勢之便。而以爲漕運灌漑之利。然則其所以時其役而程其力者。皆有法存焉。有司之所當知也。

後 序

臣又按憲者。六典之一。而五者莫不資是以有成。故吏典之黜陟。非憲則無以公其選。戶典之徵斂。非憲則無以均其法。禮典之節度。非憲則無以肅其儀。政典之號令。非憲則無以威其衆。工典之興作。非憲則無以省其力而合其度矣。若夫刑律。又卽憲中之憲也。蓋五者各一其事。有錯見於六典之中者。則各於其典隨其義而論之。而憲典無乎不在。輔治之法。莫備於此也。然孔子曰。道之以政。齊之以刑。民免而無恥。道之以德。齊之以禮。有恥且格。觀此可以知本末輕重之倫矣。今我殿下。德敦乎仁。禮得其序。可謂得爲治之本矣。其議刑斷獄以輔其治者。一以大明律爲據。故臣用其總目作憲典諸篇。又述其略。作後序云。

3. 工典

1. 摠序

六官之目。工居一焉。一焉。一本作其一。書曰。百工惟時。又曰。不作無益害有益。爲國家者。不可不節用而愛民。故百工之事。當崇儉朴而戒奢縱也。夫不節國用。則妄費而至於財殫。不重民力。則勞役而至於力屈。財力竭而國家不危者。未之有也。若稽古昔。治亂存亡。靡不由此。可不愼哉。是以春秋。凡用民必書。其所興作。不時害義。固爲罪矣。雖時且義亦書。見勞民爲重事也。人君而知此義。則知愼重於用民力矣。凡工之事非一。請枚擧而言之。曰宮苑。所以尊朝廷而正名分也。曰官府。所以處百僚而供其職也。曰倉庫。所以納貢賦而愼蓋藏也。曰城郭。所以禦外侮而備不虞也。曰宗廟。所以祀祖宗也。曰橋梁。所以通川陸而利往來也。曰兵器。所以備姦寇而衛王室也。日鹵簿。所以一本無所以二字 嚴禁衛而昭文章也。其他金工玉工木工石工塼埴之工。絲枲之工。攻皮之工。氈之工。畫塑之工。各有其屬。前朝之季。用度無節。使民不以其時。民怨天怒。自底滅亡。惟我殿下天性勤儉。凡所興作。必不得已然後爲之。而其使民皆於農隙。故百工久釐。庶績咸熙。其節用愛民之美意。度越古昔萬萬矣。宜著于篇。以示後來。作工典。

2. 宮苑

宮苑之制。侈則必至勞民傷財。陋則無以示尊嚴於朝廷也。儉而不至於陋。麗而不至於侈。斯爲美矣。然儉。德之共也。侈。惡之大也。與其侈也。寧儉。茅茨土階。終致時雍之治。瑤臺瓊室。不救危亡之禍。阿房作而心之一端。於此亦可見焉。 …· 原文失傳 …··

3. 官府

百司庶府。各有其職。則其聽政之所不可不完具也。國家上自都評議使司, 門下府 · 三司 · 中樞院 · 司憲府。下而六曹諸寺諸監諸署諸局。以至外郡有司。各有攸宇史胥之屬。案牘之具。無一不完。庶事無滯。嗚呼美哉。

4. 倉庫

國無三年之儲。國非其國。管子曰。倉廩實而知禮節。則倉廩府庫之於國家。關係實重。其所以充實與虛竭。在乎愼其蓋藏。量入爲出之如何耳。國家凡諸倉庫之名。皆因前朝之舊。曰廣興。所以支百官祿俸。曰豐儲。所以儲國用。備凶荒不虞之災。曰長興。曰義倉。所以賑貸於貧乏者也。曰義成。曰德泉。曰內藏。曰保和。曰義順等五庫。所以供內用也。前朝之季。權臣李仁任, 林堅味等用事。瘠公肥私。攘奪士田。籠絡山野。而又辛禑用度無節。帑藏皆歸於宦寺婦人之手。以至倉廩空竭。幾無儋石之儲矣。惟我殿下。正經界而均田。崇儉素而節用。重祿有勸士之風。太倉有紅腐之粟。則其所以營造修葺。誠有不獲已者也。

5. 城郭

城郭。所以捍外而衛內者也。有國家者所不得已。然城有制役有時。不可不謹也。大都不過三國之一。邑無百雉之城。制也。凡土工。龍見而戒事。火見而致用。水昏正而栽。日至而畢。時也。城不踰制。役不違時。又當分財用。平板榦。稱畚築。程土物。議遠邇。略基址。揣厚薄。任溝洫。具餱糧。度有司。量功命日。不愆于素。然後爲之可也。苟失其時制。妄興大作。其如愛養斯民之義何哉。隱公城中丘。城郎。而皆以夏。春秋書之。以其妨農務而非時也。莊公冬築郿。雖得其時。春秋書之。又書大無麥禾。所以著莊公不視歲之豐凶。而輕用民力於其所不必爲也。惟我殿下開國之初。因松京故都。慮其舊城頹圮。且其基闊遠。難於防守。約舊基三分之一而築之。臣嘗讀孟子曰。地利不如人和。唐史又謂李勣隱然若長城。則自古國家之安。非徒恃於城池之險固也。殿下任用賢材。愛養生民。以人心爲城。亦可謂知所本矣。

6. 宗廟

祀。國之大事也。故有國家者。必先立宗廟。而社稷次之。其酌獻之儀。詳著於禮典之中。如有不恪者。糾之以憲。其營繕之制。則又於此著之矣。不寧惟是。風雲雷雨之祀。城隍岳瀆之祠。各有其所。無不致其周完。其所以答神休報靈貺之意。爲如何哉。

7. 橋梁

孟子曰。十月徒杠成。十二月輿梁成。民未病涉也。有國家者。作橋梁以通往來。亦王政之一端也。

8. 兵器

武備莫大於兵器。弓矢載張。干戈戚揚。爰方啓行。文王所以遏徂莒也。善敹乃甲冑。矯乃干。無敢不弔。備乃弓矢。礪乃鋒刃。無敢不善。魯侯所以征徐戎也。蓋鎭壓內姦。捍禦外寇。非兵器。無以爲也。何者。雖孟賁，烏獲之徒。苟無兵器。不可以赤手而赴難。雖怯懦無勇之輩。苟使被甲冑執戈矛。群聚而成陣。則敵且畏縮。不敢長驅而進矣。況其仡仡勇夫。被堅執銳。則所謂虎而翼者也。然則器械可不修乎。我國家置軍器監。造弓劍戈矛介冑火藥等物。至於旗鼓鐃鐲之類。無一不具。必於每月晦。獻其月內所造。藏之武庫。有司守之。又令諸道都節制使。監督道內所鑄兵器。無或不謹。其講武備也盡矣。

9. 鹵簿

鹵簿。所以示尊嚴也。內而朝會。外而行幸。苟無儀仗環侍左右。則孰知人主之尊乎。國家命攸司凡諸儀衛。曰旗常曰纛旄曰傘蓋等物。致其華麗。無一不完。吁盛矣哉。然盡文備物。當祭宗廟郊社則爲之。其餘則簡焉。所以致敬於天地祖宗。而自處以薄。此又不可不辨也。

10. 帳幕

帳幕鋪設。所以備行幸供賓客之用也。前朝置司設。以掌鋪設。置司幕。以掌帳幕。一職而二任。識者譏之。殿下卽位。改革官制。蓋欲汰其煩冗。而草創更始。未遑及改。如此類者或有之。則其造作工役亦分矣。他日閑暇之時。論議之士。取此等事。釐而正之可也。

11. 金玉石木攻皮塼埴等工

百工之技。雖其卑且賤者。其於國家之用。實爲緊要。皆不可廢也。小者不可枚擧。姑擧其大者言之。兵器若介胄劍戟。器皿若錡釜鼎鐺。苟無金工。何以鍛鍊鎔範。以成其物。符瑞如圭璧琬琰。服飾如玉佩瓊琚。若無玉工。何以雕琢磨礱以成其器哉。有石於斯。若無攻石之工。何以樹碑碣。何以築砌礎哉。有木於彼。若無攻木之工。何以立宅舍。何以作舟車哉。不寧惟是。其佗攻皮之工。塼埴之工。絲枲之工。繪畫之工。皆切於用。不可缺焉。然務儉約而戒奢華。乃其本也。儉則治安之道。奢則禍敗之端。於斯二者。不可不論焉。我殿下天性儉素。愛民節用。凡諸工作。必出於不得已然後使之。故百工惟時而庶績咸熙矣。書曰。工執藝事。以諫。釋之者以爲理無往而不在。故言無微而可略。此實人主之所當知也。故臣併書之。

序 鄭摠

六典之作。尙矣。若稽周禮。一曰治典。以經邦國。以治官府。以紀萬民。二曰教典。以安邦國。以教官府。以擾萬民。三曰禮典。以和邦國。以統百官。以諧萬民。四曰政典。以平邦國。以正百官。以均萬民。五曰刑典。以詰邦國。以刑百官。以糾萬民。六曰事典。以富邦國。以任百官。以生萬民。治則吏也。教則戶也。政則兵也。事則工也。自古以來。天下國家之治亂興亡。昭然可考。其所以治且興者。以明夫六典也。其所以亂且亡者。以昧於六典也。高麗氏之季。政教陵夷。紀綱頹敗。所謂六典者。名存實亡。有志之士。扼腕歎息者久矣。亂極復治。理之必然。惟我殿下應天順人。除殘去暴。乃革舊弊。一新教化。以時考績。黜陟幽明而治典明矣。輕徭薄賦。休養生民而教典明矣。車服有章。上下有別。則禮典可謂明矣。克詰戎兵。折衝禦侮。則政典可謂明矣。議獄得情。民無寃抑。刑典不可謂不明也。允釐百工。以熙庶績。事典不可謂不明也。於是判三司事奉化伯臣鄭道傳作爲一書。名之曰經國典。以獻殿下。宸心是悅。付諸有司。藏之金匱。爰命臣摠序其編端。臣摠竊伏惟念。一代之興。必有一代之制作。苟非明良相得。有同魚水。則何以臻此焉。今我殿下。推赤心。委任宰相。而三司公以天人之學。經濟之才。贊襄丕基。馳騁雄文。克成大典。非唯補於殿下乙夜之覽。且爲子孫萬世之龜鑑也。於戱其至矣乎。若視爲文具。則書自書人自人矣。何益於治道哉。子思之作中庸也。論九經曰。其所以行之者一也。一者何。謂誠也。臣於是書。亦以此言焉。洪武二十八年乙亥三月中澣。純忠佐命開國功臣。資憲大夫藝文春秋館大學士。同判都評議使司事。世子右賓客。西原君臣鄭摠。謹序。

-朝鮮經國典 終-

經濟文鑑 上

鄭 道 傳　著
鄭 柄 喆 編著

宰 相 按)舊本 脫宰相二字 今塡補

1. 槪要

宰相之名。唐虞曰百揆。夏仍之。

百揆者。揆度庶政之官。

唐 堯以舜宅百揆。

書曰。愼徽五典。五典克從。納于百揆。百揆時敍。賓于四門。四門穆穆。納于大麓。烈風雷雨不迷。近按。愼五典。司徒之職。賓四門。四岳之職。納大麓。司空之職。百揆則無所不統。司徒已下皆其所屬。故使舜皆兼之也。

虞 舜以禹宅百揆。

舜曰。咨四岳。有能奮庸。熙帝之載。使宅百揆。亮采惠疇。僉曰伯禹作司空。帝曰兪。咨禹。汝平水土。惟時懋哉。

近按] 平水土 司空之職 使禹仍作司空而兼行百揆 猶舜以百揆而納大麓也

○呂氏曰。舜紹堯極治。何用奮迅激昂。蓋天下之治。不進則退。必常存奮起之心。乃有日新不窮之治。雖在極治之時。此意不可忘也。

○陳氏曰。舜豈不知禹必詢于衆者。付之公論而我無與也。

夏 書曰。躬先見于西邑夏。自周有終。相亦惟終。

忠信爲周

商 湯。初置左右二相。伊尹爲右。仲虺爲左。

太甲時。伊尹爲阿衡。高宗得傅說。爰立作相。置諸左右曰。朝夕納誨。以輔台德。

周 周公位冢宰。總百官。又周公爲師。召公爲保。以相成王。

近按] 相業之大。以格君心爲本。唐虞之際。以聖輔聖。都兪吁咈。治格于天。萬世蔑以加矣。伊傅之相殷。周召之相周。亦皆拳拳進戒於君。嘉謨嘉獻。溢於簡冊。爲萬世法。愛君之誠。正君之道。如此其至。故雖以太甲成王之困知而卒爲令王。以興至治。所謂惟大人。格君心之非。是也。後之爲君相者。可不鑑哉。可不勉哉。

周官 大宰之職。掌建邦之六典。以佐王治邦國。

近按] 大宰卽天官冢宰也。天於萬物。無所不覆。冢宰於百官。無所不統。以冢宰屬天官。帥百官以亮天工也。然列職於王則與六卿同謂之大。百官總焉則獨謂之冢。

1. 六典 構成

一曰治典 以經邦國 以治官府 以紀萬民。

天官冢宰之職。

二曰敎典 以安邦國 以敎官府 以擾萬民 擾。馴也。

地官司徒之職。此以下皆冢宰之所總。

三曰禮典 以和邦國以統百官 統。合也。

以諧萬民 春官宗伯之職。

四曰政典 以平邦國以正百官以均萬民

夏官司馬之職

五曰刑典 以詰邦國以刑百官以糾萬民

秋官司寇之職

六曰事典 以富邦國以任百官以生萬民

冬官司空之職

近按] 六典。六卿之職也。冢宰無所不統。自百而歸之六。自六而歸之一。其所以調制之者。非官官而控理之也。非人人而稱量之也。倡其長而衆屬從。擧其綱而衆目張。所操者至簡。所居者至易。而所制者至衆。上下相統。內外交應。本末具備。大小畢擧。無一節不相關處。明乎易簡之理則相業無餘蘊矣。又按舜之宅百揆。所先者徽五典。周之建六典。所先者亦敎典。莫不以敎化爲急務。此虞、周之治所以爲盛。後世急事功而以敎化爲餘事。故敎典廢而合於理。事典分而爲戶·工。後世之治不古若。良由敎化之不明也。有志於善治者。可不以教化爲先哉。

2. 以八法治官府

一曰官屬 以擧邦治。

官屬 六官之屬。各有六十。各率其屬。以任其職。則邦治無不擧矣。

二曰官職 以辨邦治。

官職。六卿各有其職。不相侵亂。

三曰官聯 以會官治。

聯謂國有大事。則六官通職相佐助。

四曰官常 以聽官治。

官有常數。職有常事。

五曰官成 以經邦治。

官府之事。終始一定之成體也。

六曰官法 以正邦治。

官法。謂職所主之法度。

七曰官形 以糾邦治。

八曰官計 以弊邦治。

弊。審斷之意。

李氏曰。周人責吏治之法。旣官屬以擧之。復官職以辨之。旣官聯以會之。復官常以聽之。旣官成以經之。復官法以正之。其詳至此。自無不擧之職。猶官刑以糾。官計以弊。則知古人任職以 按以下有缺字。恐或是專字。待吏以誠。而震礪考察。尤不敢廢。唐虞考績。湯制官刑。卽此意也。

3. 以八則治都鄙

王子弟食邑。公卿大夫之采邑。

一曰祭祀。以馭其神。

二曰法則。以馭其官。

三曰廢置。以馭其吏。

四曰祿位。以馭其士。

五曰貢賦。以馭其用。

六曰禮俗。以馭其民。

七曰刑賞。以馭其威。

八曰田役。以馭其衆。

註曰。馭。如馭馬之馭。凡馬之徐疾行止使之齊。皆由馭者之聽。鬼神本無形聲。只祭所當祭。合於理。便馭得。如後世淫祀儌福。先自失了。如何馭得鬼神。又如荒於遊畋。非時役民。如何馭得衆。擧此便見事事做得當盡合於理。所以謂之馭。

4. 以八柄詔王馭群臣

一曰爵。以馭其貴。

有爵則貴

二曰祿。以馭其富。

有祿則富

三曰予。以馭其幸。

註。幸者。王所親幸也。可賜與之。不可爵之者也。

四曰置。以馭其行。

置者。耆老之人雖當廢退。其素行賢明。特置之。

五曰生。以馭其福。

壽者。五福之首。

六曰奪。以馭其貧。

七曰廢。以馭其罪。

八曰誅。以馭其過。按)誅 責讓也

王氏曰。於六典曰佐王治邦國者。大治。王與大宰共之也。於八法八則。直曰治官府都鄙者。小治。大宰得兼之也。於八柄八統曰詔王者。是獨王之事也。大宰以其義詔之而已。

5. 以八統詔王馭萬民

一曰親親。二曰敬故。三曰進賢。四曰使能。五曰保庸。六曰尊貴

七曰達吏。八曰禮賓

6. 以九職任萬民

一曰三農。生九穀。二曰園圃。毓草木。

三曰虞衡。作山澤之材。四曰藪牧。養蕃鳥獸。

五曰百工。飭化八材。六曰商賈。阜通貨賄。

七曰嬪婦。化治絲枲。八曰臣妾。聚斂疏財。

九曰閒民。無常職。轉移執事。

7. 以九賦斂財賄

一曰邦中之賦

國中之民

二曰四郊之賦

百里之內

三曰邦甸之賦

二百里之內

四曰家削之賦

削作稍。食邑也。

五曰邦縣之賦

四百里

六曰邦都之賦

五百里

七曰關市之賦八曰山澤之賦九曰幣餘之賦

法式所用之餘

鄭氏曰。畿外有貢。畿內有賦有稅。公田以爲稅。私田以爲賦。

8. 以九式均節財用

式。謂財用之節度。

一曰祭祀之式。二曰賓客之式。

三曰喪荒之式。四曰羞服之式。

五曰工事之式。六曰幣帛之式。

七曰芻秣之式。八曰匪頒之式 匪分也。按匪讀爲分

九曰好用之式 因其所好而用之

李氏曰。有以斂於民。無以節於己。則錙銖之積。不足以供泥沙之用。此九式所以統九賦也。○陳氏曰。九賦九式。盡總於冢宰。以此取之。以此用之。秦漢以來。人主私意日生。創爲科目。掌天下之財則有大司農。掌王之治藏則有少府。掌役入民財則有水衡都尉。而大司農則供邦國經費之用。少府則供王食奉養之用。水衡則供王之私用。色目旣頒。各司其局。征斂搜求。富藏于官。夫王者外薄四海。闔門而視皆一家也。今闔門而與子弟爲市。雖盡得子弟之財。猶不富也。

9. 以九貢致邦國之用

胡氏曰。先王授民以田則定其賦。授諸侯以國則有其貢。賦者養天子之禮。貢者事天子之義。

○李氏曰。致者。使之自至。非窮欲以求之也。用者。所貴適於用。非貴遠方之珍異也。

一曰祀貢。二曰嬪貢 絲枲之屬

三曰器貢。四曰幣貢。

五曰材貢。六曰貨貢。

七曰服貢。八曰斿貢 羽毛可注旌旗也

九曰物貢 雜物魚鹽橘柚

鄭氏曰。列九賦於前。以九式處其中。乃以九貢列其後。何也。蓋王國之財。自足以充國之用。善治國者。有生財之道。又奚待於諸侯然後足哉。故列九賦之目。卽繼以均節之式。明生財之道。旣有九賦。則量入以爲出可也。若乃邦國之貢。本諸侯奉上之誠意。不急急於致之。立法於此。俟其自至耳。

10. 以九兩繫邦國之民

兩。猶耦也。所以協耦萬民。

一曰牧。以地得民。二曰長。以貴得民。

長。諸侯之長。

三曰師。以賢得民。四曰儒。以道得民。

五曰宗。以族得民。六曰主。以利得民。

主。采邑之主。

七曰吏。以治得民。八曰友。以任得民。

九曰藪。以富得民。

藪。虞衡掌山澤之藪。富。藪中材物。

王氏曰。民心無常。難合易睽。非平時拳拳不忍去。必非一人名位可得而留。惟夫牧以地。長以貴。主以利。吏以治。藪以富。足以係民之身。師以賢。儒以道。足以係民之心。宗以族。使知天屬之親不可離。友以任。使知人道之交不可間。然後相安相養。相親相遜。雖有變故。之死靡佗。後世九兩旣廢。人心亦離。上之人果何道而服屬其心也。

正月初吉。始和布治于邦國都鄙。乃縣治象之法于象魏。使萬民觀治象。挾日而斂之。

縣音玄。象。魏闕也。挾日。旬日也。

乃施典于邦國。而建其牧。立其監。一國之監 設其參 卿三人 傅其伍 大夫五人 陳其殷 衆士 置其輔。府史胥徒

按)朱子曰。監非一國之監。卽天子大夫爲三監者。蓋邦國固已有君。但建牧立監以總之。

乃施則于都鄙。而建其長。采邑之長 立其兩。卿兩人 設其伍。陳其殷。置其輔。

乃施法于官府。而建其正。立其貳。設其考。考成也 佐成事者 陳其殷。置其輔。

凡治。以典待邦國之治。以則待都鄙之治。以法待官府之治。以官成待萬民之治。以禮待賓客之治。祀五帝則掌百官之誓戒與其具修。前期十日。帥執事而卜日遂戒。及執事。眡滌濯。及納亨。謂納牲 贊王牲事。及祀之日。贊玉幣爵之事。

註。玉與幣。所以禮神。爵所以獻酒。

事大神祇亦如之。享先王亦如之。贊玉几玉爵。

大朝覲會同。贊玉幣玉獻玉几玉爵。

大喪。贊贈玉含玉。

作大事則戒于百官。贊王命。

王眡治朝則贊聽治。眡四方之聽朝。亦如之。

眡。與視同。

凡邦之小治則冢宰聽之。待四方賓客之小治。

鄭氏曰。大事決於王。小事冢宰專平。○薛氏曰。王者坐廟堂。以朝諸侯。其事甚大。大宰不敢與其政。特贊其聽治而已。諸侯朝時。資糧之費。饔飧幣帛之奉。以至出入往來之具。皆小治也。豈可無以應之。故冢宰爲之待四方賓客之小治。

歲終則令百官府各正其治。受其會。會。大計也。聽其致事。而詔王廢置。三歲則大計群吏之治而誅賞之。

王氏曰。受其一歲功事財用之計。聽其所致。以告于上之事。則其吏之治行可知矣。於是乎詔王廢置。

○章氏曰。冢宰一官。其屬六十爾。未始有一事關乎天者。而謂之天官何也。古之大臣。論道經邦。轉移人主之心術。而釐正天下之萬事者。皆寅亮燮理也。皆對時育物。撫五辰而熙庶績也。和同天人之際。使之無間然者。雖聖人之能事。而大臣實輔佐之。加天官於冢宰之上。其尊大臣也雖至。其所以責大臣也益深矣。

○孫氏曰。論道經邦。燮理陰陽。然後爲一相之職。今大宰不過從事文書法令之間。無以別於五官。奚取乎相哉。蓋古之論道經邦者。未嘗離事物而尙淸談。文書法令之間。亦莫不有道焉。

近按三代之制。至周大備。周官法度。最爲詳明。可擧而行。故備列大宰之職。以示相業之大。程子謂有關雎麟趾之美意。然後可以行周官之法度。蓋欲先正心修身以齊其家也。凡爲相者。要常以正己正家爲先乎。

2. 沿革

1. 周冢宰職。無不統。

內朝宿衛之士。外庭徒役之人。職之卑者也。而冢宰統攝之。異時侍御僕從皆正人者。非出於此乎。大府受藏之務。司會稽考之任。事之末者也。

而冢宰均節之。異時用度有節。無奢用濫賜之弊者。又非出於此乎。奴僕熏腐之流。宮闈嬪御之職。供奉飮食之役。員之至宂。物之至微者也。而冢宰得主之。異時家齊身修心和氣平。無女寵之患者。亦皆出於此也。以冢宰之尊。其所統皆士大夫不屑爲之務。宜若褻矣。噫。此其所以爲論道經邦之職。此其所以爲格君心之事業也。

2. 秦曰丞相 丞。奉。相。助也。

近按宰相之職。上以規正君德。下以總攝百職。其任甚重。故雖人主之尊。必致敬以禮之。虛心以聽之。非止承助於君而已。秦以丞相名之。名稱始卑而職業虧矣。

秦相之職。句分。

宮伯宮正則分入於郎中令而宿衛之意失。司會大府則盡入於治粟內史而出納之意壞。膳人醫師則盡入於小府。宮人內府則盡入於中長秋而供奉飮膳使令之職廢。秦人焚烈周官。將古人所以體統維持之具。分散四出。衆職旣分。大臣莫統。而人主燕私玩狎之際。心術轉移。性質浸漬。無所不至。此周人任相之意。而壞於秦者也。

近按周官宮伯。掌貴遊子弟之宿衛。宮正。掌宮中徒役之人。皆屬天官冢宰。而秦置郞中令。掌宮殿掖門。衛尉掌宮門屯兵。始不屬於宰相矣。大府司會以下皆然。

3. 漢仍秦制。高皇帝初置丞相一人。孝惠，高后置左右丞相。

高帝時。蕭何，曹參相繼爲丞相。

近按蕭何・曹參。素不相能。及何方病。擧參以自代。參亦遵何約束。無所變更。皆能不以私憾滅公義。以致淸靜寧謐 一本作壹 之治。以基四百年之業。爲漢宗臣。雖曰起於刀筆。何可少哉。

文帝時。周勃・陳平爲左右丞相。

近按陳平功業雖劣於蕭・曹。然當呂雉牝鳴。劉氏幾危之際。而能將相交驩。

以有安劉之功。又其言宰相之任有可觀者。故幷著之。

○陳氏曰。陳丞相不對錢穀決獄。論者謂得宰相體。愚謂漢相失職。自平始也。夫錢穀之出入。國用之本也。決獄之多寡。民命之所繫也。宰相不與聞焉。而使天子責之廷尉與治粟內史。則凡九卿以下宰相。皆不與知矣。漢相之職。初重後輕。

御史大夫副丞相。如詔下諸侯王。則御史以其制書。詣於丞相同署。乃行。是相得預制書。太尉職屬丞相。如匈奴入寇。太尉官罷。丞相將兵擊之。是相得兼武事。

文帝三年。罷太尉官。丞相兼之。匈奴入寇。丞相將兵擊之。

二千石之重。丞相罷戮之。而列卿無紊權之弊。閹宦之寵。丞相請誅之。而近習無預政之患。加官未置。而內庭外庭。丞相得通主之。

侍中左右曹吏散騎中常侍皆加官。大司馬以下中常侍諸吏爲中朝。丞相以下至六百石爲外朝。

掾史行部而州郡民事。丞相得盡知之。

遣丞相史。出刺督察。

此自高文之時。委任大臣。責重權尊。所謂大綱正者此也。高皇帝・蕭相國之規模遠矣。

右言初重之得

自李嚴貪祿固位。緘默不言。而張湯以舞文爲御史大夫。得自奏事。而御史之權重。自千秋括囊。楊敞不言。而霍光以大司馬內領尙書。外領軍馬。而大司馬之權橫。

○自丞相不敢擅召二千石。而相不得統列卿。弘羊榷利。溫舒峻法。九卿更進用事。而事不關於丞相。宦者典尙書章奏。而相不得問內庭。此武帝過懲田蚡專權之弊。而深抑宰相之權。漢初任相之制。而壞於武帝者也。

宣帝時。丙吉・魏相。雖重丞相之權。而不能禁御史之抗禮。宦官之用事。石顯弄權。董賢竊政。中官益恣。而事權過於丞相。諸吏居中擧法。侍中論誣大臣。而加官權重。宰相疏遠。是中朝之血脈。不關於丞相。刺史得自奏事。綉衣專遣出使。而府掾在內。不聞利害。是州郡之血脈。不關於丞相。

光武時。卓茂以太傅當冢宰之任。而假論道之名。不任政事。故事權盡歸臺閣。自此以後。其居公卿之位者。皆徒享富貴。而不知事權之去已。陵夷卒至於敗。如神龍安於豢養之樂。而失其所以爲神。終爲人所制如犬羊然。嗚呼痛哉。

右言後輕之失

近按內外不相通。禍亂之所由生也。故成周冢宰之職。上自宮衛。外至邦國。凡天下之事。無一不總。故庶績咸熙。而上下相安。今漢相。上之不得問內庭之事。敢望其能格君乎。下之不得問郡縣之事。又安能熙庶績也。徒食天祿。以充其位而已。欲天下之不亂。難矣。

先主時。諸葛亮爲丞相。

近按諸葛孔明龍臥南陽。以待先主三顧而後起。卽伊尹畎畝之幡然也。出師二表。議論正大。當與伊訓, 說命參看。故出處大節。忠誠大義。三代以後一人而已。其所以開誠心布公道者。實可爲宰相之法。雖其運移身殲。功業未成。豈可以此而遺彼也。

4. 晉宋以來相職廢。或以他官而掌機密。或爲侍中而贊朝政。

數朝以來。風流相尙。以空談爲淸貴。勤事爲俗流。或事肥遯。或崇辭致。或飾儀規。或尙放曠。棄禮法如土梗。視義理如桎梏。朝綱廢弛。衆職隳弊。卒至夷狄亂華之禍。豈非淸談廢務之咎哉。

唐相無定員。常以他官居職。但加同中書門下三品及平章事知政事。參知機務。參與政事及平章軍國重事之名者。竝爲宰相。唐世宰相。名尤不正。

相職有得失

英衛智勇

英公李勣。衛公李靖。

房杜謀斷

玄齡善謀。如晦善斷。

王魏規諫

王珪魏徵。知無不言。

姚宋正變

姚崇善應變。宋璟持正。

張曲江峭直剛方

張九齡直言。又爭安祿山有反相。不殺必爲後患。

陸宣公論諫仁義

陸贄數直諫。或規之則曰。吾上不負天子。下不負所學。

裵晉公身佩安危

裵度操守堅正。功名震四夷。用不用。常爲天下重輕。

名稱雖繁。而事業無廢。職位若異。而機務不隳。皆可尙也。

右言其有得

李林甫姦諛用事。是以有范陽之變。安祿山反

盧杞邪謀得進。是以有涇卒之亂。朱泚反

鎛异小人見信。是以有閹宦之禍。

憲宗信用程异，皇甫鎛。而中人王守澄等弑帝。是蓋用者非賢。賢者不用。禍變迭興。可勝歎哉。右言其有失

近按漢唐之相。雖有可稱。皆能居位。機務不虧而已。其於格君之道。槩乎未聞。唯魏鄭公，陸宣公號能規諫。蓋庶幾焉。太宗聽之。故興貞觀之治。德宗捨之。故有奉天之亂。然而兩公規諫。亦規規於事爲之末爾。豈能格其非心乎。故魏徵不能正太宗之慙德。陸贄不能救德宗之偏私。

5. 唐制。而以平章爲相。後又以左右僕射爲相。左相必兼門下侍郞。右相必兼中書侍郞。後改爲左右丞相。

相職有得失

趙普開國原勳

普謂太宗曰。臣用論語一半。佐太祖定天下。用一半佐陛下致太平。

薛居正方重自居

居正方重。不事苛察。

沈倫淸節自守。李昉，呂蒙正善於規諫。

李昉陰風君德。蒙正知無不言。

李琪呂端深得相體

琪進思賢從諫之對。端無喜賞懼挫之心。

按)無 舊本作尤誤 趙普曰 呂公奏事 得嘉賞未嘗喜 遇抑挫未嘗懼 亦不形於色 眞台輔之器也

以上太宗時相

李沆風範端凝

李沆每朝必奏水旱盜賊之事。謂同列曰人主不可一日不知憂懼也。

王文正深戒竭民。亦懲榷利。

王文正居相位。未嘗見愛惡之色。天下謂之大雅。謂江淮發運使曰。江淮民力竭矣。又謂江西轉運使曰。朝廷榷利至矣。人曰。眞宰相之言也。

向敏中。始除端揆。廚絶飮宴。累在衡軸。門無私謁。敏中爲相。上意賀客必多。令往視之。門闌悄然。又令人至庖廚。問親舊飮宴者。亦寂無一人。

畢士安。力薦材堪將相者。而以駑朽自處。以名節自勵。而夷險不易。

李迪。諫幸汾陰非天意。請出內藏。以備凶荒。敬天愛民之誠心也。

帝幸汾陰。李迪諫曰。土木之役。過往時百倍。今蝗蟲之變。天所以警陛下也。又請出內藏。以便國用。民不勞矣。

寇萊公請幸澶淵。以挫虜氣。使三十餘年絶無邊警。社稷之忠也。

契丹圍澶淵。準勸帝親征。虜乃奪氣。而能左右天子。如山不動。却夷狄保宗社。天下謂之大忠。以上眞宗時相

韓琦・杜衍。匡輔王室。大濟艱難。中外泰寧。按泰寧。舊本作嬉游。宋史曰。韓琦臨大節。處危疑。苟利國家。知無不爲。故能匡輔三后。大濟

艱難。中外泰寧。琦天資忠厚。能決大事。凡所建明。不顧於私。折節下士。獎拔賢俊。苟公論所與。雖素所不悅。必收用之。杜衍。苞苴寶貨。不敢到其門。時號淸白宰相。

文彦博・富弼拜相之日。搢紳相賀。

彦博沈敏有謀略。知國家大體。能斷大事。光輔四朝。勳德著明。富弼早有公輔之望。名聞夷狄。臨事周悉。敢言不顧。忠義之性。老而益篤。

范文正公仲淹。先天下之憂而憂。後天下之樂而樂。

曾公亮。顧命受遺。任重節堅。

公亮力贊仁皇。早建太子。喜薦士。多得人。

晏殊不求恩澤。而天子靳擧 靳擧。一本作勤渠。之問有寵焉。

晏殊務薦賢。不爲子弟求恩澤。其在陳州。上問宰相曰。晏殊居外。未嘗有所請。其亦有所欲耶。

6. 宋庠.無所作爲。而不害爲雍雍君子。

庠旣參大政。朝廷無事。後旣登庸。尤務淸淨。無所作爲。

以上仁宗時相。四十二年。風淳俗美。太宗之治。於斯爲盛。

呂公著識慮深敏。量宏而學粹。苟便於國。不以利害動其心。

英宗時相

司馬溫公忠信孝友。恭儉正直。躬親庶務。不舍晝夜。

司馬公在相位。遼人勑其邊吏曰。中國相司馬矣。切毋生事開邊隙。罷閒居洛十五年。天下以爲眞宰相。神宗崩。赴闕。衛士望見。皆以手加額。都民爭遮道呼曰。願公無歸洛。留相天子。活百姓。所在數千人聚觀之。

范純仁淸心寡欲。約已便民。

以上哲宗時相

丁謂以讒佞。卒至貶死。

王安石用新法。天下怨之

梁適・劉沆。以貪黷挾私見劾。

王珪柔懦。蔡確剛詐。皆非論道之人。

章惇起自讁籍。濫居在揆。變亂典形。

曾布・韓忠彦。對持相衡。姦巧相奪。蔡京姦邪百出。是時小人更迭用事。馴致中原之變。噫。

7. **元置**在右丞相。位在尙書令之下平章政事之上。凡內外合行大小事務。竝聽中書省區處奏聞。違者論罪。

8. **高麗國初**。官制皆襲羅末之號。唯拜金傅爲政丞。蓋尊崇之號也。至中葉。稍稍改革。例以唐宋之制命官號。曰門下侍中。是爲宰相。至忠宣王避元制。改門下侍中爲都僉議中贊。又改中贊爲政丞。恭愍王復改爲門下侍中。

9. **本朝初因之**。後改侍中爲政丞。

3. 宰相之職

上則調和陰陽。下則撫安黎庶。內以平章百姓。外以鎭撫四夷。國家之爵賞刑罰所由關也。天下之政化敎令所由出也。殿陛之下。論道德而佐一人。廟堂之上。執陶甄而宰萬物。其任豈輕哉。國家之治亂天下之安危。常必由之。固不可易其人也。唐虞之皐陶, 稷, 契。商之伊尹, 伊陟。周之太顚·閎夭·周·召。漢之蕭·張·平·勃。唐之房·杜·姚·宋·裵度。皆任得其終。故至于今法唐虞之隆。推商周之治。稱漢唐之盛。苟舍是而任之。必致傾危。故後世宰相匪人而覆亡相踵。可勝惜哉。任宰相之事。必有宰相之材。不求其人。或柔弱易制。或佞邪諂進。或結托外戚。或附麗中人。便居具瞻之地。處論道之職。姦邪者則立權作福。鬻官賣法。以亂天下。柔弱者則承意順旨。循默不言。以固恩寵。大則危社稷。小則隳紀綱。宰相之任。何可輕授。

4. 相業 正己 格君 知人 處事

1. 正己

其身正。道行於妻子。其身不正。不能行於妻子。至親尙然。況其君乎。故曰。輔相之業。莫大於正己。

2. 格君

人不足與適也。政不足與間也。惟大人。爲能格君心之非。君仁莫不仁。君義莫不義。一正君而國定。故曰輔相之業。莫大於格君。

3. 知人

知人。堯舜所重。不知臯禹之聖而擧之。四凶之惡而斥之。雖有其仁。不能平治天下。況其下者乎。故曰輔相之業。莫大於知人。

4. 處事

一日之內。事幾之來。至於千萬。苟或一事之有失。則禍亂生焉。故古之善處事者。必於幾而謹之。所謂圖難於其易。爲大於其細者也。然非知幾君子。孰能審而處之。使不至於失也。故曰輔相之業。莫大於處事。

自三代以來。能盡相業者。惟伊尹・傅說・周公爲能然也。蓋太甲欲敗度。縱敗禮。幾墜湯緖。而使之克終允德者。伊尹也。高宗舊學甘盤。厥終罔顯。而使之終始典學。德修罔覺者。傅說也。成王不知稼穡之艱難。而使之復修后稷・公劉之業者。周公也。古之格君者如此。然豈無所自歟。伊尹之一德。傅說之多聞。周公之原聖。乃其所以格君之則也。若漢之蕭・曹・丙・魏。唐之房・杜・姚・宋。謂之知人處事則可。謂之正己格君則未可也。高祖惑於愛妾。幾廢太子。卒使呂氏稱制。社稷將危。宣帝詩書法律。周召刑餘。爲漢室基禍之主。太宗閨門慙德。民無則焉。卒使武才人僭號。李氏幾亡。玄宗荒淫無度。胡雛亂華。彼數人者。身爲宰相。皆不知所以正之。他有所稱。何足觀哉。良由不能正其己。故亦不能正其君。惜乎。

5. 引君當道

君子之事君也。務引其君以當道。至於仁而已。惟大人爲能格君心之非。荀子曰。孟子三見齊王而不言事。曰。我先攻其邪心。

6. 獻可替否

晏子曰。君所謂可而有否焉。臣獻其否。以成其可。君所謂否而有可焉。臣獻其可。以替其否。是以政平而不干。民無爭心。

7. 先遺其身

文中子。房玄齡問事君之道。子曰無私。又問正主庇民之道。曰先遺其身。夫能遺其身。然後能無私。無私然後能至公。至公然後能以天下國家爲心。

8. 含晦其美

程子曰。爲臣之道。當含晦其章美。有善則歸之於君。乃可常而得正。上無忌惡之心。下得恭順之道。

9. 周公乃盡其職

世儒有論魯祀周公以天子禮樂。以爲周公能爲人臣不能爲之功。則可用人臣不得用之禮樂。是不知人臣之道也。夫居周公之位。則爲周公之事。由其位而爲者。皆所當爲也。周公乃盡其職爾。

10. 顯比

臣之於君。竭其忠誠。致其才力。乃顯比其君之道也。用之與否。在君而已。不可阿諛逢迎。求其比也。

11. 居否濟否

當君道方否之時。處偪近之地。所惡在居功取忌而已。若能使動必出於君命。威柄一歸於上。則無咎而其志行。可以濟時之否矣。

12. 明哲處之

爲臣之道。當使恩威一出於上。衆心皆隨於君。若人心從己。危疑之道也。居此地者。惟孚誠積於中。動爲合於道。以明哲處之則又何咎。

13. 止惡於初

大臣之任。上畜止人君之邪心。下畜止天下之惡。夫人之惡。止於初則易。旣盛而後禁則扞格而難勝。故上之惡旣甚。則雖聖人救之。不能免違拂。下之惡旣甚。則雖聖人治之。不能免刑戮。莫若止之於初。如童牛之加牿則元吉也。

14. 憂勤謹畏

以人臣而當重任。必常懷危厲則吉。如伊尹，周公。何嘗不憂勤謹畏。故得終吉。

15. 內存至誠

以剛强之臣。事柔弱之君。當內存至誠。不假文飾於外。上下之交不以誠。其能久乎。

16. 誠意能動

君子之事上也。不得其心則至誠以感發其志意而已。苟誠意能動。則昏蒙可開也。柔弱可輔也。雖不正。可正也。古人之事庸君常主。而克行其道。己之誠意上達。而君見信之篤耳。管仲之相桓公。孔明之輔後主是也。

17. 至誠見信於君

大臣當險難之時。唯至誠見信於君。其交固而不可解。又能開明君心則可保無咎。

18. 遇非枉道逢迎

當睽之時。君心未合。賢臣在下。竭力盡誠。期使之信合而已。至誠以感動之。盡力以扶持之。明義理以致其知。杜蔽惑以誠其意。如是宛轉。以求其合也。遇非枉道逢迎也。

19. 進賢退不肖

宰相只是一个進賢退不肖。若著一毫私心便不得。前輩嘗言做宰相。只要辦一片心。辦一雙眼。心公則能進賢退不肖。眼明則能識得賢不肖。此兩言說盡做宰相之道。只怕其所好者未必眞賢。其所惡者未必眞不肖耳。

20. 今日只用牢籠之術

今之爲宰相者。朝夕疲精神於接應書問之間。更何暇理會國事。世俗之論。遂以此爲相業。然只是牢籠人住在那裏。今日一見。明日一請。或住半年周歲。或住數月。必不得已而後與之。其人亦以謂宰相之顧我厚。令我得好差遣而去。賢愚同滯。擧出以謂當然。有一人焉。略欲分別善惡。杜絶干請。分諸門於部中。已得以免應接之煩。稍留心國事。則人爭非之矣。

21. 天官之職 非大其心者 不能爲

天官之職。是總五官者。若其心不大。如何包得許多事。且冢宰。內自王之飮食衣服。外至五官庶事。自大至小。自本至末。千頭萬緖。若不是大其心者區處應副。事到面前。便且區處不下。況於先事措置。思患預防。是費多少精神。所以記得此。復忘彼。

22. 人主之職在論相

人主以論相爲職。宰相以正君爲職。二者各得其職。然後體統正。朝廷尊。天下之政。必出於一而無多門之弊。苟當論相。求其適己。而不求其正己。取其可愛。而不取其可畏。則人主失其職矣。當正君者。不以獻可替否爲事。而以趨和承意爲能。不以經世宰物爲心。而以容身固寵爲術。則宰相失其職矣。二者交失其職。是以。體統不正。綱紀不立。而左右近習。皆得以竊弄威權。賣官鬻獄。使政體日亂。國勢日卑。雖有非常之禍伏於冥冥之中。上恬下嬉。亦莫知以爲慮者也。

23. 宰相天下之紀綱

一家則有一家之紀綱。一國則有一國之紀綱。若乃鄕總於縣。縣總於州。州總於諸路。諸路總於臺省。臺省總於宰相。宰相兼總衆職。以與天子相可否而出政令。此則天下之紀綱也。

24. 輔相當選剛明正直之人

選任大臣。必得剛明公正之人而後可。其所以常不得如此之人。反容鄙夫之竊位者。非有佗也。直以一念之間。未能撤其私邪之蔽。而燕好之私。便嬖之流。不能盡由法度。若得剛明中正之人以爲輔相。則恐有以妨吾之事。害吾之人。而不得肆。是以。選掄之際。常先排擯此等。置之度外。然後取其疲懦軟熟平日不敢直言正色之人而揣摩之。又於其中。得其至庸極陋決可保其不至於有所妨者。然後擧而加之於位。是以。除書未出而物色先定。姓名未現而中外已逆知其非天下第一流矣。

25. 大臣慮四方

客有爲固始尉言淮甸無備具。朱文公曰。大臣慮四方。若位居宰相。也須慮周四方始得。如令宰相思量得一邊。便全然掉却那邊。如人爲一家之長。一家上下。也須常常都掛在自家心下始得。

26. 宰相擇長官 長官擇具僚

朱文公曰。方今朝廷只置二相三參政兼六曹。樞密可罷。如此則事易達。又如宰相擇長官。長官却擇具僚。令銓曹注擬小官。繁則不能擇賢。便每道只令監司除差亦好。每道仍只用一个監司。

27. 今日立對之非

古者三公坐而論道。方可仔細說得。如今宰執奏對之時。頃刻即退。所有文字。懷於袖間。只說得幾句。便將文字對上宣讀過。那得仔細指點。且須有个案上指書利害。上亦知得仔細看。如今頃刻便退。君臣如何得同心理會事。

28. 當以進賢退姦爲職

夫杜門自守。孤立無明者。此一个之行也。延納賢能。黜退姦險。合天下之人。以濟天下之事者。宰相之職也。奚必以無黨者爲是。而有黨者爲非哉。

29. 廣資天下之材

夫宰相以己之材爲天下用。則用天下而不足。以天下之材爲天下用。則用天下而有餘。今者進位於輔相之列。則所資於天下之材者益衆。而所進退於天下之材者益重。若但以前日進退官屬者取之。恐天下之士所以望於宰相者未有厭也。

30. 正心以正君

爲宰相者。深考聖賢所傳之正。非孔子，子思、孟，程之書。不列於前。晨覽夜觀。窮其旨趣而反諸身。以求天理之所在。旣以自正其心。而推之以正君心。又推而至於言語政事之間。以正天下之心。則宰相之功名德業。且將與三代王佐比隆。而近世所謂名相。其規模蓋不足道。

31. 正己以正人

廣引人材。勤於咨訪。使凡政事出於我者。無一疵之可指則上以正君。下以正人。將無所求而不得。如其不然則事之小不正者。積之之多。亦足以害吾之大正。使吾剛大之氣。日有所屈於中。而德望威名。曰有所損於外。是則且將見正於人之不暇。尙何望其能有正君定國之功哉。

32. 勤勞以輔政

朱文公告宰相曰。祖宗之讎恥未報。文武之境土未復。主上憂勞惕厲。未嘗一日忘北向之志。而民貧兵怨。中外空虛。綱紀陵夷。風俗敗壞。政使風調雨節。時和歲豐。尙不可謂之無事。況其飢饉狼狽。至於如此。爲大臣者。乃不愛惜分陰。勤勞庶務。如周公之坐以待朝。如武侯之經事綜物。以成上意之所欲爲者。顧欲從容偃仰。玩歲愒日。以僥倖目前之無事。殊不知如此不已。禍本日深。

33. 盡公以斷事

於天下之事有可否。則斷以公道而勿牽於內顧偏聽之私。於天下之議論有從違。則開以誠心而勿誤以陽開陰闔之計。則庶乎德業盛大。表裏光明。中外遠邇。心悅誠服。

34. 當有度量心術

有度量則宜有以容議論之異同。有心術則宜有以辨人材之邪正。欲成天下之務。則必從善去惡。進賢退姦。然後可以有濟。

35. 相天下者猶梓人

梓人。委群材會衆工。左執引右執杖而中處焉。彼斧者奔而右。鋸者趨而左。斤者斲刀者削。其不勝任者退之。大廈旣成則書其姓字。凡執用之工不在列。亦猶相天下者。條其綱紀而盈縮焉。齊其法制而整頓焉。擇天下之士。使稱其職。居天下之人。使安其業。能者進之。不能者退之。然後相道得而萬國治矣。天下擧首而望曰。吾相之功也。後之人。循跡而慕曰彼相之才也。其執事之勤勞。不得紀焉。

36. 爲相規模

陳平之所以宰社者。宰天下也。曹參之所以相齊者。相天下也。

37. 宰相職在任人

用一人當。天下受其福。否則或受其禍。用一人當。天下合而譽之。否則共指而嫉之。用一人否與當。未可知也。相與語曰。由於其所好惡也。一人焉顯拔於上。或曰。某之才無以異於我也。何以先我而甄用乎。一人焉失職於下。或曰。某之才過人如此。何獨流落不遇乎。擧天下禍福慘舒毁譽恩怨之端。一歸之相。萬貨之低昂不同價。而相爲之權衡。萬口之鹹酸不同嗜。而相爲之劑量。萬形之姸醜不同狀。而相爲之水鑑也。此固徇權喜勢之所貪。而愛天下者之所深思極慮而不可易也。

38. 得人才不若得一相

夫得百騏驥。不若得一伯樂。得百太阿。不若得一甌冶。百騏驥有時而瘏劣。百太阿有時而毁缺。若伯樂甌冶存。則擧天下之良馬良劍。何求而不得哉。房魏二公。太宗之伯樂甌冶也。當文皇時。天下賢士大夫一才一能。畢登於朝。亦由二公啓沃薦引於上而任用之。所以能稱其職。故曰房魏二公。太宗之伯樂甌冶也。

39. 宰相所以和平天下

伊尹之相湯曰阿衡。周公之相周曰大宰。衡者。所以權萬物之輕重而歸於平。宰者。所以制百藥之多寡而適於和。惟其和平而已。

40. 宰相當擇之精任之久

昔者三代之相伊尹·傅說·周公之徒。皆終身而不易。蕭何相漢以終身爲未足。使擇其自代者。故海內以安。是知宰相之任擇之不可不精。任之不可不久也。

41. 政權不可不在宰相

政權不可一日不在朝廷。不在朝廷則在臺閣。不在臺閣則在宮闈。在朝廷則治。在臺閣則亂。在宮闈則亡。國家之興亡治亂。皆本諸此。田蚡招徠賓客。薦進人才。起家至二千石。在當時固不免專權之失。使武帝以蚡所用多非其人。則選擇一相。委任責成。亦奚不可。奈何帝不能自欲攬威福之柄。歸之一已。然聰明有所不逮。則耳目必有所寄。故置加官及尙書之屬。自此宰相之權愈輕矣。

42. 宰相當公心用賢

崔祐甫舉吏無間親舊。不亦賢乎。然一人之親舊有限。而天下之才無窮。宰相之職。朝夕爲天下求才焉。考民謠聽士論。瑩心鑑以待之。則四海九州。皆吾兄弟也。又何拘親戚而始悉其才行耶。

43. 大臣以身主天下之議

昔慶曆初。仁祖厭西師之久。民罷國憊。思正百度。以修太平。是時。罷磨勘以別能否。減任子以除濫官。易監司以澄汰群吏者。以范文正公主之耳。熙寧初。神宗以大有爲之志。欲理財治兵。强中國以威四海。是時。制置條例。更張法度。一新當世之務。以荊公主之耳。元祐初。宣仁知百姓困於新法之不便。欲復祖宗之制。以與天下休息。是時。黜聚斂深刻之吏。力引元老。以洗除新法。以溫公主之耳。范公處黨習方興之際。而欲塞小人僥倖之路。力如此其難也。荊公當衆君子交攻力爭之際。而獨持紹述之論。以議其後。變如此其難測也。然范公慨然獨以先天下之憂而憂。後天下之樂而樂爲己任。荊公自謂人臣不當避天下之怨。使怨皆歸己。然後爲盡忠於國。溫公急於救患難。以國事未有所付爲急。雖荊公用心過差。戾。世迷道。不可班二公。要之皆不以得喪毀譽死生一動其心。然後能以其身任天下之責。力主其議而無所畏避也。

44. 燮理陰陽只是正心而已

宰相燮理陰陽。只是正一箇心而已。心者。氣之最精的。其感於物最速。故心正則氣順。氣順則陰陽和。所謂燮者。亦和之意也。非是拘拘於事爲之末。亦非是徒事於無爲而聽其自理也。

45. 政事當出於中書

內而百司。外而監司。各以其事由 一本作申 達於中書。事大則進呈取旨。降勑箚宣命指揮。事小則批狀直下本司本路本人。故文書簡徑。事無留滯矣。

46. 中書之務當淸

中書者。王政之所由出。天子之所與宰相論道經邦。而不知其佗者。非至逸。無以待天下之勞。非至靜。無以待天下之動。是故。古之聖人。雖有大兵役大興作。百官奔走。各執其知。而中書之務。不至于紛紜。以爲治天下當淸中書之務。中書之務淸。則天下之事不足辦也。今夫天下之財。擧歸之司農。天下之獄。擧歸之廷尉。天下之兵。擧歸之樞密。而宰相特持其大綱。聽其治要而責成焉耳。此三者。誠以爲不足以累中書也。

曰。中書之務當淸。則中書疑若無事矣。曰。政事當出於中書。則中書疑若多事矣。二者若相反。何也。曰。中書提其綱而衆官擧其目。則政事出於中書。而中書之務淸矣。故曰上以道揆。下以法守。道揆。謂以義理度量事理而制其宜。提其綱之謂也。法守。謂以其官之法度。守而不敢失。擧其目之謂也。

47. 古之大臣有勇退之節

商之伊尹。相湯伐桀。代虐以寬。訓于太甲。克終允德。而位極阿衡。乃謂太甲曰。臣罔以寵利居成功。嗟夫。老氏曰。功成而不居。蔡澤曰。四時之序。成功者去。伊尹。聖之任者也。耕莘之初。天下何與於我。自幡然從湯之後。則以身任責。不容釋矣。不幸湯崩。主少不明。幾覆商祚。身任此責。愈不容釋矣。幸而太甲悔過修德。遂亟復政於君。欲奉身以退。伊尹至是上無負於湯與太甲。下無負於天下。身任之重。可以釋矣。以平日恐恐不勝任之心。復還莘野囂囂自得之身。伊尹之欣幸何如哉。噫。伊尹而不退。孰知伐桀無一毫利天下之心哉。伊尹之退。亦可謂不負其心矣。

周之周公。相成王定禮樂。爲法於天下。可傳於後世。而位極冢宰。乃謂成王曰。汝往敬哉。玆予其明農哉。嗟夫。當四國流言之時。周公豈無浩然求退之心哉。當是時。成王幼沖。王室未固。三監離叛。頑民不服。周家宗社之安危。非周公任之而誰歟。此所以躬執破斧缺斨之役而不忍辭也。幸而罪人斯得。成王卽政。文武之業旣定。周公歸老之志。爲如何哉。雖以成王之留。不能歸田里。而周公居洛七年。其亦成王有以聽周公之言歟。

召公相文王。布政于外。以致二南之化。文王薨成王幼。與周公相與輔道之。及成王卽政。欲告老而去。嗟夫。大臣之位。百責所萃。震撼擊撞。欲其鎭定。辛甘燥濕。欲其調齊。盤錯棼結。欲其解紓。黯闇汚濁。欲其茹納。苟非廣度洪量。與夫患失乾沒者。未嘗無翩然捨去之志。況召公親遭大變。破斧缺斨之時。屈折調護。心勞力瘁。又非平時大臣之比。顧以成王未親政。不敢乞身爾。一朝政柄有歸。浩然去志。固人情之所必至。雖以周公之言。思文武王業之艱難。念成王守成之無助。不能遽引去。然其志乃可尙也。

漢之張良。相高帝誅秦蹙項。功亦極矣。乃曰。掉三寸舌。爲帝者師。封留侯。於良足矣。遂辟穀從赤松子遊。嗟乎。高祖百戰間關。韓、張比肩漢庭。如左右手之不容釋也。然留侯無恙而韓信就擒。蓋韓信不能斂隱。陳兵出入。自啓疑心。其就擒也宜矣。若留侯則所謂見幾而作。明哲保身者也。

疏廣爲太子太傅。上疏乞骸骨。加賜黃金二十斤。太子贈五十斤。歸鄕里。日令家供具設酒食。請族人故舊賓客。相與娛樂。數問其家金餘尙有幾斤。趣賣以供具。居歲餘。廣子孫竊謂其昆弟老人廣所信愛者曰。子孫冀及君時。頗立產業基址。今日飮食費且盡。宜從丈人所。勸說君買田宅。老人卽以閒暇時爲廣言此計。廣曰。吾豈老悖不念子孫哉。顧自有舊田廬。令子孫勤力其中。足以供衣食。與凡人齊。今復增益以爲贏餘。但教子孫怠惰耳。又此金者。聖主所以惠養老臣也。故樂與鄕黨宗族共饗其賜。以盡吾餘日。不亦可乎。

宋之石守信。斬艾蓬蒿。芟夷根據。蓋平亂勳臣也。乞解兵權。兩無猜嫌。其自全亦智也。張魏公走兀朮。平湖寇。破劉豫。渡江之所恃而無恐者也。異時和議一唱。百計中傷。而高宗且曰。朕待魏公益厚。不爲浮議所惑。然魏公今日上表而待罪。明日奏疏而乞骸。未嘗貪心於功名也。

經濟文鑑 下

鄭道傳 著
鄭柄喆 編著

1. 臺官

周官。御史掌萬民之治。令以贊冢宰。

秦。以御史監郡。故有監察之名。

漢初。以御史糾不如儀者。○御史大夫。佐丞相兼統萬機。○中丞在殿中。掌圖籍祕書。○侍御史。受公卿奏事。擧劾按章。所居之署謂之 謂之。舊本作之謂。御史臺。亦謂蘭臺寺。

後漢。中丞出外。專任彈劾。始不居中主章奏之事。然專席而坐。其職重矣。執法殿陛。權幸知畏。權專任重。

宋。中丞一人。每月二十五日。繞行宮垣。白壁與尚書令分道。雖丞郎下朝相値。亦得斷之。餘內外衆官皆受停駐。

後魏。爲御史中尉。督司百僚。其出入千步淸道。王公百辟咸使分路。其餘百僚。下馬弛車止路傍。自東魏徙鄴。無復此制。

北齊。復興舊制。凡京畿之步騎領軍之官屬之。

齊梁以來。謂之南臺。

後周。謂之司憲

唐。亦曰御史臺。舊制不過糾督之任。自貞觀末。李乾祐爲中丞。乃奏臺中置獄。得主刑獄。永徽中。崔元茂爲大夫。始受事任訴訟。此彈劾之外而得治獄訟。自唐始也。○唐初。御史權重。殿中侍御史。兼知庫藏出納及宮門內事。知左右巡分。京畿諸州諸衛兵皆隸 按舊本皆隸作禁隸今考本文正之 焉。置監察御史十員。裏行五員。掌內外糾察。竝監祭祀及監諸軍出使。罪人當笞於朝者亦監之。分爲左右巡。糾察違失。以承天·朱雀街爲界。○監察御史蕭至忠。彈鳳閣侍郎同鳳閣鸞臺三品蘇味道贓汚貶官。御史大夫李承嘉。嘗召諸御史責之曰。近日彈事不咨大夫。禮乎。衆不敢對。至忠進曰。故事。臺中無長官。御史人君耳目。比肩事主。得各自彈事。不相關白。若先白大夫而許彈事。如彈大夫。

不知白誰也。承嘉默然憚其剛正。○故事。御史不受訟。有訴可聞者。略其姓名。託以風聞。其後宰相以御史權重。建議彈奏先白中丞大夫。復通狀中書門下。然後得奏。自是御史之任輕矣。

宋沿唐制。設御史臺。初無正員。止爲兼官。後置正員。亦不除大夫。止以中丞爲長。○自太宗始置言事御史。而朝廷闕失。御史得言之。此彈劾之外而復兼諫諍。自宋始也。○太宗時。張巽爲監察御史。正名擧職。其後爲臺官者。振職不撓。風采肅然。得非祖宗夙正紀綱之司。涵養直臣之氣而然乎。熙寧中。王安石乃以李定爲察官。凡六察所言。行於有司而不行於二府崇觀。大臣欲其便已。南臺史不言事。而惟六察言事。此乃王安石・蔡京之私意。安石作俑。始於鉗天下之口。而終於稔夷狄之禍。

宋朝最重言官。慮下情之壅蔽。則許以風聞言事。慮職事之或惰。則給御寶曆以錄彈奏。欲其員之無缺也。則詔以六員爲定制。欲其職之專掌也。則詔以不兼職務。凡所以假借臺臣而寵厲之若此其至。其與諫官爲天子耳目之臣等。則是朝廷紀綱之地。皆得以論時政糾官邪也。

元御史臺。糾察朝儀。彈劾官邪。勘鞫官府公事。

高麗國初。亦置御史臺。皆沿唐宋之制。事原以來。改爲監察司。恭愍王又改爲司憲府。大夫爲大司憲。

本朝初因之。陞大司憲秩二品。參預兩府。其重風紀之任至矣。

1. 先威望後博擊

臺官。當以威望爲先。彈劾爲次。何則。有威望者。雖終日不言而人自讋服。無威望者。雖日露百章而人益不畏。蓋剛毅之志。骨鯁之操。素不熟於人心。徒挾博擊之權。欲以震肅群臣。淸正中外。則恐紀綱未振而怨謗先興也。

2. 御史府當尊

御史府尊則天子尊。御史府爲朝廷紀綱之職。故大臣由公相已下。皆屏氣切息。就我而資正。烏府爲天子之耳目。宸居之堂陛。未有耳目聰明堂陛峻正而天子不尊也。

3. 御史之榮爲重

御史過於宰相。仕宦有三榮。秉釣當軸。宅揆代工。坐廟堂以進退百官。爲宰相之榮。瀛洲妙選。金鑾召對。代天子絲綸之命。爲翰苑之榮。烏府深嚴。豸冠威肅。得以振紀綱而警風采。爲御史之榮。就是三者而輕重之。則御史之榮爲尤甚。何者。言關乘輿。天子改容。事屬廊廟。宰相得罪。則權之所在。不特進退百官而已也。雖宰相之重。其何以及此。赤棒所指。不問尊卑。白簡前立。姦回氣慴。則天子耳目之所及者爲甚廣。不止絲綸之代而已。雖翰苑之貴。其何以及此。

4. 言事當勇

蕭果卿初除御史。虞丞相意也。人或賀之。蕭喟然曰。彼見吾憒憒然不能言。而以是處我也。其輕我甚矣。不數日。首論其黨。遂幷攻之。論者服其勇云。

5. 御史責人 亦當自責

責人非難。責己爲難。御史。責人者也。將相大臣非其人。百官有司失其職。天下之有敗法亂紀。服讒蒐慝者。御史皆得以責之。然則御史獨無責乎哉。居其位。有所不知。知之有所不言。言之有所不行。不行而有所不爭。君子病焉。小人幸也。此御史之責也。御史雖不自責。天下得以責之。惟其不難於責己。則施於責人。能稱其任矣。

6. 御史

君有佚豫失德。悖亂亡道。荒政咈諫。廢忠慢賢。御史府得以諫責之。相有依違順旨。蔽上罔下。貪寵忘諫。專福作威。御史府得以糾繩之。將有兇悍不順。恃武肆害。玩兵棄戰。暴利毒民。御史府得以彈劾之。君至尊也。相與將至貴也。且得諫責糾劾之。餘可知也。

7. 一臺之重

夫骨鯁介特。謇諤自立。讜言直氣。不畏强豪者之爲御史。故一臺之望。足以儀四方也。一臺之威。足以繩百僚也。一臺之屬。足以振萬事也。一臺之貴。足以重朝廷也。故國家有大蠹。可得以去也。郡國有大姦。可得以按也。天下之大利害。生民之大休戚。百官之廢置。群吏之黜陟。皆得督視而劾聞焉。

2. 諫官

古者。諫無常員。人無不言。故禹百揆也而戒舜曰。無若丹朱傲。慢遊是好。傲虐是作。益虞官也而戒舜曰。罔失法度。罔遊于逸。罔淫于樂。皐陶士官也而戒舜曰。元首叢脞哉。股肱惰哉。萬事墮哉。

程子曰。夫聖莫聖於舜。而禹之戒舜。至曰無若丹朱好慢遊作傲虐。且舜之不爲慢遊傲虐。雖愚者亦當知之。豈以禹而不知乎。蓋處崇高之位。所以警戒者當如是也。

三代之時。官師相規。工執藝事。以諫。上自百官。下至百工。無不諫者。其有不諫。則有常刑焉。

秦。人惡天下之議己。有誹謗妖言之禁。趙高壅蔽而莫有言者。以至於亡。

漢。高祖好謀能聽。從諫如流。酈生之諫。輟洗而聽之。子房之諫。吐哺而納之。躡足之諫。隨卽聽納。排闥之諫。笑以優容。○文帝止輦受言。而郎官得以諫進。○袁盎却坐。而宮闈亦不忌於納諫。○武帝聞汲黯戇直之言。而不以爲怒。聞吾丘壽王上林之諫。而不以爲過。徐樂嚴安以布衣諫伐匈奴。而不次除擢。東方朔以詼諧諷諫左右。而未嘗見斥。然狄山以諫用兵而見棄。顔異以腹誹而見誅。其聽諫。果如何耶。

漢懲秦壅蔽之患。置諫大夫。專掌議論。以作天下慷慨敢言之氣。然言路之通。固自此始。而言路之狹。亦自此始也。夫職在諫諍。然後得論天下之事。而職非當諫者。其不爲越職可乎。君子惜其職之有所拘也。

唐。太宗詔諫官隨中書門下及三品入閤。而又導人使諫。每群臣奏事則假以辭色。張玄素諫營繕則嘆賞而加賜。李大亮諫求鷹則賜詔而褒美。魏徵·王珪·溫彦博之諫。無不從之。然而皇甫德參之諫。未免於譴怒。褚遂良諫伐高麗。竟棄而不納。太宗之從諫。亦未至也。○德宗詔許百司長官巡對。若好諫者。然姜公輔一言忤旨。則反疑其賣已。陸贄之忠誠論諫數十百篇。而輒棄之於患難已平之後。又罷正衙奏事。庶官巡對。而諫路自是塞矣。

宋朝。諫官。以左右分隷兩省。正欲於造命之地。彌縫其闕。

元。置諫議大夫及司諫·補闕·拾遺。以左右分員。

高麗。因宋制。後改諫議大夫爲司議。補闕爲獻納。拾遺爲正言。皆分左右。屬門下府。

本朝仍之。復爲補闕拾遺。

1. 古者諫無定員。言路益廣。

古者。諫官無定員。而言路益廣。後世諫官有常職。而言路彌塞。

古者。工誦箴諫。則百工得以諫也。瞽誦詩諫。則矇瞽得以諫也。公卿比諫。則凡在朝者得以諫也。士傳言諫。則庶士得以諫也。庶人謗於道。商旅議於市。則庶人商賈亦得以諫也。上而公卿大夫。下而至於士庶商賈百工之賤。莫不得以諫。是擧天下皆諫諍者也。固不待處諫官之職然後爲諫也。豈非古者諫官無定員。而言路益廣歟。後世不然。立諫官之職。將以求諫。而不知諫諍之路反由此而塞也。夫諫大夫。所謂諫官也。拾遺 。所謂諫官也。爲諫官者。可得以諫。不爲諫官者。不可得以諫矣。諫官旣以諫諍爲職。則不居此職者。皆不得以諫也。有所諫。則曰侵官。曰犯分。語及天子者。則曰指斥乘輿。言關廊廟者。則曰誹謗朝政。所以然者。蓋由諫官之有定職故也。

2. 諫官與宰相等

九卿百執事。各有其職。吏部之官不得治兵部。鴻臚之卿不得治光祿。以其有守也。若天下之得失。生民之利害。社稷之大計。惟所見聞而不繫職司者。獨宰相可行之。諫官可言之爾。諫官雖卑。與宰相等。天子曰不可。宰相曰可。天子曰然。宰相曰不然。坐乎廟堂之上。與天子相可否者。宰相也。天子曰是。諫官曰不是。天子曰必行。諫官曰必不行。立乎殿陛之前。與天子爭是非者。諫官也。宰相專行其道。諫官專行其言。言行道亦行也。九卿百執事。守一職者。任一職之責。宰相諫官。繫天下之事。亦任天下之責。

3. 出諫臣非美事

忠士大夫。以言見逐。非國家美事。亦使幽隱之賢難自進耳。

4. 諫身過不若諫心過

諫君過。臣子之下策也。夫自古聖主明王。曷嘗不倚諫臣以拂其過。今乃以諫過。爲臣子之下策。無乃鉗忠臣之口。結義士之舌。使上之人飾非而拒諫歟。曰非也。過固人主之不免。諫亦人臣之當爲。然遏水於滔天之後。孰若遏之於涓涓之始。撲火於燎原之時。孰若撲之於熒熒之初。後之諫臣。能諫人主之身過。而不能諫人主之心過。夫身過之過。自心過之過。自其微而砭之則易。及其白而藥之則難。皐，夔之吁咈。伊，傅之警戒。未嘗俟其君之過昭灼于外而後言也。芽蘗之萌。固以剷而絶之矣。而人有德義以澆其內。禮法以繩其外。是以。無汚輪之勞。無牽裾之諍。無折檻之呼。而人主之過。已潛消於冥冥之中矣。後世之君。固有志於唐虞三代之君。然知正君之身而不知正君之心。知淑君之政而不知淑君之德。是以。制誥之差。賞罰之謬。刑法之酷。暴于中外。然後紛紛紜紜。爭以頰舌。白簡之彈。至于數十章。皀囊之上。至于數千言。吁亦晩矣。

5. 諫臣抑宰相

陽城欲壞白麻而德宗不相裵延齡。李甘欲裂詔書而文宗不相鄭注。

6. 諫臣當在左右

天子所尊而聽者宰相也。然接之有時不得數日久矣。唯諫臣隨宰相入奏事。奏已宰相退歸中書。蓋常然矣。至於諫官。出入言動。早暮相親。未聞所當退也。如此則事之得失。早思之。不待暮而以言可也。暮思之。不待越宿而以言可也。不諭則極辨之可也。屢進陳之。宜莫若此之詳且實也。雖有邪人庸人。莫得而一間焉。今諫官之見。亦有間矣。其禁中之與居。婦子而已耳。捨是則寺人而已耳。庸者邪者而已。其於冥冥之間。議論之際。豈不易行其間哉。如此則吾見今日兩府諫官之危。而未見國家天下之安也。

7. 侍臣諫臣

負紫荷槖。夾玉皇香案。以備清閒之顧問者。天子之侍臣也。簪獬豸冠。攖萬乘龍鱗。以張天下之膽目者。天子之諫臣也。朝廷淸明。公道振立。則一政事之得失。不獨諫臣能言之。而侍臣亦能言之。一用舍之當否。不獨諫官能規之。而侍臣亦皆規之。

8. 諫官御史其職略異

諫官・御史。雖俱爲言責之臣。然其職各異。諫官掌獻替以正人主。御史掌糾察以繩百僚。故君有過擧則諫官奏牘。臣有違法則御史封章。○別諫官之職。正御史之任。獻替之事則付之諫官。糾察之事則付之御史。選持重方正。適時變而敦大體者。以爲諫議大夫。擇嚴威剛直。識故事而知國體者。以爲御史中丞。朝廷之上。法令有未專。教化有未備。禮樂有未修。號令有未明。議論有未決。更張有未當。陰陽之有災眚。天地之有變怪。人主有喜以過予。怒以過奪。則當責諫官而使之言其失。搢紳之中。有姦邪不正。有驕侈自遂。有諂佞以奉上。有讒慝以亂聽。有豪强之弄法。有佞幸之盜權。有貪汚而廉恥不修。有欺詐而忠信不飭。大臣中立而顧望。小臣弛慢而隳職。則當責御史而陳之以彈其罪。

9. 當用天下第一流

今則所謂負剛大之氣者。且先一筆句斷秤停得到第四五等人。氣宇厭厭。布列臺諫。如何得事成。故曰姓名未出。而內外已知其爲非天下第一等流矣。

10. 是非不敢言

蓋事理只有一个是非。今朝廷之上。不敢辨別這是非。如宰相固不欲逆上意。臺諫亦不欲忤宰相意。今聚天下之不敢言是非者在朝廷。又擇其不敢言之甚者爲臺諫。習以成風。如何做得。

11. 臺諫抗直

漢唐時。御史彈劾人。多抗聲直數其罪於殿上。又如要劾某人。先榜於門下。直指其名。不許入朝。這須是如此。如今要說一事。要去一人。千委萬曲。多方爲計而後敢說。說且不盡。

12. 重臺諫

古人設官。必重臺諫之權者。非重臺諫也。重臺諫。所以重朝廷也。在漢光武時。有 舊本脫有字 與百官絶席。而當時號獨坐者。在唐憲宗時。有使百官避道。而當時號爲寵 舊本作龍 街者。夫入也而使百官絶席。出也而使百官避道。是果何意哉。豈非重其權。所以使人有畏也。

13. 臺諫權輕人無畏

今日之所恃以折天下姦雄之心者。亦固有在。然不可以輕其權而使人無畏心。人而至於無所畏。則亦何所不至。夫朝廷欲自便而以臺諫爲長員。官吏無所憚而以臺諫爲文具。則亦何以臺諫爲哉。蓋古者譏訶之權在臺諫。而後世進退臺諫之權在權貴。夫人之所望扳援而進者。固奔走之不暇。惟所欲言則借臺諫之重以言之。惟所欲去則假臺諫之權以去之。事有關於權貴者。甘爲立仗馬而已。至於今日而一章。明日而一疏。不過以細謹責天下之士。以薄劾恐天下之吏。閨門之細故。鄉黨之微累。煩紊瑣屑。徒厭人聽。夫是以所言皆權貴之所指。所去皆權貴之所忌者。先朝有爲臺諫者。上謂之曰。朕不欲臺諫奉行宰相風旨。則對曰。臣非惟不欲奉行宰相風旨。亦不欲奉行陛下風旨。壯哉斯言。臺諫皆若而人也。則臺綱之不振。無是理也。

3. 衛兵

1. 周宮衛

1. 宮正掌王宮之戒令糾禁

王氏曰。戒。戒其怠忽。糾。糾其緩散。令。使之有爲。禁。使之勿爲。○王昭禹曰。侍衛不嚴。無以備非常。左右不正。無以謹近習。況王宮者。百官之治事皆會于此。不嚴其制。何以謹近習而備非常。先王擇人以爲之正。又使之掌戒令糾禁焉。如此則在宮中者。無非公正之士。忠義之人。非僻之心。無自而啓。姦宄之變。無自而作。

2. 辨內外而時禁

王昭禹曰。王宮之官府。與夫次舍之人。在外者在內者。○劉執中曰。在內者有版。在外者有籍。無籍而入。有版而不宿衛者。辨而禁之。不失其時。

3. 會其什伍而敎之道藝

王昭禹曰。君子學道則愛人。小人學道則易使。惟愛人然後可以使之近君。惟易使然後可責 一本作貴 以宿衛。然不先會其什伍則莫相勸督而務學。

4. 宮伯掌王宮之士庶子凡在版者

公卿大夫之子弟。守在王宮。王宮之衛。自分內外。士庶之守。在路寢內。虎賁之屬。在寢門外。○鄭康成曰。士謂嫡子。庶謂支庶。○王氏曰。非王族則功臣之世。賢者之類。王以自近而衛焉。故君臣國家。休戚一體。上下親而內外察。○王昭禹曰。平時教之道藝。以之充宮庭之衛宜也。

5. 授八次八舍之職事

鄭康成曰。衛王宮者。必居四角四中。於徼巡便也。次。其宿衛所在。舍。其休沐之處。道傳按。宮正，宮伯。皆冢宰之屬。先王陳設兵衛。皆使冢宰統之。召公以西伯爲相。命仲桓，南宮毛俾爰齊侯呂伋。呂伋大司馬之屬。亦須命而後行。蓋宰相統宿衛。此最有意。及幽王無道。不修宮正宮伯之職。陪僕暬御。莫不怨而散之。周遂以衰。

2. 漢南北軍

1. 南軍

光祿勳

三署郎主。左署騎 八十人

右中郎將。主右署 千五百人

五官中郎將

左中郎將。主左署百 八十人

車右騎三將。主右騎九百人

右主殿門內兵

衛尉

公車司馬。主闕門兵

南宮衛士。五百三十七人

北宮衛士。四百七十二人

右都候。主劍戟四百十六人

左都候。主劍戟三百八十三人

南宮南屯司馬百。三人

北宮蒼龍司馬。主東門四十人

玄武司馬。主武門三十八人

北屯司馬。主北門三十八人

南門朱雀司馬。主南掖門百二十四人

東明司馬。主東門百八十人

朔平司馬。主北門二百十七人

右主殿門外兵

2. 北軍

中壘校尉

越騎校尉。七百人

步兵校尉。七百人

長水校尉。七百三十六人

射聲校尉。七百人

屯騎校尉。七百人

右主京城兵

漢制。南北軍以相維持。如呂祿將北軍。產將南軍。太尉周勃已入北軍。尙有南軍在。未敢誦言誅產。告衛尉毋納產殿門。產欲入未央宮爲亂。不得入。此南北軍相制之驗也。及武帝好征伐。置長征軍。而南北軍制壞。漢室遂以衰。

3. 唐府兵制

折衝都尉。左果毅都尉。右果毅都尉。

上府。千二百人

折衝都尉。左果毅都尉。右果毅都尉。

中府。千人。關中。五百。

折衝都尉。左果毅都尉。右果毅都尉。

下府。八百人

唐府兵之制。頗有足稱。其居處敎養畜財待事動作休息。皆有節目。後世子孫驕弱。不能謹守其制。府兵廢而方鎭之兵太盛。玄宗幸蜀。纔千餘人。肅宗赴靈武。衛士不滿百。德宗建中四年。詔以白志正爲神策軍。使募兵蒐補。志正陰以市人補之。名隷軍籍而身居市肆。及涇卒作亂。禁軍寡弱。不足備非常。而唐卒至於亡。

4. 宋禁軍

殿前司

捧日指揮。三十八
驍騎指揮。三十二

侍衛司

天武指揮。二十五
龍騎指揮。四十一

皇城司

驍健指揮。四十二
神衛指揮。四十六

忠佐軍司

虎翼指揮。五十一
雄武指揮。三十三
每一指揮。步兵百十九。騎兵七十二。

宋詔諸道長吏。送其驍銳於闕中。聚勁兵於京師。躬定軍制。紀律詳盡。製親衛殿禁之名。其營立龍虎日月之號。分領於殿前侍衛等諸司。又峻其等級相犯之刑。謂之階級。以絶其犯上之心。三年一戍。更出迭入。內外輕重均矣。崇觀以後。兵弊日滋。階級旣壞。紀律亦亡。童貫握兵。恥於言敗。禁兵十無二三而宋亡。

5. 本朝府兵

義興三軍府

義興親軍左衛五領。

義興親軍右衛五領。

鷹揚衛五領。

金吾衛五領。

左右衛五領。

神虎衛五領。

興威衛五領。

備巡衛五領。

千牛衛五領。

監門衛五領。

每一衛。上將軍一員。大將軍二員。每一領。將軍一員。中郎將 三員。郎將六員。別將六員。散員八。尉二十。正四十。以十衛 五十領。合計四千二百三十員。名其近侍忠勇各四衛。不在此數。府兵不爲不多。而侍衛虛疏。承前朝季世之弊。不核其實故也。

本朝府兵之制。大抵承前朝之舊。然前朝盛時。唯府兵外無他軍號。北有大遼。東有女眞。侵掠於外。又有草賊往往竊發於中。外攻內守。傳至四百餘年。當時府兵之盛可知。無事則隷習兵法。有事小則遣郎將別將平之。大則遣上大將軍將軍禦之。當時府將之盛。亦可知矣。自忠烈王事原以來。每因中朝宦寺婦女奉使者之請。官爵泛濫。皆以所託之人除府衛職。恃勢驕蹇。莫肯宿衛。由是府衛法始壞。凡受宿衛之職者。徒食天祿。不事其事。遂至失國。今殿下受命更始。庶事維新。唯府衛之法因循舊習。弊亦如前。臣竊惜之。某嘗讀前朝之史曰。人無功食祿。蟲食松葉。旱蟲爲災。前朝之季。松蟲大蕃。旱氣頻年。蓋府衛員將徒食天祿。不事其職。厥徵如是。今殿下受命。赫然有爲。宜革舊弊。重國本弭天災。以致維新之治可也。然革深弊者。非剛明之主。英烈之佐。不能也。昔漢文帝拜宋昌爲衛將軍。鎭撫南北軍。國勢大振。唐順宗拜韓泰爲行軍司馬。禁軍諸將不至。不知者皆謂泰輕人不服。知者笑順宗之失軍政也。今上有剛明之主。臣以凡庸當重任。恐貽韓泰之譏。伏望殿下命有威惠智勇如宋昌者。革府衛之舊弊。立一代之定制。國家幸甚。

本朝府兵改制

義興親軍左衛。改義興侍衛司。

義興親軍右衛。改忠佐侍衛司。

鷹揚衛。改雄武侍衛司。

金吾衛。改神武侍衛司。

每一司。各置中左右前後五領。屬中軍。

左右衛。改龍驤巡衛司。

神虎衛。改龍騎巡衛司。

興威衛。改龍武巡衛司。

每一司。亦各置五領屬左軍。

備巡衛。改虎賁巡衛司。

千牛衛。改虎翼巡衛司。

監門衛。改虎勇巡衛司。

每一司。亦各置五領屬右軍。

右侍衛巡衛等十司。每一司印信一顆鑄給。都尉使掌之。

上將軍。改都尉使。

大將軍。改都尉簽事。

都護諸衛將軍。改中軍司馬。

左軍司馬右軍司馬

將軍。改司馬。

中郎將改司直。

郎將。改副司直。

別將。改司正。

散員。改副司正。

尉。改隊長。

正。改隊副。

都府外

改中軍司直一。副司直一。司正二。

副司正三。隊長二十。隊副二十。

左軍司直一。副司直一。司正二

副司正三。隊長二十。隊副二十

右軍司直一。副司直一。司正二

副司正三。隊長二十。隊副二十

每一司都尉使一。都尉簽事二。

每一領司馬一。司直三。副司直五。

司正五。副司正七。

隊長二十。隊副四十。

自古爲國者。文以致治。武以戡亂。兩職如人兩臂。不可偏廢。故本朝旣有百司庶府。又有諸衛各領。所以備文武之職也。然府兵之制。大抵承前朝之舊。前朝盛時。府兵頗得唐制之意。有足觀者。及其久也。其制大壞。遂至失國。殿下受命。赫然有爲。宜革舊弊。以重國勢。以致維新之治。然人見聞習熟。積弊難革。故王者受命。必變服色。易徽號。所以一視聽。革舊而鼎新也。是以。宋太宗以美名改易禁軍舊號。作新士氣。今我殿下。已將東班官名職號。一皆更定。循名責實。百官趨事赴功。獨於府衛稱號仍舊。弊亦如前。臣職掌三軍。不可不慮。今將十衛分爲侍衛・巡衛諸司。蓋法漢朝南北軍之遺制也。漢南軍掌宮門侍衛。北軍掌京城巡檢。此內外相制。長治久安。禍難不生。已然明驗。今將義興・忠佐・雄武・神武爲侍衛司。屬中軍。以寅申巳亥。都尉使都尉簽事各率其領。司馬以下。闕內輪番侍衛。以效漢南軍之制。龍驤, 龍騎, 龍武及虎賁, 虎翼, 虎勇爲巡衛司。屬左右軍。都尉使都尉簽事使其領司馬以下。於四大門把截更巡。輪番上直巡綽。以效漢北軍之制。其當番各司都尉使以下義興三軍府以時知委。毋致違誤。凡入直者。不許無故出入。違者罪之。

4. 監司

周使大夫監方伯之國。國三人。

漢初。遣丞相掾。分刺諸州。黜陟賢否。理斷冤罪。故州郡之血脈。得通於相府。

○武帝置部刺史。秩六百石。以六條詔察州郡。一. 强宗豪右田宅踰制。二. 二千石不奉詔書。三. 二千石不恤疑獄。四. 二千石選署不平。五. 二千石子弟怙恃豪勢。六. 二千石速公損下。帝以爲相權專置刺史。使郡縣之血脈不通於相府。是其失也。然刺史秩卑。故激昂自奮。權重故得行其志。亦一代之美意。

○宣帝以黃霸爲楊州刺史。治有功賜車蓋。以彰有德。朱博遷冀州刺史。

行部決遣如神。

○成帝以刺史秩六百石臨二千石。輕重不倫。乃更爲州牧秩眞二千石。祿秩大優。人無奮職。

○光武以舊制州牧奏二千石事。先下三公。遣掾史按驗。然後黜退。乃權歸宰相。自遣刺史。乘傳周行郡國。錄囚徒考殿最。自是宰相不知州郡之得失。而刺史之任始重。卒成州牧方鎭之勢。至靈・獻。天下方亂。豪傑皆欲據州郡。而州牧之任益重。州郡知有牧鎭。而不知有朝廷。袁紹，曹操首亂而爭雄。蘇峻・桓溫效尤而跋扈。自晉至陳。禍亂相仍。蓋光武爲之俑也。雖張綱埋輪。劾權臣之跋扈。范滂攬轡。慨然有澄淸天下之志。其如大勢之已去何如。

隋。置司隷臺。大夫一人。巡察畿內。刺史十四人。巡察畿外。庶幾懲州牧之弊矣。奈其君之荒淫何。其法雖善。無補於亂亡也。

唐。分天下爲十道。置巡察使二十人。以堅明淸勁者爲之。然不監前轍。以河北，隴右之極邊。爲天下之重鎭。撫之以都督。豈所謂五大不在邊者乎。自是鎭帥皆兼觀察之任。位品崇重。竊柄擅權而無有糾其非者。人多廢職自咨。卒成亂階。

宋。置轉運使。或增置提刑提擧。漢部刺史之遺意也。以臺省寺監爲之。雖宰臣從官爲帥。亦許糾劾。名藩具狀。書姓名於監司之前。故人人奮職。如馬亮奏事稱旨。特賜金紫。河北漕臣有勞。榮賜錦袍。杜衍覆正死罪。職遷員郞。成正忠索治冤獄。特命遷官。此雖監司之賢。皆有以能擧其職。亦在上者激昂勸勵之有權耳。當時之議者曰。官吏爲患。不可不察。體量部吏。頗傷煩碎。二者若相反矣。如之何則可。圖政擧之名而爲煩苛之政者。非也。借寬厚之說而爲容芘之私者。尤非也。用捨升黜。公而不私則無二者之失。有二者之得矣。

前朝之監司。或稱按察。或稱按廉。皆以侍從郞官爲之。其秩卑權重。能自激昂而有爲。亦漢部刺史・宋轉運使之遺意也。及其末也。法久弊生。因時損益。改按廉爲都觀察使。

本朝因之。然必命廟堂。擇兩府之公淸廉謹者遣之。

有漢唐之利。無漢唐之弊。

1. 監司當擇其人

使臨益部。上動星躔。車駐徐州。旋至雨澤。監司之任。所關如此。豈可輕畀其人哉。必精神剛正。不畏强禦者。可以任其職。風采奮發。事業雄偉者。可以振其權。必廉直中正者。可以擧。苛細矯激者。不可用。故其選有公正聰明之科。剛方愷悌之目。固不容非才得側於其間也。

2. 監司當盡其職

皇華遣使。專務咨訪。繡衣使者。風動列城。是豈蒙蔽苟安之地哉。則養安以自重。積日以計資。以因循爲識時。以緘默爲得計。以容姦爲寬大。以擧職爲煩苛。以興利除害爲生事。以激濁揚淸爲抗訐。皆不能盡其職者也。嗚呼。立人之朝。受人之命。其可不以盡職爲念乎。故曰監司當盡其職。

3. 監司當行擧劾

監司之於郡縣。有所畏而不敢擧劾者。某郡之守嘗爲侍從也。則幸其復爲侍從而有所求。嘗爲臺諫也。則恐其復爲臺諫而有所劾。其豪族猾吏有所犯。則以爲在朝者有姻有舊。皆不問也。故窮民爲守令豪吏所侵暴。不忍忿忿之心。一朝訴之於監司。而監司不之問。甚者封其辭以送之。憑守令之威豪吏之勢。視窮民如仇讎。窮民被害。反過於前日。後雖有冤。其誰告之。嗚呼。爲監司者。其可不以擧劾爲職乎。

4. 監司不可過爲寬厚

今爲一路之州縣不知其幾。爲州縣之官吏不知其幾。州則守也倅也。縣則令也丞也。天下之人。不能皆無能皆不肖。某人何人也。仁可以治民也。才可以辦事也。廉可以 舊本脫以字 率俗也。吾擧之。吾君用之。夫烏乎而不勸。某人何人也。貪汚也闒茸也。裒斂以奉上位。姦巧以媚要勢也。吾按之。吾君殛之。夫烏乎而不警。一言而人以勸。一言而人以警。夫是以。無負於風采之寄。今且不然。所擧之人。某爲親屬也。某爲權勢也。一歲之出按者凡幾。州縣之所歷者凡幾。以漫不可校之簿書與夫不切之訟牒。紛乎其前。彼其心雖知其吏之不法。當按則曰某人某之子弟也。某人某之親故也。某人某之嘗所屬托也。吾何忍按焉。人且從而稱之曰。是寬厚長者之爲監司者也。夫寬厚長者。固士大夫之美名。而風采之任則亦何用乎此。

5. 監司當親巡遠地

斯民居窮鄕僻郡之中。疆域曠邈。按察稀臨。宮闕萬里。赴訴莫及。此守令之貪汚者恣行其欲。民生之汩沒者不得其訴。賄賂公行而民生竭。冤抑莫伸而民情鬱。日夜望望焉冀監司之一臨。察其冤而伸之。爲監司者。其可以其地之荒遠而莫之至耶。

6. 考課法

善: 德義。淸謹。公平。恪勤。

最: 獄訟無冤。催科不擾。稅賦無欠。

簿書齊整。差役均平。爲治事之最

農桑墾殖。野廣土闢。水利興修。爲勸課之最

屛除姦盜。賑恤窮困。爲撫養之最

政績尤異者爲上。

恪居官次。職務粗治者爲中。

臨事弛慢。所莅無狀者爲下。

本朝壬申 卽位之教考課法

善: 公。廉。勤。謹。

最: 田野闢。戶口增。賦役均。學校興。詞訟簡。

惡: 貪。暴。怠。劣。

殿: 田野荒。戶口損。賦役煩。學校廢。詞訟滯。

取古人善最之法以合古宜今者。作考課之法。定其分數。使剌擧者有所依據。

善: 公 五分。明 五分。廉 四分。勤 四分。公明則能廉勤 故廉勤之分 減公明一等

最: 田野闢 三分五釐。戶口增 三分五釐。學校興 三分五釐。禮俗成 三分五釐。獄訟平 二分。盜賊息 二分。差役均 一分。賦斂節 一分。

衣食足而知禮義。則自不犯法而趨事矣。故其分數以次而降。凡守令善最。考其實績。備書曰某守令善某事某事。最某事某事。考其分數多少。定其上中下陟之。善最俱無者黜之。且善。德也。最。才也。善之分數多而最之分數少。所以先其德而後其才也。

5. 州牧

周。八命曰牧

秦。置監察御史

漢。興省之。至惠帝又遣御史監三輔郡察詞訟。二歲更之。

○文帝以御史不奉法。乃遣丞相史出刺。

○武帝乃置部刺史。自是以來。至于唐宋。或沿或革。然皆任監司督察之職。

前朝置三留守八牧四都護府。後或有增置者。然各治其州之民。乃別遣按

察使按廉使。糾察官吏。聽斷詞訟。又改爲都觀察使。是爲監司。而州牧之任與郡縣同矣。

本朝皆因之

6. 郡太守

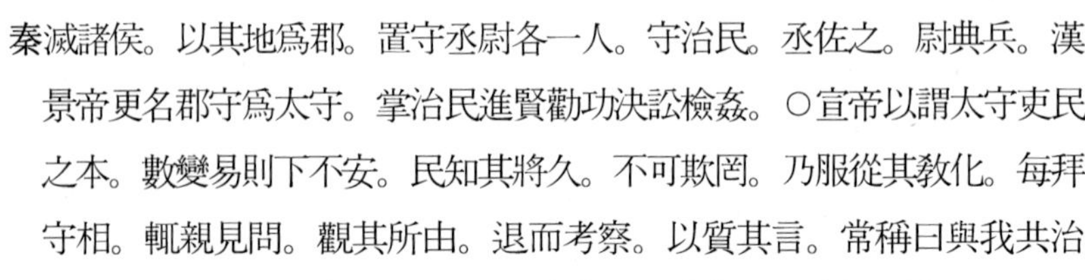

秦滅諸侯。以其地爲郡。置守丞尉各一人。守治民。丞佐之。尉典兵。漢景帝更名郡守爲太守。掌治民進賢勸功決訟檢姦。○宣帝以謂太守吏民之本。數變易則下不安。民知其將久。不可欺罔。乃服從其教化。每拜守相。輒親見問。觀其所由。退而考察。以質其言。常稱曰與我共治者。其惟良二千石乎。是以。漢世良吏於是爲盛。而稱中興焉。

後漢。亦重其任。或以尙書令僕射出爲郡守。或自郡守入爲三公。

晉宋以來。或稱守相。或稱內史。或稱太守。沿革不同。皆爲治民之官。唐武德初。改郡太守爲州刺史。後改州刺史爲郡太守。自是。州郡史守。更相爲名。其實一也。

大宋之初治天下也。重親民之任。疏督守之名于屛。俯仰觀焉。其人善惡。必書其下。是以州郡率治。

前朝置知州事知郡事。卽古郡太守也。

本朝因之

7. 縣令

周官。有縣正。各掌其縣之政令而賞罰之。

春秋時。列國相滅。多以其地爲縣。則縣大而郡小。

漢制。凡縣萬戶以上爲令。減萬戶爲長。侯國爲相。因秦制也。

晉宋以來。皆稱縣令。

唐有赤畿望緊上中下六等之差。按)京都所治爲赤縣。旁邑爲畿縣。其餘以戶口多少地美惡爲差。如戶多爲望。其次爲緊爲上中下爲下六等。

前朝有縣令監務。卽古縣令也。

本朝因之

本朝凡州府郡縣官稱。初因前朝之舊。後議者獻議曰。府州郡縣。星羅棋布。以大統小。以小屬大。首重尾輕。乃能治也。前朝置三留守八牧四都護。庶幾得其制矣。後增置大都護。陞諸牧之上。又有加新牧者。州郡之號。日就超陞。入國初。陞全州爲完山府。晉州爲大都護府。又改開京爲開城留後司。於是爲巨邑者五。品秩崇重。有尾大難掉之弊。豈所謂五大不在邊者乎。是又不可不慮也。請命有司。將開城, 平壤, 永興, 完山, 雞林量宜因革。置三京留後司。餘皆降爲大都護。又以諸牧之最久且大者陞爲大都護稱知府。新牧及小都護稱知州。凡知官稱知郡。縣令監務稱知縣。如是則府州郡縣。截然有序。互相聯屬。如身使臂。如臂使指。王化之行。速於置郵而傳命也。

1. 郡守民之本也

孫氏曰。夫民者。國之本也。郡守縣令。民之本也。古者方制四海。而天子列爵頒祿。非爲臣下。皆以爲民也。故聖人一動作一施設一命令一法制。必本於民。故擇其人以牧養之。重其任以付責之。假其權以安固之。厚其祿以寵利之。上之責吏。一本於民。吏之報上。一本於民。則民重矣。民重則郡守縣令重。郡守縣令重則天下國家重矣。故輕郡守縣令。是輕民也。民輕則天下國家輕矣。可不愼歟。昔漢之制郡縣。可謂知所重矣。郡守入爲三公。郎官出宰百里。又出諫大夫補郡吏。有治效者。璽書勉勵。賜金增秩而不輒遷也。公卿缺則選其尤異者而用之。故漢之良吏。於是爲盛。誠知所重矣。魏晉以下。風俗垢弊。謂居朝廷者爲要職。治郡縣者爲左遷。故吏多貪殘而俗日壞敗者。失所重也。唐之失。亦重內職而輕外官也。故內職常在於數遷。外官常在於滯選也。然而三百年間守宰之植風迹者。猶班班可言也。國家之初。罷削方鎭。重郡縣之職。而生民頗得休息。太祖選任郡守。輒召見慰勞而遣。太宗親擇循吏。分理郡縣。又常手札細書御前印紙三十餘通。以賜所遣郡吏。先帝勵精政理。一命 一本作分 以上。皆廷見之。悉受訓辭。敕戒丁寧。使知自重。此祖宗重外輕內。憂民擇吏之至恩也。

○呂氏曰。祖宗時。不唯自選知州。至於銓選之微。三班之賤。其差遣注擬。責之近臣。亦皆引對便朝。臨軒閱其當否。或以權要之親而特加抑退。或以癃老之甚而處以散官。況以千里專城之寄耶。神宗皇帝一日召文彦博等。對於資政殿。謂選任知州未得善法曰。祖宗百戰得天下。今以一州生靈。付庸人。常痛心疾首。卿等以爲如何而可。由是觀之。累聖皆以牧守爲重。豈特太宗朝如此哉。然太宗置審官院。俾近臣主之。或以前執政輔臣而爲之主判。注擬之際。精選人才而後引對。人主臨軒。顧問審其可否。眞宗遵用先朝之制。至天聖初。章獻垂簾。仁祖幼沖。弛於舊制。逮五六年。復引對諸司。公事雖臨軒躬覽。而有司以名次格法。用例引條而法擬矣。不唯有司不能如前朝精選人才。而臨軒顧問。亦不可以可否而黜陟。故富弼等謂宰相亦不自選知州。而委之審官。審官又不選而依次撥人。天下州郡。多不治。神宗察見州牧之弊。詢於輔臣。僉議欲立選法。旣任以法。付之有司。不能親擇。愈失求才之旨也。今郡守雖多堂除。而朝廷不自任黜陟之責。其間庸謬不才。已係知州資序。或雖非資序。而曾任監司臺省以上。例須與郡。不免依違而與之。由大臣不能引用祖宗典故引對黜陟故也。方今江淮諸州。其與敵對壘。閩廣雖遠。亦間有盜賊不虞。以至應辦軍需。正藉强幹之人協濟共治。豈容濫取豢養不才。臣願朝廷選除牧守。宜法祖宗之制。

2. 令長與民最親

李氏曰。州縣之間。與民最親者。令長爲最先。而職任之最煩且難者。亦莫踰於令長。歷漢唐以來。皆欲重其選而難其人。當時群臣如韋嗣立, 張九齡輩論說甚詳。咸可覆視也。爲之長史者。亦豈易爲力哉。征賦之浩穰。期會之峻急。獄訟之糾紛。簿書之雜遝。盡自力以從事。而後其事粗擧。利害至切。勞逸不均。督責負荷。不爲不重。誠與他官殊絶。而朝廷格律所以待之者。初無殊恩異數以寵秩之。是故。吏之有才略可以撥煩治劇。率多希恩廟堂。或庇身幕府。或寄跡學校。偸養優閒以自便安。祿秩位次。悉從優厚。其推法之所當得者。非爲貧苟祿。卽嗜利僥倖者也。

3. 最近於民

呂氏曰。出宰百里。最近於民。祖宗勤恤民隱。故詳擇宰令。必須引對。親視才否而授之。雖一命初仕。亦臨軒顧問。況於百里之重乎。

4. 善政所感

政之善惡。有感於物者。亦有感於人者。蝗避中牟。鳳集穎川。九江得人而去猛虎。潮陽得人而去鰐魚。善政感物者也。米以王渙而通。粟以李峴而賤。有李勉則夷船來。有薛公則魚鹽至。善政感人者也。

5. 二千石善政

吾聞風行於上而水波。此天下之至文。仁形於心而民服。此天下之善化。豈可以多爲令而病民慢。自設於險而病民詐耶。九轉丹砂。點鐵成金。兩漢循吏。鑄頑成仁。我簡易則民肅。我平易則民親。賣私鬪之刀劍以爲牛。羞淫祀之罇俎以養親。雖承平百年。雨露滲漉。非二千石所以牧人者乎。

6. 善政卽爲漢之循吏

夫猛而不害善良。寬而不長姦宄。雖兩漢循吏。不過如此。萍鄕邑里之間。鴟梟且爲鳳凰。稂莠皆化爲嘉穀矣。

7. 守令不任事

夫食人之食者。任人之責。衣人之衣者。懷人之憂。朝廷以十萬戶付之一守。以百里之地委之一令。元元之休戚係焉。一時之豐耗係焉。不知懼此而。夤緣爲姦。亦弗思之甚。且張官置吏。本以爲民。今也爲民父母。而反有以蠹民。民何所望耶。然士方未仕之時。冀得寸祿以有爲。迨夫歲月之積。家溫食飽則平日志願。一皆汩沒。吁可嘆哉。

8. 吏爲民之乳牧

歲當旱歉。群情嗷嗷。綏靜撫摩。尙虞多事。倘貪吏復從而慼削之。是子方啼飢而乳之。嚚者復奪其食。牛方奔喘而牧之。悍者復疾其鞭。則轉就羸殘而激成搏觸。其勢所必至焉耳。人君保民。均於保子。愛民甚於愛牛。而爲之乳與牧者。實寄諸吏。

9. 良吏貪吏

良吏出爲德星。則雖齊歲方艱。而民懷父母之戀。貪政肆爲碩鼠。則雖魏麥可食。而民興逝去之思。

10. 贓吏

贓吏者。人心之巨蠹也。芟其根而毋使之蔓。伐其枝而毋使之萌。布滿郡縣者。皆羔羊素絲之節。牧養生民者。無苛政猛虎之嫌。

11. 官吏之弊

以風霜之評議者未必畏。朝夕之誅求者每自若。貪婪狼狽。疾險鷙猛。

○肆貪暴之毒。長告訐之風。以詞訟爲興利之門。以獄犴爲論財之府。

○快意於常刑之外。横取於經賦之餘。以慈祥愷悌爲姑息。以刻剝慘毒爲整辦。議論習尙。日趨於薄。似非淸明聖時爲宜有。

道傳嘗以暇日。考究前代典籍。取其有關於治體者。自宰相至守令。其名位之沿革。職任之得失。人物之賢否。無不備載。始自唐虞。文籍之所起也。迄于本朝。耳目之所逮也。蓋君。原首也。宰相爲君可否。君之腹心也。臺諫監司爲君糾察。君之耳目也。府衛之捍衛。守令之承流宣化。非君之爪牙與手足乎。人而廢其一體則非人也。國而廢其一官則非國也。古先哲王。廣求賢能之士。布列中外。亦欲修厥官而保其國也。詩曰。我求懿德。肆于時夏。允王保之。此之謂也。爲宰相者。有識然後能辨事物之當否而無所惑。有量然後能容事物之煩浩而無所遺。有德然後能得上下之心服而無所失。至若臺諫監司。當重風采而尙氣節。風采重則人敬。氣節尙則人畏。人知敬畏則權姦之心沮。而撓法亂政之萌絶矣。得智勇忠義之士。以充宿衛。禁衛尊嚴。有以折姦雄之心。杜覬覦之望。得循良公正之士以爲守令。民庶蘇息。有以遂相生之樂。無流離愁歎之聲矣。然人才有昏明强弱之不同。世道有醇漓汚隆之或異。故愚不肖者得廁於其間。而賢智者亦不得而展布。職有所不修而曠官之嘆興矣。且宰相非其人。當亟求賢者以置其位。臺諫失其職。亦當求能者以責其職。豈可以一人之故而輕輔相之權。廢風紀之任哉。若府衛若監司守令。莫不皆然。比之於人。心之官則思。耳司聞目司視。心未得其思則當治其心。使之益以淸明。必得其思而後已。耳有所未聞。目有所未見。亦當治其耳目。使之益以聰明。必得其聞見之實而後已。又豈可以未思之故而廢心之官。未聞未見之故而廢耳目之聰明哉。此又不可不知也。故倂論之。

序　鄭摠

經濟文鑑。判三司事奉化伯鄭公之所著也。公自幼好學窮經。懷材抱道。慨然有經濟之志。及我殿下受命作興。公決疑定策。蔚爲元勳。以文武之略。兼將相之任。凡於國家之政。動引古法。參酌時宜。利興害除。民蒙其澤。其經濟也大矣。尙論古之人。博採歷代以來職任得失。人物賢。否筆之於書。其引用先儒之說。間有附以己見者。不復識別。簡而不略。詳而不繁。可法可戒。將俾世之居官者。皆知其任之不易而莫不勉勉循循。思所以稱其職。其有補於世也亦大矣。予觀是書。其首之以相業者。宰相之任。論道經邦。爕理陰陽。關係至重。非他官比也。古之能稱其職者幾何人哉。三代以上。稱夔皐稷契伊傅周召。三代以下。稱漢之蕭曹丙魏。唐之房杜姚宋。宋之韓富王范司馬諸公而已。吁。相業不亦難乎。是故。人君當以擇相爲先。而爲相者亦當思稱其職可也。次之以臺諫者。臺官糾禁風俗之惡。諫官論奏人主之失。實國家之所重。而居是職者。豈可以唯唯悠悠而瘝厥官也哉。且又府衛之兵。在於練養。無事則宿衛于內。以備患於非常。有事則折衝于外。以靖難於危急。不可以不之重也。監司之任。在乎澄淸。懲豪猾而治寃抑。恤民隱而擧賢才。不可以不之謹也。州牧郡守縣令。人主之所與共治者也。其人賢則民受其福。苟不賢則民受其禍。其不擇人而除授可乎。此又所以相繼而居其次也。然則爲府兵爲監司爲州牧守令者。可不思所以稱其職也哉。爲國之要。不越乎是數者。苟能各稱其職。則雖天下。不難爲也。況一國乎。於此見公之學有淵源。而公之才爲適用也。客有語予者曰。大抵古人之著書者。有志而不得見諸行事者之所爲也。公遭遇聖明。位爲宰輔。時不可謂不遇。而道不可謂不行也。何著書爲。予曰。公之心。必欲堯舜君民而後已。其行道也一毫不盡。則其中固有歉然者矣。此公之所以著書之意也歟。蒼龍乙亥後九月下澣。純忠佐命開國功臣。資憲大夫。藝文春秋館大學士。同判都評議使司事。世子右賓客西原君鄭摠序。

－經濟文鑑 終－

經濟文鑑別集 上

鄭道傳 著
鄭柄喆 編著

序　權近

三峯先生初編經濟文鑑。自相業而始。未及乎君道。蓋鄭重而不敢言也。其書旣成。則曰。君心出治之源。論經濟而不本於君心。是猶望流之淸而不澄其源也。而可乎。於是論列其可法可戒者。自唐虞而迄宋元。其僭僞分裂者略之。尊正統也。前朝王氏三十代之得失。亦悉論而著之者。耳目之所逮也。又採經典聖賢之格言。以附其後。其所以格君心正君德。與夫歷代之治亂。爲政之本末。靡所不擧。略而詳。簡而切。實可謂人主之龜鑑也。恭惟我殿下聖德神功。受命開國。以興維新之治。以建萬世之基。而先生以性理之學。經濟之材。匡輔贊襄。立經陳紀。治化之隆。可謂至矣。然且拳拳於是書者。豈以一時之治。爲自足哉。蓋將立言垂範。以爲子孫萬世無疆之休也。故旣著經國之典。又編是書。其忠可謂大。而其慮可謂遠矣。近以非材。獲承公命以重校之。託名不朽。幸莫甚焉。故略敍先生著述之意。以引編端云。洪武三十年七月上澣。資憲大夫花山君權近序。

1. 君道

1. 唐

1. 堯。陶唐氏 帝嚳子 姓伊耆 繼嚳以火德王 都平陽 在位七十二年

堯自唐侯。陞爲天子。堯之盛德。固未易名言也。苟卽堯典而反復之。則庶乎可以得之矣。以言其心法。則曰欽明文思安安。以言其身法。則曰允恭克讓。其曰。克明俊德。以親九族者。身修而家齊也。九族旣睦。平章百姓者。家齊而國治也。百姓昭明。協和萬邦者。國治而天下平也。蓋自身心推而至於家國天下。內外交養。本末俱治。可見聖學之有本。而聖治之有序矣。乃命羲和。欽若昊天。曆象日月星辰。是堯之理會天道。咨若時登庸。咨若予采。是言理會人道。帝曰。咨四岳。湯湯洪水方割。蕩蕩懷山襄陵。浩浩滔天。下民其咨。有能俾乂者。是言理會地道。帝咨四岳以巽位。師錫帝曰。有鰥在下。曰虞舜。帝兪之。釐降二女于嬀汭。嬪于虞。帝曰。欽哉。此言禪讓之事。蓋人主之職。以用人爲重。以知人爲難。一咨而得丹朱之頑。再咨而得共工之靜言庸違。三咨而得鯀之方命圮族。直至咨四岳擧舜。爲天下得人。人君以一身。出而爲天地人物之宗主。不過爲生民立極。盡其輔相財成之道。以推其極。三才之責旣盡。則聖人之能事畢矣。

2. 虞

1. 舜。有虞氏 顓頊六世孫 姓姚 受堯禪 以土德王 都蒲阪 在位六十一年

書曰。重華協于帝。此言舜之德與堯合也。自今觀之。濬哲文明者。卽舜

之心法也。溫恭允塞者。卽舜之身法也。其曰。父頑母嚚象傲。克諧以孝。烝烝乂不格姦。曰。民協于中。四方風動。萬邦黎獻。共惟帝臣。則亦舜之家齊國治而天下平也。首察璣衡以齊七政。舜之理會天道也。若夫徽五典而五典從。納百揆而百揆敍。敎化行而政事治也。四門穆穆。人化之也。烈風雷雨不迷。神相之也。類上帝禋六宗。望山川徧群神。所謂使之主祭而百神享之也。輯五瑞。日覲四岳群牧。與之更始。大一統也。五載一巡狩。群后四朝。所以通上下之情也。協時月正日。重正朔也。同律度量衡。一制度也。仁以恤五刑之用。義以斷四凶之罪。而天下咸服矣。闢四門明四目達四聰。所以來天下之賢俊。而廣四方之視聽也。惇德允元。扶君子也。而難任人。抑小人也。咨奮庸熙帝之載。則擧伯禹宅百揆。閔黎民阻飢。則以棄爲后稷。憂五品不遜。則以契爲司徒。命皐陶而作士師。命垂而作共工。若上下草木則以益爲虞。典三禮則以伯夷爲秩宗。命夔典樂。所以敎冑子。命龍作納言。所以塈讒說。此卽堯疇咨之意也。何莫非理會人事也。至於肇十有二州。封十有二山。濬川。卽理會地道也。當耄期而倦于勤。則命禹總師。終陟元后者。卽咨四岳擧舜之意也。此外無餘事矣。蓋人君職分之大綱。不過如此。噫。執中一語。上以受之堯。下以傳之禹。而益之以道心惟微。人心惟危。惟精惟一三語。以開聖學之淵源。實萬世生民之所賴。孰謂其道行於一時而已哉。

3. 夏

1. 禹。姓姒 鯀子 舜授以位 都安邑 以金德王 在位十五年

八年於外。三過其門而不入。啓呱呱而弗子。禹之勤也。克勤克儉。不自滿暇。禹之賢也。不矜不伐。天下莫與爭功能。禹之德也。平治水土。使民得其居。曁稷奏庶艱食。使民得其養。立封建井田之經界。使人不爭。貢金九牧。以鑄九鼎。載所立九州之制度。以建寅爲歲首。使天時人事。

不失其正。此皆萬世之功也。懸鐘鼓磬鐸。以待四方之士。建旌旗斿旐。以別尊卑之等。興學校以明倫。泣罪人而痛異心。拜昌言而惡旨酒。紀綱典則。關石和鈞。無不備焉。禹之功厚德茂。立極垂統。爲萬世之準者至矣。若聲爲律身爲度。左準繩右規矩。則又要其本而言之也。嗚呼。禹傷父治水殛死。故直以此自任。立偉績蓋前愆。至於禘嚳而郊鯀。禹之責塞矣。然其心猶有所歉然。故於宗廟則致其孝。於祭祀則致其美。於溝洫則盡其力。寧飮食之菲。衣服之惡。宮室之卑。皆不敢暇顧者。其心不能一日安於天子之常奉也。至於擧天下以授之啓。杜萬世僭亂之本。禹之處父子之間。可謂無所愧負矣。蓋嘗論禹之傳於舜者。執中一語。得於天者。洪範九疇。蓋皇極居中。以一御八。居中制外。亦中而已矣。聖學明而彝倫敍。尤有功於世教也如此。吁盛矣哉。

2. 啓。禹子 在位十年 傳子自此始

禹崩。益避禹之子於南河之南。天下諸侯朝覲者。不之益而之啓。謳歌者。不謳歌益而謳歌啓。於是卽位。啓可謂賢能繼事矣。有扈氏叛。啓召六卿。躬行天討。數其威侮五行。怠棄三正之罪滅之。其曰。大戰于甘者。所以見啓之奮發有爲。且著有扈不臣之罪。而帝王升降之幾。世變之一會。從可知矣。

3. 太康。啓之子 羿廢之 在位三十年

以逸豫滅厥德。黎民咸貳。乃盤游無度。畋于有洛之表。十旬不返。有窮后羿因民不忍。拒于河。厥弟五人。作五子之歌以怨之。

4. 仲康。太康之弟 羿廢太康而立之 在位十四年

羿立而相之。仲康肇位四海。首命胤侯掌六師。惟時羲和沈亂于酒。遐棄

厥司。至日食大變。尙罔聞知。王命胤侯征之。羿廢太康而立仲康。其簒乃在相之世。是則仲康猶有以制之也。

5. 相。 仲康子 徙商丘 在位二十九年 羿逐相簒國二年 其臣寒浞弑之

權已歸羿。爲羿所逐。居商丘。且羿恃善射。不修政事。淫于原獸。而卒爲寒浞所滅。

6. 少康。 相之子 滅寒浞 復禹舊績 在位二十一年

以相遺腹之子。生四十餘年。以一成之田一旅之衆。能布德兆。謀收夏衆。撫其官職。以滅浞而有窮遂亡。少康區區亂離之間。復禹績還舊都。祀夏配天。不失舊物。而有夏中興焉。

7. 孔甲。 不降之子 在位二十年 自少康至孔甲九代

好鬼神。事淫亂。德衰。諸侯多叛。

8. 桀。 帝發之子 在位五十年 湯放之 自孔甲至桀四代

自孔甲以來。諸侯多叛。桀尤無道。有力能伸鐵鉤索。滅德作威。天下怨之。嬖妹喜。爲瓊宮瑤臺。酒池肉林。一鼓而牛飮者三千人。妹喜笑以爲樂。殺直臣關龍逢。囚湯夏臺。旣免而得釋。湯乃與伊尹。興師伐桀。戰于鳴條克之。放之于南巢。

4. 殷

1. 湯。 姓子 名履 契十三代孫 都亳 以水德王 在位十三年

初以七十里。諸侯爲方伯。葛伯不祀。湯始征之。聘伊尹。學焉而後臣之。任以國政。湯出見野張網。去三面。諸侯聞之曰。湯德至矣及禽獸。歸之者四十餘國。桀尤無道。尹相湯而伐之。湯有慙德曰。予恐來世。以台爲口實。仲虺作誥以釋之。大旱。湯自以身爲犧牲。禱於桑林。六事自責。曰政不節歟。民失職歟。宮室崇歟。婦謁盛歟。苞苴行歟。讒夫昌歟。言未旣大雨。制官刑。儆于有位曰。敢有恒舞于宮。酣歌于室。時謂巫風。敢有殉于貨色。恒于遊田。時謂淫風。敢有侮聖言逆忠直。遠耆德比頑童。時謂亂風。惟兹三風十愆。卿士有一于身。家必喪。邦君有一于身。國必亡。稱其德者有曰。布昭聖武。代虐以寬。有曰。肇修人紀。從諫弗咈。先民時若。居上克明。爲下克忠。與人不求備。檢身若不及。有曰。立賢無方。湯之德。可謂盛矣。其曰。上帝降衷。若有恒性者。實開後日孟子性善之論。其有功於聖學亦大矣。

2. **太甲。** 湯之孫 在位三十三年 自湯至太甲四代

伊尹祠于先王。奉嗣王祇見厥祖。侯甸群后咸在。百官總己。以聽冢宰。伊尹乃明言烈祖之成德。以訓于王。太甲不明。欲敗度。縱敗禮。伊尹營于桐宮。密邇先王其訓。王徂桐宮。居憂三年。悔過自怨自艾。處仁遷義。伊尹乃以冕服。奉王歸于亳。還政于王。由是修德布惠。克終湯業。

3. **太戊。** 雍己之弟 在位七年 自太甲至太戊六代

先時商道浸衰。諸侯或不來王。至是亳有祥桑穀。共生于朝。一暮大拱。伊陟曰。妖不勝德。君之政其有闕歟。太戊於是修先王之政。明養老之禮。早朝晏退。問疾弔喪。三日。桑穀枯死。三年。遠方重譯至者七十六國。

4. **盤庚。** 陽甲弟 改商曰殷 在位二十八年 自太戊至盤庚十一代

自仲丁至陽甲。多廢嫡立弟。爭位相伐。亂凡九世。諸侯莫朝。盤庚初。殷道益衰。耿都又有河決之患。欲遷于亳。臣民安土重遷。盤庚作書以諭之。乃從。盤庚旣遷。改商曰殷。行湯之政。殷道復興。

5. **武丁。** 小乙子 在位五十九年 自盤庚至武丁四代

恭默思道。夢帝賚良弼。以形旁求于天下。說築傅巖之野。惟肖。爰立作相。置諸左右。命之曰。朝夕納誨。以輔台德。說作書三篇告王。皆諄勤懇切。其曰。惟木從繩則正。惟后從諫則聖。又曰。非知之艱。行之惟艱。又曰。學于古訓。乃有獲。事不師古。以克永世。匪說攸聞。又曰。惟學遜志。務時敏。厥修乃來。念終始典于學。厥德修罔覺。尤爲人君之所當法者也。祭成湯。有雊雉之異。祖己訓諸王曰。惟先格王。正厥事。高宗從之。不敢遑寧。嘉靖殷邦。至于小大。無時或怨。三年。蠻夷編髮。重譯來朝者六國。旣而伐荊楚。伐鬼方。僭亂旣夷。殷道復興。享國五十有九年。號曰高宗。

6. **祖甲。** 祖庚弟 在位三十三年 自武丁至祖甲三代

王少不義。高宗遠之。居處困阨。不得志。作其卽位。爰知小人之依。能保惠于庶民。不敢侮鰥寡。又作盤盂之書以自戒。

7. **武乙。** 庚丁子 遷都河北 在位五年 自祖甲至武乙四代

王無道。爲偶人。謂之天神。僇辱之。又爲革囊盛血。仰射之。命曰射天。獵於河渭之間。暴雷震死。

8. **帝乙。** 太丁子 在位三十七年 自武乙至帝乙三代

殷道益衰。庶長微子啓賢。箕子勸王以爲嗣。王以其母賤不立。立嫡子受

辛。是爲紂。

9. **紂帝。** 乙子 立三十四年 武王伐之 王赴火而死

資辯捷疾。才力過人。手格猛獸。智足以拒諫。言足以飾非。播棄黎老。昵比罪人。爲天下逋逃主。萃淵藪。乃夷居不祀上帝神祇宗廟。尙兵百戰皆克。伐有蘇氏。獲其女妲己嬖之。惟言是用。作奇技淫巧以悅之。使師涓作新淫之聲。北里之舞。靡靡之樂。厚賦稅。以實鹿臺之財。盈鉅橋之粟。廣沙丘苑臺。以酒爲池。懸肉爲林。縱男女倮逐其間。爲長夜之飮。作炮烙之刑。取妲己笑樂。刳孕婦。斮朝脛。醢九侯。脯鄂侯。囚周侯於羑里。周臣進美女奇物善馬得釋。更賜弓矢斧鉞。專征伐爲西伯。西伯卒。子發立。時紂惡未悛。微子去之。以存宗祀。比干諫而剖心。箕子佯狂爲奴。西伯發帥諸侯伐紂。紂犇鹿臺。衣寶玉自焚。

5. 周

1. **武王。** 姓姬 名發 文王子 都鎬 以木德王 在位七年

太公爲師。周公爲輔。召公, 畢公之徒左右王師。九年。戡黎。十三年。伐紂。踐天子位。乃反商政。政由舊。釋箕子囚。封比干墓。式商容閭。散鹿臺之財。發鉅橋之粟。大賚于四海。而萬姓悅服。陳洪範而萬世彝倫之道明。戒丹書而敬怠義欲之辨著。報本反始則崇追王祭祀之禮。垂裕後昆則立敎世子之法。其建官也惟賢。其位事也惟能。重民五敎。而食喪祭之加謹。惇信明義。而崇德報功之兼盡。此其所以垂拱而天下治。尙何難之有。

2. **成王。** 誦 武王子 在位三十七年

周公應問無窮。導之以道。太公誠立而敢斷。輔善而相義。以充大其志。召公廉潔而切直。匡過諫邪。以矯拂其行。史逸博聞強記。敏給而善詞。以承救其遺忘。王雖童蒙而四臣維之。朝廷無過事。王因風雷之變。知周公之元聖。致辟群叔。於無逸之書。知稼穡之艱難。以復后稷·公劉之業。求群臣之助則曰。敬之敬之。天惟顯思。又曰。日就月將。學有緝熙于光明。佛時仔肩。示我顯德行。此皆得於周公者。其定禮樂立法制。爲三代之令王。宜哉。

3. 康王。釗成王子 在位二十六年

旣居天子位。誥諸侯。太保率西方諸侯入應門左。畢公率東方諸侯入應門右。皆再拜稽首曰。今王敬之哉。張皇六師。無壞我高祖寡命。王若曰。庶邦侯甸男衛。予一人釗報誥。昔君文武。建侯樹屛。在我後之人。雖爾身在外。爾心罔不在王室。用奉恤厥若。無遺鞠子羞。群公皆聽命。又冊命畢公。以成周之衆。保釐東郊。王克遵洪範。敬恭神人。四夷賓服。海內晏然。百姓興於禮義。囹圄空虛。成·康之際。天下安寧。刑措不用者四十餘年。有唐虞之風焉。

4. 昭王。瑕康王子 在位五十一年

王在位久。不能彊於政治。風化稍衰。時月有光五色貫紫微。井水溢。楚人不朝。王南征返濟漢。漢濱人濟以膠船。中流膠液。王及祭公皆溺死。

5. 穆王。滿昭王子 在位五十五年

初年。擧用賢才。命君牙爲大司徒。作君牙。有曰。心之憂危。若蹈虎尾。涉于春氷。命伯冏爲大僕正。作冏命。有曰。怵惕惟厲。中夜以興。思免厥愆。于時王心未肆也。迨夫將征犬戎。祭公謀父諫曰。先王耀德不

觀兵。有威讓之。令有文告之辭。又不至則增修於德。無勤民於遠。不聽。遂得四白狼四白鹿以歸。由是荒服不至。諸侯有不睦者。周德始衰。又東巡至鄭大之谷。起春霄宮。集諸方士。言神仙事。造父得八駿馬獻王。王喜。欲周行天下以求神仙。於是西巡。樂而忘返。作白雲黃竹之歌。天下愁怨。徐偃修飾仁義。諸侯多歸之者。僭稱王。王聞之。馳歸。造父爲御。起諸侯師。與荊楚合攻徐破之。偃王走死。未幾。王又欲出游。祭公謀父作祈招之詩以風王。王感而止。命修辭令以懷諸侯。以柔四夷。周室再安。末年。王在位久。教化衰。刑罰繁。思有以靖之。此呂刑之書所以作也。

6. 共王。緊扈 穆王子 在位十年

遊於涇上。密康公從。受三女之奔。其母曰。必致之王。夫女三爲粲。粲美物也。而何德以堪之。王猶不堪。況爾之小醜乎。康公不獻。一年。王滅密。女色之傾人國。固如此夫。

7. 孝王。辟方 懿王弟 在位十五年

惡來之後有非子者好馬。善養息之。王命主馬。汧渭之間。馬大蕃息。王邑之秦。于時大雹。江漢氷。牛馬死。當嬴秦始封之世。而災異之見殺氣若玆。履霜之象。已兆於此矣。天道之倚伏。可畏也哉。

8. 夷王。燮 孝王子 在位十六年

覲禮不明。王始下堂而見諸侯。綱常自此紊矣。時荊熊繹五世孫熊渠。甚得江漢民和。西伐庸東侵楊粤。僭立三子爲王。衛康公七世孫頃公。首壞王制。并北鄘之地。

9. 厲王。胡 夷王子 在位四十年

詩之變雅始作。時榮夷公好專利。有寵於王。大夫芮良夫諫曰。夫利。百物之所生也。天地之所載也。王人者。將以導利而布之上下。使人百物無不得極。猶日怵惕。懼怨之來也。今王好專利。其可乎。匹夫專利。猶謂之盜。王而行之。其濟鮮矣。榮公若用。周必敗也。不聽。卒以爲卿士用事。政益暴虐。四夷交侵。征斂數起。虐用其民。民不堪命。聚而謗王。王得衛巫。使監謗以告。輒殺。國人莫敢言。王喜告召公曰。吾能弭謗矣。召公曰。是障之也。防民之口。甚於防川。川壅而潰。傷人必多。民亦如之。故爲水者。決之使導。爲民者。宣之使言。王不聽。三年。民不堪命。作亂流王于彘。十四年。王崩于彘。

10. 宣王。靖 厲王子 在位四十六年

王卽位。周召爲輔。王承衰亂之後。旱災知懼。側身修行。以銷天變。任賢使能。興衰撥亂。有山甫以補袞職之闕。有申伯以蕃四國之維。命召公平淮夷。吉甫伐玁狁。方叔征蠻荊。故能復文武之境土。會諸侯於東都。而周室中興焉。況當是時。內有姜后之賢。脫簪珥以諫。所以輔成。早朝晏罷。勤於政事者多矣。惜乎。耤田不修。虢公徒諫。戰千畝而料民。殺杜伯非其罪。祈父, 白駒, 黃鳥之詩。終不能免詩人之刺。則當時司馬之職匪人。賢者之去。欲留不可。末年。生民蓋有失其所者矣。

11. 幽王。宮湦 宣王子 在位十一年 自幽王二十六代至赧王延亡

沈湎淫泆。讒夫並進。賦斂煩重。百姓愁怨。不以禮信待諸侯。賞罰不當。諸侯怨叛。初。王嬖于申。生太子宜臼。後嬖褒姒。生伯服。虢石父。與褒姒譖后及太子。王廢之。而以褒姒爲后。伯服爲太子。褒姒嬌恣。王惑之。詩人知其必亡。刺之曰。燎之方揚。寧或滅之。赫赫宗周。

褒姒滅之。宜臼奔申。申侯怒。與犬戎攻宗周。殺王驪山下。諸侯東迎故太子於申。歸而立之。是爲平王。而周轍遂東矣。自是以後。周室微弱。諸侯强僭。平王之詩。降爲國風。桓王之伐鄭。卒至無功。五霸之興。始於莊王。終於定王。歷七王七十五年之久。政在霸主。孔子作春秋以譏之。及威烈王封晉大夫爲諸侯。王法尤壞。七國爭雄。自相侵滅。而周之禮樂征伐。不出於天子。徒擁虛名於百辟之上。是亦無足取矣。然竊嘗論之矣。周之衰微至於如此。尙且綿曆數百載而後亡。何也。蓋文武周公。立經陳紀。創法定制。靡不備具。而仁以固結之。禮以維持之。端本洪源。自足與天無極。故晉侯之强而其請隧也。以王章不許。楚子之僭而其問鼎也。以天命未改沮之。至於帝秦之說。屈於匹夫之議。嗚呼。不有赧王柔懦衰削之甚。雖以虎狼之秦。若我何。然此已矣。孔子生於靈王之二十一年庚戌。雖不得位。乃敍書傳禮記。正樂繫易。作春秋。實紹伏羲堯舜禹湯文武周公之道統。傳之於後。縱未能東周乎一時。蓋亦有以東周乎萬世。嗚呼盛哉。

6. 漢

1. 高祖。姓劉 名邦 都長安 以火德王 在位十二年

帝起自布衣。提三尺劍。降秦蹙項。擒魏仆趙。降燕擊齊。曾未五年。遂登帝位。何成功之速哉。帝曰。運籌帷幄之中。決勝千里之外。吾不如子房。鎭國家撫百姓。給餉饋不絶糧道。吾不如蕭何。連百萬之衆。戰必勝攻必取。吾不如韓信。此三者。皆人傑。吾能用之。此吾所以取天下也。人亦以此稱之。然豈無其本而然歟。帝之寬仁愛人。意豁如也。常有大度。知人善斷。此德性之美。得於天賦者也。入關之初。與父老約法三章。殺人者死。傷人及盜抵罪。餘悉除去秦法。及羽弑義帝。爲之發喪。三軍縞素。此仁義之心。見於行事者也。三代之所以得天下。亦不是過

也。及天下旣定。赦季布。斬丁公。示君臣之大義。封功臣封同姓。乃曰。非有功不侯。非劉氏不王。得深長之慮矣。次律令。申軍法。定章程。制朝儀。此皆制作之要。子孫持守之具也。過魯而祠孔子。詔郡國而擧明德。減田租而十五稅一。其崇先聖禮賢士。愛元元之意何如哉。所恨者。帝天性雖明達。無學力以磨治之。以功業驕其父兄。以爵祿驕其臣子。始於僞遊而功臣不保。牽於私愛而國本幾搖。其於人道之大綱。有所未盡者矣。且其大風一歌。氣豪力雄。雖足以振國勢於四百年之久。而霸心之存。不能追跡三代之聖王。惜哉。

2. 惠帝。 盈 高祖子 在位七年

減田租。重吏祿。擧孝弟力田復其身。除挾書律。民年七十已上及不滿十歲者。有罪當刑。皆宥之。此皆爲政之善者也。當是時。曹參爲相。淸靜守職。帝垂拱仰成。天下晏然。衣食滋息。而內修親親。外禮宰相。優寵齊悼·趙隱。恩敬篤矣。遭母后虧損至德。過愛魯元。納甥女爲后。緣張后無後。殺宮人取其子以爲嗣。帝於人倫之大者。俱不得其正矣。

3. 文帝。 恒。高帝次子。封於代。諸呂滅。迎立之。在位二十三年。

跡帝之二十三年政治之美。建國本。崇節儉。尙德化。恤刑獄。務本愛民。開言路。擧賢良。抑貢獻。崇謙遜。吏安其職。民樂其業。是以。蓄積歲增。戶口蕃息。禁網疏闊。刑罰大省。斷獄數百。幾致刑措。嗚呼仁哉。獨其寵愛鄧通而賞賜鉅萬。好黃老之言而所尙差矣。善鼂錯術數之說。拜太子家令。專尙刑名。峭直刻深。啓七國之變。俾景帝終爲刻薄任數之君。貽謀之道有歉焉爾。不惟是也。高帝以來數十年。制度所宜立。教化所宜修。乃於賈生之請。謙讓未遑。遂使因陋就簡。教化不行。至於富民以錦繡被墻屋。公卿大夫以下競至奢侈無度。豪俠之徒横於閭里。君上之恩過於三代。下民之苦刻於亡秦。此不得不爲帝恨之也。

4. 景帝。啓 文帝子 在位十六年

卽位之初。除田半租。定笞律從輕之法。有足稱者。惜其以少恩而廢皇后。無罪而誅太子。輕許梁王以傳位。而俾王不得終。申屠嘉剛直可尙也。見黜而死。周亞夫定七國之功。不可忘也。以竄而死。吳王之叛。積怨於殺太子之時。而特發於削地之日耳。遽斬錯以謝。錯固不足恤。豈非傷於大體乎。恨釋之之劾奏則斥死淮南。怨鄧通之吮癰則困迫至死。其於人倫之間。刻薄任數。戕害殺戮。曾不小忍。豈慈父之所可同日語哉。又文帝寬仁大度。有高祖之風。以德化民。無事則謙抑如不能。有難則英武奮發。景帝忌刻少恩。乏人君之量。以智數繩下。平居則誅賞肆行。緩急則惴懼失措。父子之操心處事。大相反矣。史以文·景並稱。何也。蓋節儉不妄費。育民以致殷富。雖曰克遵洪業。可也。若其所謂風俗淳厚者。豈帝蒙其父文帝之深仁厚澤。醞釀滂沛之所成。而因以同稱耶。

5. 武帝。徹 景帝子 在位五十四年

以少年英銳之資。雄才大略。得於所稟。卽位之初。卓然罷黜百家。表章六經。疇咨海內。擧其俊茂。與之立功。又招選天下文學才智之士。待以不次之位。史稱其得人之盛。然新進用事而大臣退屈。宦官典領尙書而外庭疏遠。丞相多不擇人而被誅戮者五。曲學阿世如公孫弘、兒寬之徒。何足道哉。老儒如申公力行一語。卒使放歸。大儒如董仲舒春秋三策。僅相江都。直如汲黯多欲之對。內史河內。曾謂得人之盛歟。未幾。尙祠禱。求神仙。興土木。事巡幸。信祥瑞。加以嚴刑峻罰。窮兵黷武。至於用度不足。聚斂無所不至。民力屈財用竭。因之以凶年。寇賊並起。道路不通。帝猶不能自反。江充構亂。禍及太子。衛后不得其死焉。禍變已極。然後紆徐痛定。始大悔悟。乃罷方士棄輪臺。下哀痛之詔。力本勸農。其拔霍光、金日磾於無聞之中。以當託孤之寄。亦可謂明遠也已矣。大抵帝之所爲。皆踵秦皇之覆轍。然秦終迷復而胡亥·趙高繼之者非其人。帝悔

悟切責而孝昭，霍光繼之以善。故秦漢之興亡。大異焉。嗚呼。悔之雖晩。一念之善。其效如此。王通曰。秋風其悔心之萌乎。信哉。

6. 昭帝。弗陵 武帝少子 在位十三年

年十四而辨上官·燕蓋之詐。信霍光之忠。承孝武奢侈師旅之餘。海內虛耗。戶口減半。霍光明時務之要。首擧賢良文學。問民所疾苦。除田租。止出馬。議罷鹽鐵榷酤。免馬口錢。減民賦錢十之一。樓蘭授首。匈奴和親。百姓充實。稍復文·景之業。其培養國脈爲如何。使天假之年。復得周，召之佐。成，康不足侔矣。

7. 宣帝。詢 武帝曾孫 霍光定策立之 在位二十五年

帝養民間。高才好學。受詩論語孝經。知閭閻民事艱難。又苦吏急。卽位之初。首詔郡國。謹牧養民。而周德化。尙寬和。霍光薨後。勵精爲治。五日一聽政。丞相以下奉職奏事。擧賢良。罷屯田。罷池籞未幸者。勿治郡國宮館。以與貧民貸之。減鹽價。嚴繫囚。每拜刺史。輒親見。問以治民之事。有治效。輒璽書勉勵。公卿闕。以次用之。重文學。擇將相。凡謂之政事文學法理之士。咸精其能。夷狄賓服。邊境少事。史稱功光祖宗。跡比周宣。非歟。然當時法制過詳。道德不足。是以。人情姦詐益深。無功者冒其賞。有罪者逃其刑。欺蔽雜出而不可禁矣。至於用恭·顯。貴許·史。啓後日宦官外戚之禍。族楊韓而啓後日殺戮大臣之端。産三孼。卒以亡漢。由是觀之。綜核勵精之治。雖足使一時吏稱其職。民安其業。而高文忠厚寬仁之脈。斷喪無餘矣。故曰。詩書法律。周召刑餘。爲漢室基禍之主。誠哉。是言也。

8. 元帝。奭 宣帝子 在位十六年

卽位以來。以公田賑業貧民。貸種食。減樂府員。省苑馬。以賑困乏。罷宮館。減馬獸肉食。貸貧民。賜孤寡高年帛。遣使存問耆老孤寡失職之人。幾無虛歲。可謂慈仁愛民之主矣。至於尙節儉好儒術。皆爲君之美節。獨惜其剛斷不足。柔懦太過。許・史與政。恭・顯專權。望之・周堪・京房・張猛・蘇建。皆以忠見死。公卿以下畏顯。側足而立。事無巨細。悉關宦寺。西漢之衰。決於此矣。

9. 成帝。 驁 元帝子 在位二十六年

善修容儀。臨朝淵默。尊嚴若神。可謂有穆穆天子之容矣。求遺書於天下。詔劉向校書。可謂知崇文學者。然卽位初年。首用元舅王鳳爲大司馬領尙書事。一日之內。封侯者五人。免斥石顯。奄宦之害雖除。委政王氏。外戚之禍愈熾。帝方耽于酒色。飛燕蠱惑。赤鳳內亂。許后廢死。劉向・王章・朱雲・梅福誠忠懇切。如水沃石。披心讜論。動遭按劍。獨杜欽・谷永・張禹・孔光之徒諂諛權臣。乃保寵固祿。跡帝昏懦柔惡如此。漢祚之移。不在其身幸矣。

10. 哀帝。 欣 元帝庶孫 在位六年

帝在東宮。見委政外家。王氏僭盛。首行罷免。政由己出。未爲失也。然丁傅・董賢相繼寵用。誅殺大臣。帝何不思之甚。王氏可去。丁傅獨可用乎。帝又聽董宏之說。寧負先帝之恩。欲尊私親之號。一差意向。遂拂群心。斗筲之莽。知公論在是也。故劾董宏。甘心屢黜。以文其姦。公卿大夫聞而直之。訟莽冤者百數。而莽得志矣。自是浮譽日隆。遂執魁柄。革漢爲新。梯禍自此。亦由帝行乖禮義。自失人心。倒持太阿。授之莽哉。

11. 光武。 秀 高帝九世孫 都洛陽 在位三十三年

帝才明勇略。誠非人敵。且開心見誠。無所隱伏。延攬英雄。務說民心。恢廓大度。同符高祖。二十八將。咸奮智勇。以成佐命之功。芟夷群雄。討除僭叛。十餘年間。海內蕩平。樹高祖之業。救萬民之命。赫然中興。且其老吏垂涕於漢官之儀。吏民喜悅於持節之行。人與之也。以至氷合滹沱。得免王郎之購。天與之也。自今觀之。召名儒定舊制。徵循吏用寬仁。側席幽人。以倡名節。保全功臣。共享富貴。見稼穡之艱難則除苛政而還輕法。念戶口之耗少則并郡縣而去冗員。屯田儲糧。復三十稅一之制。久厭兵革則不言軍旅攻戰之事。西域遣子入侍。匈奴遣使稱臣。皆辭之而不許。加以身衣大練。色無重彩。不聽淫靡之聲。絶去玩好之物。宮房無私愛。左右無偏恩。損上林池籞之官。罷騁望弋獵之事。勤約之風行于上下。是以。三十年間。四夷賓服。百姓富庶。政敎淸明。禾黍豐稔。祥瑞屢應。此固無以議爲也。獨惟殺韓歆・歐陽歙非其罪。河南尹張汲與郡守十餘皆獄死。至於廢郭后移太子。貶馬援斥桓譚。用讖言而行封禪。信赤伏而除王梁。以不義而侯子密。深爲仁明之累耳。若夫憤前代强臣竊命。以吏事責三公。不任大政。事權盡歸臺閣而廟堂輕。其弊至於末世。雖忠臣義士相繼在位。慷慨激發。而於漢室之危亡。竟莫之救。亦帝矯枉太過之失也。

12. 明帝。 莊 光武第四子 在位十八年

天資聰察。自少能通春秋。知吏牘書說。其明智已足以切事情。及卽位。加意禮文之事。尤垂情古典。游意經藝。臨雍拜老。正坐講道。諸儒執經問難。觀聽者以萬計。自皇太子以下諸王外戚子弟。以至期門羽林之士。莫不受學。匈奴亦遣子入學。幸魯祠孔子及弟子。親御講堂。命皇太子諸王說經。尤善刑理。法令分明。日晏坐朝。幽枉必達。內外無倖曲之私。在上無矜大之色。斷獄得情。刑政簡易。至於遵奉建武法制。無敢或違。后妃之家。不得封侯與政。館陶公主爲子求郎不許。蠲公車之制。支日受

章奏。可謂得爲政之體者也。自是威振四夷。莫不遣子入侍。稱臣入貢。而寶鼎麒麟白雉醴泉甘露芝草之祥畢至。亦云盛矣。嗟夫。殺朱浮。殺虞延。杖藥崧。提曳近臣。斥辱公卿。而君臣之禮闕。廣陵王楚王相繼殛死而兄弟之恩乖。楚獄連逮。死徙千數而刑獄濫傷於褊察。以耳目隱發爲明而弘人之度未優。遣使天竺。求浮屠書而開億萬世釋氏之禍。深可惜耳。

13. 章帝。炟 明帝第五子 在位十三年

帝知人厭明帝苛切。以長者之資。行愷悌之政。除禁錮。務寬厚。戒嚴酷糾擅殺之罪。除慘刻之科。定報囚之期。罷均輸之法。著胎養令。賜行義穀。選擧惟進柔良。用吏惟取安靜。加以輕徭薄賦。民賴其慶。至於奉承太后。盡心孝道。友愛諸弟。不遣就國。備弟子儀以尊師。立四科以取士。命諸儒講論同異而稱制臨決。選高才受春秋詩書。以扶學廣義。公卿大夫至郡縣吏。咸選經明行修之人。虎賁衛士。皆習孝經。匈奴子弟亦遣入學。三代以還。風俗之盛。未有若此者。盛哉。獨惜其信竇后之譖而易太子。以飛書之謗而殺貴人。縱竇憲之橫。至奪公主田園而不正其罪。異日女主臨朝。外戚用事。皆此焉基。可謂三歎矣。

14. 和帝。肇 章帝第四子 在位十七年

帝幼沖卽位。母后臨朝。竇憲專政。威權日盛。潛圖僭逆。朝臣震慴。望風承旨。帝年十四。赫然發憤。欲謀誅之。與丁鴻, 鄭衆決議。卒鋤元惡。躬親萬幾。自是十七年間。擧苑囿以假貧民。弛陂池令民采取。勸民畜蔬。以助五穀。至於遣使發廩。救水旱蝗蟲之災。減民田租。幾無虛歲。廷尉陳寵。務從寬恕而活濟甚衆。司空張奮。口陳時政。卽雪冤獄而甘雨隨沛。袁安·丁鴻·魯恭·韓稜諸賢。相繼進用。宏益居多。遠方陳羞則勑太官勿復受獻。前後符瑞。自稱德薄。抑而不宣。齊民歲增。闢土日廣。北空朔庭。西通重譯。方之章帝。實乃過之。若帝者。使天假之

年。孝文不足多遜也。

15. **殤帝。** 隆 和帝少子 在位一年

鄧后臨朝。張禹·鄧騭·騭弟悝弘等輔政。騭雖謙遜。然外戚擅權。又起於此。和殤以後。宮闈定策。利在幼昏。外立者四君。臨朝者六后。蓋嗣主幼沖。女后專政。則外戚必用事。宦寺得與政。其勢然矣。

16. **安帝。** 祜 章帝孫 在位十九年

立年已十三矣。太后猶臨朝。十五年間。外戚用事。中官與政。天災地變。無歲無之。太后崩。帝甫親政。五年之間。惟乳母言是聽。惟宦官譖是從。鄧后旣夷太子。亦廢外戚典兵宦官封拜寵任無比忠言諫諍並皆不入太尉楊震屢疏愈切亦以譖死昏亂可知。

17. **順帝。** 保 安帝子 在位二十年

帝初即位。以定策功封中黃門孫程等十九人爲列侯。浸以干政。權勢日盛。賴司隸虞詡劾奏。以作敢言之氣。自是左雄·李固·周擧·黃瓊·張衡·王龔·皇甫規之徒。皆果於指陳。請加放斥。而宦官根據聯絡。非惟言不聽諫不行。反遭譖逐者有矣。后父梁商秉政。雖謙虛進賢。而怯弱無斷。至遣其子納交內豎。商卒。冀嗣大將軍。不疑尹河南。窮饕極惡。爲日不足。八使之遣。巡行風俗。張綱至爲之埋輪都亭。且曰。豺狼當道。安問狐貍。徑劾奏冀，不疑罪。帝雖知其忠言。莫能用也。餘使所劾。皆冀與奄官親屬。事竟不行。忠言屈抑。其能救亂乎。

18. **冲帝。** 炳 順帝子 在位三月

梁后臨朝。委政宰輔。李固之言。多見採擢。宦官爲惡者一皆斥遣。天下

方翹首太平。而梁冀專柄。輒相忌嫉。固幾不免。嗚呼危哉。

19. 質帝。 纘 章帝玄孫 在位一年

太后臨朝。帝性聰慧。舊本作惠　知冀驕橫。常朝群臣曰。此跋扈將軍也。言未脫口。而餅中之毒已進矣。

20. 桓帝。 志 章帝曾孫 在位二十一年

太后猶臨朝。梁冀專政。肆作威福。殺李固・杜喬。以重其威。繼殺袁著。以杜天下議己。至殺陳授・邴尊。帝始震怒。與宦者單超等五人。定議誅冀。元惡雖除。五侯嗣虐。流毒四海。而成瑨・劉瓆・翟超・黃浮・李膺等諸賢。皆犯宦官之怒。誣告膺等誹訕朝政。疑亂風俗。帝震怒。下膺等獄。辭連及杜密・陳翊・陳寔・范滂之徒。而錮黨之禍作矣。

21. 靈帝。 宏 章帝元孫 在位二十二年

帝初卽位。太后臨朝。陳蕃・竇武同心輔政。徵用名士李膺，杜密等。天下想望太平。惜其謀誅宦官。機事不密。反爲曹節・王甫等矯詔所殺。於是群凶得志。侯覽諷朱並告張儉黨人。曹節諷有司復擧膺等黨錮。名節誅戮。濫及無辜。生民之類幾息矣。帝又西園賣官。後宮列肆。弄狗駕驢。甘爲下流之態。一意聚斂。惟奄寺之言是聽。未幾帝崩。

22. 獻帝。 協 靈帝次子 在位三十一年

自董卓作亂。李傕構禍之後。群凶得志。竊弄威權者四年。傕與郭汜治兵相攻。脅帝幸營。燒焚宮室。乘輿播遷。甫還洛陽。老瞞詣闕。遷都于許。百官總己。大權遂挈而之操。挾天子令諸侯。以遂其私。二十五年間。殺生除拜。不出於天子之手。特寄空名於臣民之上耳。操死。子丕簒

漢。

7. 三國

蜀漢先主。以神明之胄。得孔明王佐之才。出師討賊。得三代行師之道。幾復漢室。雖上天不祚。先主崩而武侯薨。功業未卒。然其所成就。固已大矣。若魏曹丕之竊據北方。吳孫權之偏霸東吳。其間豈無一二得失之可言哉。然海宇分裂。年代又促。政事施爲。無足法者矣。姑闕之。

8. 晉

武帝。卽位之初。矯漢魏刻薄奢侈之失。一從儉約。務去邪俗。居喪之制。壞已久矣。獨以天性矯而行之。亦可謂賢君矣。奈何平吳之後。驕心遽生。尙聲色事遊田。心術蠱惑。政事壞敗。而嗣子昏愚。賈后賊虐。加以浮虛相尙。廢棄禮義。骨肉相殘。無復人理。五胡乘之。懷愍二帝俱爲所虜。萬姓崩潰。自古禍亂之極。未有甚於此者也。元帝雖國於建康。號稱中興。然忘國大讎。無恢復之志。而明帝才力最優。降年又復不永。餘皆不足算矣。

9. 南北朝

南朝起自西晉之亂。東晉元帝國於江左。接其統者。劉裕稱宋。蕭道成稱齊。蕭衍稱梁。陳霸先稱陳而謂之南朝。其據中原僭竊尊號者。拓拔珪稱魏武帝。入長安稱西魏。善見稱東魏。高洋稱北齊。宇文覺稱後周。南北割據。自相雄長。干戈相尋。民無寧日。而其一時君臣行事施爲。皆無足取捨者矣。

10. 隋

1. 文帝。 楊堅 弘農華陰人 立二十四年

以周外戚秉政。遂簒其位。然減賦役。罷酒坊。省刑法。置義倉。念民食以減膳。杜貢獻以焚文布。此爲政之善者也。獨惜夫帝素不學。不悅詩書。又濟之以刻薄猜疑。專任小數。以察爲明。任情殺戮。信譖而廢太子。無罪而戮衆子。元勳宿將。誅退略盡。此失之大者。而帝之身亦未免子禍。嗚呼悲哉。

2. 煬帝。 廣 文帝第二子 立十二年

帝以藩王。矯情飾詐。以釣虛譽。內諂太后。外結黨與。卒以奪嫡。及嗣位。恃其富强之資。思逞無厭之欲。營宮苑。開河渠。造龍舟。築長城。括樂工。造輿服儀衛。恣巡幸。通西域。伐高麗。徵稅百端。中國疲憊。而民不堪命。卒至群盜遍天下。身死於宇文化及之手宜也。非不幸也。

11. 唐

1. 高祖。 姓李 名淵 以土德王 都長安 在位九年

用其子世民之謀。起兵晉陽。伐西河。斬高德儒。責以欺君之罪。餘秋毫無犯。繼收霍邑。乘勝遂克長安。立代王爲帝。相之而自立爲唐王。約法十二條。悉除苛法。及煬帝凶聞至。受恭帝禪。卽帝位。自後降李密。殄仁杲。翦黑闥。夷蕭銑。破金剛。走武周。擒建德。降世充。六年之間。

海內咸服。何成功之速哉。蓋以太宗爲之子也。至於定律令。擧明經。立官制。定均田。租庸調法。與夫定雅樂。汰僧尼。皆爲政之要。而首詔隋氏子孫並付所司。量才敍用。由漢以來。最爲忠厚。其享國長世。不亦宜哉。獨惜其昵裴寂之邪而受宮女。聽文靜之說而臣突厥。是以。唐世人主。無正家之法。夷狄多猾夏之亂。亦高祖有以啓之也。

2. 太宗。 世民 在位二十三年

高祖次子。生四歲。書生見之曰。年幾弱冠。必能濟世安民。高祖起兵。削平僭亂。神謀武略。皆出於帝。其莅政設施。首用讎臣。放出宮女。禁奢侈。置弘文館。與學士講論前事往行。興學校以崇經術。建府兵以修武備。自是以後。勵精爲治。勤聽納。恤刑獄。禁淫巧。惡言利。厲風俗。勸忠孝。卽位之後。纔及四年。米斗三錢。外戶不閉。號稱太平。自古中國之盛。未之有也。帝曰。此皆魏徵勸行仁義之力。可謂知所本矣。惜其復浮屠而政敎乖。伐高麗而武事黷。殺無罪而刑獄濫。惑寵子而儲位未定。社稷之本幾動。又其大者。初焉劫父臣虜。殺兄及弟。他日亂弟之婦。與之生子。人倫之間。慙德多矣。

3. 高宗。 治 太宗第九子 在位三十四年

繼統之初。日引刺史。問民疾苦及其政治。尊禮大臣。恭己以聽。故永徽之政。百姓阜安。有貞觀之風。豈非賢君也哉。奈何烝父妾爲妻。莫念聚麀之恥。縱女后預政。卒招晨牝之凶。養成武氏之簒。及武氏立。忠臣屛黜。姦邪用事。卒致覆宗之禍。幾不可救。是誰之過歟。

4. 中宗。 顯 高宗第七子 武氏所生 在位六年

帝以太子卽位。旋罹幽廢。歷十五年。召還復爲太子。又七年。姦臣伏

誅。卽位。是則高祖太宗之德。有以結於民心。不忍忘也。然興復之功。皆出於忠臣義士之力。奈何復辟之初。追韋后天日之盟。忘前代牝晨之戒。每臨朝聽政。皇后與聞。事權盡歸中宮。五王被誣而戮死。三思復起而盜權。未幾帝亦死餠餤之毒。四子前後皆不得其死。嗣亦不傳。嗚呼。禍亦慘矣。

5. **睿宗。** 朝 高宗第八子 武后所生 在位三年

莅政之初。姚崇宋璟協心輔政。典選文武。不畏彊禦。而選法俱治。當時翕然。以爲有貞觀之風。立嗣以功。彗星告變。傳德避災。足爲賢耳。然卽位未幾。太平用事。姚崇貶黜。終惑女弟。明斷不足。雖曰傳位。不授以政。自稱太上皇。總大事。釀成太平之惡。姦人黨附。幾至叛逆。遂使玄宗負殺姑之名於天下。惜哉。

6. **玄宗。** 隆基 睿宗第三子 在位四十五年

開元之初。始親政事。勵精爲治。講武事。汰僧尼。禁女樂。出宮人。毁服玩。焚錦繡。廢織坊。天性友愛。敦睦兄弟。均內外出入之式。罷員外檢校亢員。選儒學之士。置侍讀。擇學術之儒。校群書。復史官。對仗奏事。試縣令。選刺史。錮酷吏。抑樂工。載在史冊。善政屢書。良由卽位以來賢相繼用。姚崇尙道。舊本作通宋璟尙法。張嘉貞尙吏。張說尙文。李元紘、杜暹尙儉。韓休 · 張九齡尙直。各隨其長。相與輔贊。是以二十年間。四夷賓服。衣食富足。西京東都。米斛直錢不滿二百。絹疋如之。海內富安。行者萬里。不持尺兵。刑部所斷天下死罪二十四人。幾致刑措。號稱太平。可謂盛也矣。自是以降。志欲旣滿。侈心乃生。忠直浸疏。讒諛並進。罷九齡而相林甫。殺子諒而寵仙客。貴高力士以基宦官之禍。置十節度。釀成藩鎭之禍。因召募而兵日益壞。以聚斂而財日益煩。武備浸輕。民力已竭。國不可以爲國矣。甚則廢皇后而殺三子。納壽王妃

玉環惑之。至洗祿兒醜聲傳播。亦不恤焉。聲色迷亂。政事廢弛。楊國忠因玉環入相。妬賢嫉能。貪權固寵。又與祿山有隙。激以速反。驗其所言。未幾。祿山叛漁陽陷兩京。而國忠誅玉環死。帝亦走蜀。海內崩裂。萬姓塗炭。嗚呼。一念之失而其禍至於如此。可不戒哉。

7. 肅宗。亨 玄宗第三子 在位七年

因祿山之亂。以太子從君父入蜀。至馬嵬。玄宗因父老之請。分軍從帝。又宣旨傳位不受。旣留。杜鴻漸·裴冕等皆以朔方爲勸。至靈武。請遵馬嵬之命卽位。首任裴·杜·郭子儀·李光弼。召山人李泌。侍謀軍國。以廣平王爲元帥。進彭原。明年。移軍鳳翔。其年復兩京。上皇還京師。父子重歡。宗社再安。何其中興之速哉。良由委任郭李。廣平以長子當帥師之任。杲卿·眞卿倡忠義於河北。張巡·許遠遏賊勢於睢陽。所以卒能成克復之功也。然當是時。賊勢雖敗。餘孼猶存。正宜振權綱修典憲。以大中興之功也。奈何不爲經遠之謀。專務姑息之計。名器濫假於下。廢置不出於上。至此綱紀大壞。不可收拾。況以朝恩爲觀軍容使。李·郭名將爲所節制。輔國專掌禁兵。雖制勑必經署而後行。於斯二者。尤爲紊亂。猶未也。外則畏輔國之握兵。內則畏張后之悍戾。孝衰於上皇。竟以憂崩。帝亦徒以哀慕而沒。張后母子。亦爲輔國所戮。嗚呼。以天子之尊。上不能保其父。中不能保其身。下不能保其妻子。近小人之禍其烈如此。可不戒哉。

8. 代宗。豫 肅宗長子 在位十七年

莅政之初。再復東京。朝義授首。大河南北。復爲唐土。其功可尙也已。獨惜夫過爲姑息之計。用賊將分帥河北。與諸藩鎭。互相表裏。各廣土地。自署官吏。名爲藩臣。實皆蠻貊異域焉。而一付姑息。不能復制。自是懷恩引寇。再犯長安。帝有陝州之幸。奉天之迫。所幸賴子儀之力。醜

虜退走。王室再造。然帝仁而不武。委靡太過。剛斷不足。權歸宦官。勳臣擯廢。至有寃死者。又崇佛教。度僧尼。造寺設齋。中外相化。廢人事而奉佛法。刑政日紊。唐室大壞。決於此矣。

9. 德宗。适 代宗長子 在位二十六年

卽位之初。罷貢獻。罷梨園。却祥瑞。却金銀。出宮人。放鷹犬。減乘輿服御。禁奏置寺觀度僧尼。又詔財賦皆歸左藏。不數月間。善政迭出。四海之內。聞風振竦。此皆崔祐甫爲相。務崇寬大。故當時政聲藹然。以爲有貞觀之風。不幸賢相云亡。楊炎·盧杞相繼用事。炎以私意譖殺劉晏。杞以疑似離間群臣。又欲固寵。勸帝以嚴刻。中外失望。苛政日增。民不堪命。方鎭怙强。相與扇亂。卒幸奉天。以避朱泚之亂。因其窘乏。屬意聚斂。帝素性猜疑。還自奉天。疏忌將相。委任宦官。故范氏之論曰。帝粃政最多。而大弊有三。一曰姑息方鎭。二曰委政宦官。三曰聚斂貨財。唐之亡卒坐此三者矣。

10. 順宗。誦 德宗長子 在位一年

帝不幸寢疾踐阼。姦邪肆志。近習弄權。唐室幾危。卒能委政承嗣。以安社稷。足爲賢矣。

11. 憲宗。純 順宗長子 在位十五年

首用忠良。斥逐群小。以朝廷威福日削。方鎭浸橫。慨然發憤。志平僭亂。制以法度。卒能命將興兵。削平醜逆。强藩畏討。質子獻地。於是天下深根固蔕之盜。皆稽顙入朝。百年之憂。一朝渙然。唐之威命。幾於復振。夫何世亂漸平。侈心遽生。土木浸興。姦邪復用。求仙藥迎佛骨。固已惑矣。李絳罷則承璀寵。皇甫鎛·令狐楚爲相則裴度·崔群皆爲所逐。

蓋君子小人之不能兩立也如此。帝亦餌金丹之劑。躁怒妄殺。卒死於宦者陳弘志之手而人莫之知也。哀哉。

12. 穆宗。恒 憲宗第三子 在位四年

嗣位之初。僅有貶皇甫鎛。杖殺柳泌二事。略快人意。然身處諒陰。柩方在殯。不能明詔公卿。推擧罪人。遽與群臣釋服。盛陳倡優。戲觀角觝。屢開大宴。浚魚藻池。幸華淸。縱獵擊鞠。恣情棄禮。遊戲無度。又宰相皆無遠略。不以武備爲意。未幾諸藩相繼而叛。雖以諸道之兵。元臣名將討之。竟無成功。由是再失河朔。元和之功。於斯而墜。帝亦以金丹之劑。不旋踵而物故矣。

13. 敬宗。湛 穆宗長子 在位二年

莅政之初。雖知李紳遭謗以貶。竟不能召。雖用裴度, 李絳之賢。終被沮撓。李逢吉以一小人用事。八關十六子交結附麗。妬賢嫉能。朝政竟爲之濁亂。雖韋處厚好善惡惡。多所匡救宏益。終莫能以勝其黨與之衆。帝於聽納。亦有足稱者。如從李程之諫而罷營殿。感處厚之言而賜錦綵。德裕不奉造盤條之詔。處厚不奉徵鷟綾錦之命。裴度諫洛陽之巡。皆爲之寢罷。似此非一。方之德宗拒諫。豈不優哉。失在於幼年不親師傅。以化奢侈。是以嗣位甫及易月。忘哀宴樂。昵比小人。遊戲無度。賜予無節。擊毬手博。甘爲下流之態。性復褊急。捶撻宦人。夜獵還宮。酒酣入室。滅燭之變。身死於劉克明等之手。可謂自詒伊戚者矣。

14. 文宗。昂 穆宗次子 在位十四年

恭儉儒雅。出於天性。卽位之初。勵精求治。去奢從儉。出宮人放鷹犬。省教坊等冗食千二百餘員。罷組綉雕鏤之物。中外相賀。以爲太平可冀。

當是時。裴度, 韋處厚相。使信任責成。誰曰不可。奈何雖虛懷聽納而不能堅決。議事已定。尋復中變。史稱其仁而少斷。可謂一言以蔽之者矣。已而朋黨相軋而邪正莫辨。宦官縱橫而制御無方。朋黨之隙。始於牛僧孺, 李宗閔。成於楊汝士。牛, 李相傾前後四十餘年。而唐之政隨以衰矣。宦官之禍始於明皇。成於肅, 代。蔓延於德憲。兵柄在手。輒行弑逆。至於甘露之變。宰相見戮。朝臣盡殲。帝有受制家奴之語。泣下霑襟。曾幾何時而物故矣。悲哉。

15. 武宗。炎 穆宗第五子 在位六年

帝英敏特達。雄謀獨斷。自相德裕。一意委任。故能振已去之威權。克上黨取太原。禍亂略平。紀律再張。亦帝之明於知人。專任德裕。有以致之也。獨惜夫不奪宦官之權。使仇士良教其徒固寵之術。惑於方士之談。使趙歸眞誤進金丹之劑。而帝加躁急。旬日不能言以至於崩。

16. 宣宗。忱 憲宗第十三子 在位十三年

帝性嚴重寡言。宮中或以爲不慧。舊本作惠 益自韜匿。群居遊處。未嘗發言。及爲太叔監國。憂感滿容。接遇群僚。裁決庶務。人始見其隱德焉。旣卽位。閔旱災。理罪囚。出宮女。好儒士。法祖宗。敬宰相。睦兄弟。不私外戚。除御史。用循吏之子孫。擇邊帥以儒臣。易貪暴。重刺史之選。謂宰相曰。刺史非人則害百姓。惜官賞。惜章服。重威儀。廣聽納。惠小民。均差役。至於誅宦官而除元和之逆黨。平河西取河湟而復百餘年淪沒之疆土。史稱大中之政。迄于唐亡。人思詠之。謂之小太宗。夫豈溢美。但其所不足者。初年君臣務反會昌之政。貶德裕賢臣。復僧尼弊事。事嫡母郭太后不以禮。一夕暴崩。出先代穆敬文武四君之主無所憚。晚年牽於私愛。不定儲位。大臣言之而不聽。其昧人君之大體甚矣。躬蹈前人之覆轍。餌金丹。未幾躁渴。明年疽發於背而莫之救矣。惜哉。

17. 懿宗。 漼 宣宗長子 在位十四年

帝以中庸之資。縱驕奢之習。戒壇度僧。佞佛怠政。數幸諸寺。賜予無節。彗星告變。天戒昭昭。帝不惟冥不知悟。反宣示中外。稱以爲祥。未幾。路巖・保衡繼處相位。貶逐名德。納賄崇私。濁亂國紀。帝又耽好音樂。殿前供奉伶人常近五百。頻數遊幸。而內外諸司扈從動至十餘萬。初年浙賊大熾。南詔入寇。雖命將討除。而徐賊攻陷五州。僅以沙陀之力。乃克奏凱。帝益荒淫。不親政事。信讒言。逐忠諫。削軍賦。困民財。以崇佛事。諫者甚衆。乃曰生得見之。死亦無恨。未幾而晏駕。亦可哀也。

18 僖宗。 儇 懿宗第五子 在位十五年

帝幼沖嗣位。政在臣下。南衙北司。互相矛盾。專事遊戲。不親政事。一委田令孜。呼爲阿父。當是時。奢侈用兵。賦斂愈急。關東旱蝗。百姓流殍。蜂起爲盜。而盜賊黃巢爲最盛。轉掠江浙。復自采石北渡。長驅中原。陷兩京。汚宮闕。殺百官。屠宗室。遽僭大號。先期令孜奉乘輿播遷。帝在流離。日夕與宦官同處。疏薄外臣。剿戮諫輔。尙賴一時忠義之臣或慷慨迎謁。或奮發戰鬪。不半載。破賊復長安。又以宦孽專制內外。李克用・王重榮等惡之。表淸君側。上遂有鳳翔・寶鷄・興元之幸。京城荐被焚掠。幾無孑遺。而襄王已姦天位。遙尊上爲太上皇。踰年還京。僅逾月而崩矣。

19. 昭宗。 曄 懿宗第七子 在位十六年

帝體貌明粹有英氣。憤朝廷日卑。慨然有恢復先烈之志。其在藩邸時。素嫉宦官。及卽位。政事多謀諸宰相。善矣。然當是時。宦官根據。藩鎭强橫。難以力制。忠邪莫辨。擧措失宜。叛者四起。二帥稱兵入京。茂貞荐犯京師。韓建以兵圍行宮。殺十一王。放散四軍。帝方是時。漂泊寄命。

猶且逐諫臣以塗耳目。迨至還京。崔胤日以誅宦官位事。至有死者。宦官固已懼矣。帝又縱酒肆怒。人人自危。劉季述等陰謀廢立。幽辱帝后。胤旣召全忠爲聲援。賴孫德昭之功。幸而反正。季述等伏誅。宦官雖夷滅殆盡。而全忠之簒謀浸成。未幾胤亦不免。帝尋遇弑。

20. 哀帝。 柷 昭宗第九子 在位四年

爲全忠所立。踰年。全忠盡殺昭宗子九王。殺裴樞等三十餘人於白馬驛。帝又見弑而唐以亡。

12. 五代

梁之朱全忠。唐之李存勖。晉之石敬瑭。漢之劉知遠。周之郭威。皆以兵力詐謀。自相傾奪。生民不死於兵刃則必死於虐政。而其子孫又不能保守。五十年間。易姓者八。生民之禍。莫此爲甚。

－經濟文鑑別集上 終－

經濟文鑑別集 下

鄭 道 傳　著
鄭 柄 喆 編著

1. 宋

1. 太祖。 姓趙 名匡胤 宣祖第二子 以火德王 都汴 在位十七年

帝卽位之初。長慮却顧。以爲唐末以來五十年間。帝王凡八易姓。戰鬪不息。生民塗炭。皆由藩鎭太盛故也。於是。以知州易方鎭。命文臣知州。各置通判。又命朝臣彊幹者出爲知縣。以分節制之權。而革藩鎭之弊。又以從容杯酒之間。解諸將兵權。於是。藩鎭不可除之痼疾。一朝而解矣。其所以削平僭亂。崇重儒術。制兵法。撫士卒。理財賦。恤刑獄。抑奢侈者。人君之道備矣。究其所以然者。豈無所本哉。帝嘗聞道理最大。此一言足以爲植國之根本。而其正心修身之學。實有非他人所能企及者。嘗坐寢殿。令洞開諸門。皆端直軒豁。無有壅蔽。因謂左右曰。此如我心。小有邪曲。人皆見之矣。朱文公稱太祖不爲言語文字之學。而其方寸之地正大光明。直與堯舜之心合。誠哉。是言也。佗如事周太后如母。養少帝如子。逮以壽殂。保全功臣。俾皆老死牖下。其忠厚之至。有可言者矣。至於遵母后遺敎。不以天下私其子。竟以授其母弟。孝友之道又何以加於此哉。吁。太祖吾無間然矣。

2. 太宗。 炅 宣祖第三子 在位二十二年

帝踐阼未數年。陳洪進舊本脫進字　表獻漳泉。錢俶表獻吳越。劉繼元以河東降。可謂繼太祖之志而成混一之功矣。帝自卽位之初。首重監司之權。以制藩鎭。置三司使。以理財賦。命宰相則必以正而不以邪。命參政則竟爲他日之賢相。重臺諫。作敢言之風。置經筵。遠姦邪之習。謹循吏之選。嚴贓吏之誅。貢擧則罷勢家以取孤寒。愛民則作戒詞以遺州郡。寬稅限。禁淫刑。賑飢困。撫流亡。恤刑獄。崇儒術。似玆善政。史不絶書。可謂太平有道之令主矣。所可惜者。太祖之崩。不能無疑。德昭之死。又

非其罪。廷美之卒。由於趙普。逮太祖宋皇后崩。群臣不爲成服。其於人倫之間。不能不有歉焉耳。至於儲貳之建。決於寇準之一言。爲天下得人。何以尙此。

3. 眞宗。恒 太宗第三子 在位二十五年

首詔學官。講書講易。可謂知以聖學爲急者矣。嚴牧守之選。崇節儉之化。開敢言之路。絶貢奉。禁獻珍禽奇獸及諸祥瑞。修貢擧。建學校。恤民隱。皆視祖宗家法。又從而充廣之。可謂賢主也歟。若夫西北二邊之事有可言者。於西則待以姑息而失事機。於北則將帥有擁兵不進者。有喪失師旅者。貸之而不斬。宋之武功不競。自軍法不嚴始。仁厚信有餘。國勢不期而漸弱矣。及契丹再入寇。京師震恐。群議紛紜。帝用寇準策。不爲浮議所惑。駕幸澶州。契丹駭怖。乞和之不暇。虜旣退。自是不敢復寇邊。所恨者。帝不悟欽若之讒。待準浸衰。竟至罷相。又聽其請。封禪天書之事乃起。嗚呼。眞宗之相。前有呂端·張齊賢·李沆·呂蒙正·畢士安·寇準。皆君子也。後有王欽若·陳堯叟·馮拯·丁謂·曹利用。皆小人也。吁。以數君子成之。不見其有餘。以一小人敗之。不見其不足。相道有關於君德之成敗如此夫。

4. 仁宗。禎 眞宗第六子 在位四十二年

帝天性仁孝。終喪有哀慼容。不忍預宴樂。帝未有嗣。曹后勸選宗子養宮中。於是以皇兄允讓之子宗實養於后所。是謂英宗。宋賢后以曹氏稱首。亦帝之能以剛制欲。無閨門昵比之私。有社稷長久之慮也。帝當守文之時。承平日久。邊境少事。及西夏叛。以范仲淹爲陝西轉運使。夏人相戒曰。毋以延州爲意小。范老子胸中自有數萬甲兵。契丹乘間遣使索地。以富弼使契丹。責以大義。契丹主服之。人謂弼不屈虜庭。乃平日學問之功也。然弼臨行謂帝曰。主辱臣死。臣敢愛死。此所以不屈之本也。夷簡

罷。富・杜・韓・范在二府。王素・歐陽脩・蔡襄知諫院。宋之得人。斯爲盛矣。未幾姦黨交惡。百計毁之。仲淹・弼・脩等相繼罷去。自此正人再逐。慶曆之政衰矣。然執中雖以剛愎。相及罷。遂相文彦博・富弼。搢紳相慶。其後琦相脩副而社稷之託琦卒以身任之。雖其間用捨不常。而得人之效亦可見矣。嘉祐初。元帝感風眩。彦博召內臣史志聰問帝起居狀。對以宮禁事不敢洩。叱之曰。帝暴疾。繫宗社安危。不令宰相知上起居。欲何爲耶。自今疾勢增損。宜一一見白。自是禁中事。宰相無不知。帝不能省事。二府議定。卽稱詔行之。此古者大臣統近習總百官之職業也。帝得疾。中外憂之。微彦博盡忠調護。使姦庸處之。禍有不可測者。初歐陽脩・吳奎・呂景初等議立皇子。上之疾也。宰相亦勸立嗣。可之。定議立宗實。詔稿已具。疾瘳中寢。范鎭曰。天下事有大於此乎。見琦曰。不及今定議。異日夜半。出寸紙以某人爲嗣則莫敢言矣。琦乘間極言。遂降詔立宗實爲皇太子。明年二月帝。崩。仁宗可謂至仁之主。大辟疑必讞上所活歲以千計。不食燒羊則曰。可不忍一夕之飢而啓無窮之殺。或獻蛤蜊則曰。一下筯費錢二十八千。吾不敢也。北使言加兵高麗則曰。百姓無辜屠戮。遂寢兵。內出通天犀。救京師之疫曰。朕豈貴異物而賤百姓哉。或以蘇轍對策過直請黜之。曰。求直言而棄之。天下謂何。又好學崇儒。扶植斯道。上承一祖二宗之心。下開濂洛道學之懿。尤爲盛美。經筵謂侍臣曰。朕盛夏未嘗少倦。但恐卿等勞耳。詔州縣皆立學。於戴記中表出中庸大學二篇。以勵儒臣。是已開四書之端矣。噫。若帝者。存心制治。粹乎無以議矣。

5. 英宗。曙 仁宗從兄濮王第十二子 在位四年

帝初立。以憂危得疾。擧措失常。詔請皇太后權同聽政。內侍任守忠等。造言交間。宰相韓琦力救之。明年五月。上康復。琦取十事稟上。裁決悉當。琦卽詣東殿覆奏。太后每事稱善。琦請太后撤簾。竄任守忠。正其交

間之罪。帝自臨政以來。所用皆君子。處宰執之地者首得琦。次得弼。與參政之列者前有脩後有槩。居經筵則有呂公著・劉敞。擢諫職則唐介爲中丞。呂誨爲知雜。范純仁・呂大防爲御史。宋朝用君子之盛。惟治平爲然。可以見帝知人官人之道矣。

6. 神宗。頊 英宗太子 在位十八年

帝以大有爲之資。欲變法創治。以强朝廷之勢。首用王安石變新法。其議新法不便者。如司馬文正・趙淸獻・范忠文・程明道・歐・蘇二文忠諸君子。皆爲之斥罷。其所見用者。皆新進生事之徒。天下不勝其弊。莫不怨之。安石雖退。其徒蔡京・呂惠卿・章惇・蔡確等相繼用事。至于靖康。禍亂極矣。嗚呼。安石毋庸論也。當神宗朝。濂溪周子倡明道學。兩程夫子從而和之。道學之盛益大以肆。上以續孔孟千載不傳之祕。下以開後人萬世無窮之學。實光前而絶後也。同時如康節邵子・橫渠張子・司馬溫公。又爲理學之淵藪。卓卓乎其不可及者。嗚呼。使天不生安石於其間。而使諸君子以斯道相天子。以成就其大有爲之志。吾知其躋世道於唐虞之盛矣。奈之何其不然也。惜哉。

7. 哲宗。煦 神宗太子 在位十五年

帝卽位。太皇太后同聽政。甫十歲。臨朝莊嚴。首相重臣司馬光・呂公著。先後爲左僕射。罷新法十餘事。朝野喜之。元祐八年已前。號稱善治。其所設施擧措。皆出於宣仁聖烈皇后。而司馬公・呂公等贊成之力也。後楊畏等上言。神宗更法。以垂萬世。乞早講求以成紹述之。畏疏章惇，惠卿等。溫伯，李淸臣等乞召惇爲相。納之。淸臣中書侍郎。溫伯左丞。紹述之說。淸臣唱之。溫伯和之。群小用事。貶逐司馬光等三十三人。至誣宣仁皇后潛圖廢立。欲廢之。噫。安石變法之禍。止於一時。而引進小人之禍。終於一代。人知汴都亡於徽宗之宣和。不知已兆於哲宗之

紹聖也。悲夫。

8. 徽宗。佶 神宗第十一子 在位二十六年

卽位。首相韓忠彦。復鄒浩官。范純仁以下二十餘人並收敍。追復司馬光文彦博等官三十三人。召范純仁安。置章惇罷蔡京。亦一代之賢君也。惜其雖相忠彦而參以曾布。布諭趙挺之建議紹述。自此擊元祐舊臣而國論一變矣。京凡四入相首尾二十餘年。小人相繼秉政。而蔡京・王黼又小人之尤者也。其於衆君子也。排擯追仇。無所不至。再奪司馬光等官五十餘人籍。元祐末上書人。刻御書黨籍於端門凡一百九十人。又竄任伯雨等一十四人。竄黃庭堅・程頤除名。迨純仁・蘇軾・程頤・商英・陳瓘・安世諸公卒而善類凋盡。擧朝無一君子。純是小人。而蔡京實爲之首。時承平旣久。帑庾充溢。京倡爲豐亨豫大之說。專以淫侈荒亡導其君。土木神仙之事以次而作。朱勔起花石綱而東南爲之大困。童貫廣宮室而期門之事起。又作萬歲山。竭國力六年而後成。崇尙道敎。以帝王之尊。加道君之號。何以異於梁武佞佛哉。夫小人道長則宦官當權。開邊生事而盜賊夷狄之禍亦以次而起。必然之勢也。至以宦者童貫爲元帥。與金約夾攻遼。遼地未得而金兵已犯闕矣。噫。觀紹聖以來群凶接跡。以掃滅善類。其意不過欲報怨耳。不過懼其復進奪己權寵耳。亦不必如是之酷也。然其心本生於患失之私。而其禍乃至於喪邦之慘。哀哉。故君子之存心於公私之辨。不可不謹。

9. 欽宗。桓 徽宗太子 在位二年

帝當金兵犯闕之時。卽位於禍亂已極之餘。信不可爲矣。而未嘗無尙可爲之機。當是時。李綱議定城守策。以忠義勸勵士卒。人心差强。諸道勤王之兵尙有數百萬。熙河經略姚古。秦鳳經略种師道等兵至。號二十萬。師道入見曰。彼不知兵。豈有孤軍深入人境而能善歸乎。此非可爲之機歟。

奈何李邦彦專主和議。帝亦是之。邦彦恐綱·師道等成戰功。因其小敗。百計毁之。虜需犒軍金銀牛馬幣帛。割中山·太原·河間三鎭。親王爲質。康王構如北京。所求皆與之。凡圍京城三十三日。旣得三鎭書及親王卽去。綱·師道等請臨河阨關要擊敗之。邦彦不聽。令諸將護出境。非金能全師以歸。乃國賊邦彦曲全之。以善其歸也。綱度金虜必再至。上備邊禦敵八事。諫議大夫楊時亦以爲言。不聽。邦彦雖罷。綱亦出外。金虜再至。不交一戰。京城陷二帝虜。諸王公主后妃姬嬪以至宰執官僚數千餘人。俱爲所獲。至立異姓易國號。嗚呼痛哉。

10. 高宗。構 徽宗第九子 都臨安 在位三十六年

二帝北狩。卽位於南京。首召李綱爲右僕射。則相得其人矣。命宗澤留守東京。則將又得其人矣。二公志在恢復。而潛善·伯彦等志在退保。水火之性固已不同。而帝則思慕父母之念。不能勝其畏惰偸安之心。此汪黃之讒易入。而綱·澤之計不行也。其後秦檜以請還梓宮爲辭。首倡和議。取位宰相。嗜利之徒從而和之。姦佞得志。忠良擯戮。武備廢弛。士氣沮喪。雖以張浚之忠義。岳飛之武勇。不能成恢復之功。卒至浚出而飛戮。嗚呼痛哉。惟其因婁寅亮之一言。以太祖之後爲嗣。當內禪之時。揖遜之擧。曾無係戀。太祖在天之靈。可以慰矣。而其所以爲中興治國平天下之根本者。不在是歟。

11. 孝宗。眘 太祖之後秀王子 在位二十七年

卽位之初。張浚入對。除江淮宣撫使。帝曰。舊聞公名。今朝廷所恃惟公。浚曰。人主以務學爲先。人主之學。以一心爲本。一心合天。何事不濟。所謂天者。天下之公理而已。浚見上英武。力陳和議之非。於是加浚少保。時虜將等屯虹縣靈壁。浚謂必爲邊患。當及時掃蕩。浚入奏。下詔親征。命浚兼都督荊襄。會浚將顯忠·宏淵不相能。師潰。浚上疏待罪。

上下罪己之詔。貶浚官。改宣撫使。上召浚子栻。謂之曰。朕待魏公有加。不爲浮議所惑。可以見帝委公之篤矣。未幾。金師移書議和。求唐・鄧・海・泗四州。宰執急於求和。帝召浚至行在。爲右相。仍都督。竟不以四州與虜。觀此則帝復讎之志。何其決也。不幸思退等力主和議。百計毁浚。浚一出而幸災者蜂起。歸罪於浚。思退諭虜以重兵脅和。周葵・王之望・洪遵無非襲檜之所爲。一浚豈能勝百檜哉。孝宗恢復之志。雖不得遂。而隆興・乾淳之治則不可誣矣。節用愛民。好學勤政。聽言好諫。重道崇儒。疏斥宦官。嚴飭贓吏。帝王衆善。能兼有之。眞宋室之賢主。獨其末年。陳賈請禁僞學。以攻朱熹。使邪正混淆。貽禍滋蔓。深爲可惜也。

12. 光宗。惇 孝宗第五子 在位五年

帝紹熙改元之次年。感疾不豫。時留正・葛邲左右相。趙汝愚同知。朱熹安撫淮南。壽皇崩。帝疾不能執喪。中外憂懼。汝愚白太皇太后。奉皇子嘉王卽位。人以爲光宗以疾亟立寧宗。汝愚同姓之卿之力居多焉。

13. 寧宗。擴 光宗長子 在位三十年

帝以趙汝愚爲相。朱熹爲講官。君子在側。薦進善類。相與養成君德。修明政事。可庶幾矣。奈何韓侂胄以一小人。自以爲有定策功。夤緣秉權。逐汝愚出朱熹。而善類相繼竄逐。嗚呼。斯道之不幸歟。抑宋之不幸也。

14. 理宗。昀 寧宗次子 在位四十年

帝卽位臨御四十年。表章理學。使濂洛・紫陽之道。大明於天下。傳之後世。廟號曰理。固其宜也。然國勢積弱之餘。或者謂諸儒理學。竟莫能以扶顚持危。不一再傳而遂亡。嗟夫。周公沒。聖賢之道不行。孟軻死。聖

賢之學不明。孔孟能使道之明。猶不能必道之行也。況周・程之在熙寧・元祐。朱文公之在乾淳・慶元。以至眞文忠之在端平。未嘗略得君而行政也。小人盡接跡而久於柄用。諸儒或早謝而終以阨窮。烏可以道之不行。國之不競者。責之哉。

15. **度宗。** 禥 理宗姪福王子 在位十年

權姦柄國。窮饕極惡。迄于幼主德祐之元年。天命有歸矣。

2. 元

1. **太祖。** 鐵木眞 姓奇渥溫氏 國語曰成吉思 立二十二年

帝旣立。功德日盛。諸部皆慕義來降。再征西夏。自將南伐。分兵三道並進。右軍循太行而南。左軍遵海而東。帝自將中軍取燕南山東河北五十餘郡。命木華黎等取金未下州城。遂親征西域。帝深沈有大略。用兵如神。故能滅國四十。遂平西夏定西域。

2. **太宗。** 窩闊台 太祖第三子 立十三年

帝立。自將南伐六年而金亡。七年。伐宋。帝有寬弘之量。仁恕之心。量時度力。擧無過事。華夏殷富。庶民樂業。行旅不賫糧。時稱治平。

3. **定宗。** 貴由 太宗長子 立三年

立三年而崩。自乃馬眞氏稱制以來。法度不一。內外離心。而太宗之政衰

矣。

4. **憲宗。** 蒙哥 睿宗拖雷長子 立九年

少從征伐。屢立奇功。剛明雄毅。沈斷寡言。不樂燕飮。不好侈靡。

5. **世祖。** 忽必烈 睿宗第四子 國語曰薛禪 立三十五年

仁明英睿。事太后至孝。尤善撫下。度量弘廣。知人善任使。信用儒術。愛養民力。每遇災傷。免租賑飢。惟恐不及。用能以夏變夷。混一區宇。立經陳紀。所以爲一代之制者。規模宏遠矣。

6. **成宗。** 鐵穆耳 世祖之孫裕宗眞金第三子 國語曰完澤篤 立十三年

承天下混一之後。垂拱而治。可謂善於守成。惟其末年。連歲寢疾。凡國家政事。內則決於宮闈。外則委於大臣。然其不致於廢墜者。則以去世祖未遠。成憲具在故也。

7. **武宗。** 海山 順宗答剌麻八剌之長子 國語曰曲律 立五年

承富有之業。慨然欲創治改法以有爲。故其封爵太盛而遙授之官衆。錫賚太隆而應賞之恩薄。至元大德之政。於是稍有變更云。

8. **仁宗。** 愛育黎拔力八達 順宗次子 國語曰普顏篤 立九年

天性慈孝。聰明恭儉。通達儒術。亦留心釋典。嘗曰。明心見性。雖以佛教爲先。然修身治國。儒道爲大。又曰。儒者之所以可尙者。以能維持三

綱五常之道耳。平居服御質素。澹然無欲。不事遊畋。不喜征伐。不崇貨利。事皇太后終身不違顏色。待宗親勳舊。終始以禮。大臣親老特加恩賚。有司奏大辟。每慘惻移時。其孜孜爲治。一遵世祖成憲云。

9. **英宗。** 碩德八剌 仁宗嫡子 國語曰格堅 立三年

自卽位勵精圖治。委任丞相拜住。釐革弊政。以御史大夫鐵失貪汚不法。議誅之。事洩遂爲其所弑。

10. **泰定帝。** 也孫鐵木兒 顯宗甘麻剌長子 立五年

鐵失弑英宗。迎立晉邸。帝立卽誅鐵失。以正弑逆之罪。

11. **明宗。** 和世㻋 武宗長子 國語曰護都篤 立八月

卽位八月暴崩。

12. **文宗。** 圖帖睦爾 武宗次子 國語曰禮牙篤 立五年

立五年而崩。

13. **寧宗。** 懿璘質班 明宗第二子 立一月

在位四十三日。年七歲而崩。

14. **順帝。** 妥驩帖木兒 明宗長子 立三十六年

沈湎酒色。不恤政事。在位三十六年。而天命歸乎大明矣。

3. 高麗國

1. 太祖。王建 金城太守隆之長子 在位二十六年

幼而聰明。龍顔日角。寬厚有濟世之度。梁貞明四年。諸將以弓裔無道。奉太祖卽位。其設施也。好生惡殺。信賞必罰。推誠功臣。存恤疲民。甄萱父子相夷則伐而取之。金傅君臣來附則禮以待之。以契丹之强而侵伐與國則絶之。以渤海之弱而失地無歸則撫之。屢幸西都。親巡北鄙。其志蓋欲復東明舊境而後已。草創更始。雖未遑於禮樂。而其宏規遠略。深仁厚澤。固已培養五百年之國脈矣。按)此以下至恭讓王 採用李齊賢贊及史臣贊

2. 惠王。武 太祖長子 在位二年

智勇絶倫。從討百濟有功。太祖益重之。晉天福八年五月。奉遺命卽王位。王規譖王兩弟。王不致之罪。顧使居左右。其免於袖刃壁人之謀。可謂幸也。按舊本。謂下脫幸字。攷本文塡補。時去太祖棄代甫耳。規之不義而得衆。已能如漢魏之曹馬耶。其未有以竄殛之。何也。嗚呼。小人之難遠也如此。其可不戒哉。

3. 定王。堯 太祖第二子 在位四年

性好佛多畏。晉開運二年九月。受惠王遺命卽位。王以人君之尊。步至十里所浮屠之宮。以藏舍利。又以七萬石穀一日而分賜諸僧。一遭天譴。喪心生疾。所謂君子求福不回者。亦嘗聞其說耶。疾旣大漸。能以宗社付之親弟。不使如王規者覬覦於其間。是亦可按舊本。可下有謂字。而考本文刪去。嘉也已。

4. **光王。** 昭 太祖第三子 在位二十六年

生而岐嶷有大量。及卽位。禮待臣下。明於聽斷。恤孤寒。重儒雅。王之用雙冀。可謂立賢無方乎。冀果賢也。豈不能納君於善。不使至於信讒濫刑耶。若其設科取士。有以見光王之雅有用文化俗之意。而冀亦將順以成其美。不可謂無補也。惟其倡以浮華之文。後世不勝其弊。取士用詩賦論三題。不策問時政。觀其文章。髣髴唐之餘弊云。

5. **景王。** 伷 光王長子 在位六年

溫良仁厚。不好嬉遊。光王末年。讒邪交興。獄囚盈溢。至置假獄。人人危懼。王雖在東宮。亦見疑阻。及卽位。悉取前朝讒訴之書焚之。中外大悅。王作田柴之科。雖有疏略。亦古者世祿之意也。至於九一而助。什一而賦。與夫所以優君子小人者則未之及也。後世屢欲治之。終於苟而已矣。蓋不以經界爲急。撓其源而求流之淸者。何可得也。惜乎。當時群臣。未有以孟子之言。講求法制。啓迪而行之也。

6. **成王。** 治 太祖第七子 在位十六年

天姿嚴正。器宇寬洪。景王寢疾傳國。辭不獲卽位。立宗廟定社稷。贍學以養士。覆試以求賢。勵守令恤其民。賚孝節。美其俗。每下手札。詞旨懇惻。而以移風易俗爲務。及乎契丹意在呑噬。遣將來侵。夙駕西都。進兵安北。按安北。今安州。卽寇準澶淵之策也。未老而樹繼嗣。爲國家之慮長矣。臨絶而惜肆赦。達死生之理明矣。所謂有志而可與有爲者非耶。嗚呼賢哉。

7. **穆王。** 誦 景王長子 在位十二年

性沈毅善射御。千秋太后淫亂。通於金致陽生子。王不能防閑於初。子母俱罹其殃。社稷幾至於亡。嗚呼。宣讓按宣讓。穆王謚號。之不幸也。抑非不幸也。

8. 顯王。詢 太祖之孫 在位二十二年

幼聰悟仁惠。敏於學。工詞翰。及卽位。和好强國。偃革修文。薄賦輕徭。登崇俊良。修政公平。置民安輯。內外底寧。農桑屢稔。侍中崔冲所謂天之所興。誰能廢之者。豈不然哉。

9. 德王。欽 顯王長子 在位三年

生而岐嶷。剛斷有執。居喪能盡子之孝。爲政不改父之道。任用舊臣徐訥.王可道·崔冲·黃周亮之儔。朝廷無欺蔽而民安其生。尊號曰德。不亦宜乎。

10. 靖王。亨 德王母弟 在位十二年

仁孝寬洪不拘小節而英睿果斷

11. 文王。徽 顯王第三子 在位三十七年

幼而聰哲。及長好學善射。志略宏遠。寬仁容衆。卽位。躬勤節儉。進用賢材。愛民恤刑。崇學敬老。名器不假於匪人。威權不移於近昵。雖戚里之親。無功不賞。左右之愛。有罪必罰。宦官給使。不過十數輩。內侍必選有功能者充之。亦不過二十餘人。冗官省而事簡。費用節而國富。大倉之粟。陳陳相因。家給人足。時號太平。獨其徙一畿縣作一僧寺。按文宗

創興王寺于德水縣。移縣于楊川。翰林崔惟善力諫不從。侈峻宇於宮闕。侔崇墉於國都。黃金爲塔。百物稱是。殆將比擬蕭梁而不知。欲成人之美者歎息於斯焉耳。

12. **順王**。烋 文王長子 在位四月

遭文考之喪。哀毁成疾。四月而逝。雖於聖人之制有所過焉。其愛親之誠則至矣。

13. **宣王**。運 文王第三子 在位十一年

幼而聰慧。舊本作惠 及長。孝敬恭儉。識量宏遠。博覽經史。尤工製述。

14. **獻王**。昱 宣王元子 在位一年

性聰慧。舊本作惠 九歲好書畫。凡所見聞。靡嘗遺亡。

15. **肅王**。顒 文王第三子 在位十年

幼而聰明。及長。孝敬 舊本作經 勤儉。雄毅果斷。六經子史。無不觀覽。文王愛之。常曰。復興王室。其在爾乎。由藩侯紹大統。智以定亂。仁以底平。而有子若孫。繼繼承承。以至于四百餘年。是亦天也

16. **睿王**。俁 肅王長子 在位十七年

深沈有度量。雅好文學。嘗在東宮。禮接賢士。敦行孝弟。及乎卽位。宵旰憂勤。勵精求治。但志存拓境。僥倖邊功。仇隙未已。歆慕華風。信用

胡宗朝。頗惑其言。未免有所失矣。然知用兵之難。棄怨修好。使隣境感慕來服。恤鰥寡養耆老。開設學校。教養生員。置淸讌・寶文兩閣。日與文臣。講論六經。偃武修文。欲以禮樂成俗。故韓安仁曰。十七年事業。可以貽厥後世。信哉。

17. 仁王。楷 睿王長子 在位二十四年

性仁孝寬慈。好學問多材藝。接待師友官僚以禮。睿王寵愛之。及卽位。時明經申淑貧甚。召入內。受春秋經傳。志尙儉約。所御寢席。無黃紬之緣。寢衣無綾錦之飾。卽位之初。承前朝之弊。宦寺及內僚之屬甚多。每託以微罪黜之。至末年。不過數人。每日必御正殿聽政。或奏事稽遲。則必使小臣趣之。專以德惠安民。不欲興兵生事。禮接北使甚恭。故北人無不愛敬。詞臣應製。或指北朝爲胡狄。則瞿然曰。安有臣事大國而慢稱如是耶。必使刪改之。及金國暴興。則排群議上表稱臣。自是世結懽盟。邊境無虞。不幸資謙橫恣。變生宮闈。身遭幽辱。及反正。以外祖之故。曲全其生。及其子孫宗族。雖臺諫交攻拓俊京而棄過錄功。俾保首領。而王在位日久。朝野無事。及其薨逝。中外哀慕。雖北人聞之。亦且嗟悼。廟號曰仁。不亦宜哉。惜乎。惑妖僧妙淸遷都之說。一本作請 屢幸西都。大興土木。西人怨之。脅衆以叛。於是遣金富軾統率三軍。攻圍孤城。不能遽拔。士卒疲困。糧餉糜費。曠日持久。僅乃克之。且以仁王之賢而有此擧。何也。蓋妙淸假記術。以爲如是則社稷安。不如是則國家危。爲人君者。孰不樂其安而惡其危哉。此仁王所以惑之也。及其釁萌禍作。兵連不解。悔之無及也。雖誅妙淸。不免爲盛德之累也。

18. 毅王。晛 仁王長子 在位二十四年 按)原文以睍 誤字 改晛

性聰明嚴毅。少好學問。王之爲太子也。仁王臨薨謂之曰。治國須聽承宣鄭襲明之言。襲明本自正直。加以託付之重。進盡忠言。裨補闕漏。金存

中，鄭諴等日夜譖襲明而去之。王乃以存中代其職。自是憸佞用事。正士疏遠。王益縱恣。淫于逸豫。盤遊無度。始以擊毬昵鄭仲夫等。臺諫言之而不聽。終以詞章狎韓賴等。武夫憤怨而不悟。卒之韓賴召亂。而身死於仲夫之手。朝臣盡殲。蓋其所好終始有異。而其致亂則一也。故人主所好。不可不愼也。

19. 明王。晧 仁王第三子 在位二十七年

性溫恭仁孝。好文學。頗通經史。自鄭仲夫·李義方·義旼等弑毅王。竊弄國柄。爲明王計者。當誓心自强。必欲討賊而後已。若曰力不足則慶大升憤王室之微弱。疾强臣之跋扈。一朝擧義誅仲夫父子如獵狐兎。而義旼奉首鼠竄。假息鄕閭。此正任用賢良。修明紀綱。復張王室之秋也。王不能然。溺於宴安。其所施爲。如平居無事之時。若義旼者。特匹夫耳。遣一个使。數其弑君之罪而誅之。可也。反以禮請。驟加爵位。使之陵轢王室。虐殺朝臣。賣官鬻獄。濁亂朝政。其禍固已慘矣。崔忠獻乘釁以起。而王又見放逐。子孫不保。自是權臣相繼執國命。王室之不亡。若綴旒者幾百年。明王於此。不得辭其責矣。

20. 神王。晫 仁王第五子 在位七年

神王爲崔忠獻所立。生殺廢置。皆出忠獻。而王徒擁虛器。立于臣民之上。如木偶人在人手耳。惜哉。

20. 熙王。韺 神王長子 在位七年

天資雄偉。器局宏深。是時崔忠獻執國命已有年矣。廣植黨與。專擅威福。熙王雖欲有爲。何以哉。爲王之計。當以正自處。任賢使能。使王室自强。雖有强僭之臣。不能肆其惡矣。王不知此。聽用王濬明輕薄之計。

欲快一時之忿。卒見放黜。悲夫。

21. 康王。 褀 明王長子 在位二年

在位之日。凡所施爲。皆受制於强臣。遽罹疾病。享國日淺。悲夫。

22. 高王。 瞮 康王子 在位四十六年

高王之世。內有權臣崔怡·沆·竩·金仁俊。相繼執國命。外有女眞·蒙古遣兵侵伐。無歲無之。當是時。國勢岌岌殆哉。王小心守法。進退以禮。故權臣跋扈而莫敢犯。狄兵至則堅壁固守。退則遣使通好。至遣世子。執贄親朝。故雖與强暴之國爲隣。而卒得其和好。以保民社。其享年有永。傳祚子孫宜矣。

23. 元王。 禃 高王子 在位十五年 按)原文以禎 誤字 改禃

元王之爲世子也。權臣專擅。恣行不義。畏上國討罪。不樂內附。蒙古之兵連年壓境。中外騷然。按)舊本然下有而字。而攷本文刪去。王承君父之命。親朝上國。摧伏權臣跋扈之志。遂使疽背而死。又阿里孛哥以憲宗嫡子。阻兵上都。世皇以藩王。遠在梁楚之郊。而乃能識天命人心之去就。舍近之遠。世皇嘉之。至以公主歸于王子。自是世結舅甥之好。使東方之民。享百年昇平之樂。亦可尙也。但其三別抄內叛。侵掠州郡。上國遣將帥求索無已。是宵旰圖治之日也。顧乃溺於宴安。使宮女蠱惑其心。閹人出納其命。未免洪子藩之譏。惜哉。

按)右副承宣洪子藩諫曰 比來不親聽政 有司章奏 悉委宦豎出納 中外觖望 請親庶政 以慰輿望

24. 忠烈王。 昛 元王長子 在位二十四年

爲世子。明習國家典故。喜怒不形於色。寬厚長者也。讀書知大義。嘗與

大司成金坵祭酒李松縉唱和。有集 龍樓集 行于世。當忠烈父子之代。內則權臣擅政肆毒。外則强敵率衆來侵。一國之人。不死於虐政則必死於鋒鏑。禍變極矣。一朝上天悔禍。誅戮權臣。歸附上國。天子嘉之。釐降公主。而公主之至也。父老喜而相慶曰。不圖百年鋒鏑之餘。復見太平之期。王又再朝京師。敷奏東方之弊。帝旣兪允。召還官軍。東民以安。此正王可以有爲之日也。奈何驕心遽生。耽于遊畋。廣置鷹坊。使惡小李貞等侵暴州郡。溺於宴樂。唱和龍樓。淫僧祖英舊本作倫 等昵近左右。公主世子言之而不聽。宰相臺諫論之而不從。及其晩年。過聽左右之譖。至欲廢其嫡而立其姪。按王嘗欲廢忠宣 以姪瑞興侯爲後 贊成事崔有渰泣諫遂止 其在東宮。雖曰明習典故。讀書知大義。果何用哉。嗚呼。靡不有初。鮮克有終。非忠烈之謂乎。

25. 忠宣王。源 蒙古名益知禮普化 忠烈王長子 在位五年

性好賢疾惡。年十六入元。世祖皇帝見之。問讀何書。對以從鄭可臣等。受孝經語孟。帝悅。大德二年。受內禪卽位。任賢去邪。興利革弊。召入宿衛者十年。大德十一年。與丞相達穿等。迎武宗。以功封瀋王。至大元年。忠烈王薨。奔喪十餘日。至王京。喪服殯斂皆以禮。其爲世子入侍元朝。與姚燧, 趙孟頫諸公遊。間或與聞朝政。其議論有足觀者。及其卽位。避上國之制。改易官名。事大以禮也。正田賦立鹽法。知所本也。第以諸侯之位。內承先君之傳。上受天子之命。不可一日而曠也。王旣以帝命復其位。淹留燕京。不卽之國。從臣思歸。至謀相陷。國人不勝供餽之困。固已非矣。元亦厭之。欲王歸國。無以爲辭。乃以其位遜于世子。又欲以姪暠爲世子。父子兄弟。卒構猜嫌。其禍至于數世而未弭。詒謀之不善如此。吐蕃之竄。宜也。非不幸也。

26. 忠肅王。燾 忠宣王第二子 在位二十五年

性嚴毅沈重。聰明好潔。善製述。工隷書。自烈・宣・肅・惠。世歷四代。父子相夷。至與之訟于天子之朝。貽笑天下後世。且父子天性之親。孝爲百行之先。而政事之本也。本旣失焉。其他雖有所稱。無足觀者矣。忠肅晩年。遺棄國事。出舍外郊。信任朴靑等三豎。迷謬至矣。然以國君而先毁彝倫。此亦不足責也。

28. 忠惠王。 王禎 忠肅王長子 在位七年

忠惠王以英銳之材。用之於不善。昵比惡小。荒淫縱恣。內則見責於父王。上則得罪於天子。其身爲羈囚死於道路。宜矣。雖有一老臣李兆年言之剴切。其如不我聽。何哉。

29. 忠穆王。 王昕 忠惠王長子 在位四年

幼冲卽位。性聰明。善聽斷。然母妃以盛年居中。而辛裔・康允忠・裵佺・田淑蒙等相繼用事。威福自恣。政丞王煦・金永暾奉帝命欲整治舊弊。卒爲權臣所陷。王亦早年薨逝。惜哉

30. 忠定王。 王眡 忠惠王次子 在位三年

忠穆忠定皆以幼冲卽位。德寧禧妃以母之尊。用事於內。姦臣外戚。用事於外。二君雖有穎悟之資。何能爲哉。且當忠定之時。江陵君舊本。陵作寧。江陵君。卽恭愍。親爲叔父。得國人之心。又有上國之援。諸尹 按諸尹。禧妃之族。不此之顧。朋比逞欲。釀成禍胎。卒使王不幸鴆死。悲夫。

31. 恭愍王。 祺 忠肅王次子 在位二十三年

天資嚴重。動容中禮。性頗聰明仁厚。民望咸歸焉。及卽位。勵精圖治。

中外大悅。想望太平。自魯國薨逝。過哀喪志。委政辛旽。逐殺勳賢。大興土木。以斂民怨。狎昵頑童。以逞淫穢。晚年猜暴忌克。使酒無時。歐擊左右。又患無後。旣取他人子封大君。將以爲後。而慮外人不信。密令嬖臣汚辱後宮。及其有身。欲殺其人以滅其口。悖亂如此。欲免得乎。

32. 辛禑。立十四年

禑少字牟尼奴。父旽母旽妾婢般若。恭愍王無後。誅旽養禑于太后宮。稱爲己子。封江寧大君。恭愍王薨。李仁任立禑焉。秦政, 晉睿。事涉疑似。至於呂氏立他人子爲惠帝後。朱文公直筆特書。略無假借。其所以爲天下後世戒嚴矣。恭愍王嘗以無子爲憂。宜求宗室之賢者嗣之。乃取旽子陰養宮中。以爲身後之計。卒不能保其身。禑又荒淫暴虐。身亡家敗。嗚呼。禑固不足論。恭愍王亦何心哉。

33. 恭讓王。在位三年

諱瑤。神王七代孫。初封定昌府院君。大明洪武二十二年十一月己卯。我主上與沈德符 · 池湧奇 · 鄭夢周 · 偰長壽 · 成石璘 · 趙浚 · 朴葳 · 鄭道傳等。定策告于恭愍王定妃。奉王卽位。噫。當僞禑盜據王位。是時已無王氏矣。歷十有六年之久。禑淫酗肆虐。昌又昏弱。天不使狂狡之童。姦穢名器。待有德而畀之。其意昭然。忠臣義士必欲求王氏之後而立之。於是恭讓王不離軒席之上。起而登寶位。王氏之祀旣絶而復續。王氏之國旣亡而復興。是宜推誠勳賢。納忠容諫。相與共圖維新之治也。何乃惟姻婭挾憾之訴。婦寺徇私之請。是聽是信。疏忌元勳。陷害忠良。政事悖亂。人心自離。天命自去。以國君之尊。爲匹夫之奔。而王氏之祀忽諸。悲夫。

經濟議論

鄭道傳 著
鄭柄喆 編著

經濟議論 1397

按)此篇 輯易卦五爻程傳說

1. 君德首出庶物

乾彖曰。首出庶物。萬國咸寧。天爲萬物之祖。王爲萬邦之宗。乾道首出庶物而萬彙亨。君道尊臨天位而四海從。王者體天之道。則萬國咸寧也。

2. 人君至誠任 以成其功

蒙六五。童蒙吉。五以柔順居君位。下應於二。以柔中之德。任剛明之才。足以治天下之蒙。故吉也。爲人君者。苟能至誠任賢。以成其功。何異乎出於己也。

3. 王者顯明其比道 天下自然來比

比九五。顯比。按)舊本脫比九五顯比五字。今塡補。人君比天下之道。當顯明其比道而已。如誠意以待物。恕己以及人。發政施仁。使天下蒙其惠澤。是人君親比天下之道也。如是。天下孰不親比於上。若乃暴其小仁。違道干譽。欲以求下之此。其道亦挾矣。王者顯明其比道。天下自然來比蒭。來者撫之。固不煦煦然求比於物。此王道之大。所以其民皞皞而莫知爲之者也。聖人以大公無私治天下。於顯比見之矣

4. 聖人未嘗不盡天下之議

履九五。夬履。貞。厲。古之聖人。居天下之尊。明足以照。剛足以決。勢足以專。然而未嘗不盡天下之議。雖芻蕘之微。必取。乃其所以爲聖也。若自任其剛明。決行不顧。雖使得正。亦危道也。可固守乎。有剛明之才。苟專自任。猶爲危道。況剛明不足者乎。

5. 休息天下之否

否九五。休否。大人吉。其亡其亡。繫于苞桑。五以陽剛中正之德。居尊位。故能休息天下之否。大人之吉也。大人當位。能以其道休息天下之否。以馴致於泰。猶未離於否也。故有其亡之戒。否旣休息。漸將反泰。不可便爲安肆。當深慮遠戒。常憂否之復來曰。其亡矣其亡矣。其繫于苞桑。謂爲安固之道。如維繫于苞桑。

6. 人君孚信以接下 又有威嚴 使之有畏

大有六五。厥孚交如威如。吉。人君執柔守中。而以孚信接於下。則下亦盡其誠信以事於上。上下孚信相交也。以柔居尊位。當大有之時。人心安易。若專尙柔順則陵慢生矣。故必威如則吉。威如。有威嚴之謂也。旣以柔和孚信接於下。衆志說從。又有威嚴。使之有畏。善處有者也。吉可知矣。

7. 威德並著

謙六五。不富以其隣。利用侵伐。無不利。以君位之尊而執謙順以接於下。衆所歸也。故不以富而能有其隣。然君道不可專尙謙柔。必須威武相濟。然後能懷服天下。故威德並著。然後盡君道之宜。而無所不利也。

8. 不自任其知

臨六五。知舊本脫知字臨。大君之宜。吉。夫以一人之身。臨乎天下之廣。若區區自任。豈能周於萬事。故自任其知者。適足爲不知。惟能取天下之善。任天下之聰明。則無所不周。是不自任其知。則其知大矣。五順應剛中之賢。任之以臨下。乃己以明知臨天下。大君之所宜也。其吉可知。

9. 止惡之道 在知其本得其要而已

大畜六五。豶豕之牙。吉。六居君位。止畜天下之邪惡。夫以億兆之衆。發其邪欲之心。人君欲力以制之。雖密法嚴刑。不能勝也。夫物有總攝。事有機會。聖人操得其要。則視億兆之心猶一心。道之斯行。止之則戢。故不勞而治。其用若豶豕之牙也。豕剛躁之物。而牙爲猛利。若剛制其牙則用力勞而不能止其躁猛。雖縶之維之。不能使之變也。若豶去其勢則牙雖存而剛躁自止。其用如此。所以吉也。且如止盜。民有欲心。見利則動。苟不知敎。而迫於飢寒。雖刑殺日施。其能勝億兆利欲之心乎。聖人則知所以止之之道。不尙威刑。而修政敎。使之有農桑之業。知廉恥之道。雖賞之。不竊矣。故止惡之道。在知其本。得其要而已。不嚴刑於彼。而修政於此。是猶患豕牙之利。不制其牙而豶其勢也。

10. 賴人養己 以濟天下

頤六五。拂經。居貞。吉。六五頤之時。居君位。養天下者也。然其陰柔之質。才不足以養天下。上有剛陽之賢。故順從之。賴其養己。以濟天下。君者。養人者也。反賴人之養。是違拂於經常。旣以己之不足而順從於賢師傅。上。師傅之位也。必居守貞固。篤於委信。則能輔翼其身。澤及天下。故吉也。

11. 通天下之志 勿復自任其明

晉六五。悔亡。失得勿恤。往。吉無不利。六以柔居尊位。本當有悔。以大明而下皆順附。故其悔得亡也。下旣同德順附。當推誠委任。盡衆人之才。通天下之志。勿復自任其明。恤其得失。如此而往則吉而無不利也。六五大明之主。不患其不能明照。患其用明之過。至於察察。失委任之道。故戒以失得勿恤也。夫私意偏任。不察則有蔽。盡天下之公。豈當復用私察也。

12. 有家之道旣至 則不憂勞而天下治矣

家人九五。王假有家。勿恤吉。夫王者之道。修身以齊家。家正則天下治矣。自古聖人。未有不以恭己矣。勿恤而吉也。

13. 濟天下之蹇 未有不由聖賢之臣爲之佐

蹇九五。大蹇朋來。以剛陽中正之君。而方在大蹇之中。非得剛陽中正之臣相輔之。不能濟天下之蹇也。自古聖王濟天下之蹇。未有不由聖賢之臣爲之助者。湯武得伊呂是也。中常之君。得剛明之臣。而能濟大難者則有矣。劉禪之孔明。唐肅宗之郭子儀。德宗之李晟是也。雖賢明之君。苟無其臣則不能濟於難也。蓋臣賢於君則輔君以君所不能。臣不及君則贊助而已。故不能成大功也。

14. 人君能虛中自損 以順從在下之賢

損六五。或益之十朋之龜。六五於損時。以中順居尊位。虛其中以應乎二之剛陽。是人君能虛中自損。以順從在下之賢也。能如是則天下孰不損己自盡以益之。或有益之之事則十朋助之矣。

15. 至誠益於天下 天下受其大福

益九五。有孚惠心。勿問。元吉。有孚。惠我德。人君居得致之位。操可致之權。苟至誠益於天下。天下受其大福。其元吉。不暇言也。有孚惠我德。人君至誠益於天下。天下之人。無不至誠愛戴。以君之德澤爲恩惠也。

16. 人君至誠降屈 以中正之道 求天下 而賢未有不遇者也

姤九五。以杞包瓜。含章。有隕自天。九五尊居君位。而下求賢才。以至高而求至下。猶以杞葉而包瓜。能自降屈如此。又其內蘊中正之德。充實章美。人君如是。則無有不遇所求者也。雖有屈己求賢。若其德不正。賢者不屑也。故必含蓄章美。內積至誠。則有隕自天矣。猶云自天而降。言必得之也。自古人君。至誠降屈。以中正之道。求天下。而賢未有不遇者也。高宗感於夢寐。文王遇於漁釣。皆由是道也。

17. 萃天下之道 當正其位修其德

萃九五。萃有位。無咎。匪孚。元永貞。悔亡。居天下之尊。萃天下之衆而君臨之。當正其位。修其德。以陽剛居尊位。爲有其位矣。得中正之道。無過咎也。如是而有不信而未歸者。則當自反以修其元永貞之德。則無思不服而悔亡矣。元永貞者。君之德。人所歸也。故比天下之道與萃天下之道。皆在此三者。王者旣有其位。又有其德。中正無過咎。而天下尙有未信服歸附者。蓋其道未光大也。元永貞之道未至也。在修德以來之。始苗民逆命。帝乃誕敷文德。舜德非不至也。蓋有遠近昏明之異。故其歸有先後。旣有未歸則當修德也。所謂德元永貞之道。元。首也長也。爲君德首出庶物。君長群生。有尊大之義焉。有主統之義焉。而又恒永貞固。則通於神明。光於四海。無思不服矣。乃無咎匪孚。而其悔亡也。

自此以下。卷帙殘缺。未見全書。深可恨也。

– 經濟議論 終 –

佛氏雜辨

鄭道傳 著
鄭柄喆 編著

佛氏雜辨 1398 7월

1. 佛氏輪廻之辨

人物之生生而無窮。乃天地之化。運行而不已者也。原夫太極有動靜而陰陽生。陰陽有變合而五行具。於是無極太極之眞。陰陽五行之精。妙合而凝。人物生生焉。其已生者往而過。未生者來而續。其間不容一息之停也。佛之言曰。人死精神不滅。隨復受形。於是輪廻之說興焉。易曰。原始反終。故知死生之說。又曰。精氣爲物。游魂爲變。先儒解之曰。天地之化。雖生生不窮。然而有聚必有散。有生必有死。能原其始而知其聚之生。則必知其後之必散而死。能知其生也得於氣化之自然。初無精神寄寓於太虛之中。則知其死也與氣而俱散。無復更有形象尙留於冥漠之內。又曰。精氣爲物。游魂爲變。天地陰陽之氣交合。便成人物。到得魂氣歸于天。體魄歸于地。便是變了。精氣爲物。是合精與氣而成物。精魄而氣魂也。游魂爲變。變則是魂魄相離。游散而變。變非變化之變。旣是變則堅者腐存者亡。更無物也。天地間如烘爐。雖生物。皆銷鑠已盡。安有已散者復合。而已往者復來乎。今且驗之吾身。一呼一吸之間。氣一出焉。謂之一息。其呼而出者。非吸而入之也。然則人之氣息。亦生生不窮。而往者過。來者續之理。可見也。外而驗之於物。凡草木自根而幹而枝而葉而華實。一氣通貫。當春夏時。其氣滋至而華葉暢茂。至秋冬。其氣收斂而華葉衰落。至明年春夏。又復暢茂。非已落之葉。返本歸源而復生也。又井中之水。朝朝而汲之。爨飮食者。火煮而盡之。濯衣服者。日暴而乾之。泯然無跡。而井中之泉。源源而出。無有窮盡。非已汲之水。返其故處而復生也。且百穀之生也。春而種十石。秋而收百石。以至千萬。其利倍蓰。是百穀亦生生也。今以佛氏輪廻之說觀之。凡有血氣者。自有定數。來來去去。無復增損。然則天地之造物。反不如農夫之生利也。且血氣之屬。不爲人類則爲鳥獸魚鼈昆蟲。其數有定。此蕃則彼必耗矣。此耗則彼必蕃矣。不應一時俱蕃。一時俱耗矣。自今觀之。當盛世。人類番庶。鳥獸魚鼈昆蟲亦蕃庶。當衰世。人物耗損。鳥獸魚鼈昆蟲亦耗損。是人與萬物。皆爲天地之氣所生。故氣盛則一時蕃庶。氣衰則一時耗損。明矣。予憤佛氏輪廻之說惑世尤甚。幽而質諸天地之化。明而驗諸人物之生。得其說如此。與我同志者。幸共鑑焉。

或問。子引先儒之說。解易之游魂爲變曰。魂與魄相離。魂氣歸於天。體魄降于地。是人死則魂魄各歸于天地。非佛氏所謂人死精神不滅者耶。曰。古者。四時之火皆取於木。是木中元有火。木熱則生火。猶魄中元有魂。魄煖者爲魂。故曰鑽木出火。又曰形旣生矣。神發知矣。形。魄也。神。魂也。火緣木而存。猶魂魄合而生。火滅則煙氣升而歸于天。灰燼降而歸于地。猶人死則魂氣升于天。體魄降于地。火之煙氣。卽人之魂氣。火之灰燼。卽人之體魄。且火氣滅矣。煙氣灰燼。不復合而爲火。則人死之後。魂氣體魄。亦不復合而爲物。其理豈不明甚也哉。

2. 佛氏因果之辨

或曰。吾子辨佛氏輪廻之說。至矣。子言人物皆得陰陽五行之氣以生。今夫人則有智愚賢不肖。貧富貴賤壽夭之不同。物則有爲人所畜役。勞苦至死而不辭者。有未免網羅釣弋之害。大小强弱之自相食者。天之生物。一賦一與。何其僞而不均如是耶。以此而言釋氏所謂生時所作善惡。皆有報應者。不其然乎。且生時所作善惡。是之謂因。他日報應。是之謂果。此其說。不亦有所據歟。曰。予於上論人物生生之理悉矣。知此則輪廻之說自辨矣。輪廻之說辨。則因果之說。不辨而自明矣。然子旣有問焉。予敢不推本而重言之。夫所謂陰陽五行者。交運迭行。參差不齊。故其氣也有通塞偏正淸濁厚薄高下長短之異焉。而人物之生。適當其時。得其正且通者爲人。得其偏且塞者爲物。人與物之貴賤。於此焉分。又在於人。得其淸者智且賢。得其濁者愚不肖。厚者富而薄者貧。高者貴而下者賤。長者壽而短者夭。此其大略也。雖物亦然。若麒麟龍鳳之爲靈。虎狼蛇虺之爲毒。椿桂芝蘭之爲瑞。烏喙堇荼之爲苦。是皆就於偏塞之中而又有善惡之不同。然皆非有意而爲之。易曰。乾道變化。各定性命。先儒曰。天道無心而普萬物。是也。今夫醫卜。小數也。卜者定人之禍福。必推本於五行之衰旺。至曰。某人以木爲命。當春而旺。當秋而衰。其象貌靑而長。其心慈而仁。某人以金爲命。吉於秋而凶於夏。其象貌白而方。其心剛而明。曰水曰火。莫不皆然。而象貌之醜陋。心識之愚暴。亦皆本於五行稟賦之偏。醫者診人之疾病。又必推本於五行之相感。乃曰。某之病寒。乃腎水之證。某之病溫。乃心火之證之類是也。其命藥也。以其性之溫凉寒熱。味之酸鹹甘苦。分屬陰陽五行而劑之。無不符合。此吾儒之說。以人物之生。爲得於陰陽五行之氣者。明有左驗。無可疑矣。信如佛氏之說。則人之禍福疾病。無與於陰陽五行。而皆出於因果之報應。何無一人捨吾儒所謂陰陽五行。而以佛氏所說因果報應。定人禍福。診人疾病歟。其說荒唐謬誤無足取信如此。子尙惑其說歟。

今以至切而易見者比之。酒之爲物也。麴蘗之多寡。瓮甕之生熟。日時之寒熱久近適相當。則其味爲甚旨。若蘗多則味甘。麴多則味苦。水多則味淡。水與麴蘗適相當。而瓮甕之生熟。日時之寒熱久近。相違而不相合。則酒之味有變焉。而隨其味之厚薄。其用亦有上下之異。若其糟粕則委之汚下之地。或有蹴踏之者矣。然則酒之或旨或不旨或上或下或用或棄者。此固適然而爲之耳。亦有所作因果之報應歟。此喩雖淺近鄙俚。亦可謂明且盡矣。所謂陰陽五行之氣。相推迭運。參差不齊。而人物之萬變生焉。其理亦猶是也。聖人設敎。使學者變化氣質。至於聖賢。治國者。轉衰亡而進治安。此聖人所以廻陰陽之氣。以致參贊之功者。佛氏因果之說。豈能行於其間哉。

3. 佛氏心性之辨

心者。人所得於天以生之氣。虛靈不昧。以主於一身者也。性者。人所得於天以生之理。純粹至善。以具於一心者也。蓋心有知有爲。性無知無爲。故曰。心能盡性。性不能知檢其心。又曰。心統情性。又曰。心者。神明之舍。性則其所具之理。觀此。心性之辨可知矣。彼佛氏以心爲性。求其說而不得。乃曰。迷之則心。悟之則性。又曰。心性之異名。猶眼目之殊稱。至楞嚴曰圓妙明心。明妙圓性。按)楞嚴經曰 汝等遺失本妙 圓妙明心 寶明妙性 認悟中迷 言心則從妙起明 圓融照了 如鏡之光 故曰 圓明妙心 性則卽明而妙 凝然寂湛 如鏡之體 故曰寶明妙性 以明與圓。分而言之。普照曰。心外無佛。性外無法。又以佛與法分而言之。似略有所見矣。然皆得於想象髣髴之中。而無豁然眞實之見。其說多爲遊辭而無一定之論。其情可得矣。吾儒之說曰。盡心知性。此本心以窮理也。佛氏之說曰。觀心見性。心卽性也。是別以一心見此一心。心安有二乎哉。彼亦自知其說之窮。從而遁之曰。以心觀心。如以口齕口。當以不觀觀之。此何等語歟。且吾儒曰。方寸之間。虛靈不昧。具衆理應萬事。其曰。虛靈不昧者。心也。具衆理者。性也。應萬事者。情也。惟其此心具衆理。故於事物之來。應之無不各得其當。所以處事物之當否。而事物皆聽命於我也。此吾儒之學。內自身心。外而至於事物。自源徂流。一以通貫。如源頭之水。流於萬派。無非水也。如持有星之衡。稱量天下之物。其物之輕重。與權衡之銖兩相稱。此所謂元不曾間斷者也。佛氏曰。空寂靈知。隨緣不變。按)佛氏以爲眞淨心 隨緣是相 不變是性 如一眞金 隨大小器物 等是隨緣相也 本金不變是性也 一眞淨心 隨善惡染淨 等是隨緣相也 本心變性也 無所謂理者具於其中。故於事物之來。滯者欲絶而去之。達者欲隨而順之。其絶而去之者。固已非矣。隨而順之者。亦非也。其言曰。隨緣放曠。任性逍遙。聽其物之自爲而已。無復制其是非而有以處之也。是其心如天上之月。其應也如千江之影。月眞而影妄。其間未嘗連續。如持無星之衡。稱量天下之物。其輕重低昂。惟物是順。而我無以進退稱量之也。故曰。

釋氏虛。吾儒實。釋氏二。吾儒一。釋氏間斷。吾儒連續。學者所當明辨也。

4. 佛氏作用是性之辨

愚按佛氏之說。以作用爲性。龐居士曰。運水搬柴。無非妙用。是也。

按)龐居士偈曰 日用事無別 唯吾自偶諧 頭頭須取舍 處處勿張乖 神通幷妙用 運水及搬柴

蓋性者。人所得於天以生之理也。作用者。人所得於天以生之氣也。氣之凝聚者爲形質爲神氣。若心之精爽。耳目之聰明。手之執足之奔。凡所以知覺運動者。皆氣也。故曰。形旣生矣。神發知矣。人旣有是形氣。則是理具於形氣之中。在心爲仁義禮智之性。惻隱羞惡辭讓是非之情。在頭容爲直。在目容爲端。在口容爲止之類。凡所以爲當然之則而不可易者是理也。劉康公曰。人受天地之中以生。所謂命也。故有動作威儀之則。以定命也。其曰。天地之中者。卽理之謂也。其曰。威儀之則者。卽理之發於作用者也。朱子亦曰。若以作用爲性。則人胡亂執刀殺人。敢道性歟。且理。形而上者也。氣。形而下者也。佛氏自以爲高妙無上。而反以形而下者爲說。可笑也已。學者須將吾儒所謂威儀之則與佛氏所謂作用是性者。內以體之於身心。外以驗之於事物。則自當有所得矣。

5. 佛氏心跡之辨

心者。主乎一身之中。而跡者。心之發於應事接物之上者也。故曰。有是心。必有是跡。不可判而爲二也。蓋四端五典萬事萬物之理。渾然具於此心之中。其於事物之來。不一其變。而此心之理。隨感而應。各有攸當而不可亂也。人見孺子匍匐入井。便有怵惕惻隱之心。是其心有仁之性。故其見孺子也。發於外者便惻然。心與跡。果有二乎。曰羞惡曰辭讓曰是非。莫不皆然。次而及於身之所接。見父則思孝焉。見子則思慈焉。至於事君以忠。使臣以禮。交友以信。是孰使之然耶。以其心有仁義禮智之性。故發於外者亦如此。所謂體用一源。顯微無間者也。彼之學。取其心不取其跡。乃曰文殊大聖。遊諸酒肆。跡雖非而心則是也。他如此類者甚多。非心跡之判歟。程子曰。佛氏之學。於敬以直內則有之矣。義以方外則未之有也。故滯固者入於枯槁。疏通者歸於恣肆。此佛之教所以隘也。然無義以方外。其直內者。要之亦不是也。王通。儒者也。亦曰。心跡判矣。蓋惑於佛氏之說而不知者也。故幷論之。

6. 佛氏昧於道器之辨

道則理也。形而上者也。器則物也。形而下者也。蓋道之大原。出於天。而無物不有。無時不然。卽身心而有身心之道。近而卽於父子君臣夫婦長幼朋友。遠而卽於天地萬物。莫不各有其道焉。人在天地之間。不能一日離物而獨立。是以。凡吾所以處事接物者。亦當各盡其道。而不可或有所差謬也。此吾儒之學所以自心而身而人而物。各盡其性而無不通也。蓋道雖不雜於器。亦不離於器者也。彼佛氏於道。雖無所得。以其用心積力之久。髣髴若有見處。然如管窺天。一向直上去。不能四通八達。其所見必陷於一偏見。其道不雜於器者。則以道與器歧而二之。乃曰凡所有相。皆是虛妄。若見諸相非相。卽見如來。按)此一段 出般若經 言目前無法 觸目皆如 但知如是 卽見如來 必欲擺脫群有。落於空寂見。其道不離於器者。則以器爲道。乃曰善惡皆心。萬法唯識。隨順一切。任用無爲。猖狂放恣。無所不爲。按)善心將生 隨順一切 任用無爲 惡心將生 猖狂放恣 無所不爲 心之所有 識乃爲之 惟善惟惡 非心無識 非識無心 心識相對 善惡生滅 此程子所謂滯固者入於枯槁。疏通者歸於恣肆者也。然其所謂道者。指心而言。乃反落於形而下者之器而不自知也。惜哉。

7. 佛氏毁棄人倫之辨

明道先生曰。道之外無物。物之外無道。是天地之間。無適而非道也。卽父子而父子在所親。卽君臣而君臣在所嚴。以至爲夫婦爲長幼爲朋友。無所爲而非道。所以不可須臾離也。然則毁人倫去四大。按)四大受想行識其分於道遠矣。又曰。言爲無不周徧。而實則外於倫理。先生之辨盡矣。

8. 佛氏慈悲之辨

天地以生物爲心。而人得天地生物之心以生。故人皆有不忍人之心。此卽所謂仁也。佛雖夷狄。亦人之類耳。安得獨無此心哉。吾儒所謂惻隱。佛氏所謂慈悲。皆仁之用也。其立言雖同。而其所施之方則大相遠矣。蓋親。與我同氣者也。人。與我同類者也。物。與我同生者也。故仁心之所施。自親而人而物。如水之流盈於第一坎而後達於第二第三之坎。其本深。故其及者遠。擧天下之物。無一不在吾仁愛之中。故曰。親親而仁民。仁民而愛物。此儒者之道。所以爲一爲實爲連續也。佛氏則不然。其於物也。毒如豺虎。微如蚊虻。尙欲以其身餧之而不辭。其於人也。越人有飢者。思欲推食而食之。秦人有寒者。思欲推衣而衣之。所謂布施者也。若夫至親如父子。至敬如君臣。必欲絶而去之。果何意歟。且人之所以自重愼者。以有父母妻子爲之顧藉也。佛氏以人倫爲假合。子不父其父。臣不君其君。恩義衰薄。視至親如路人。視至敬如弁髦。其本源先失。故其及於人物者。如木之無根。水之無源。易致枯竭。卒無利人濟物之效。而拔劍斬蛇。略無愛惜。地獄之說。極其慘酷。反爲少恩之人。向之所謂慈悲者。果安在哉。然而此心之天。終有不可得而昧者。故雖昏蔽之極。一見父母則孝愛之心油然而生。盍亦反而求之。而乃曰多生習氣未盡除。故愛根尙在。執迷不悟。莫此爲甚。佛氏之敎。所以無義無理。而名敎所不容者此也。

9. 佛氏眞假之辨

佛氏以心性爲眞。常以天地萬物爲假合。其言曰。一切衆生。種種幻化。皆生如來圓覺妙心。猶如空華及第二月。

按此一段 出圓覺經 言衆生業識 不知自身內如來圓覺妙心 若以智照用 則法界之無實 如空華 衆生之妄相如第二月 妙心 本月 第二月 影也

又曰。空生大覺中。如海一漚發。有漏微塵國。皆依空所立。

按此一段 出楞嚴經 言大覺海中 本絶空有 由迷風飄鼓 妄發空漚 而諸有生焉 迷風旣息 則空漚亦滅 所依諸有 遽不可得 而空覺圓融 復歸元妙

佛氏之言。其害多端。然滅絶倫理。略無忌憚者。此其病根也。不得不砭而藥之也。蓋未有天地萬物之前。畢竟先有太極。而天地萬物之理。已渾然具於其中。故曰太極生兩儀。兩儀生四象。千變萬化。皆從此出。如水之有源。萬派流注。如木之有根。枝葉暢茂。此非人智力之所得而爲也。亦非人智力之所得而遏也。然此固有難與初學言者。以其衆人所易見者而言之。自佛氏歿。至今數千餘年。天之昆侖於上者。若是其確然也。地之磅礴於下者。若是其隤然也。人物之生於其間者。若是其燦然也。日月寒暑之往來。若是其秩然也。是以。天體至大。而其周圍運轉之度。日月星辰逆順疾徐之行。雖當風雨晦明之夕。而不能外於八尺之璣。數寸之衡。歲年之積。至於百千萬億之多。而二十四氣之平分。與夫朔虛氣盈餘分之積。至於毫釐絲忽之微。而亦不能外於乘除之兩策。孟子所謂天之高也。星辰之遠也。苟求其故。千歲之日至。可坐而致者。此也。是亦孰使之然歟。必有實理爲之主張也。且假者。可暫於一時。而不可久於千萬世。幻者。可欺於一人。而不可信於千萬人。而以天地之常久。萬物之常生。謂之假且幻。抑何說歟。豈佛氏無窮理之學。求其說而不得歟。抑其心隘。天地之大。萬物之衆。不得容於其中歟。豈樂夫持守之約。而厭夫窮理之煩。酬酢萬變之勞歟。張子曰。明不能盡誣。天地日月以爲幻妄。則佛氏受病之處。必有所自矣。要之其所見蔽。故其所言詖如此。嗚呼惜哉。予豈譊譊而多言者歟。予所言之而不已者。正惟彼心之迷昧爲可憐。而吾道之衰廢爲可憂而已耳。

10. 佛氏地獄之辨

先儒辨佛氏地獄之說曰。世俗信浮屠誑誘。凡有喪事。無不供佛飯僧。云爲死者。滅罪資福。使生天堂。受諸快樂。不爲者。必入地獄。剉燒舂磨。受諸苦楚。殊不知死者。形旣朽滅。神亦飄散。雖有剉燒舂磨。且無所施。又況佛法未入中國之前。人固有死而復生者。何故都無一人誤入地獄。見所謂十王者歟。此其無有而未足信也明矣。或曰。釋氏地獄之說。皆是爲下根之人。設此怖令爲善耳。程子曰。至誠貫天地。人尙有不化。豈有立僞敎而人可化乎。昔有僧問予曰。若無地獄。人何畏而不爲惡乎。予曰。君子之好善惡惡。如好好色。如惡惡臭。皆由中而出。無所爲而爲之。一有惡名至。則其心愧恥。若撻于市。豈待地獄之說然後不爲惡乎。其僧默然。於此幷書之。俾世之惑於其說者。知所辨焉。

11. 佛氏禍福之辨

天道福善而禍淫。人道賞善而罰惡。蓋由人操心有邪正。行己有是非。而禍福各以其類應之。詩曰。求福不回。夫子曰。獲罪於天。無所禱也。蓋君子之於禍福。正吾心而已。修吾己而已。福不必求而自至。禍不必避而自遠。故曰君子有終身之憂。無一朝之患。禍苟有自外而至者。順而受之而已。如寒暑之過於前。而吾無所與也。彼佛氏則不論人之邪正是非。乃曰歸吾佛者。禍可免而福可得。是雖犯十惡大憝者。歸佛則免之。雖有道之士。不歸佛則不免也。假使其說不虛。皆出於私心而非公道也。在所懲之也。況自佛說興至今數千餘年。其間事佛甚篤如梁武　唐憲者。皆不得免焉。韓退之所謂事佛漸謹。年代尤促者。此其說不亦深切著明矣乎。

12. 佛氏乞食之辨

食之於人。大矣哉。不可一日而無食。亦不可一日而苟食。無食則害性命。苟食則害義理。洪範八政。食貨爲先。重民五教。惟食居首。子貢問政。則夫子以足食告之。此古之聖人。知生民之道。不可一日而無食。故皆汲汲於斯。教以稼穡。制以貢賦。軍國有須。祭祀賓客有給。鰥寡老幼有養。而無匱乏飢餓之歎。聖人之慮民遠矣。上而天子公卿大夫。治民而食。下而農工商賈。勤力而食。中而爲士者。入孝出悌。守先王之道。以待後之學者而食。此古之聖人。知其不可一日而苟食。故自上達下。各有其職。以受天養。其所以防民者至矣。不居此列者。姦民也。王法所必誅而不赦者也。金剛經曰。爾時世尊食時。着衣持鉢。入舍衛城。按舍衛 波斯國名 乞食於其城中。夫釋迦牟尼者。以男女居室爲不義。出人倫之外。去稼穡之事。絶生生之本。欲以其道。思以易天下。信如其道。是天下無人也。果有可乞之人乎。是天下無食也。果有可乞之食乎。釋迦牟尼者。西域王之子也。以父之位。爲不義而不居。非治民者也。以男耕女織。爲不義而去之。何勤力之有。無父子君臣夫婦。則又非守先王之道者也。此人雖一日食一粒。皆苟食也。信如其道。誠不食如蚯蚓然後可也。何爲乞而食乎。且食在自力則爲不義。而在乞則爲義乎。佛氏之言。無義無理。開卷便見。故於此論而辨之。

佛氏其初。不過乞食而食之耳。君子尙且以義責之。無小容焉。今也華堂重屋。豐衣厚食。安坐而享之如王者之奉。廣置田園臧獲。文簿雲委。過於公卷。奔走供給。峻於公務。其道所謂斷煩惱出世間。淸淨寡欲者。顧安在哉。不惟坐費衣食而已。假托好事。種種供養。饌食狼藉。壞裂綵帛。莊嚴幢幡。蓋平民十家之産。一朝而費之。噫。廢棄義理。旣爲人倫之蟊賊。而暴殄天物。實乃天地之巨蠹也。張子曰。上無禮以防其僞。下無學以稽其蔽。非獨立不懼。精一自信。有大過人之才。何以正立其間。與之較是非計得失哉。噫。先正之所以深致歎息者。豈偶然哉。豈偶然哉。

13. 佛氏禪教之辨

佛氏之說。其初不過論因緣果報。以誑誘愚民耳。雖以虛無爲宗。廢棄人事。尙有爲善得福。爲惡得禍之說。使人有所懲勸。持身戒律。不至於放肆。故人倫雖毁。義理未盡喪了。至達摩入中國。自知其說淺陋。不足以惑高明之士。於是曰。不立文字。言語道斷。直指人心。見性成佛。其說一出。捷徑便開。其徒轉相論述。或曰。善亦是心。不可將心修心。惡亦是心。不可將心斷心。善惡懲勸之道絶矣。或曰。及淫怒癡。皆是梵行。戒律持身之道失矣。自以爲不落窩臼。解縛去械。慠然出於禮法之外。放肆自恣。汲汲如狂。無復人理。所謂義理者。至此都喪也。朱文公憂之曰。西方論緣業。卑卑喩群愚。流傳世代久。梯接凌空虛。顧眄指心性。名言超有無。按佛說 大略有三 其初齋戒 後有義學 有禪學 緣之名有十二 曰觸愛受取有生老死憂悲苦惱 業之名有三 曰身口意 指心性 謂卽心是佛 見性成佛 超有無 謂言有則云色卽是空 言無則云空卽是色 捷徑一以開。靡然世爭趨。號空不踐實。躓彼榛棘塗。誰哉繼三聖。按三聖 謂禹周公孔子 爲我焚其書。甚哉。其憂之之深也。予亦爲之憮然三歎。

14. 儒·釋同異之辨

先儒謂儒釋之道。句句同而事事異。今且因是而推廣之。此曰虛。彼亦曰虛。此曰寂。彼亦曰寂。然此之虛。虛而有。彼之虛。虛而無。此之寂。寂而感。彼之寂。寂而滅。此曰知行。彼曰悟修。此之知。知萬物之理具於吾心也。彼之悟。悟此心本空無一物也。此之行。循萬物之理。而行之無所違失也。彼之修。絶去萬物。而不爲吾心之累也。此曰心具衆理。彼曰心生萬法。所謂具衆理者。心中原有此理。方其靜也。至寂而此理之體具焉。及其動也。感通而此理之用行焉。其曰寂然不動。感而遂通天下之故是也。所謂生萬法者。心中本無此法。對外境而後法生焉。方其靜也。此心無有所住。及其動也。隨所遇之境而生。其曰應無所住而生其心。

按)此一段 出般若經 言應無所住者 了無內外 中虛無物 而不以善惡是非 介於胸中也 而生其心者 以無住之心 應之於外 而不爲物累也 謝氏解論語無適無莫 引此語

又曰。心生則一切法生。心滅則一切法滅 按出起信論 是也。此以理爲固有。彼以法爲緣起。何其語之同而事之異如是耶。此則曰酬酢萬變。彼則曰隨順一切。其言似乎同矣。然所謂酬酢萬變者。其於事物之來。此心應之。各因其當然之則。制而處之。使之不失其宜也。如有子於此。使之必爲孝而不爲賊。有臣於此。使之必爲忠而不爲亂。至於物。牛則使之耕而不爲牴觸。馬則使之載而不爲踶齕。虎狼則使之設檻置阱而不至於齩人。蓋亦各因其所固有之理而處之也。若釋氏所謂隨順一切者。凡爲人之子。孝者自孝。賊者自賊。爲人之臣。忠者自忠。亂者自亂。牛馬之耕且載者。自耕且載。牴觸踶齕。自牴觸踶齕。聽其所自爲而已。吾無容心於其間。佛氏之學如此。自以爲使物而不爲物所使。若付一錢則便沒奈何他此。其事非異乎。然則天之所以生此人。爲靈於萬物。付以財成輔相之職者。果安在哉。其說反復。頭緖雖多。要之。此見得心與理爲一。彼見得心與理爲二。彼見得心空而無理。此見得心雖空而萬物咸備也。故曰。吾儒一。釋氏二。吾儒連續。釋氏間斷。然心一也。安有彼此之同異乎。蓋人之所見。有正不正之殊耳。四大身中誰是主。六根塵裏孰爲精。

按)地水火風四大 和合爲一身 而別其四大則本無主 色聲香未觸法六根塵 相對以生 而別其六根則本無精 猶鏡像之有無也

黑漫漫地開眸看。終日聞聲不見形。

按)以慧照用則雖黑漫漫地開眸看 暗中有明 猶鏡光之暗中生明也

此釋氏之體驗心處。謂有寧有跡。謂無復何存。惟應酬酢際。特達見本根。按)朱子詩 此吾儒之體驗心處。且道心但無形而有聲乎。抑有此理存於心。爲酬酢之本根歟。學者當日用之間。就此心發見處體究之。彼此之同異得失。自可見矣。請以朱子之說申言之。心雖主乎一身。而其體之虛靈。足以管乎天下之理。理雖散在萬物。而其用之微妙。實不外乎人之一心。初不可以內外精粗而論也。然或不知此心之靈而無以存之。則昏昧雜擾。而無以窮衆理之妙。不知衆理之妙。而無以窮之。則偏狹固滯。而無以盡此心之全。此其理勢之相須。蓋亦有必然者。是以。聖人設敎。使人默識此心之靈。而存之於端莊靜一之中。以爲窮理之本。使人知有衆理之妙。而窮之於學問思辨之際。以致盡心之功。巨細相涵。動靜交養。初未嘗有內外精粗之擇。及其眞積力久。而豁然貫通焉。亦有以知其渾然一致。而果無內外精粗之可言矣。今必以是爲淺近支離。而欲藏形匿影。別爲一種幽深恍惚艱難阻絶之論。務使學者。莽然措其心於文字言語之外。而曰道必如是然後可以得之。則是近世佛學詖淫邪遁之尤者。而欲移之以亂古人明德新民之實學。其亦誤矣。朱子之言。反復論辨。親切著明。學者於此。潛心而自得之可也。

15. 佛法入中國 按)此以下至 事佛甚謹年代尤促 引用眞氏大學衍義說

漢明帝聞西域有神。其名曰佛。遣使之天竺。得其書及沙門以來。其書大抵以虛無爲宗。貴慈悲不殺。以爲人死精神不滅。隨復受形。生時所作善惡。皆有報應。故所貴修鍊。以至爲佛。善爲宏闊勝大之言。以勸誘愚俗。精於其道者。號曰沙門。於是中國始傳其術。圖其形像。而王公貴人。獨楚王英最先好之。

眞西山曰。臣按此佛法入中國之始也。是時所得者。佛經四十二章。緘之蘭臺石室而已。所得之像。繪之淸涼臺顯節陵而已。楚王英雖好之。然不過潔齋修祀而已。英尋以罪誅。不聞福利之報。其後靈帝始立祠於宮中。魏晉以後。其法寖盛。而五胡之君。若石勒之於佛圖澄。符堅之於道安。姚興之於鳩摩羅什。往往尊以師禮。元魏孝文。號爲賢主。亦幸其寺。修齋聽講。自是至于蕭梁。其盛極矣。而其源則自永平始。非明帝之責而誰哉。

16. 事佛得禍

梁武帝中大通元年九月。幸同泰寺。設四部無遮大會。釋御服持法衣。行清淨大捨。群臣以錢一億萬。祈白三寶。奉贖皇帝。僧衆默然。上還內。上自天監中用釋氏法。長齋斷肉。日止一食。惟菜羹糲飯而已。多造塔。公私費損。時王侯子弟。多驕淫不法。上年老。厭於萬機。又專精佛戒。每斷重罪。則終日不懌。或謀叛逆事覺。亦泣而宥之。由是王侯益横。或白晝殺人於都街。或暮夜公行剽掠。有罪亡命。匿於主家。有司不敢搜捕。上深知其弊。而溺於慈愛。不能禁也。中大同元年三月庚戌。上幸同泰寺。遂停寺省。講三慧經。夏四月丙戌解講。是夜同泰寺浮屠災。上曰。此魔也。宜廣爲法事。乃下詔曰。道高魔盛。行善障生。當窮玆土木。倍增往日。遂起十二層浮屠將成。値侯景亂而止。及陷臺城。囚上於同泰寺。上口燥乾。求蜜於寺僧不得。竟以餓死。

眞西山曰。魏晉以後。人主之事佛。未有如梁武之盛者也。夫以萬乘之尊。而自捨其身。爲佛之厮役。其可謂卑佞之極矣。以蔬茹麪食。易宗廟之牲牢。恐其有累冥道也。織官文錦。有爲人類禽獸之形者亦禁之。恐其裁翦。有乖仁恕。臣下雖謀叛逆。赦而不誅。剽盜肆行。亦不忍禁。凡以推廣佛戒也。蓋嘗論之。使仙而可求則漢武得之矣。使佛而可求則梁武得之矣。以二君而無得焉。則知其不可求而得也明矣。縱求而得之。戎夷荒幻之教。不可以治華夏。山林枯槁之行。不可以治國家。況不可求也。漢武貪仙而終致虛耗之禍。梁武佞佛而卒召危亡之厄。則貪佞之無補又明矣。且其捨身事佛。豈非厭塵囂而樂空寂乎。使其能若迦維之嫡嗣視王位如弊屣。褰裳而去之。庶乎爲眞學佛者。而帝也旣以簒弑取人之國。又以攻伐侵人之境。及其老也。雖慈孝如太子統。一涉疑似。忌之而至死。貪戀如此。又豈眞能捨者乎。釋服入道。旣可徼浮屠之福。奉金贖還。又不失天子之貴。是名雖佞佛。而實以誑佛也。且其織文之非實。猶不忍戕之。彼蚩蚩之氓。性命豈能鳥獸比。而連年征伐。所殺不可勝計。浮山築堰。浸灌敵境。擧數萬衆而魚鼈之。曾不小恤。是名雖小仁。而實則大不仁也。且國所與立。惟綱與常。帝於諸子。皆任以藩維。而無禮義之訓。故正德以梟獍之資。始捨父而奔敵國。終引賊以覆宗祏。若綸若繹。或摠雄師。或鎭上游。當君父在亂。不聞有灑血投袂之意。方且弟兄相仇。叔姪交兵。極人倫之惡。此無佗。帝之所學者釋氏也。以天倫爲假合。故臣不君其君。子不父其父。三四十年之間。風俗淪胥。綱常掃地。宜其致此極也。使其以堯舜三王爲師。不雜以方外之敎。必本仁義。必尙禮法。必明政刑。顧安有是哉。

17. 舍天道而談佛果

唐代宗始未甚重佛。宰相元載，王縉皆好佛。縉尤甚。上嘗問佛言報應。果有之耶。載等對曰。國家運祚靈長。非宿植福業。何以致之。福業已定。雖時有小災。終不能爲害。所以安，史皆有子禍。懷恩出門病死。二虜不戰而退。此皆非人力所及。豈得言無報應也。上由是深信之。常於禁中飯僧百餘人。有寇至則令僧講仁王經以禳之。寇去厚加賞賜。良田美利。多歸僧寺。載等侍上。多談佛事。政刑日紊矣。

眞西山曰。代宗以報應爲問。使是時有儒者在相位。必以福善禍淫。虧盈益謙之理。反復啓告。使人主凜然知天道之不可誣。而自彊於修德。載等曾微一語及此。乃以宿植福業爲言。而謂國祚靈長。皆佛之力。毋乃厚誣天道乎。夫唐之所以歷年者。以太宗濟世安民之功。不可掩也。而所以多難者。以其得天下也。不純乎仁義綱常。禮法所在。有慙德焉。繼世之君。克己礪善者少。恣情悖理者多也。天有顯道。厥類惟彰。此之謂矣。載等捨天道而談佛果。是謂災祥之降。不在天而在佛也。爲治之道。不在修德而在於奉佛也。代宗惟其不學。故載等得以惑之。且夫安，史之亂。以其太眞蠱於內。楊，李賊於外。醞釀而成之也。而所以能平之者。由子儀，光弼諸人盡忠帝室。驅而攘之也。其所以皆有子禍者。祿山，史明以臣叛君。故慶緖朝義。以子弑父。此天道之所以類應者也。回紇吐蕃。不戰而自退。則又子儀挺身見虜。設謀反間之力。推跡本末。皆由人事。載等乃曰此非人力所及。其欺且誣。顧不甚哉。

18. 事佛甚謹年代尤促

元和十四年。迎佛骨于京師。先是功德使上言。鳳翔寺塔有佛指骨。相傳三十年一開。開則歲豐人安。來年應開。請迎之。上從其言。至是佛骨至京師。留禁中三日。歷送諸寺。王公士民。瞻奉捨施。如恐不及。刑部侍郎韓愈上表諫曰。佛者。夷狄之一法耳。自黃帝至禹湯文武。皆享壽考。百姓安樂。當是時。未有佛也。漢明帝時始有佛法。其後亂亡相繼。運祚不長。宋齊梁陳元魏以下。事佛漸謹。年代尤促。唯梁武在位四十八年。前後三捨身。竟爲侯景所逼。餓死臺城。事佛求福。乃反得禍。由此觀之。佛不足信可知矣。佛本夷狄之人。與中國言語不通。衣服殊製。不知君臣父子之情。假如其身尙在。來朝京師。陛下容而接之。不過宣政一見。禮賓一設。賜衣一襲。衛而出之。不令惑衆也。況其身死已久。枯槁之骨。豈宜以入宮禁。乞付有司。投諸水火。永絶禍本。上大怒。將加極刑。宰相裴度・崔群等言。愈雖狂。發於忠懇。宜寬容以開言路。乃貶潮州刺史。

眞西山曰。按後世人主之事佛者。大抵徼福田利益之事。所謂以利心而爲之者也。故韓愈之諫。歷陳古先帝王之時未有佛而壽考。後之人主事佛而夭促。可謂深切著明者矣。而憲宗弗之悟也。方是時。旣餌金丹。又迎佛骨。求仙媚佛。二者交擧。曾未朞年。而其效乃爾。福報果安在耶。臣故幷著之。以爲人主溺意仙佛者之戒。

19. 闢異端之辨

堯舜之誅四凶。以其巧言令色方命圮族也。禹亦曰。何畏乎巧言令色。蓋巧言令色。喪人之心。方命圮族。敗人之事。聖人所以去之而莫之容也。湯武之征桀紂也。一則曰予畏上帝。不敢不正。一則曰。予不順天。厥罪惟均。天命天討。非己之所得而辭也。夫子曰。攻乎異端。斯害也已。害之一字。讀之令人凜然。孟子之好辯。所以距楊墨也。楊墨之道不距。聖人之道不行。故孟子以闢楊墨爲己任。其言曰。能言距楊墨者。亦聖人之徒也。其望助於人者至矣。墨氏兼愛。疑於仁。楊氏爲我。疑於義。其害至於無父無君。此孟子所以闢之之力也。若佛氏則其言高妙。出入性命道德之中。其惑人之甚。又非楊墨之比也。朱氏曰。佛氏之言彌近理而大亂眞者。此之謂也。以予惛庸。不知力之不足。而以闢異端爲己任者。非欲上繼六聖一賢之心也。懼世之人惑於其說。而淪胥以陷。人之道至於滅矣。嗚呼。亂臣賊子。人人得而誅之。不必士師。邪說橫流。壞人心術。人人得而闢之。不必聖賢。此予之所以望於諸公。而因以自勉焉者也。

自 說

道傳暇日。著佛氏雜辨十五篇。前代事實四篇。旣成。客讀之曰。子辨佛氏輪廻之說。乃引物之生生者以明之。其說似矣。然佛氏之言。有曰。凡物之無情者。從法界性來。凡有情者。從如來藏來。

按)無情者 猶巖石點頭之類 法界 如云無邊也 有情者 如本覺 衆生心與諸佛性 本爲如來也

故曰。凡有血氣者。同一知覺。凡有知覺者。同一佛性。今子不論物之無情與有情。比而同之。無乃徒費辭氣。而未免穿鑿附會之病歟。曰。噫。此正孟子所謂二本故也。且是氣之在天地間。本一而已矣。有動靜而陰陽分。有變合而五行具。周子曰。五行。一陰陽也。陰陽。一太極也。蓋於動靜變合之間。而其流行者有通塞偏正之殊。得其通而正者爲人。得其偏而塞者爲物。又就偏塞之中而得其稍通者爲禽獸。全無通者爲草木。此乃物之有情無情。所以分也。周子曰。動而無動。靜而無靜。神也。以其氣無所不通。故曰神。動而無靜。靜而無動。物也。以其囿於形氣而不能相通。故曰物。蓋動而無靜者。有情之謂也。靜而無動者。無情之謂也。是亦物之有情無情。皆生於是氣之中。胡可謂之二哉。且人之一身。如魂魄五臟耳目口鼻手足之屬。有知覺運動。毛髮爪齒之屬。無知覺運動。然則一身之中。亦有從有情底父母來者。從無情底父母來者。有二父母耶。客曰。子之言是也。然諸辨之說。出入性命道德之妙。陰陽造化之微。固有非初學之士所能識者。況下民之愚庸乎。吾恐子之說雖精。徒得好辯之譏。而於彼此之學。俱無損益。且佛氏之說。雖曰無稽。而世俗耳目。習熟。恐不可以空言破之也。況其所謂放光之瑞。舍利分身之異。往往有之。此世俗所以歎異而信服之者。子尙有說以攻之也。曰。所謂輪廻等辨。予已悉論之矣。雖其蔽之深也。不能遽曉。然一二好學之士。因吾說而反求之。庶乎有以得之矣。玆不復贅焉。至於放光舍利之事。豈無其說乎。且心者。氣之最精最靈的。彼佛氏之徒。不論念之善惡邪正。削了一重。又削了一重。一向收斂。蓋心本是光明物事。而專精如此。積於中而發於外。亦理勢之當然也。佛之放光。何足怪哉。且天之生此心者。以其至靈至明。主於一身之中。以妙衆理而宰萬物。非徒爲長物而無所用也。如天之生火。本以利人。而今有人焉。埋火於灰中。寒者不得熱。飢者不得爨。則雖有光焰發於灰上。竟何益哉。佛之放光。吾所不取者。此也。抑火之爲物。用之新新。乃能常存而不滅。若埋之灰中。不時時發視之。始雖熾然。終則必至於灰燼消滅。亦猶人之此心。常存憂勤惕慮之念。乃能不死而義理生焉。若一味收斂在裏。則雖曰惺惺着。必至枯槁寂滅而後已。則其所以光明者。乃所以爲昏昧也。此又不可不知也。至於像設。亦有放光者。蓋腐草朽木。尙有夜光。獨於此。何疑哉。若夫人之有舍利。

猶蛇虺蜂蛤之有珠。其間所謂善知識者。亦有無舍利者。是則蛇虺蜂蛤而無珠之類也。世傳人藏蜂蛤之珠不穿不蒸者。久而發之。添得許多枚。是生意所存。自然滋息。理也。舍利之分身。亦猶是耳。若曰有佛至靈。感人之誠。分舍利云耳。則釋氏之徒。藏其師毛髮齒骨者多矣。何不精勤乞請以分其物。而獨於舍利。言分身哉。是非物性而何也。或曰。舍利此甚堅固。雖以鐵塊擊之不能破。是其靈也。然得羚羊角則一擊碎爲微塵。舍利何靈於鐵而不靈於角也。是固物性之使然。無足怪者也。今或以兩木相鑽。或以鐵石相敲而火出。然此尙待人力之所爲也。以火精之珠。向日而炷艾。則薰然而煙生。焰然而火出。固非人力之所爲。其初不過熒熒之微。而其終也赫赫然炎崑崙而焚玉石。何其神矣哉。是亦非其性之使然。而有一靈物寓於冥漠之中。感人之誠而使之至此歟。且火之益於人者。抑大矣。爨飮食則堅者柔。烘坑堗則寒者熱。湯藥物則生者熟。飢可以飽。病可以愈。以至鎔鐵作耒作斧作釜鼎以利民用。作刀槍劍戟以威軍用。火之生也。其神如彼。火之用也。其利如此。子皆莫之重焉。彼舍利者。當寒而不得以爲衣。當飢而不得以爲食。戰者不足以爲兵器。病者不足以爲湯藥。使佛有靈。一祈而分數千枚。尙以爲無益而廢人事。擧以投諸水火。永絶根本。況復敬奉而歸依歟。噫。世之人。厭常而喜怪。棄實利而崇虛法如此。可勝歎哉。客不覺下拜曰。今聞夫子之言。始知儒者之言爲正。而佛氏之說爲非也。子之言。揚雄不如也。於是幷書卷末。以備一說焉。

佛氏雜辨序

予嘗患佛氏之說惑世之甚。而爲之言曰。天之所以爲天。人之所以爲人。儒與佛之說不同矣。自有曆象之後。寒暑之往來。日月之盈虧。皆有其數。用之千萬世而不差。則天之所以爲天者定。而佛氏須彌之說誣矣。天以陰陽五行。化生萬物。而所謂陰陽五行者。有理有氣。得其全者爲人。得其偏者爲物。故五行之理。在人而爲五常之性。其氣爲五臟。此吾儒之說也。醫者以五行診其臟脈之虛實而知其病。卜者以五行推其運氣之衰旺而知其命。亦用之千萬世而皆驗。則人之所以爲人者定。而佛氏四大之說妄矣。原其始。不知人之所以生。則反其終。安知人之所以死哉。則輪廻之說。亦不足信。予持此論久矣。今觀三峯先生佛氏雜辨二十篇。其言輪廻及五行醫卜之辨。最爲明備。其餘論辨。亦極詳切而著明。無復餘蘊矣。先生自幼讀書明理。慨然有行所學闢異端之志。講論之際。諄諄力辨。學者翕然聽從。嘗著心氣理三篇。以明吾道異端之偏正。其有功於名教大矣。遭逢聖朝。彌綸王化。以興一代之治。所學之道。雖未盡行。亦庶幾矣。而先生之心猶歉然。必欲堯舜其君民。至於異端。尤以不能盡闢而悉去之爲己憂。戊寅夏。告病數日。又著是書示予曰。佛氏之害。毁棄倫理。必將至於率禽獸而滅人類。主名教者。所當爲敵而力攻者也。吾嘗謂得志而行。必能闢之廓如也。今蒙聖知。言聽計從。志可謂得矣。而尙不能闢之。則是終不得闢之矣。憤不自已。作爲是書。以望後人於無窮。欲人之皆可曉也。故其取比多鄙瑣。欲彼之不得肆也。故其設詞多憤激。然觀於此則儒佛之辨。瞭然可知。縱不得行於時。猶可以傳於後。吾死且安矣。予受而讀之。亹亹不倦。乃歎曰。楊墨塞路。孟子辭而闢之。佛法入中國。其害甚於楊墨。先儒往往雖辨其非。然未有能成書者也。以唐韓子之才。籍湜輩從而請之。猶不敢著書。況其下乎。今先生旣力辨以化當世。又爲書以垂後世。憂道之念旣深遠矣。人之惑佛。莫甚於死生之說。

先生自以闢佛。爲死而安。是欲使人祛其惑也。示人之意亦深切矣。孟子謂承三聖之統。先生亦繼孟子者也。張子所謂獨立不懼。精一自信。有大過人之才者。眞先生之謂矣。予實敬服而欲學焉。故書嘗所言者以質正云。

洪武三十一年後五月旣望。陽村權近序。

佛氏雜辨跋

三峯先生所著經國典·心氣理及詩若文。皆行于世。獨此佛氏雜辨一書。先生所以閑先聖詔後人。平生精力所在。而湮沒不傳。識者恨之。歲戊午。予以生員在成均館。吾同年韓奕。先生之族孫也。得此書於家藏亂帙之中。持以示予。觀其文辭豪逸。辨論纖悉。發揮性情。擯斥虛誕。眞聖門之藩籬。而六經之羽翼也。予愛而寶之。藏之久矣。今守襄陽。適時無事。於公暇。校正謬誤三十餘字。命工刊梓。以廣其傳。幸有志於吾道者。因是書而闢其邪。惑於異端者。因是書而釋其疑。則先生爲書傳後之志。庶幾遂。而吾道亦且有所賴矣。是書之幸存而不泯。豈不爲吾道之大幸哉。

景泰七年午月仲旬。金羅尹起畎。敬跋。

按) 金羅。咸安郡別名。尹起畎。成宗廢妃。尹氏生父。即燕山君外祖也。

-佛氏雜辨 終-

三峯集跋 1397 구월

家君作詩文。率不起草。口占而使人書之。書者或不能及。旣又自以不滿其意而不收其稿。是以。著述雖多。存者無幾。津當侍側時則得錄之。或幸爲人所藏不逸者有之。今所刊詩文若干卷是也。觀者因其所存而識其議論製作之體。則其他亦可以此而推之矣。洪武三十年九月日。

男資憲大夫 領原州牧使事 兼管內勸農管學 兵馬節制使 津 謹跋。

重刊三峯集跋 丁未 1487 삼월

三峯詩文集。經濟文鑑。經國典。佛氏辨。說心氣理三篇。我曾祖奉化伯公所著也。公高麗壬寅科進士。少有大志。力學自强。早遊牧隱李先生之門。一時豪傑如圃隱鄭先生・陶隱李先生・桐軒尹先生・貞齋朴先生・浩亭河先生・陽村權先生・惕若齋金先生。師友講論。所聞益廣。所見益正。發而爲言語文章者。汪洋渾厚。博大奇偉。有古作者之風。諸先生咸推讓之。麗運旣衰。天命有歸。推戴我太祖。翊運開國。經綸贊襄。立經陳紀。制禮作樂。皆出公之手。經國典乃其大略也。如詩文雜著。特緖餘耳。若夫佛氏辨說心氣理則發揮性情。擯斥虛誕。以明吾道異端之偏正。眞聖門之藩籬。而其有功於名教大矣。經濟文鑑則上自唐虞下至宋元。逮及高麗。編列其相業君道之得失可法可戒者。又採聖賢之格言。以附其後。實可謂爲君爲臣之龜鑑。而有關於治道者至矣。非如諸家集只詩文工拙之如何耳。諸篇舊有板本。散落不完。文炯去甲申冬。濫蒙世祖大王恩遇。特受慶尙道觀察使。裒集諸篇爲一帙。刊于安東府。厥後數十餘年間。宦遊京外。或採於州郡之樓題。或得於僚友之所藏。次安邊樓韻以下詩賦百餘首暨經濟文鑑別集。欲刊之者有年。而丙午冬。又爲江原道監司。到界之日。始命工續刊百二十餘張。合置于安東府。嗚呼。公有詩云只消不朽斯文在。後日當生姓鄭人。其期望後嗣者重矣。不肖幸承家緖。偶登科第。輪至宰輔。固已踰分。然才不能以負荷先志。聊壽斯文於將來。付此重望於子孫後世云耳。其必有大雅君子有所取捨於其間者夫。成化二十三年丁未春三月下澣。曾孫 資憲大夫 行江原道觀察使 兼兵馬水軍節度使 文炯謹跋。

哭鄭三峯 栗亭公 驪陽 陳義貴[1]

應時開國際明君。畫圖長生第一勳。恨不當季端國本。泰山功業等浮雲。

哀鄭三峯 卓慎[2]

已躋故國判三軍。又事本朝第一君。何日敢忘先誼厚。至今奉叙舊情慇。
是心暗世猶無罪。底事明時況削勳。相國風流虛影裏。盛衰此理視浮雲。

1) 栗亭公 陳義貴(?~1424) 本貫 驪陽 三陟君 巖谷公 懿 曾孫. 高麗 恭愍王 文科及第 集賢殿提學. 朝鮮 太宗 左司諫, 刑曹典書, 吏曹參議,恭安府尹 歷任. 有文集 氷玉亂稾

2) 卓慎(1367~1426) 太宗 · 世宗代 參贊議政府使 歷任. 公謫所 羅州 交流人 前 禮義判書 卓光茂 子 有文集 竹亭集.

제목찾아보기

가

나

다

마

바

사

아

자

차

타

파

하

鄭柄喆

▮ 약력

1957年 慶北 醴泉 出生
韓星企業株式會社, 株)孝光商社, 豊榮建設株式會社 部長 歷任
嶺友詩會 會員, 奉化鄭氏文憲公宗會 弘報委員
Blog 鄭道傳三峯集 http://jbc304.egloos.com/ 運營.

▮ 주요논문 및 저서

家庭儀禮와 禮節, 祭禮便覽

原文 三峯集Ⅳ

초판인쇄 | 2009년 12월 20일
초판발행 | 2009년 12월 20일

지은이 | 정병철
펴낸이 | 채종준
펴낸곳 | 한국학술정보㈜
주 소 | 경기도 파주시 교하읍 문발리 파주출판문화정보산업단지 513-5
전 화 | 031) 908-3181(대표)
팩 스 | 031) 908-3189
홈페이지 | http://www.kstudy.com
E-mail | 출판사업부 publish@kstudy.com

등 록 | 제일산-115호(2000. 6. 19)
가 격 | 27,000원
ISBN 9788926805879 (v.1) 94810 (Paper Book)
9788926805893 (v.2) 94810
9788926805916 (v.3) 94810
9788926805930 (v.4) 94810
9788926805855 (set) (e-Book)

내일을여는지식 은 시대와 시대의 지식을 이어 갑니다.